오로지하다

1

이드한 장편소설

오로지하다 1

초판 1쇄 인쇄일 | 2020년 07월 20일
초판 1쇄 발행일 | 2020년 07월 24일

지은이 | 이드한
펴낸이 | 박성면
펴낸곳 | (주)동아

출판등록 | 제406-2007-000071호
주소 | 경기도 파주시 문발로 115, 세종출판벤처타운 201-A호
전화 | (031)8071-5201
팩스 | (031)8071-5204
E-mail | bear6370@hanmail.net

정가 | 10,800원

ISBN 979-11-6302-363-0 (04810)
　　　979-11-6302-362-3 (set)

오로지하다

1

이드한 장편소설

DONGAROMANCESTORY

CONTENTS

PART 1

프롤로그

"봐도 봐도 지랄 같은 날씨네."

공항에 도착해서 하늘부터 살핀 태평이 중얼거렸다. 진눈깨비라도 쏟아지려는지 영국의 하늘은 뿌연 잿빛이었다. 우중충한 하늘에 두었던 시선을 거두고 출입구로 향했다. 출국장으로 들어가자마자 브리프케이스에서 진홍색 영국 여권을 꺼내 펼쳤다.

[BEN MCAVOY]

벤 맥어보이라는 이름을 바라보는 태평의 눈빛이 의아했다. 7년이나 써 온 이름이 아직도 낯설어서였다. 왜 그럴까, 잠시 생각에 빠졌던 그는 바삐 움직이는 인파를 따라 출국 심사장으로 걸었다.

「환영합니다.」

심사를 마치고 비즈니스 라운지에 들어선 태평에게 승무원이 인사를 건넸다. 고개만 대충 끄덕인 그는 창가 쪽을 훑었다. 운 좋게도 빈 테이블이 하나 있었다. 바에 비치된 맥주 캔을 집어 들고 눈여겨봐 둔 자리로 향했다. 트렌치코트를 벗고 의자에 막 앉으려던 참이었다.

띠링, 띠링, 띠링―.

휴대폰의 메시지 알림음이 연달아 들렸다. 서늘한 눈이 휴대폰 액정을 훑었다. 보기 싫은 발신자 이름에 가차 없이 휴대폰을 무음 모드로 바꿨다.

"염치없는 새끼."

욕지거리를 내뱉으며 쓴웃음을 물었다. 고단했던 타향살이를 끝내고 한국으로 돌아가게 된 날이었다. 7년 전에 자신을 영국이라는 유배지로 끌고 온 사람의 목소리 따위 듣고 싶지 않았다.

크―.

맥주를 달게 마신 태평은 재킷 안주머니에서 사진 한 장을 꺼냈다. 군데군데 벗겨진 오래된 사진에는 말갛고 흰 얼굴빛을 가진 소녀가 박혀 있었다.

너는, 지금도 웃고 있겠지.

작고 연약한 새를 닮은 여자애였다. 그녀의 입가에는 늘 잔잔한 미소가 떠 있었다. 그 고운 미소를 마주할 때마다 태평의 가슴에 정체 모를 감정들이 솟았다. 온 세상을 티 하나 없는 순백으로 물들이는 눈처럼, 혼란스러운 마음에 더없는 평안을 주었던 여자였다.

한국에도, 눈이 내리고 있을까.

사진을 보던 시선을 창밖으로 던졌다. 활주로 위로 굵은 눈송이가 쉼 없이 쏟아지고 있었다. 멍하게 그 풍경을 바라보던 태평은 제 옆에 낯선 여자가 다가와 있는 걸 눈치채지 못했다.

「잠시 실례해도 될까요?」

하늘을 바라보던 시선이 다시 라운지로 돌아왔다. 찬기가 뚝뚝 묻어나는 태평의 눈과 마주친 여자는 수줍은 미소를 지으며 입을 열었다.

「저, 혹시 '유럽 가드닝 월드컵'에서 우승하신 분이 맞나 싶어서…….」

더듬더듬 말을 꺼낸 여자가 잡지 하나를 테이블 위에 올려놨다. 태평은 그 잡지에 눈길도 주지 않고 입을 열었다.

「아닙니다.」

뾰족하고 차가운 대꾸가 민망했는지 여자는 실례가 많았다며 서둘러 자리로 돌아갔다. 태평은 테이블 위에 덩그러니 놓인 잡지로 시선을 내렸다.

'유럽 가드닝 월드컵'의 역사를 바꾼 가든 디자이너 '벤 맥어보이'

영국 왕립원과 국제원예박람회에서 공동 주관하는 '유럽 가드닝 월드컵'

은 200여 년의 역사를 자랑하는 업계 최대 규모의 가드닝 대회다. 이 대회에서 무려 3관왕을 차지하며 100만 파운드라는 어마어마한 상금을 받은 사람이 있다. 바로 올해 스물네 살이 된 '벤 맥어보이'가 그 주인공……

잡지에는 대회 수상자들이 모여 찍은 단체 사진도 실려 있었다. 멀리서 찍어 흐릿하게 나왔지만 190센티미터의 신장과 수려한 이목구비를 가진 태평의 존재감은 다른 사람을 압도했다. 태평은 잠시 사진 속의 자신을 바라보았다. 대회 우승자답지 않게 날카롭고 음울한 얼굴이었다. 길게 찢어진 눈매에는 적의가 숨겨져 있고 꾹 다문 입술에는 냉소가 흐르고 있었으니까.

"표정 한번 진짜 뭐 같네."

자조 섞인 말을 내뱉으며 휴대폰을 집어 들었다. 그새 부재중 통화가 열 건이 넘게 찍혀 있었다. 아예 전원을 끄려는데 다시 전화가 걸려 왔다. 미간을 찌푸리며 휴대폰을 귀로 가져갔다.

「왜.」

—너 지금 어디야.

초조한 남자의 음성이 태평의 행방을 물었다.

「알아서 뭐 하게?」

—인마, 내가 남이야? 네 형이다, 형! 동생더러 어디냐고 묻지도 못해? 그동안 뭐 하다가 이제야 전화를 받아? 부모님이 널 얼마나 걱정한 줄 알아? 가드닝 대회에서 우승한 것도, 우리가 다른

사람한테 들어야겠어?

말이 길어질수록 상대의 언성도 점점 높아졌다. 휴대폰을 귀에서 떨어트리고 있던 태평의 눈에 탑승 안내를 준비하는 승무원이 보였다. 자리에서 일어난 그는 작정하고 빈정댔다.

「낯간지러운 가족 놀이는 너나 해. 부모 같은 소리 하고 있네. 이모하고 이모부가 관심이 있는 건 내가 아니라 내 돈이겠지.」

—김태평!

그의 부모를 모욕한 게 분했는지 화를 참지 못한 목소리가 휴대폰을 터트릴 듯 울렸다. 태평은 피식 웃어 버렸다. 고작 이런 일로 소중한 에너지를 낭비하고 싶지 않았다.

「왜요? 올리버 맥어보이 씨?」

부쩍 건조해진 음성으로 태평은 그의 이종사촌 형이자, 호적상으로는 친형인 남자의 이름을 불렀다. 휴대폰 너머로 크흠, 하는 헛기침 소리만 들렸다. 올리버가 끓어오르는 화를 누르고 있다는 신호였다. 한참을 씩씩대던 그는 뒤늦게 전화를 건 용건을 말했다.

—됐고, 지금 어디야. 내가 데리러 갈게. 부모님이 너 축하한다고 같이 저녁 식사라도…….

「끊어, 나 바빠.」

태평은 올리버의 말을 뭉텅 잘라먹었다. 때맞춰 탑승 안내 방송이 흘러나왔다.

—뭐야, 너 지금 설마 공항이야?

「어.」

벗어 두었던 코트를 집어 들며 무심하게 대답했다.

─어딜 가려고?

「한국.」

─한국이라고? 네가 거길 왜 가!

간신히 유지하고 있던 평정심을 잃은 올리버가 소리쳤다. 태평은 차분한 걸음걸이로 라운지와 바로 연결된 탑승 게이트로 향했다.

「왜라니, 내가 가겠다는데 이유가 필요해?」

─아니, 형 말은 그런 뜻이 아니라. 이럴 게 아니라 형하고 지금 만나자. 우리 만나서 이야기해. 차분하게 대화로 풀어 보자. 응?

간절한 올리버의 부탁에 태평은 쓰게 웃었다. 7년 전, 그가 올리버 앞에서 무릎을 꿇고 빌었던 날의 기억이 선명하게 떠올랐다. 표정을 지운 그는 혼잣말하듯 중얼거렸다.

「7년 전에 나한테 그랬었지. 돈도 없는 새끼가 한국에 남아서 뭐할 거냐고, 네 인생도 책임지지 못하면서 다른 사람 인생까지 말아먹지 말라고.」

태평의 말끝에 정적이 따라붙었다. 그 정적을 깨야 할 올리버는 아무 대답도 하지 않았다. 어쩔 수 없다는 듯 태평이 다시 입을 열었다.

「돈 벌었으니까 돌아가겠다고. 그러니까 앞으로 나한테 신경 쓰지 말고, 너나 잘 먹고 잘 사시라고.」

할 말을 끝내고 통화 종료 버튼 쪽으로 손가락을 움직였다. 바로 그때, 휴대폰에서 다시 목소리가 흘러나왔다.

―설마, 로지 씨 때문이야?

로지의 이름을 말하는 목소리에 숨길 수 없는 불안이 담겨 있었다. 태평은 소리 없이 입 모양으로 빙고를 외치며 승무원이 안내한 비즈니스석에 앉았다. 친절함이 몸에 배어 있는 승무원은 곧 비행기가 이륙하니 휴대폰 전원을 꺼 달라고 부탁했다. 그녀에게 알았다는 눈빛을 보낸 태평이 올리버에게 마지막 인사를 건넸다.

「경고하는데, 로지한테 또 협박이라도 해 봐. 그랬다간 진짜 죽여 버릴 테니까.」

전화를 끊고 푹신한 좌석에 등을 묻었다. 한숨을 내쉬던 태평의 눈매가 가느스름해졌다. 듣기 싫은 목소리를 들었더니 갑자기 짜증이 일었다. 더러워진 귀를 씻어 내기 위해 그는 이어폰을 귀에 꽂았다.

I do love, she does heartbreak.
(나는 그녀를 사랑해, 그녀가 내 마음을 아프게 해도.)
I did love, till she broke my heart.
(나는 그녀를 사랑했어, 그녀가 내 마음을 부수기 전까지.)
― Heartbeat, Scouting For Girls ―

로지가 자주 듣던 노래가 흘러나왔다.

오로지, 오로지를 다시 만나기 위해서였다. 그 목표 하나로 영국에서 7년을 버텼다. 지독하게 외롭고 고통스러운 시간이었다. 밤에는 악몽에 시달리고, 낮에는 로지를 생각하느라 한순간도 마음 편히 쉴 수가 없었으니까.

너도 그랬겠지.

7년 전 로지와 헤어지던 날을 떠올리며 태평은 비죽 웃었다. 그에게 이별을 고하던 로지의 목소리가 아직도 생생했다. 어떻게 잊을 수 있을까, 죽을 만큼 행복했던 저 자신이 죽을 만큼 불행해진 날을.

무슨 수를 쓰더라도 로지를 붙잡아야 했었다. 그 맹목적인 집착이 한 마리의 괴물이 되어 태평을 집어삼켰다. 이성을 빼앗긴 그는 로지의 가슴에 죄책감이라는 발톱을 박아 넣었다. 절대로 뽑아낼 수 없는 지독한 죄책감에 짓눌려 김태평을 잊지 못하도록.

7년이면 충분했을까, 네가 나 없이는 살 수 없다는 걸 깨닫기에?

두 눈을 감았다. 진심으로 로지에게 묻고 싶었다. 김태평이 없는 오로지의 삶은 어땠는지, 7년 전의 그날을 단 한 번도 후회한 적은 없었는지, 그의 아픔을 고스란히 느껴 본 심정은 어떤지. 비행기가 이륙하고 얼마 되지 않아 태평은 정신을 잃듯 잠이 들었다. 그리고 꿈을 하나 꾸었다.

'태평아!'

교복을 입은 로지가 작은 입을 벙긋대며 태평을 불렀다. 떨리는 팔로 로지를 안았다. 작은 심장이 파닥거리는 게 느껴졌다. 맞닿은 곳마다 온기가 퍼져 나갔다. 그 온기가 새어 나가지 않도록 태평은 로지를 더욱 힘주어 안았다.

7년 전과는 달라.

간절한 바람을 담아 속삭였다. 이제 그를 방해할 수 있는 건 아무것도 없었으니까.

1. 열일곱, 김태평

남자는 주먹을 그러쥐었다. 끔찍한 악몽에 처박힌 그의 눈빛은 바싹 말라 있었다. 혼란스러웠다. 어째서 10년째 꾸고 있는 꿈이 늘 처음처럼 되풀이되는 건지.

헉―.

딛고 있던 땅이 갈라졌다. 갈라진 틈 사이로 시뻘건 용암이 흘러나왔다. 뻣뻣해진 팔다리를 휘두르며 달렸다. 공포에 찬 그의 눈에 허공에 매달려 있는 철창이 보였다. 지체 없이 그 안으로 뛰어들었다.

"씨발."

낡아 빠진 철창에 갇힌 그는 흐트러진 머리카락을 쓸어 올렸다. 끈적끈적한 용암이 발밑으로 흐르고 있었다. 후끈한 열기에 식은땀이 등줄기를 타고 흘렀다. 두리번거렸지만 그곳엔 그를 제외하곤 아무도 없었다. 허공에 둥둥 떠 있는 새빨간 점 네 개만 남자를 노려보고 있었다.

"이제 그만할 때도 됐잖아."

남자의 외침에 네 개의 붉은 점은 도깨비불처럼 너울거렸다. 그것들이 요구하는 건 단 하나였다.

아악—.

발목에서 퍼진 극심한 고통에 하체가 뒤틀렸다. 눈을 떠 보니 용암이 만들어 낸 불 고리가 그의 두 발을 묶고 있었다. 마른입에서 짐승이 흐느끼는 소리만 흘러나왔다. 어서 빨리 이 감옥이 용암 속으로 추락하길 바랐다. 이 꿈은 늘 그가 죽어야 끝이 났으니까. 두 눈을 질끈 감은 남자가 바닥에 주저앉았을 때였다.

"형아, 나 좀 살려 주세요."

환청이라 착각할 만큼 희미한 울음소리가 들렸다. 고개를 내린 남자의 눈에 어린아이가 철창 아래에 매달려 있는 게 보였다. 철창을 붙잡고 있는 아이의 작은 손은 핏기가 사라져 하얗게 질려 있었다.

"살려 주세요."

아이가 눈물을 줄줄 흘리며 애원했다. 순간, 서늘한 느낌이 손바닥에서 느껴졌다. 못 보던 칼 하나가 그의 손에 쥐여 있었다. 날카로운 칼끝이 어둠 속에서도 시퍼렇게 빛이 났다.

"나한테 왜 이러는 거야."

입술을 짓씹으며 반항을 해 보았지만 빨간 점 네 개는 아이를 빨리 죽이라고 재촉했다. 아이를 죽여야 네 고통도 끝이 날 거라고, 그의 귀에 속삭이면서. 남자는 자신의 주변을 어지럽게 떠돌고 있는 붉은 점을 쏘아봤다.

쉬익ㅡ, 쉭.

점들은 순식간에 남자의 코앞으로 바짝 다가왔다. 뚜렷한 형체가 없는 그것들은 단순한 불꽃이 아니라 살아 있는 악귀였다. 뼛속까지 파고드는 공포를 이기지 못한 남자는 쥐고 있던 칼을 휘둘렀다. 붉은 점이 철창을 뒤흔들며 너울너울 춤을 췄다.

"제발, 그냥 죽여 달라니까."

오늘도, 남자는 붉은 눈을 가진 악마에게 굴복했다. 의식이 점점 멀어지는 걸 느끼며 그는 간절히 빌었다. 제발 이대로 다시는 눈을 뜨지 않게 해 달라고.

딩동ㅡ.

3월의 화창한 어느 날, 태평은 초인종 소리에 눈을 떴다. 상체를 일으키자 입에서 신음이 흘렀다. 누군가에게 두들겨 맞기라도 한 것처럼 온몸이 욱신거렸다. 악몽을 꾸고 나면 찾아오는 일종의 후유증이었다. 어떻게든 움직여 보려고 몸을 비틀던 그는 헛웃음을 흘렸다. 다리 사이를 뒤덮고 있는 이불이 불룩 솟아 있었다.

"더러운 새끼."

태평은 한껏 부풀어 있는 제 페니스에 욕설을 퍼부었다. 올해 열일곱 살이 된 그는 지금까지 의식이 있을 때 발기를 경험한 적이 없었다. 그 흔한 몽정도 없었다. 그런데 왜 악몽을 꾸고 난 다음 날만 되면 신체 변화가 일어나는 건지.

쾅 쾅 쾅一.

초인종을 눌러도 대답이 없자, 밖에 서 있는 사람이 현관문을 두드렸다.

「김태평, 일어났어? 3초 안에 안 열면 형이 문 열고 들어간다.」

태평은 주먹으로 그의 허벅지를 있는 힘껏 때렸다. 잔뜩 성이 난 하체를 가라앉히기 위해서였다. 붉은 힘줄을 드러냈던 신체 일부가 무자비한 주먹질에 조금씩 풀이 죽었다.

「이 자식이! 학교 가는 첫날부터 지각할 거야? 빨리 안 일어나냐?」

짜증 서린 목소리가 답을 재촉했지만 만사가 귀찮아진 태평은 다시 이불을 뒤집어쓰고 누웠다. 인내심이 바닥났는지 밖에 서 있던 인간이 현관문을 여는 소리가 들렸다. 곧장 태평의 방으로 걸어온 사람은 그의 사촌 형 올리버였다.

「어디, 안 좋아?」

태평의 상태가 좋지 않다는 걸 눈치챘는지 올리버가 이불을 걷어

냈다. 태평의 몸이 경련을 일으키듯 부르르 떨렸다. 땀으로 흠뻑 젖은 셔츠 탓에 이불 밖 공기가 더 차게 느껴졌다.

「또 악몽을 꾼 거야?」

태평은 제 어깨를 붙잡는 올리버의 손을 매섭게 뿌리치며 일어났다. 그리고 화장실로 곧장 들어갔다. 입고 있던 옷을 모두 벗고 거울 앞에 섰다. 거울에 비친 눈이 움푹 패어 있었다. 식은땀에 젖은 피부엔 핏기가 없고, 입술은 바싹 마른 모래처럼 갈라져 있었다. 간밤에 잠을 한숨도 못 잔 사람다운 모습이었다.

씨발, 졸라 아프네.

통증이 피어오르는 오른쪽 등을 매만졌다. 손이 스친 곳마다 화끈거렸다. 태평은 샤워 부스에 들어가 찬물을 틀었다. 불이 붙은 것처럼 홧홧한 등 위로 차가운 물이 떨어지면서, 온몸을 들끓게 했던 열기도 서서히 가라앉았다.

샤워를 끝내고 나온 태평이 등교 준비를 대강 끝낸 뒤였다.

「담임 선생님께 이거 드리는 거 잊지 말고.」

올리버가 그에게 서류 봉투를 하나 내밀었다. 태평은 무심하게 봉투의 겉면을 훑었다. 정형외과 이름이 프린트된 걸 보니 병원 진단서인 것 같았다. 지난 2월에 보드를 타러 갔다가 다친 다리를 핑계로 고등학교 입학식을 포함해 일주일 내내 학교에 가지 않았던 그였다.

「붕대는 잘 감았어? 붕대 없이 가면 꾀병인 줄 알 거 아니야.」

이어진 올리버의 잔소리에 태평은 짜증스럽게 눈을 찡그리며 무릎을 굽혀 앉았다. 그리고 방바닥에 떨어져 있는 붕대를 집어 오른쪽 발목에 대충 둘렀다.

「선생님 앞에서 엄살 좀 부려. 어떻게 인대 좀 늘어난 걸 가지고 일주일이나 학교에 빠지냐.」

혀를 쯧쯧 차는 올리버에게 태평은 손바닥만 펼쳐 보였다. 올리버는 만 원짜리 지폐 석 장을 그 위에 올려놓았다. 돈을 받아 든 태평은 쾅, 소리가 나게 현관문을 닫고 밖으로 나갔다.

하아―.

올리버는 참았던 한숨을 쏟아 냈다. 1년 전까지만 해도 그는 이곳에서 태평과 함께 살았다. 윗집에 쌍둥이 아들 둘을 가진 젊은 부부가 이사 오기 전까지만 해도 별일 없이 잘 지냈는데, 문제는 윗집 아이들이 집에서 뛰어놀면서 시작됐다.

「돌아 버리겠네.」

지독한 불면증에 시달리던 태평은 망치로 천장을 두드렸다. 윗집 아이들을 만날 때마다 시끄럽게 떠들면 그 입을 찢어 버리겠다고 협박도 했다. 윗집과의 갈등은 시간이 흐를수록 깊어졌다. 법정에 서기 직전까지 간 상황을 해결한 건 올리버였다.

「형이 그 집에서 지내기로 했어. 이제 됐지?」

올리버는 윗집의 이사 비용 일체와 위로금을 주는 것으로 합의를 봤다. 그리고 그가 태평의 윗집에서 살기로 했다. 모든 것이 동생의 평안한 숙면 하나만을 위해서였다.

「언제쯤 저 악몽이 사라질지.」

베란다 문을 열고 밖을 둘러봤다. 아파트 정문을 지나쳐 걷고 있는 동생이 보였다. 올해 열일곱 살인 태평의 키는 180센티미터가 넘었다. 그렇지만 그의 눈에는 여전히 작고 마른 일곱 살짜리 아이였다.

「고등학교만 무사히 졸업하자. 그래야 나도 네 후견인 역할을 그만두지.」

씁쓸한 표정을 지으며 올리버는 태평의 집에서 나갔다.

빳빳하게 다려진 교복을 입은 태평이 기다란 하품을 했다. 집 근처에 있는 지하철역에 도착해 시계를 보니 9시 30분이었다. 이어폰을 꺼내 양쪽 귀에 깊숙이 꽂았다.

Scars will heal, soon.
(흉터는 곧 나아.)
Children shouldn't play with dead things.
(아이들은 죽은 것들을 가지고 놀면 안 돼.)
— *Crystal Castles, April Practice* —

좋아하는 노래를 들으며 문이 열린 지하철 안으로 들어갔다.

무심히 문 앞에 서려던 그가 눈을 가늘게 떴다. 화려한 꽃다발을 보물처럼 안고 자리에 앉아 있는 여학생이 보였다. 자세히 보니 그녀는 그와 같은 학교 교복을 입고 있었다.

"어디서 향기가 나나 했더니."

지나가는 사람들이 한마디씩 던질 정도로 여학생이 안고 있는 꽃은 크고 풍성했다. 태평은 저도 모르게 그쪽으로 걸음을 옮겼다. 같은 학교 친구들이 만난 줄 알았는지 여학생 옆에 앉아 있던 아주머니가 자리를 옮겨 앉았다. 태평은 자연스레 그녀의 옆, 빈자리에 앉았다.

웬 꽃이지?

말끄러미 꽃을 바라보던 태평의 시선이 곧 그녀의 얼굴로 옮겨갔다. 어깨 너머까지 기른 머리를 단정하게 하나로 묶은 그녀는 허리를 바짝 세우고 앉아 있었다. 자세만 바른 게 아니었다. 교복 블라우스의 단추는 물론 교복 재킷의 단추도 빈틈없이 끼워져 있었다. 고등학교에 막 입학한 신입생다운 차림새였다.

답답한 인생이네.

반듯하게 접어 신은 흰 양말과 흰 운동화를 신고 있는 여학생을 보며 태평은 마른침을 삼켰다. 물 없이 고구마를 먹은 것처럼 속이 꽉 막힌 기분이었다. 그래도 아쉬운 사람은 자신이었기에, 태평은 그녀의 어깨를 툭, 건드렸다.

"도착하면 깨워."

고개를 돌린 여학생이 두 눈을 깜빡였다. 태평은 그녀의 눈길을 피해 정면을 바라봤다. 옆에서 뭐라고 웅얼거리는 소리가 들렸지만 이어폰에서 흐르는 음악 때문에 제대로 들리지 않았다. 알겠다는 대답일 거라고 짐작하며 그는 두 눈을 감았다.

크게 숨을 들이켰다. 향긋한 꽃향기 사이로 은은한 나무 냄새가 났다. 나른함이 밀물처럼 밀려왔다. 그 생소한 느낌에 당황할 새도 없이, 태평은 꾸벅꾸벅 졸았다. 17년이라는 짧다면 짧고 길다면 긴 인생에서 처음 경험한 낮잠이었다.

얼마나 시간이 흘렀을까. 왼팔을 톡톡 치는 느낌에 굳게 닫혀 있던 태평의 눈꺼풀이 열렸다. 초점이 제대로 맞지 않는 눈을 두어 번 깜빡이다가 가방을 들고 지하철에서 내렸다.

뭐지?

걸음을 세운 태평은 팔을 살짝 흔들었다. 다리도 움직여 봤다. 근육통으로 뻐근했던 몸이 한결 부드러워져 있었다. 짧은 순간에 일어난 몸의 변화를 신기해하며 가방을 고쳐 메고 걸었다. 하지만 가뿐했던 걸음이 다시 멈춘 건 얼마 지나지 않아서였다.

여기가, 어디야.

낯선 풍경에 놀란 눈이 역 내에 있는 스크린으로 향했다. 그제야 태평은 자신이 서 있는 곳이 학교 가까이에 있는 역이 아니라는 걸 알아챘다. 허공을 헤매던 황망한 시선이 멈춘 건 꽃다발을 든 여학생에게서였다. 태평의 옆에 앉아 있던 여학생이 개찰구를 통과하고 있었다.

"야!"

제법 큰 소리로 불렀다고 생각했는데, 풍성한 꽃다발은 약을 올리는 것처럼 계속 멀어졌다. 상황 파악이 되지 않아 멍한 표정을 짓고 있던 태평이 걸음을 옮겼다. 자그마한 키를 가진 여학생을 따라잡는 데는 그리 오랜 시간이 걸리지 않았다. 그의 팔이 사정거리에 들어온 여학생의 가방을 단번에 잡아챘다.

"꺄악!"

뒤에서 당기는 강한 힘에 놀란 여학생의 몸이 비틀거렸다. 넘어지지 않기 위한 뒷걸음질과 함께. 그녀의 발버둥은 태평의 오른발을 꾸욱 밟는 것으로 끝이 났다.

"아!"

태평이 짧게 외쳤다. 밟힌 발이 아파서라기보단 짜증이 나서 낸 소리였다. 여학생의 어깨가 움칠 떨렸다.

"죄, 죄송합니다."

고개를 돌린 여학생은 상대가 누구인지 확인도 하기 전에 사과부터 했다. 무덤덤했던 태평의 얼굴에 잠깐이지만 흥미로운 표정이 스쳐 지나갔다. 그는 말없이 오른쪽 교복 바짓자락을 걷어 올렸다.

"……어떡해."

발목에 감긴 붕대를 본 여학생의 얼굴에 핏기가 가셨다.

"많이 아파요?"

"어."

태평의 답에 여학생의 귀 끝이 삽시간에 붉어졌다. 그가 입고 있는 교복을 위아래로 훑은 여학생은 뭐라 말해야 할지 모르겠다는 듯 입술만 달싹였다. 미안한 일은 미안한 일인데, 같은 학교 학생이면서 대뜸 반말을 내뱉는 그가 거슬리는 모양이었다.

　"……미안해요, 그런데 그쪽이 갑자기 잡아당겨서 그런 건데."

　태평을 따라 슬며시 말을 놓은 여학생이 작게 사과했다. 태평은 왜 학교가 아닌 시립미술관역에서 깨웠냐고 물었다. 여학생은 말없이 꽃다발만 그러안았다. 무료한 시선이 여학생의 동그란 정수리 위로 쏟아졌다. 침묵이 견디기 힘들 법도 한데 여학생의 입은 생각보다 쉽게 열리지 않았다.

　한숨이 나왔다. 사실 눈앞의 여학생에게 따질 문제가 아니라는 걸 알고 있었다. 솔직히 이해할 수 없는 건 자신이었다. 지하철에서 잠을 자다니. 그것도 무려 한 시간이나 넘게.

　"왜 나를 학교가 아닌, 여기까지 데리고 왔냐고."

　건조하게 되묻자, 여학생이 고개를 들었다. 태평은 제 얼굴을 올려다보는 작은 얼굴을 물끄러미 응시했다. 분명히 웃을 일이 없는 상황인데, 여학생의 얼굴에는 흐릿한 미소가 어려 있었다.

　"……오늘 나는 학교에 안 가서. 그리고 학교에 도착하면 깨우라고 안 했잖아."

　태평의 미간이 좁혀졌다. 고개를 내려 손목시계를 보니 지금 학교에 가면 점심시간에 도착할 판이었다. 순간, 지하철이 요란한 기계음을 내며 역으로 들어섰다. 지하철에 다시 탈 생각을 하자마자

가셨던 피로가 다시 몰려왔다.

"저기, 병원에 데려다줄까? 걸을 수 있어? 많이 안 좋으면 119에 신고할까?"

어느새 쪼그려 앉은 여학생이 태평의 오른발을 살피며 물었다. 쥐며느리처럼 몸을 둥글게 말고 있는 꼬락서니에 픽, 웃음이 흘렀다. 태평은 그녀의 가방을 잡아 힘껏 들어 올렸다.

"엄마야!"

자의가 아닌 타의로 일어나게 된 여학생이 다시 새된 비명을 질렀다. 태평은 넌 어디로 갈 거냐고 물었다.

"나는 저기."

여학생의 손가락이 미술관 표지판을 가리켰다. 이제 선택지는 두 개였다. 혼자 집으로 돌아가거나, 여기에서 이 여자애와 시간을 보내거나. 고민은 길지 않았다. 앞장서라는 뜻으로 손짓했다.

"너도 미술관에 가려고? 다리는 괜찮아?"

눈을 동그랗게 뜬 여학생이 다시 태평의 오른발을 바라보았다.

"어."

바닥에 떨어졌던 여학생의 시선이 다시 태평의 얼굴로 올라왔다. 태평은 눈앞의 얼굴을 주시했다. 묘하게 시선을 잡아끄는 얼굴이었다. 이유가 뭘까, 시답잖은 생각에 빠진 태평 앞에서 여학생은 사르르 웃음꽃을 피웠다.

"잘됐다. 나 혼자 보면 심심했을 텐데."

소란한 지하철역에서 유난히 또렷하게 들려오는 음성에, 태평의 가슴팍이 크게 부풀었다가 꺼졌다. 가볍게 한숨을 내쉬고 몸을 돌려 걸었다. 여학생보다 앞서 걷던 그의 걸음은 몇 걸음 이어지지 못했다. 뒤에서 잡아당기는 힘 때문이었다.

"내가 들어 줄게, 너 다리 아프잖아."

거절할 새도 없이 여학생은 태평의 한쪽 어깨에 들려 있던 가방을 뺏어 들었다. 어이없어하는 눈에 자신의 가방을 앞으로 메고 있는 여학생이 보였다.

"이렇게 들면 되지."

만족스러운 미소를 띤 여학생은 거북이 등딱지 같은 가방 두 개를 앞뒤로 메고 걸음을 옮겼다. 한결 몸이 가벼워진 태평도 천천히 그녀를 따라 걷기 시작했다.

"아, 날씨 좋다."

무거운 가방을 두 개나 멘 사람답지 않게 여학생의 얼굴은 밝았다. 따가운 햇살에 두 눈을 잔뜩 찡그리고 하늘을 바라보는 여학생을 따라 태평도 고개를 들었다. 어제와 다를 게 없고 내일도 다를 게 없을 그냥 하늘이었다.

"하늘이 오늘따라 더 파랗네."

아무것도 없는 하늘을 보고 감탄하는 여학생의 태도에 태평의 미간이 미세하게 일그러졌다. 불편함이 까슬하게 올라왔다. 세상만사가 즐거운 사람을 만났을 때 일어나는 알레르기 반응이었다.

"어?"

여학생이 다시 걸음을 세웠다. 안고 있는 꽃으로 날아든 봄 나비 때문인 것 같았다. 팔랑대는 나비의 날갯짓을 바라보는 여학생의 얼굴엔 다시 미소가 흘렀다. 웃는 낯에 면역력이 없는 태평의 시선이 여학생의 손으로 비껴갔다.

뭐야.

손을 바라보던 태평의 눈매가 가늘어졌다. 꽃다발을 말아 쥔 여학생의 손가락에는 생채기가 났을 때 붙이는 밴드가 잔뜩 감겨 있었다. 게다가 꽃이 무거웠는지 곱아든 손가락의 마디마디가 하얗게 질려 있었다. 괜히 짜증이 일었다.

"줘."

그녀가 들고 있던 꽃다발을 빼앗듯 들었다. 쥐고 있던 꽃다발을 놓친 여학생의 손이 허공에 떠 있다가 스르르 내려갔다.

"종류가 뭐야?"

꽃다발을 든 태평이 대수롭지 않게 물었다.

"하노이 라넌이랑 줄리엣 로즈. 아! 매화도 있어."

꽃 이름을 줄줄이 말하는 여학생의 얼굴은 한 뼘 정도 더 밝아져 있었다. 그게 다시 신경을 자극했다. 시도 때도 없이 웃는 사람을 가장 경계해 온 태평이었다. 웃는 얼굴로 남을 등쳐 먹는 가식적인 사람이 널리고 널린 세상이었으니까.

시선을 틀어 여학생을 바라보았다. 그녀는 살랑거리는 나비를 바라보고 있었다. 투명한 여학생의 눈동자가 나비의 움직임을 따라 춤을 추듯 움직였다. 나비도 자신에게 쏟아지는 관심을 느꼈는지 아름다운 궤적을 그리며 여학생의 주변을 날았다.

여학생을 물끄러미 보던 태평은 제 손에 들려 있는 꽃다발을 바라보았다. 지나가던 봄바람이 꽃다발을 훑고 지나가며 진한 꽃 내음을 퍼트렸다. 일부러 꽃다발을 크게 흔들며 걸었다. 딱히 기대한 건 아니었지만, 나비는커녕 벌레 한 마리도 그를 향해 날아오지 않았다. 여학생에게 날아들던 나비가 왜 꽃까지 든 자신에게는 날아오지 않는 걸까, 태평은 이 질문의 답을 미술관 안으로 들어설 때까지 찾지 못했다.

미술관 내부는 짐작보다 한산했다. 그림을 교체하느라 바쁜 메인 전시관을 제외하고는 관람객도 그리 많지 않아 보였다. 사시사철 관광객으로 인산인해를 이루는 영국의 유명 갤러리와 다른 쾌적한 환경에 태평의 기분도 한결 누그러졌다.

"안녕하세요."

여학생은 지나가는 사람들에게 열심히 고개를 숙여 인사했다. 하얀 목장갑을 끼고 그림을 나르고 있던 사람들은 여학생을 보자마자 반가운 표정을 지어 보였다. 이곳에 한두 번 다녀간 게 아닌 것 같았다.

인사를 마친 여학생은 기대에 부푼 표정을 감추지 못하며 1층 로비를 가로질렀다. 태평도 말없이 그 뒤를 따랐다. 은근한 호기심이 피어올랐다. 도대체 어떤 그림을 보려고 학교까지 빠지고 여길 온 걸까.

"난 여기에서 볼게."

은은한 간접 조명이 비추고 있는 전시실로 들어간 여학생이 작게 속삭였다. 태평은 주위를 잠깐 둘러보았다. 동양화 전시실에는 다른 전시실에서는 보기 힘든 기다란 벤치가 곳곳에 놓여 있었다.

여학생은 그중 가장 구석에 놓여 있는 벤치로 걸어갔다. 마땅히 갈 곳이 없던 태평도 은근슬쩍 그쪽으로 갔다. 가방을 내려놓는 여학생의 관자놀이에는 작은 땀방울이 맺혀 있었다. 내색은 안 했지만 커다란 책가방 두 개를 들고 온 게 힘에 부친 것 같았다. 누그러졌던 성질이 다시 삐죽 솟았다. 뒤늦게 상한 자존심 때문이었다. 제 몸의 반도 안 되는 애한테 가방을 뺏기다니.

태평은 애써 짜증을 누르고 정면을 응시했다. 두 사람의 눈앞에는 〈검은 정원(墨園)〉이라는 제목을 가진 커다란 수묵화가 걸려 있었다.

"동양화?"

열심히 그림만 보고 있는 여학생에게 태평이 물었다. 어려운 질문도 아니었는데 여학생은 잠시 뜸을 들이다가 대답했다.

"……어, 수묵화니까 동양화지."

황당한 답에 고개를 돌렸는데, 여학생은 그의 시선에 아랑곳하지 않고 그림만 보고 있었다. 참지 못하고 툭, 말을 던졌다.

"야."

그제야 여학생의 시선이 그림에서 떨어졌다. 태평을 빤히 보는 눈빛에는 의아함만 서려 있었다.

"그림을 물은 게 아니라, 네 전공이 뭐냐고."

"……아아."

여학생의 뺨이 살짝 붉어졌다. 태평이 수묵화와 동양화가 뭔지도 모르는 사람이라고 짐작한 걸 들킨 게 민망해진 것처럼.

"나는 서양화. 넌?"

이번에는 태평이 뜸을 들였다. 고등학교 지원서에 전공을 뭐라고 썼는지 가물가물해서였다.

"조소던가?"

확신 없는 목소리에 여학생이 소리 죽여 웃었다. 참, 웃을 일도 많은 애라고 생각하며 태평은 심드렁한 눈으로 미술관 내부를 훑었다.

사실 그림이라면 영국에서 지긋지긋하게 봤었다. 영국뿐만이 아니라 유럽 곳곳에 있는 갤러리는 거의 다 돌아봤다고 해도 과언이 아니었다. 치료 목적으로 시작했던 그림 감상이 어느 순간 미술사에 대한 흥미로 이어진 까닭이었다. 그 덕에 태평의 예술적 안목 역시 여느 대학교수가 부럽지 않을 만큼 높아졌다. 올리버가 그를 예술 고등학교에 입학시킨 이유도 거기에 있었다.

멍하니 허공을 응시하던 태평의 눈빛에 자조가 스쳤다. 중학교에 다녔을 때 사고만 치지 않았어도, 굳이 예술 고등학교에 올 이유가 없었기 때문이었다. 올리버 손에 붙들려 영국으로 가지 않기 위해 태평은 예고에 지원서를 넣어야 했다.

「김태평! 너 아직 미성년자야. 네 보호자는 나고. 이번엔 그냥 못 넘어가. 영국으로 당장 가자! 부모님도 하루라도 빨리 너를 친 아들 삼고 싶어 하는 거 알잖아. 나도 네 이종사촌 말고 친형이 되 고 싶어. 우리 이제 제발 영국으로 가서 편하게 좀 살자.」

올리버의 사정에도 태평은 한국을 떠나고 싶지 않았다. 이모와 이모부의 아들이 되고 싶은 마음이 전혀 없었으니까. 방법을 찾던 그는 처음으로 올리버에게 부탁이라는 걸 했다. 조금만 더 한국에 있고 싶다고, 그럴 수만 있다면 뭐든 노력해 보겠다고. 고민하던 올 리버는 예고 지원서를 내밀었다.

「그러면 예고에 가. 어차피 너 영국에 가면 예술 대학에 보낼 생 각이었으니까. 알아보니 다림예술고등학교가 한국은 물론 세계에서 도 인정받는 좋은 학교라더라.」

우여곡절이 많았던 지난날을 돌이켜 보며 태평이 고개를 들었을 때였다. 그와 시선이 마주친 중년 여성이 방긋 미소를 지었다. 말을 걸 타이밍을 노리고 있었는지 아주머니는 태평이 앉아 있는 쪽으로 빠르게 걸어왔다.

"반가워요. 나도 다림예고 나왔는데. 두 학생이 미술관 데이트 중 인가? 그림 앞에 앉아 있는 모습이 그림처럼 너무 이뻐서 눈이 가 더라고."

아주머니의 따뜻한 눈빛이 태평과 여학생을 훑고 지나갔다. 태평 은 대꾸할 말이 없어 옆에 앉은 여학생을 흘깃 바라봤다. 여학생의 시선은 여전히 그림에만 꽂혀 있었다.

"여자 친구가 그림에 푹 빠졌나 보네. 데이트 방해해서 미안해요.

이거 무료 음료 쿠폰인데 둘이 주스라도 한잔 마시라고."

흐뭇한 미소를 지은 아주머니는 작은 종이 두 장을 태평에게 건네고 다른 전시장으로 걸어갔다. 엉겁결에 쿠폰을 받아 든 태평은 여학생 쪽으로 고개를 돌렸다. 길가에 굴러다니는 돌멩이에도 시선을 빼앗겼던 산만한 사람은 어디로 갔는지, 여학생의 모든 신경은 온통 그림에만 쏠려 있었다.

"……오로지?"

길어진 침묵을 견디지 못하고 태평이 여학생의 이름을 불렀다. 놀란 시선이 곧장 그의 얼굴로 날아들었다.

"내 이름, 어떻게 알았어?"

그는 턱 끝으로 오로지가 입고 있는 교복 재킷을 가리켰다. 오로지의 고개가 천천히 아래로 떨어졌다가 올라왔다. 자연스레 정면에서 오로지를 관찰했다. 동그란 이마를 뒤덮고 있는 피부가 말 그대로 새하얬다. 아니, 희다는 말로 부족할 만큼 투명했다. 피부 밑으로 푸른 핏줄이 선명하게 드러나 있을 만큼.

"교복에 이름이 새겨져 있다는 걸 깜빡했네."

오로지는 해맑게 웃으며 태평의 교복 재킷에 눈길을 주었다.

"너는, 김태평? 이름 진짜 특이하다. 별명이 혹시 천하태평 아니야?"

할 말을 잃은 태평의 눈가가 잘게 경련했다. 농담 같지도 않은 농담에 어이가 없어서였다.

"커피나 한잔 마시자."

입매를 단단히 굳힌 태평이 꽃다발을 챙겨 자리에서 일어났다. 오로지는 의아스레 그를 쳐다만 볼 뿐 일어날 생각을 하지 않았다. 커피 한잔하자는 게 무슨 뜻인지 전혀 모르겠다는 얼굴이었다.

"나가서 커피 마시자고. 한 시간 넘게 봤으면 됐잖아."

"……벌써 그렇게 됐나?"

뭉그적거리며 일어나는 오로지의 몸짓에는 숨길 수 없는 미련이 묻어 있었다. 주름이 진 교복 치마를 매만질 때도 그림을 흘깃거렸다. 그림 한 점에 영화 한 편 볼 시간을 써 놓고도 모자란 건지, 알면 알수록 이상한 여자애였다. 태평은 제 가방을 번쩍 들고 전시회장에서 나왔다. 그의 시선은 정면에 박혀 있었지만, 귀는 등 뒤로 따라붙는 걸음 소리에 집중하고 있었다. 자박자박하는 소리가 멀어지지 않게 속도를 조절하며 걷다가 미술관 맞은편에 있는 카페 문을 열었다.

"뭐 마실래?"

카운터 앞에 선 태평이 물었다. 메뉴판을 열심히 바라보던 오로지는 대단한 결심이라도 한 것처럼 비장하게 말했다.

"……난 바닐라 라테."

"따뜻한 거?"

"응."

고개를 끄덕이며 가서 앉으라고 손짓했다. 신중하게 카페 내부를 두리번거리던 오로지는 창가 쪽 자리로 걸어갔다. 하필이면 거길 골라 앉나, 내키지 않는 표정으로 오로지를 보고 있는 태평에게 직원이 물었다.

"음료만 하시나요? 다른 건 안 필요하세요?"

손목시계를 확인하니 점심 먹을 시간이 지나 있었다. 다시 상체를 틀어 창가를 바라봤다. 테이블 위에 팔꿈치를 대고 있는 오로지가 보였다. 그대로 시선을 떼려는데 허공에 떠 있는 발 두 개가 눈에 들어왔다. 높은 의자에 앉은 오로지는 공중에서 발을 붕붕 돌리며 바깥을 보고 있었다. 재미있는 일이라도 있나 싶어 밖을 둘러봤지만 태평의 눈에는 개미 새끼 한 마리도 보이지 않았다. 실로 경이로운 순간이었다. 어떻게 날아다니는 나비도 아닌, 정지해 있는 사물을 저렇게 신이 나서 바라볼 수 있는 건지. 예상치 못한 충격을 준 오로지를 위해 태평은 BLT 샌드위치를 추가로 주문했다.

"주문하신 커피 두 잔과 샌드위치 나왔습니다."

직원이 건넨 쟁반을 들고 걸었다. 제 앞에 놓인 커피를 보자마자 오로지의 얼굴에 설렘이 번졌다.

"고마워, 잘 마실게."

달콤한 바닐라 향이 나는 커피를 후후 불어 마신 오로지는 두 눈을 동그랗게 떴다.

"신기한 맛이야. 바나나 우유 맛일 줄 알았는데."

설마 바닐라 라테를 시켜 놓고, 바나나 우유 맛을 기대한 건가. 논리라고는 찾아볼 수 없는 그녀의 말을 여러 번 곱씹어 본 태평은 오로지가 바닐라와 바나나의 차이를 몰랐다는 걸 뒤늦게 이해했다.

달그락—.

얼음만 남은 커피 잔을 흔들며 태평은 앞에 앉은 여자애를 살폈다. 확실히 또래보다 어려 보이는 외모였다. 화장기 없는 얼굴, 자그마한 체구, 염색이나 파마와 거리가 멀어 보이는 갈색 생머리 때문인가 싶었는데.

꼬르륵—.

불시에 들려온 소음에 제멋대로 흐르던 생각이 뚝, 끊겼다. 동시에 오로지의 하얀 얼굴이 가을 단풍색으로 물들었다.

"화장실?"

상식적인 질문을 던져 보았더니,

"아니거든!"

필요 이상으로 발끈한 목소리가 돌아왔다. 화장실이 아니면, 배고픈 위가 보내는 신호겠지. 누구와는 다르게 논리적으로 결론을 도출한 태평은 샌드위치가 담긴 접시를 슬쩍 밀었다.

"괜찮아, 네 거잖아."

입으로는 예의를 차렸지만, 오로지의 허기진 눈은 이미 샌드위치를 먹어 치우고 있었다.

"먹기 싫으면 버려. 내가 먹으려고 산 거 아니니까."

오로지는 영문을 알 수 없다는 눈으로 태평과 샌드위치를 번갈아 보았다.

"그럼, 왜 샀어?"

"공짜 커피만 주문하는 건 실례니까."

커피는 무료 쿠폰으로 주문했다는 말에 오로지는 작게 고개를 끄덕였다. 그러면서도 선뜻 샌드위치에 손을 대지 않았다. 외모처럼 고지식한 여자애였다. 처음 만난 사람에게 신세를 지는 게 싫은 눈치였다. 한참의 고민 끝에 오로지의 입이 열렸다.

"그러면, 하나씩 나눠 먹자."

만족스러운 해결책을 찾아낸 오로지는 급히 일회용 물티슈를 찢었다. 시선을 떨어뜨리고 있던 태평이 불현듯 한쪽 눈썹을 치켜세웠다. 정지한 그의 시선이 오로지의 손끝에 모여들었다. 하나, 둘 수를 세 보던 눈빛이 스산해졌다. 열 손가락 중에 무려 일곱 손가락에 밴드가 붙어 있었다. 상처도 일곱 개란 뜻이었다.

"섬유용 물감이라 안 지워져서 그래. 여러 번 닦았는데."

손가락에 달라붙어 있는 시선을 느꼈는지 오로지가 작은 변명을 달았다. 태평이 그녀의 손톱 끝에 묻은 물감을 신경 쓰고 있다고 짐작한 것 같았다. 깨끗한 손이라고 한 번 더 강조한 오로지는 샌드위치 반 조각을 집어 들고 태평에게 남은 반을 먹으라고 권유했다.

"됐어."

"혼자 먹긴 좀 그런데……."

말끄러미 태평을 보는 눈빛에는 혼자서는 먹지 않겠다는 은근한 압박이 담겨 있었다. 마지못해 샌드위치 조각을 집어 들고 빵의 끄트머리만 살짝 베어 물었다. 악몽을 꾸고 난 다음 날에 뭘 먹었다가

게워 낸 적이 많았기에 음식을 넘기고 싶지 않아서였다.

"너무 맛있다."

오물오물 샌드위치를 씹는 오로지를 보던 태평은 저도 모르게 입 안에 있던 빵을 꿀꺽 삼켰다. 급히 숨을 참고 목구멍을 좁혔다. 구역질이 나오려는 걸 막기 위해서였다.

"맛있지?"

뽀얀 우유 거품을 입가에 묻힌 오로지가 물었다. 멍하니 그 얼굴을 보다가 냅킨을 내밀었다. 오로지는 배시시 웃으며 태평에게 받은 냅킨으로 입을 깨끗이 닦았다. 거품이 사라진 입술을 바라보던 태평의 눈초리가 가늘어졌다.

왜 아무렇지도 않지?

믿을 수가 없어서 다시 샌드위치를 크게 물었다. 다시 먹어 봐도 결과는 같았다. 빵은 모래알처럼 꺼끌꺼끌하지도 않았고, 토하고 싶을 만큼 역하지도 않았다. 들고 있던 샌드위치를 보며 생각에 잠겼다. 악몽을 꾼 다음 날엔 이럴 수가 없는데.

"엄청 흘리고 먹었네."

그새 샌드위치를 다 먹은 오로지가 교복 재킷에 떨어진 빵 부스러기를 요란하게 털어 댔다. 자연스레 그녀의 교복으로 눈이 갔다. 단정하지만 물려 입은 옷인지 눈에 띄게 낡아 보였다. 이번에는 의자에 올려진 가방으로 시선을 옮겼다. 닳아 떨어지기 직전인 가방에는 실밥이 삐죽 튀어나와 있었다.

신입생인데 새 교복을 사지도 못할 형편에 예고에 온 건가?

속으로 물은 질문이 들리기라도 했는지, 오로지가 갑자기 고개를 들어 올렸다. 연한 커피색 눈동자에 태평의 뜨끔한 얼굴이 맺혔다. 눈싸움이라도 하는 것처럼 허공에서 두 사람의 시선이 얽혔다. 불쑥 찾아온 침묵이 흐르는 동안, 태평의 머릿속에서 엉뚱한 물음이 일었다. 지금까지 살면서 누군가의 눈을 이렇게 빤히 들여다본 적이 있었던가? 기억을 탈탈 털어 봤지만 떠오르는 게 없었다.

새삼스러운 일은 아니었다. 사람들과 눈을 맞출 때마다 기분이 아주 더러웠으니까. 태평을 흘끔대던 사람들의 시선은 떳떳지 못한 욕망으로 얼룩져 있을 때가 많았다. 뭔가 얻어 내려는 불순한 의도를 숨기고 있거나, 감추고 싶은 감정의 찌꺼기를 들쑤시려 한다거나, 값싼 동정과 연민의 대가로 돈을 바라거나.

태평은 치밀어 오른 불쾌한 기억을 한숨으로 바꿔 뱉었다. 침묵 속에 섞인 한숨이 신경 쓰일 법도 한데, 오로지는 아무것도 듣지 못한 사람처럼 태평을 보고 있었다. 꽤 인상 깊은 눈빛이었다. 그림을 보듯 태평을 보는 눈에서 그 어떤 사심도 읽히지 않았으니까. 그런데 이상하게도, 욕심 없는 오로지의 눈이 태평의 심기를 슬슬 불편하게 했다.

"그만 좀 보지?"

화들짝 놀란 눈이 급히 아래로 떨어졌다.

"미안해, 나는 그냥."

"그냥 뭐?"

"그게, 네가 화가 난 것 같아서."

태평은 말없이 오로지의 뒷말을 기다렸다.

"나 때문에 학교에 못 가서 그런가 싶었는데, 그건 또 아닌 거 같아서. 혹시 무슨 고민이라도 있어?"

"뭐?"

"왜 그럴 때 있잖아. 울고 있는데 왜 우는지 모르겠고, 웃고 있는데 뭐가 웃긴지 모르겠는 거. 네가 그래 보여. 화가 나는데 왜 화가 나는지 모르는 사람 같아."

조용조용 떠드는 목소리에 태평은 표정을 지웠다. 순진무구한 오로지의 눈빛에 불쾌해진 이유를 깨달았다. 하늘에도, 나비에도, 그림에도 주었던 저 호기심 가득한 시선에 자신의 속까지 까뒤집힐 줄이야.

"재수 없게 오지랖은."

날이 선 목소리에 천연한 오로지의 눈이 커다래졌다.

"……미안."

사과를 받아 낸 태평은 말없이 몸을 일으켰다. 뜨거워진 낯을 식힐 곳이 필요했다.

쏴아아―.

화장실 세면대 앞에서 허리를 구부린 태평은 열이 오른 얼굴에 찬물을 끼얹었다. 뒤늦게 후회가 밀려왔다. 바보 같은 여자애를 따라 미술관에 온 것부터가 잘못이었다. 얼굴에 묻은 물기를 털어 내며 거울을 응시했다. 분명 표정은 없는데, 오로지의 말처럼 화가 난 남자가 서 있었다.

"……후우."

뜻밖의 주먹에 얻어맞은 사람처럼 태평은 헛숨을 삼켰다. 생각 없이 뱉은 여자애의 말에 이렇게 휘둘리다니. 어디서든 성격 좋아 보인다는 말 같은 건 들어 본 적이 없었다. 오로지한테도 그저 까칠한 남자애로 보인 게 전부였을 텐데, 과민하게 반응한 자신이 부끄러웠다. 괜한 경계였다. 이제 막 고등학교에 입학한 어리바리한 여자애한테 남의 속을 꿰뚫듯 파헤칠 능력 같은 건 있을 리 없는데. 생각을 정리한 태평은 한결 가벼워진 마음으로 화장실 문을 열었다.

자리로 돌아가 보니 테이블은 어느새 말끔하게 치워져 있었다. 대신 그 위에는 냅킨 한 장과 연필이 올려져 있었다. 오로지는 태평이 사납게 굴었던 일 따위는 안중에도 없는 사람처럼, 냅킨 위에 뭔가를 열심히 그리고 있었다. 성격이 좋다고 해야 하나, 자존심이 없다고 해야 하나. 뭐가 됐든, 뒤끝은 없는 여자애 같았다.

사각, 사각―.

연필이 부드럽게 움직이는 소리에 얼마나 집중했을까, 한참 동안 태평에게 눈길 한번 주지 않고 냅킨만 보고 있던 오로지가 연필을 내려놓았다.

"나도 화장실에 다녀올게."

맘대로 하라는 것처럼 기지개만 크게 켰다. 화장실로 걸어가는 오로지의 뒷모습에서 시선을 떼지 않은 채, 태평은 냅킨으로 팔을 뻗었다. 냅킨에는 나무 한 그루가 그려져 있었다. 정확히 말하자면 두 사람이 함께 본 〈검은 정원〉이라는 그림 속 매화나무였다. 우울하고 기괴한 기운이 흐르던 그림이 다시 떠올랐다.

"이런 걸 왜 그려?"

궁금증을 참지 못하고, 화장실에서 돌아온 오로지에게 물었다.

"아름다워서."

"아름답다고?"

태평은 조소를 섞어 되물었다. 그의 비웃음을 눈치채지 못했는지 오로지는 옅게 웃으며 고개를 끄덕였다.

"우울증에 걸려서 자살한 화가가 그린 그림이라서."

오로지의 말에 태평은 처음으로 고개를 끄덕였다. 정확히 말하면 염세주의에 중독된 화가의 그림이었다. 불행한 내면을 표출한 그의 그림은 지독히도 비참하고 허무했으니까.

태평의 호응이 반가웠는지 오로지가 몸을 앞으로 당겨 앉았다.

"더 특별하고, 더 아름다운 거 같아. 세상을 밝게 볼 수 없는 화가가 발견한 '빛'이 담겨 있으니까. 애정이 없으면 그릴 수 없는 게 그림이잖아. 그래서 모든 그림에는 화가가 발견한 아름다움이 숨겨져 있다고 생각해."

갈색 눈동자를 쉼 없이 반짝이며 오로지는 그림에 대한 애정을 마음껏 드러냈다. 그림을 볼 때마다 화가가 그림을 그렸던 순간을 떠올려 본다고. 붓이 지나간 자리와 멈춘 자리, 붓질로 인해 만들어진 공간과 색채를 더듬어 따라가다 보면 그림을 그렸을 당시의 화가가 느껴진다고 했다.

"그림은 정말 신비해. 1년 전에 그린 그림이건, 100년 전에 그린 그림이건 그림만 있으면 화가와 교감할 수 있잖아. 그 자체가 아름다워. 마치 내가 그 화가의 눈을 빌려 세상을 보고 있는 것 같아서."

말을 끝낸 오로지는 창밖을 아득히 바라보았다. 태평의 시선은 오로지의 이름이 수놓아진 교복 재킷으로 향했다. 문득 'Rosy'라는 단어가 떠올랐다. 장밋빛이라는 뜻을 가진 그 이름이 오로지의 성격을 고스란히 보여 주는 것 같았다. 온 세상이 아름답게 보이는 사람이자, 자신과는 완전히 다른 부류의 인간이기도 한.

"모든 그림에는 아름다움이 숨겨져 있단 말이지."

낮게 뇌까린 태평은 가방에서 빨간색 사인펜을 꺼냈다. 그걸로 오로지처럼 냅킨 위에 그림을 하나 그렸다.

"이 그림에선 어떤 아름다움이 보이는데?"

티슈를 받아 든 오로지는 심각한 표정만 지었다. 그 대단한 장밋빛 시야도 태평의 악몽 앞에서는 무용지물이 된 것 같았다.

"어때, 그린 사람의 숨겨진 애정이 느껴져?"

말없이 빨간 점 네 개를 보고 있는 오로지에게 물었다. 오로지는 입술만 잘근잘근 씹었다. 쓴웃음을 물며 시선을 막 거두려고 할 때였다. 한참을 고민하던 오로지가 입을 열었다.

"응. 그런데 그림으로 그려서 보여 줘도 돼?"

"마음대로."

오로지는 그에게 받은 냅킨을 잘 접어 교복 주머니에 넣었다. 난 감해하던 얼굴에는 어느새 미소가 어려 있었다. 헛웃음이 나왔다. 이런 말도 안 되는 억지마저도 웃고 말아 버리는 여자애가 신기하다 못해 덜떨어져 보였으니까.

"넌 사는 게 그렇게 즐겁냐?"

시큰둥한 물음에 오로지가 고개를 들었다.

"그게 무슨 뜻이야?"

"말 그대로. 볼 때마다 실실 쪼개고 있어서."

"……."

둘 사이에 잠깐이지만 무거운 침묵이 감돌았다. 기분이 상했는지 오로지는 입술을 꼭 붙이고 책가방을 챙겨 양어깨에 멨다. 태평도 묵묵히 자리에서 일어났다.

딸랑─.

먼저 카페 문을 열고 나간 태평이 숨을 크게 마셨다. 쾌적한 봄바람이 그의 코끝에 모였다가 흩어지길 되풀이했다. 한 번 더 숨을 마실 때였다. 그의 등 뒤에서 작은 목소리가 넘어 왔다.

"쪼개고 싶어서 쪼개는 거 아니야. 내 입술이 그렇게 생겨 먹었어. 가만히 있어도 입꼬리가 올라가 있어서 그렇게 보이는 건데."

슬그머니 뒤를 돌아봤다. 태평이 보고 있다는 걸 의식했는지 오로지는 입 가장자리에 잔뜩 힘을 주고 있었다. 노력은 가상했지만 오로지의 입꼬리는 중력의 힘을 거스른 채 살짝 올라가 있었다.

애초에 화를 내는 게 불가능한 것처럼.

할 말을 다 했는지 오로지가 몸을 돌려 걸었다. 꽃다발을 든 태평이 그 뒤를 느릿느릿 따랐다. 오로지는 미술관에 왔을 때처럼 돌아가는 길에도 부지런히 제 몫의 봄을 즐기고 있었다. 하나로 올려 묶은 갈색 머리를 기분 좋게 흔들며, 동그란 이마에 달라붙은 잔머리도 말끔하게 정리하고, 이따금 뒤를 돌아 그가 잘 따라오고 있는지 확인도 하면서. 그 모습을 몇 번 바라보았을 뿐인데 태평은 어느새 플랫폼 위에 서 있었다.

〔지금 열차가 들어오고 있습니다.〕

태평은 지하철에 올랐다.

"저기 앉자."

오로지가 빈자리 두 개를 가리켰다. 내키지 않았지만 말하는 게 귀찮아 그냥 앉기로 했다.

"조소과라 다행이다. 남자애들이 제일 많은 과거든. 적응하기 어렵지 않을 거야."

옆에서 종알종알 떠드는 목소리를 무시하고 태평은 교복 재킷을 벗었다. 텁텁한 지하철 공기가 답답하게 느껴졌다.

"우리 학교 남자애들이 다 착해. 선생님 말로는 여자가 많아서 음기가 센 탓이래. 웃기지? 아, 중식은 먹을 만한데 석식은 별로니까 신청 안 하는 게 나을걸?"

벗은 재킷을 반듯하게 접고 서둘러 이어폰을 꺼냈다.

"내일 내 친구 소개해 줄게. 민영이라는 앤데 너하고 되게 잘 맞을 거 같아. 걔도 너처럼 한 성격 하거든."

못 들은 척하려고 했는데, 고개가 자동으로 휙 돌아갔다.

"한 성격? 그게 뭔데."

건조한 물음에 오로지가 머쓱한 얼굴로 입을 열었다.

"그러니까 어른스러운 친구라는 뜻이야. 키도 너처럼 크고."

잠시의 침묵 후, 태평은 보란 듯이 양쪽 귀에 이어폰을 깊숙이 꽂았다. 두 눈을 감고 음악에만 귀를 기울였다. 같은 노래를 서너 번쯤 들었을 때였다. 감겨 있던 그의 눈이 번쩍 뜨였다. 왼쪽 어깨에서 느껴지는 무게감 때문이었다.

이게 진짜 정신 줄을 놨나.

오로지가 그의 어깨에 기대어 자고 있었다. 힘을 줘서 밀었다. 다행히 어깨에 자석처럼 붙어 있던 머리가 금방 떨어졌다. 안심하고 다시 눈을 감으려 할 때였다. 허공에서 상모를 두어 번 돌리던 머리가 부메랑처럼 돌아와 다시 태평의 어깨에 찰싹 붙었다.

"야!"

힘주어 불러 봤지만 풀이라도 발라 놨는지 오로지의 눈꺼풀은 열리지 않았다. 미간을 찌푸린 태평이 정면으로 시선을 돌렸을 때였다. 반대편에 앉아 있던 남자가 가랑이 사이에 넣었던 손을 급히 빼는 게 보였다. 시선을 내린 그의 눈에 남자의 사타구니가 불룩해져 있는 게 보였다.

"이번 역이 무슨 역인가."

태평은 의뭉스러운 목소리를 흘리는 남자를 주시했다. 끈적한 남자의 눈은 오로지를 힐끔거리고 있었다. 아니라고 믿고 싶었지만 남자의 맞은편에 앉은 사람 중 여자라곤 오로지 하나뿐이었다. 불쾌함이 훅 끼쳤다.

"씨발, 눈깔 돌아가는 소리가 여기까지 들리네. 딸을 칠 거면 집구석에서 조용히 치든가."

혼잣말하듯 읊조렸을 뿐인데, 지하철 안에 있던 사람들의 시선이 일제히 태평 쪽으로 쏟아졌다. 태평은 모두 보란 듯 마주 앉은 남자를 적나라하게 쏘아보았다. 얼굴이 터질 듯 달아오른 남자는 지하철 문이 열리자마자 뛰어나갔다.

"어디서 저런 변태 새끼가."

태평은 오른손만 이용해 접어 놓았던 교복 재킷을 조심스레 펼쳤다. 왼팔은 오로지가 베개로 쓰고 있기 때문이었다. 담요처럼 펼친 재킷으로 오로지의 허벅지를 덮었다. 그녀의 종아리는 물론 신고 있는 운동화까지 한꺼번에 가려졌다.

크게 만족한 태평이 꽃다발을 무릎에 올려 두고 다시 눈을 감으려 할 때였다. 여기저기서 흘러나온 목소리가 그의 귓가에 꽂히듯 들렸다.

"요즘 고딩들은 여친한테 꽃도 사 주나 봐. 저거 되게 비싼 꽃 아니야?"

"그러게, 내 남친보다 낫네. 그놈은 내 생일에 달랑 장미 한 송이 사 왔는데."

"우리 어렸을 때 생각나? 야자 시간에 커플 일기 쓰는 게 최고였잖아. 기껏해야 도토리 선물하면서."

두 눈을 질끈 감고 태평은 MP3의 볼륨을 한껏 키웠다. 음악이 흐르는 동안 지하철은 다음 역을 향해 부지런히 달렸다. 분명 같은 지하철에 타고 있었지만 두 사람은 동상이몽에 빠져 있었다. 오로지에게 이 시간이 달콤한 꿈이었다면, 태평에게는 깊은 한숨이었으니까.

"야, 다 왔어."

한 시간 뒤, 태평은 오로지의 무릎을 덮고 있던 재킷을 빠르게 걷어 올렸다. 오로지는 졸음기가 가시지 않은 얼굴로 비척거렸다. 지하철에서 내리자마자 오로지에게 꽃다발을 떠넘긴 뒤 교복부터 살폈다. 지하철 바닥 청소를 끝낸 재킷에는 더러운 먼지가 잔뜩 묻어 있었다.

"저기……."

옷을 팡팡 털고 있는데 오로지가 불렀다. 고개를 돌릴 새도 없이 꽃다발이 그의 얼굴 쪽으로 불쑥 올라왔다.

"이거, 너 가져."

"왜?"

"난 이제 필요 없으니까."

오로지의 정수리 위로 수상한 눈초리가 쏟아졌다. 반나절 동안 보물처럼 여기던 꽃을 왜 주겠다는 거지? 꺼림칙한 의심이 담긴 태평의 시선을 읽었는지 오로지가 어울리지 않게 톡 쏘았다.

"가지기 싫으면 버려. 내가 가지려고 산 거 아니니까."

무표정했던 태평의 얼굴이 단박에 깨졌다. 샌드위치를 주며 했던 말을 이런 식으로 돌려받을 줄은 몰라서였다. 그것도 다른 사람도 아닌, 오로지한테. 표정을 가다듬은 그가 한마디 하려고 할 때였다. 반대편에 도착한 지하철을 보자마자 오로지가 냅다 뛰었다.

"야! 너, 거기 안 서?"

엉겁결에 꽃을 받아 든 태평이 소리쳤지만, 그 소리는 바쁘게 오가는 사람들의 발소리에 금방 묻혔다. 태평은 황당한 얼굴로 말을 잇지 못했다. 짜증이 미친 듯이 밀려왔다.

여기까지 오는 내내 잠이나 실컷 처자더니. 이상한 변태 새끼한테 희롱당할 뻔한 걸 기껏 막아 줬더니. 고맙다는 말도 없이 가? 그리고 이 꽃까지 떠넘기고? 설마 내가 그 빵 쪼가리 하나 사 줬다고 생색이라도 낼 줄 알았나? 나를 그렇게 쪼잔한 새끼로 봤다는 거지?

스멀스멀 올라오던 짜증이 배시시 웃던 오로지의 얼굴이 떠오른 순간 분노로 바뀌었다.

"······젠장!"

들고 있던 꽃다발을 휴지통에 던져 버렸다. 그래도 분이 풀리지 않아 휴지통을 냅다 걷어찼다. 그 발길질에 휴지통에 처박힌 꽃이 비명이라도 지르는 것처럼 격렬하게 흔들렸다.

「저는 이만 들어가 보겠습니다.」

시계가 6시 정각을 가리키자마자 올리버는 쓰고 있던 안경을 벗어 던졌다.

「기자님, 오늘 회식 있는데 안 가세요?」

마감에 쫓겨 컴퓨터 화면만 보고 있던 동료 기자가 고개를 빼꼼 내밀었다.

「집에 일이 있어서요. 다음엔 꼭 참석하겠습니다.」

헐레벌떡 사무실을 빠져나간 그는 엘리베이터에 타자마자 휴대폰을 꺼냈다.

「경찰서나 학교에서 전화가 오지 않은 거로 봐서는 큰 사고는 없었던 것 같은데.」

혼잣말을 중얼거리며 출입 카드를 찍고 신문사 건물 밖으로 나왔다. 한국계 영국인 올리버는 〈더 런던 타임스〉의 한국 특파원이자 태평의 보호자였다. 기자로서의 일을 마쳤으니 이제 보호자 역할을 할 차례였다. 밤새 끙끙 앓았을 동생이 밥 한술도 넘기지 못했을 게 분명했기에 그는 근처에 있는 죽집을 찾아 걸었다.

태평의 집 현관문을 열고 들어간 올리버는 멍한 표정으로 동생을 살폈다. 막 샤워를 끝냈는지 태평은 젖은 머리를 수건으로 문지르고 있었다. 침대에 널브러져 있을 줄 알았던 동생이 멀쩡한 게 믿기지 않아 올리버가 말문을 열기까지는 꽤 오랜 시간이 걸렸다.

「별일 없었지?」

「왜, 지금이라도 별일 만들어 줘?」

툭툭거리는 태평 앞에서 올리버는 더욱 혼란에 빠졌다. 놀란 마음을 감추며 포장해 온 죽을 꺼내려던 그가 움직임을 멈췄다. 식탁 위에 못 보던 꽃 한 다발이 놓여 있었다.

「이게 무슨 꽃이냐?」

때맞춰 냉장고 문을 여는 태평에게 물었다.

「주웠어.」

「어디에서 저런 꽃을 주워?」

대답 없이 물만 마시는 태평을 보며 올리버는 곰곰이 생각에 잠겼다.

「헬스장에서 받았구나? 그 요가 강사 맞지?」

확신에 찬 목소리로 물었다. 얼마 전에 운동하러 갔다가 태평에게 관심을 보이는 여자 강사를 만난 적이 있었다. 올리버가 태평의 형이라는 걸 알아낸 그녀는 그에게 다가와 은근슬쩍 동생에 대해 꼬치꼬치 물었었다. 쟤가 겉늙어서 그렇지 아직 미성년자입니다, 하고 친절히 설명했는데, 그걸 농담으로 여긴 게 확실했다.

「주웠다니까.」

빈 생수병을 쓰레기통에 버린 태평은 거실로 갔다. 소파에 앉자마자 리모컨으로 TV를 켜는 동생을 훔쳐보는 올리버의 눈엔 의심이 가득했다.

「학교는?」

「안 갔어.」

예상했던 답이었기에 놀랍지도 않았다.

「그럴 줄 알았다. 와서 이거나 먹어. 잣죽이야.」

「생각 없어.」

이것도 예상했던 답이라 놀라지 말아야 하는데, 올리버의 표정이 흠칫 굳었다. TV를 보고 있는 동생의 표정이 미세하게 밝아진 탓이었다. 어젯밤에 꿈자리가 사나웠던 게 아니었나? 악몽을 꾸고 나면 지독한 무기력증을 호소하던 태평이 아무렇지 않은 게, 반갑기보다는 겁이 났다.

올리버는 천천히 거실로 걸어갔다. 동생이 보고 있는 프로그램이 뭔지 확인하고 싶어서였다. 기대는 금방 실망으로 바뀌었다. 화면에 나오고 있는 건 태평이 즐겨 보는 평범한 다큐멘터리였다.

〔흰머리 오목눈이 뱁새는 '멸종위기 관심필요 등급'을 받았을 만큼 개체 수가 적습니다.〕

TV 화면에 흰 눈처럼 뽀얀 털과 검은색 꼬랑지를 가진 뱁새가 등장했다. 볍씨 같은 까만 눈 두 개와 작은 부리 하나만 콕 박혀 있는 새가 올리버의 눈에도 꽤 귀여워 보였다. 작은 솜뭉치 같은 뱁새가 잔망스럽게 하늘을 날아오르는 장면이 잡혔을 때였다. 화면을 지그시 보고 있던 태평이 중얼거렸다.

「닮았어. 소름이 끼칠 만큼.」

「뭐가 닮아?」

이해가 가지 않아 물었는데, 돌아오는 답이 없었다. 올리버는 동생의 이마로 손을 가져갔다. 그 손을 잽싸게 피하며 태평이 얼굴을 찡그렸다.

「너. 어디 아프냐?」

「뭔 소리야.」

짜증 서린 동생의 대꾸에 올리버의 얼굴이 더 어두워졌다.

「그런데 왜 웃어?」

「웃다니? 누가?」

「너, 방금 웃었잖아. 저거 보고.」

올리버의 손가락이 TV 화면을 가리켰다. 동글동글하게 생긴 뱁새가 응답이라도 하듯 재재거렸다. 태평은 TV를 끄고 자리에서 일어났다. 방으로 들어가는 동생을 올리버가 쫓아갔다.

「내일도 학교 안 갈 거면 병원에 가자. 진단서라도 떼 놔야 할 거 아니야.」

「누가 안 간대.」

암막 커튼을 단단히 여민 태평이 낮게 대꾸했다.

「갈 거야?」

두 번 말하기 싫어하는 성격답게 태평은 말없이 안대와 귀마개만 집어 들었다. 침대 위로 올라가는 동생을 지켜보던 올리버는 조용히

방 불을 끄고 현관까지 발소리를 죽여 걸었다. 현관문을 닫고 난 뒤 그는 '김태평의 이상 행동'에 대해 다시 골몰했다.

「아하, 그러면 그렇지. 이 여우 같은 놈.」

엘리베이터에 탄 올리버가 피식 웃었다. 저 까칠한 놈이 유순한 척 연기한 이유를 알 것 같아서였다. 올리버는 제 바지 뒷주머니를 손바닥으로 툭툭 건드렸다. 그의 지갑에는 신용 카드 한 장이 들어 있었다. 지난해 김태평이 오토바이를 사서 타고 다녔을 때 빼앗은 카드였다.

「그래, 세상에 돈만큼 좋고, 아쉬운 것도 없지.」

올리버의 얼굴엔 화색이 돌았다. 당분간 이 카드로 동생을 압박할 생각에 저절로 웃음이 나왔다.

2. 열아홉, 오로지

도어 록에 댄 손가락이 아주 느리게 움직였다. 비밀번호를 모두 누른 뒤, 로지는 어려운 일을 끝낸 사람처럼 크게 숨을 들이마셨다.

"다녀왔습니다."

건조한 목소리가 집 안을 울렸다. 돌아오는 답은 없었다. 신발장을 열어 보았다. 구두 한 켤레를 넣기에 적당한 공간이 비어 있었다. 아빠가 퇴근 전이라는 뜻이었다. 로지는 운동화를 벗어 가지런히 정리해 두고 방으로 들어갔다.

딸깍—.

방문을 잠그고 침대에 걸터앉았다. 책상 위에 놓인 탁상용 달력이 보였다. 오늘 날짜에는 검은색 동그라미 하나가 그려져 있었다. 숨을 크게 들이켰다. 교복에 밴 미약한 꽃향기가 느껴졌다. 그 향기에 로지는 오늘 꽃다발을 들어 준 남학생의 얼굴을 떠올렸다.

김태평, 3학년, 조소과. 알아낸 거라고는 이름과 학년, 전공뿐이었다. 학년은 확실히 묻지 않았지만 처음 본 로지에게 대뜸 말을 놓은 거로 봐선 3학년이 틀림없었다.

'왜 나를 학교가 아닌, 여기까지 데리고 왔냐고.'

부루퉁한 표정으로 묻던 얼굴이 떠올랐다. 사실 학교 근처 역에 도착했을 때 그를 깨웠었다. 이어폰을 낀 채 자는 그 애를 두어 번 흔들었지만 일어나지 않았다. 어찌나 당황했는지 로지도 내려야 할 역을 지나쳐 버렸다. 그렇게 시간은 흘렀고 정신을 차려 보니 미술관 역이었다. 예정에 없던 미술관 관람이었지만 나쁘지 않은 선택이었다. 엄마와 쌓았던 추억을 더듬기에는 최고의 장소였으니까.

로지는 무거운 몸을 일으켰다. 아빠가 돌아오기 전에 씻어야 했기에 서둘러 교복을 벗고 있었는데,

딩동―.

낯선 소음에 평소보다 커진 로지의 눈이 주위를 살폈다. 심장이 거칠게 뛰었다. 주먹을 꼭 말아 쥐고 거실로 나갔다. 인터폰 화면을 확인한 로지는 그 자리에 주저앉았다. 제발 아니길 바랐던 남자가

서 있었다. 검은색 야구 모자와 마스크를 쓴 남자였다.

그는 항상 자신이 누구인지 밝히지 않았다. 문을 열어 달라고 말하지도 않았다. 대신 봉투 하나만 주고 갔다. 오늘도 그랬다. 현관문 바닥 틈으로 봉투를 밀어 넣은 남자는 금방 자취를 감췄다. 인기척이 사라진 현관으로 주춤주춤 기어간 로지는 떨리는 손으로 봉투를 집어 들었다.

[유재희]

봉투의 겉면에는 올해도 어김없이 엄마의 이름이 적혀 있었다. 다시 방 안으로 들어가 맨 아래 서랍장을 열어 봉투를 넣었다. 열어 보지 않아도 알 수 있었다. 봉투에는 5만 원권 스무 장이 들어 있을 것이다. 엄마의 기일마다 찾아오기 시작한 남자는 언제나 로지가 혼자 있는 시간에 찾아와 100만 원이 담긴 봉투를 주고 갔으니까.

미행이라도 한 걸까? 집에 혼자 있는 걸 어떻게 알았지?

침대 위로 올라가 이불을 뒤집어썼다. 온몸이 덜덜 떨렸다. 얼굴을 보지 못했지만 그 남자가 분명했다. 엄마가 죽기 전에 만났던 남자였다. 저 남자가 나타난 이후 엄마와 로지의 삶은 시궁창에 처박혔다. 엄마는 죽었고, 로지는 혼자 남았으니까.

꽃처럼 예쁜 엄마는 아빠를 위해 태어난 사람처럼 살았다. 엄마가 독실한 신자라면 아빠는 엄마의 유일신이었다. 엄마의 기도를 들어줄 사람도, 엄마를 품어 줄 세상도, 엄마의 생사를 결정할 수 있는 사람도 모두 아빠였다. 그랬던 아빠는 엄마가 죽자마자 기다렸다는 듯 엄마를 지워 버렸다.

로지는 작은 몸을 더욱 똘똘 말아 이불 속에 숨겼다. 아빠를 떠올릴 때마다 몸이 자꾸 움츠러들었다. 이유는 알 수 없었다. 로지에게 아빠란 희뿌연 안개를 닮은 사람이었으니까. 보이지만 만질 수 없고, 손을 뻗어 봐도 깊이를 가늠할 수 없으며, 벗어났다고 믿는 순간 갇혀 있다는 걸 깨닫게 되는 안개가 꼭 아빠 같았다.

"고등학교 졸업만 하면."

들릴 듯 말 듯 한 목소리로 중얼거리던 로지가 뒤집어썼던 이불을 걷어 냈다. 숨이 턱, 막히고 손끝이 떨렸다. 연필을 깎아야 했다. 가방에서 연필과 커터 칼을 꺼낸 뒤 티슈 한 장을 뽑아 바닥에 깔았다.

사르륵, 사르륵―.

커터 칼이 움직일 때마다 연필 끝에서 동그랗게 말린 톱밥이 떨어졌다. 향긋한 나무 냄새가 불안했던 마음을 조금 잠재웠다. 엄마가 곁에 있는 기분이었다. 로지가 두려움에 떨 때마다 항상 미술용 연필을 깎아 주던 엄마가.

올해 열아홉 살이 된 로지는, 그 어느 때보다 죽은 엄마를 더 그리워하고 있었다. 엄마가 열아홉이 되었을 때 로지를 낳았기 때문이었다.

'엄마가 우리 로지 이름을 왜 로지라고 지었는 줄 알아? 우리 로지

인생이 장밋빛으로 반짝거렸으면 해서.'

엄마를 생각하며 초점 없는 눈으로 허공을 응시하던 로지가 고개를 내렸다.

"……!"

날카로운 칼이 손끝을 도려낸 게 보였다. 검지에서 맺히기 시작한 핏방울이 소복이 쌓인 톱밥 위로 똑, 똑 떨어졌다. 그걸 가만히 응시하던 로지의 시선이 봉투 세 개가 들어 있는 서랍장으로 향했다.

통증 때문에 사라졌던 불안감이 다시 피어올랐다. 3년 전, 엄마와 로지에게 돈을 주고 있는 남자는 집 근처 카페에 마주 앉아 있었다. 남자의 표정은 보이지 않았지만 엄마의 얼굴은 무언가에 쫓기는 사람처럼 공포에 질려 있었다.

그리고 몇 개월 뒤, 엄마가 죽었다. 아빠는 사고라고 했지만 로지는 그 말을 믿지 않았다. 엄마가 마지막으로 보냈던 문자 때문이었다.

[부족한 엄마 밑에서 바르고 착한 딸로 자라 줘서 고마워. 아빠 잘 챙겨 드리고. 아빠가 표현은 못해도 우리 로지를 정말 많이 사랑하는 거 알지?]

로지는 코 밑으로 급히 손을 가져갔다. 뜨끈해진 코에서 피가 후두두 터져 흘렀다. 침착하게 교복 주머니에서 냅킨을 꺼내 코를 막았다. 고개를 들자 방에 걸린 거울에 비친 자신이 보였다. 김태평이 준 냅킨이 검붉은 피로 천천히 물들고 있었다. 아랫입술을 지그시 깨물었다. 이런 순간에도 올라가 있는 입꼬리가 보기 싫었다.

'넌 사는 게 그렇게 즐겁냐?'

"아니."

제때 하지 못했던 답을 말하며 로지는 김태평의 얼굴을 떠올렸다. 신기할 만큼 눈이 가는 얼굴을 가진 애였다. 아마 열 명의 화가에게 김태평의 초상화를 그리라고 하면, 각각 다른 사람 열 명을 그린 그림이 나오지 않을까?

이유는 김태평의 묘한 눈빛 때문이었다. 언뜻 보면 추운 겨울에 꽝꽝 언 저수지같이 매서운 눈이었지만, 가만히 들여다보면 차갑기보다는 뜨거움이 느껴지는 눈이었다. 마치 쓸쓸하게 얼어붙은 저수지 밑으로 미처 얼지 못한 물이 굼실굼실 흐르는 것처럼.

그리고 그 물결에는 김태평이 품고 있는 적대감도 따라 흐르고 있었다. 활활 타오르는 불을 닮은 그 적대감은 이리저리 일렁이면서 시시각각 다른 색으로 바뀌었다. 그 색을 기억해 두고 싶어서 로지는 저도 모르게 김태평의 얼굴을 아주 오랫동안 바라보았다.

코피가 멎지 않아 턱을 조금 더 치켜들었다. 희미한 형광등이 로지를 내려다보고 있었다. 기다란 전등 모양이, 그 애의 기다란 눈매와 겹쳐 보였다.

"로우지이! 마이 럽!"

로지가 교실 뒷문을 열자마자 괄괄한 목소리가 날아왔다. 칼처럼 반듯하게 앞머리를 자른 민영이 뛰어나왔다. 고작 하루를 보지 못했을 뿐인데 민영은 팔짝팔짝 뛰며 로지를 반겼다.

"여기 너네만 있는 거 아니다."

아침 자습 중이던 친구가 시끄럽다고 눈치를 줬지만, 그런 것에 아랑곳할 민영이 아니었다.

"어제 엄마하고 데이트 잘하고 온 거얌? 흐잉, 울 로지 울었엉? 눈이 팅팅 부었는데?"

민영은 로지의 뺨을 양 손바닥으로 꽉 누르고 요리조리 살폈다.

"안 우러쪄."

입술이 오그라든 탓에 로지는 옹알이하듯 말했다. 민영이는 그런 로지가 귀여워 죽겠다는 듯 볼에 뽀뽀를 쪽, 했다.

"난 어제 너 못 봐서 무지 우울했웅. 내가 우리 귀요미 로지 보는 맛에 학교 다니잖아."

애교 섞인 민영의 콧소리에 이번엔 반장이 못 참겠다는 듯 고개를 획 돌렸다. 뜨끔한 로지가 민영의 손을 잡고 복도로 나갔다. 끌려 나가는 중에도 민영의 입은 쉼 없이 움직였다.

"꽃다발은 어때? 마음에 들었어? 내가 신경 많이 써 달라고 했는데."

로지는 엄지손가락을 번쩍 들어 보였다. 그간 민영에게 진 신세야 셀 수 없이 많았지만, 꽃다발도 그중 하나였다. 로지가 가진 돈으로는 살 수 없는 비싼 꽃을 풍성하게 묶은 꽃다발은 다름 아닌 민영의 이모 작품이었다.

"향기가 정말 좋더라. 지금 나한테 안 나? 어젯밤까지는 났는데. 교복 입고 다녀왔거든."

"진짜? 어디 한번 맡아 봐야겠다."

민영은 로지를 덥석 끌어안았다. 얼마나 세게 안았는지 폐가 짜부라지는 느낌이었다. 숨을 쉬기 위해 몸을 비틀어 봤지만 자신보다 반 뼘은 큰 민영의 품에서 빠져나오기란 쉽지 않았다. 재빨리 민영이 관심을 가질 만한 다른 이야기를 꺼냈다.

"민영아, 전학생 못 봤어?"

"전학생이라니?"

로지의 등을 감싸고 있던 팔에 힘이 풀렸다.

"어제 전학 온 애를 우연히 만났거든. 전공이 조소라던데."

"조소과에? 여자야?"

"아니, 남자. 안 그래도 오늘 너한테 소개해 주려고 했어. 성격이 좀 까칠한데 나쁜 애 같지는 않아서."

로지 앞으로 민영이 몸을 바싹 기울였다.

"남자라고? 어떻게 생겼어? 키는? 안경 썼어? 피부는? 뚱뚱해? 말랐어? 왜 전학 왔대?"

특종을 잡은 사람처럼 민영은 쉴 새 없이 질문을 던졌다. 그럴 수밖에 없었다. 남자가 귀한 예고에서, 그것도 재미있는 일이라고는 하나도 없는 고 3 수험생에게 뉴 페이스가 나타났다는 건 특급 사건이었으니까.

"그런데 우리 학교에서 고 3 전학생을 받아 주나? 전에 어느 예고 다녔대? 학교만 알면 내가 SNS 털어 볼 텐데. 어머, 야! 힘 좀 쓰는 애면 우리 동아리에 들어오라고 하면 좋겠다."

정신없이 쏟아지는 질문에 어떤 것부터 대답해야 하나 고민이었는데, 고맙게도 혼란에 빠진 로지를 구해 줄 사람이 나타났다. 같은 반의 영어 부장이었다.

"로지야, 1학년 영어가 오래. 1학년 교무실로!"

남자 전학생 소식에 한껏 들떴던 민영은 인상을 팍 썼다.

"그 미친년은 왜 맨날 너만 찾아? 겨울 방학에 불러서 일 시켜 먹은 거로 부족하대? 너 크리스마스이브에도 학교에 나와서 일했다며. 그때 짜장면 한 그릇 시켜 줬다고 하지 않았어? 에이씨, 내가 교육청에 확 꼬지를까?"

말이 길어질수록 민영의 이마에 생긴 주름도 깊어졌다. 빨리 다녀오겠다고 말하며 로지는 민영에게 제 책가방을 맡겼다. 1교시 수업 시작종이 울리기까지 시간이 얼마 없었다. 계단을 내려가는 로지의 걸음이 바빴다.

"……선생님."

1학년 교무실로 들어간 로지는 고개를 두리번거렸다. 영어 선생님은 평소 앉던 자리가 아닌 다른 곳에서 로지를 불렀다. 환한

미소를 짓고 있는 그녀의 책상 위엔 '교무기획부장' 명패가 반짝
거렸다.

"어서 와. 아침은 먹었니? 이거 하나 먹어."

선생님은 서랍에서 시리얼 바 하나를 꺼내 내밀었다.

"고맙습니다."

"참, 어제 학교에 결석했다며?"

"네, 엄마 기일이라서요."

별로 대답하고 싶지는 않았지만, 담담하게 답했다. 선생님의 목
소리는 한 톤 더 높아졌다.

"세상에, 어제가 우리 로지 어머님께서 돌아가신 날이었니?"

과장 섞인 목소리에 주변에 있던 선생님들의 눈이 일제히 로지의
얼굴로 날아들었다. 박히듯 꽂힌 그 시선들이 로지의 어깨에 짐처
럼 내려앉았다.

"선생님이 미리 챙길걸. 많이 속상했지?"

"……괜찮아요."

로지의 목덜미를 살짝 잡았다가 놓은 선생님은 급히 본론을 말
했다.

"로지도 알다시피 선생님이 올해 1학년 교무부장이 됐잖아. 일이
너무 많아졌어. 그래서 작은 부탁 하나만 하려고. 별로 어려운 일은
아니야. 쉬는 시간에 하면 금방 끝날걸?"

"아, 네."

로지의 얼굴이 흐려졌지만, 선생님에게는 눈여겨볼 필요가 없는

작은 변화일 뿐이었다.

"그리고 이거 선생님이 로지 주려고 챙겨 놨던 거야."

선생님은 로지에게 맡길 일거리를 담은 파일과 영어 참고서 한 권을 겹쳐서 건넸다. 건너편에서 두 사람을 지켜보고 있던 사회 선생님이 흡족한 목소리로 한마디 거들었다.

"우리 로지가 복 받았네. 저런 은사님은 평생에 한 번 만날까 말 깐네. 최 선생도 대단해. 1학년 때 맡았던 학생을 3학년이 될 때까지 챙기고 말이야. 하긴, 그 정도 열정이 있으니 벌써 교무부장이 된 거 아니겠어?"

선생님의 얼굴엔 숨길 수 없는 웃음꽃이 활짝 피었다.

"제가 복 받은 거죠. 우리끼리 있으니 하는 말인데 요즘 로지 같은 학생 보기가 어디 쉬운가요? 겸손하지, 착하지, 그림도 잘 그리지. 완전 천연기념물이잖아요."

"하긴, 그것도 틀린 말은 아니네. 맞다. 로지 아버지도 선생님이라고 했나?"

로지는 입을 꼭 다물고 고개만 두어 번 끄덕였다.

"아버지도 마음고생이 심하시겠네. 에휴, 공무원 좋다는 것도 다 옛말이야. 로지야, 너는 절대로 학교 선생 되지 말고 차라리 학원 강사를 해. 돈이라도 많이 벌어야 덜 억울하지."

사회 선생님의 푸념에 주변에 있던 선생님들도 동의한다는 듯 고개를 주억거렸다. 그도 그럴 게 다림예술고등학교는 소위 있는 집 자식들이 다니기로 유명한 학교였다. 이름만 대면 알 만한 기업 오너의 자녀들도 있었고, 의사, 변호사, 교수 같은 전문직에 종사하는 부모님을 가진 친구들도 발에 챌 만큼 많았으니까. 다림예고 선생님들이 학생의 눈치를 보는 게 힘들다는 말을 달고 사는 이유였다.

"로지야, 선생님이 하나 더 부탁할 게 있는데."

딴생각에 잠겨 있던 로지가 고개를 들었다. 선생님은 자기 책상 옆에 놓여 있는 꽃나무를 가리켰다.

"이사장님께서 선생님 승진 축하한다고 선물로 주셨는데, 선생님이 이런 걸 키워 본 적이 없어서. 우리 로지가 원예부원이잖아. 재능기부 좀 해 줘. 응?"

'천리향'이라는 작은 팻말이 꽂혀 있는 화분을 말끄러미 바라봤다. '서향'이라는 이름을 가진 그 꽃은 키우기가 까다로운 품종이었다. 건조한 곳도 피해야 하고 토양도 신경 써야 하며 벌레도 잘 꼬이기 때문이었다.

"선생님이 이 은혜 안 잊을게. 안 그래도 지난번에 회식했을 때 3학년 선생님들께 우리 로지 학생부 좀 신경 써 달라고 부탁했어. 너 좋은 대학 보내려고! 어머, 수업 시작하겠다. 어서 올라가 봐."

"네."

고개를 살짝 숙인 로지는 등을 돌려 걸었다. 무언가 설명할 수 없는 감정이 북받쳤지만 애써 표정을 갈무리하면서.

"네가 김태평이지? 이리로 와."

교무실 문 쪽으로 걷던 로지의 걸음이 익숙한 이름에 멈칫했다. 천천히 고개를 돌렸다. 놀랍게도 로지가 조금 전까지 이야기를 나눴던 선생님 앞에 김태평이 서 있었다.

"너, 어제 왜 학교에 안 왔어?"

선생님이 매섭게 따져 물었다.

"지하철에서 졸았어요."

태연한 김태평의 대답에 선생님은 콧잔등을 찌푸렸다.

"그걸 지금 변명이라고. 한심하다, 한심해. 너 어디 이상한 데 간 거 아니야?"

날카로운 선생님의 추궁에 김태평이 아닌 로지의 몸이 움찔 떨렸다. 괜히 미안한 마음이 들었다. 다리를 다친 데다가 전학 온 지도 얼마 안 된 학생 같은데. 안타까운 마음을 숨기고 교실로 돌아가려는데 다시 김태평의 목소리가 들렸다.

"이상한 곳, 어디요?"

김태평은 큰 키를 이용해 선생님을 빤히 내려다보았다.

"와야 할 학교에 안 오고 간 곳이면 다 이상한 곳이지. 어디 다녀왔는지 빨리 말 안 해?"

씩씩대는 선생님 앞에서 그는 목소리를 한층 더 낮췄다.

"그러니까, 선생님이 생각하는 이상한 곳이 어디냐고요."

단단히 끼워져 있던 선생님의 팔짱이 풀렸다.

"이게 어디서 선생님 말꼬리를 잡고 중2병에 걸린 애들이나 하는 짓을 하고 있어? 여기가 아직도 중학교인 줄 알아? 잔말 말고 진단서부터 내놓고 어제 어디 다녀왔는지 말해."

건조했던 김태평의 눈이 깊게 가라앉았다. 두 사람을 둘러싼 공기도 심상치 않게 변했다. 조용히 걸음을 옮기려던 로지의 머리에 불현듯 이상한 생각 하나가 스쳤다. 잠깐, 그런데 김태평이 왜 1학년 교무실에 와서 1학년 교무부장 선생님한테 혼나고 있는 거지? 골똘히 생각에 빠져 있던 로지는 김태평의 손가락이 자신을 가리키고 있다는 걸 알아채지 못했다.

"저기 서 있는 오로지를 따라서 시립 미술관에 다녀왔습니다. 오로지한테 그림의 본질에 대해 배우느라 학교를 깜빡했는데."

깜짝 놀라 고개를 벌떡 들었을 때였다. 흥분한 선생님의 목소리가 다시 로지의 귓전을 때렸다.

"너, 어디서 감히 선배를 걸고넘어져? 오로지가 네 친구야? 어디 하늘 같은 선배한테 반말을 하니?"

아주 잠깐이었지만 로지는 선생님에게 조금 감동할 뻔했다. 자신이 선배 대접을 받지 못했다고, 교무실에서 공개적으로 화를 내다니. 잠시 감상에 젖었던 로지는 불길한 기운을 감지하곤 선생님과 김태평의 얼굴을 번갈아 바라보았다. 지금, 뭔가 어마어마한 오해가 생긴 것 같았는데.

"너, 1학년 아니었어?"

김태평의 질문에 로지는 마른침을 꿀꺽 삼켰다. 설마, 이 소란의 원인이 자신 때문인가 싶어 입이 바짝 말라 왔다.

"……난, 3학년인데요."

억지로 떼어 낸 입술 사이로 문법에 맞지 않는 문장이 흘러나왔다. 이곳이 교무실이라는 걸 잊어서는 안 된다는 이성과 김태평의 추궁에 빨리 대답해야 살 수 있다는 본능이 충돌한 결과였다.

"……하."

로지를 뚫어져라 보던 김태평은 짤막한 탄식만 뱉었지만, 로지의 귀에는 그가 꾹 참고 있는 말이 또렷하게 들렸다.

……빌어먹을, 저 얼굴이 어떻게 3학년이야?

놀란 건 로지도 마찬가지였다. 삐져나온 잔머리를 귀 뒤로 쓸어 올리며 김태평의 얼굴을 천천히 뜯어봤다. 열일곱이면 이제 막 중학교를 졸업한 나이고, 그렇다면 어느 정도 풋풋한 소년미가 느껴져야 하는데. 김태평의 얼굴은 앳된 티라곤 전혀 없는 단단한 남성미가 물씬 풍겼다. 좋은 말로 하면 성숙한 외모고, 나쁜 말로 하면.

"노안도, 이런 노안이……."

로지 쪽으로 향해 있던 김태평의 눈꼬리가 뾰족해졌다. 머릿속에 뱅뱅 돌던 말을 저도 모르게 내뱉었다는 걸 자각한 로지는 급히 몸을 돌렸다. 때마침, 수업 시작을 알리는 종소리가 들렸다. 로지는 누가 쫓아오기라도 하는 것처럼 바람같이 교실로 달려갔다.

"빨리 와. 내가 교과서 펴 놨어."

숨을 헉헉 몰아쉬며 교실로 들어온 로지에게 민영이 손짓했다. 로지가 자리에 앉자마자 국어 선생님이 교실로 들어왔다.

"수능에서 언어가 가장 빡세지고 있는 거 알지? 다들 정신 바짝 차리자. 1교시부터 졸기 시작하면 집에 갈 때까지 졸게 돼 있어."

선생님의 우렁찬 목소리가 교실 구석구석을 뒤덮은 잠기운을 몰아냈다. 판서 중인 선생님의 눈치를 보며 로지는 무지 노트를 꺼냈다. 잠시 후, 연필을 쥔 그녀의 종이 위를 바쁘게 날아다녔다.

"……?"

옆구리를 찌르는 손가락에 놀라 로지가 고개를 돌렸다. 민영이 입 모양으로 물었다.

"뭐 그리는 거야?"

로지도 입술만 벌려 대답했다.

"숙제."

"무슨 숙제?"

눈을 동그랗게 뜬 민영이 바싹 다가왔다. 로지는 수업 중인 선생님을 가리키며 조용히 하라고 신호를 보냈다. 입을 비죽 내미는 민영에게서 고개를 돌리고 다시 연필을 잡았다.

열어 놓은 창문 사이로 봄바람이 흘러들어 왔다. 그 바람이 로지의 잔머리를 가볍게 흔들고 지나갔다. 크게 숨을 들이켰다. 먼지 섞인 흙냄새가 났다. 연습장에는 붉은 점 네 개가 콕콕 찍혀 있었다. 김태평이 애정을 담아 그린 점들이었다. 그 점들을 토대로 그림을 그리는 동안 로지는 비어져 나오는 웃음을 여러 번 깨물어 참아야 했다. 김태평 때문에 열이 잔뜩 받은 교무부장 선생님의 붉으락푸르락한 얼굴이 떠오른 탓이었다. 매캐하게 느껴졌던 봄바람이 일순, 청량한 내음으로 바뀌었다.

정신없이 그림을 그리다 보니 어느새 점심시간이었다. 민영은 점심을 먹지 않겠다는 로지의 말에 말도 안 된다는 표정을 지었다.

"또 점심 안 먹게? 오늘 맛있는 거 나온단 말이야."

"속이 별로 안 좋아서."

"너 일주일 넘게 점심 안 먹고 있는 거 알아? 병원에 가 봤어?"

"그 정도는 아니고, 아침을 너무 많이 먹어서 그런 거 같아."

3학년은 다른 학년보다 먼저 급식을 먹어야 했기에 민영은 더 조르지 않고 급식실로 올라갔다. 친구들이 썰물처럼 빠져나간 교실이 순식간에 조용해졌다. 홀로 반을 지키게 된 로지는 창밖을 바라봤다. 민영은 모르지만 사실 로지는 3월 중식을 신청하지 않았다.

[급식비 입금을 깜빡했다.]

개학 전날 발견한 아빠의 쪽지에 로지는 조금 충격을 받았다. 철두철미한 성격인 아빠가 이런 실수를 한 건 처음이기 때문이었다.

"아빠도, 사람이었구나."

창가를 둘러보던 시선을 교실로 가져온 로지는 교무부장이 맡긴

잡일을 하기 시작했다. 시간이 얼마나 흘렀을까, 점심을 먹은 친구들이 하나둘 교실로 돌아왔다. 하던 일을 멈추고 빈 물병을 하나 챙겨 1학년 교무실로 내려갔다. 천리향을 관리해야 하는 두 번째 숙제를 끝내기 위해서였다.

드르륵―.

교무실 문을 열자 반갑지 않은 얼굴이 보였다. 체육 선생님이었다.

"오로지, 마침 잘 왔네. 이리 좀 와 봐!"

로지는 마지못한 걸음으로 걸어갔다. 고개를 숙인 눈에 발가락 양말을 신은 발이 휴지통을 툭, 차는 게 보였다.

"이것 좀 비워라. 흘러넘치기 직전이네."

로지는 귀를 의심했다. 그동안 책상을 닦거나, 땀에 젖은 수건을 빨거나, 커피를 타라는 심부름은 종종 했지만, 쓰레기통을 비운 적은 없었는데.

"아, 내가 비켜 줘야 하나?"

비좁은 공간 탓에 로지가 쓰레기통을 치우지 않고 있다고 생각했는지, 그는 의자에 앉은 채 상체를 뒤로 확 젖혔다. 로지는 숨을 참고 쓰레기통을 꺼내 들었다. 다시 의자를 원위치시킨 선생님은 누런 이를 드러내며 웃었다.

"아이구, 요 이쁜 자식! 생글생글 웃는 게 참 이뻐. 너 인마, 부모님께 감사해. 요즘엔 머리 좋은 것보다 얼굴이 이쁜 게 나은 세상 아니냐."

"……고맙습니다."

더 길게 말을 섞고 싶지 않아 로지는 재빨리 교무실 밖으로 나
갔다. 기다란 복도가 오늘따라 더 길어 보였다. 손에 들고 있는
쓰레기통은 점점 무거워지고 있었다. 그 무게만큼 화실이 그리워
졌다.

학교 말고, 화실에서만 살 수 있다면 얼마나 좋을까. 내가 보고
싶은 것만, 내가 알고 싶은 것만, 내가 담고 싶은 감정만 품어 주는
그림을 그리면서. 그 열망이 얼마나 강했는지 로지는 쓰레기통을
들고 있던 제 손이 허전해진 것도 깨닫지 못했다.

"아니, 이걸 왜 학생이 치워! 안 그래도 내가 점심 먹고 와서 하
려고 했는데."

로지의 쓰레기통을 빼앗아 든 사람은 교무실 청소를 하는 아주머
니셨다.

"괜찮아요."

"내가 안 괜찮아. 학생들한테 교무실 청소시켰다는 말 나돌면 나
만 욕먹어. 이거 그 홍두깨 체육 선생 쓰레기통이지? 아이구, 드러
워 죽겠네. 도대체 뭘 먹고 다니길래 쓰레기통에서도 홀아비 냄새
가 풀풀 나는지. 그러니까 그 나이 먹도록 장가를 못 갔지! 여자들
이 아주 잘하는 거야. 못난 남자들하고는 아예 결혼을 해 주지 말아
야 해."

로지는 쿡, 소리 죽여 웃었다. 한참 떠들던 아주머니는 뒤늦게 자
기 말이 과했음을 깨달았는지 헛기침을 했다.

"선생님 그림자도 안 밟는 착한 학생한테 몹쓸 소릴 했네. 미안해, 어서 가 봐. 지금 한 말은 비밀인 거 알지? 내가 저 홍두깨한테 다시는 학생들에게 이런 거 시키지 말라고 단단히 일러놓을게."

"고맙습니다."

"고맙긴, 다 돈 받고 하는 일인데."

뒤돌아 걷는 아주머니를 바라보던 로지는 여자 교사용 화장실로 들어갔다. 화장실엔 아무도 없었다. 수도꼭지 밑에 생수병 주둥이를 대고 물을 틀었다.

문득, 1학년이었을 때 여길 처음 찾았던 날이 떠올랐다. 생리통이 심해 청소용 도구가 쌓여 있는 칸에 들어가 배를 감싸고 있을 때였다. 누군가 화장실로 들어오는 소리가 들렸다.

'어, 엄마. 정신이 하나도 없어서 전화 못 했어. 개원의라고? 집은 어디에 있대? 차는 뭐고?'

로지의 담임 선생님이었다. 교무실에서 할 수 없는 개인적인 통화를 하기 위해 교사용 화장실을 찾은 것 같았다.

'일은 뭐 그냥 그래. 잘사는 애들이 많아서 신경 써야 할 게 한두 개가 아니야. 나도 낙하산이니까 할 말은 없지만. 그래도 반에 좀 떨어지는 애가 하나 있어서 도움 좀 받고 있어. 아버지하고 단둘이 사는 앤데 때가 덜 묻어서 그런지 시키면 시키는 대로 다 하더라고.'

나갈 타이밍을 놓친 로지는 선생님의 통화 내용을 의도치 않게 모두 엿들었다.

'애 아버지가 학교 선생이라는데 딸한테 전혀 관심이 없어. 연락도 안 받고 학부모 참관 수업에도 안 오더라고. 그냥 그림 하나 잘 그려서 장학금 받고 온 애라 아무도 신경 안 쓰거든.'

가슴이 따끔거렸다. 오로지라는 이름을 듣지 않아도, 로지는 선생님이 말하고 있는 학생이 자신이라는 걸 알 수 있었다. 학부모 회의에 참석하지 않은 부모는 아빠뿐이었고, 장학금을 받고 이 학교에 온 것도 자신밖에 없었으니까.

"……이런."

생수병에서 넘친 물이 손을 적시고 있었다. 서둘러 수도꼭지를 잠갔다. 그대로 화장실에서 나가려던 로지는 청소 용구가 쌓여 있는 곳으로 걸어갔다. 그곳에는 2년 전처럼 한눈에 봐도 독해 보이는 청소 세제가 잔뜩 쌓여 있었다. 변함없는 풍경이 미처 생각지 못했던 부분까지 생각을 미치게 했다. 보호자가 있지만 최소한의 보살핌도 받지 못하는 자신과 책임감이라곤 전혀 없는 사람의 손에 키워지게 된 천리향이 묘하게 겹쳐 보였다.

한참을 공허한 얼굴로 서 있던 로지는 가장 가까이에 놓여 있는 세제 통으로 팔을 뻗었다. 통에 닿으려던 손끝이 망설이는 주인의 마음을 읽었는지 제멋대로 오므라들었다. 고개를 내려 손가락마다 붙어 있는 밴드에 시선을 주었다. 천리향마저 이런 상처를 입게 할 수는 없는데. 이 간절한 바람이 손가락을 마비시켰던 머뭇거림을 단숨에 풀어 버렸다. 로지는 물을 담은 병에 세제를 조금 부은 뒤 화장실에서 나갔다.

교무실로 다시 돌아간 로지는 창백한 얼굴로 화분 앞에 섰다.

[천리향 물주기 : 겉흙이 마르면 조금씩 물을 주세요. 화분 흙이 마르고 5~7일 뒤에 물을 줘도 될 만큼 건조하게 키우면 좋습니다.]

화분에 꽂혀 있는 관리법을 읽은 뒤 무릎을 굽혀 앉았다. 손가락으로 흙을 만졌다. 보송보송한 걸 보니 물을 주어야 할 때였다. 천천히 생수병을 들어 올렸다.

"......."

화장실에서 했던 결심과 달리 로지의 손은 꿈쩍도 하지 않았다. 가슴이 욱신거렸다. 이 꽃이 무슨 죄가 있다고. 병을 들지 않은 손으로 천리향의 초록색 잎사귀를 건드렸다. 살아 있는 생명체 특유의 탄성이 느껴졌다. 그게 더 서글펐다. 지금은 이렇게 예쁘고 싱싱하지만, 돌봐 주는 사람이 없다면 한 달도 버티지 못하고 죽는 게 화분에 심긴 꽃이었으니까.

들판에 있는 야생화도 홀로 살아남는 게 쉽지 않겠지만, 화분에 있는 꽃은 혼자 사는 게 아예 불가능했다. 햇빛도, 물도, 양분도 모두 주인에게 오롯이 의지해야 했으니까. 문득 로지는 자신이 천리향이라면, 어떤 선택을 했을지를 생각해 보았다. 교무부장 같은 사람의 손에서 키워질 바에야 그냥 말라 죽는 게 낫지 않을까?

생각 끝에 손끝을 말아 쥐었다. 견딜 수 없는 죄책감 때문이었다. 그걸 누르기 위해 밴드가 감긴 손끝을 꼬집듯 눌렀다. 가슴에서 퍼지는 통증을 손끝에서 느껴지는 아픔으로 가리고 있었는데, 기습적인 목소리가 뒤에서 날아들었다.

"3학년, 왜 자꾸 1학년 교무실에서 얼쩡대?"

깜짝 놀란 로지가 들고 있던 생수병을 바닥에 떨어트렸다. 바닥에 떨어진 플라스틱 병에서 물이 줄줄 새어 나왔다. 그걸 닦을 새도 없이 고개를 돌렸다. 김태평이 여기에서 뭘 하고 있냐고, 눈으로 물어 왔다.

"……노, 놀랐잖아."

그는 말없이 허리를 굽혀 이미 반쯤 물을 쏟아 낸 생수병을 주워 들었다.

"놀라긴, 무슨 죄라도 지었어?"

로지는 고개를 숙였다. 심장이 쿵, 쿵 뛰는 소리가 귓바퀴를 타고 흘렀다. 혼란스러워하는 로지 쪽으로 그가 반걸음 더 다가왔다.

"그게 아니면, 내가 방해라도 한 건가?"

"……."

도저히 김태평과 시선을 맞출 수가 없었기에 로지는 고개를 내린 채 앉았던 몸을 일으켰다.

"……그거 줘."

김태평이 들고 있는 생수병 쪽으로 손을 뻗었다. 허공에 떠 있는 로지의 손끝은 가볍게 떨리고 있었다.

"재밌는 애네."

말과는 달리 전혀 웃고 있지 않은 얼굴로 그는 로지의 손을 차갑게 쏘아 보았다. 수 초의 시간이 그렇게 흘렀다. 찰나 같은 침묵이었지만 로지에게는 억겁처럼 느껴졌다. 아무 말이 없는 김 태평을 보기 위해 두 눈만 들어 올렸던 로지는 숨을 죽였다. 김 태평이 생수병의 입구에 코끝을 갖다 대고 있었다. 코를 찌르는 독한 냄새에 인상을 쓰는 그의 표정에 로지의 몸이 딱딱하게 굳었다.

"쫄기는."

얼음처럼 얼어 버린 로지에게 김태평은 선심을 쓰듯 생수병을 내밀었다. 그걸 움켜쥔 로지는 또다시 도망치듯 교무실에서 빠져나 갔다.

교실로 돌아온 로지는 밭은 숨을 몰아쉬며 자리에 앉았다. 짝꿍 인 민영이 기다리고 있었다는 듯 빨대가 꽂힌 바나나 우유를 건넸 다. 허겁지겁 입술에 닿은 빨대를 빨았다. 달달한 바나나 향에 긴장 했던 마음이 조금씩 녹아내렸다. 민영은 우유를 맛있게 마시는 로 지를 보며 흐뭇하게 웃었다.

"우리 다음 쉬는 시간에 매점에 가자. 너 점심 안 먹길 잘했어. 짜장면이 완전 쉣이었거든. 면은 다 불어 터진 데다가 너무 짜서

토할 뻔했다니까?"

바나나 우유를 꼴깍꼴깍 마시던 로지의 두 눈이 스르르 접혔다. 민영의 입가에 까맣게 묻은 짜장 소스 때문이었다.

"맛이 없어서 입에 다 묻히고 먹었어?"

로지는 손수건을 꺼내 민영의 입가를 깨끗이 닦아 줬다. 다정한 두 사람을 지켜보던 친구들이 눈살을 찌푸렸다.

"쟤넨 전생에 아마 부부가 아니었을까? 어으, 진짜 눈 뜨고는 못 봐주겠다."

민영은 뿌듯한 얼굴로 로지의 어깨를 당겨 안았다.

"맞아, 그러니까 우리 로지 괴롭히지 마. 그랬다간 피를 보는 수가 있어! 법보다 빠른 게 내 주먹인 거 알지?"

친구들은 체념한 얼굴로 두 사람에게서 시선을 떼어 냈다. 로지는 빙그레 웃으며 필통에서 칼을 꺼냈다. 연필의 몸통에 칼끝을 갖다 댄 뒤 가느다란 칼자국을 냈다. 그리고 칼로 그은 선을 기준으로 연필의 단면을 얇게 깎았다.

"와! 우리 로지가 또 방망이 깎네."

민영은 로지가 정성스럽게 연필을 깎는 걸 하나도 놓치지 않고 지켜봤다. 자세히 보지 않으면 연필이 아니라 볼펜이라고 착각할 만큼 로지가 깎은 연필은 한 치의 오차도 없이 매끄럽고 깔끔했다.

"로지야, 내 것도 깎아 주라."

"그래."

필통을 찾으려고 민영이 몸을 틀었을 때였다. 그 움직임에 책상이 크게 흔들리며 쌓아 놓은 톱밥이 눈이 내리듯 바닥으로 떨어져 내렸다. 눈썹을 찡그린 민영이 자리에서 일어났다.

"어우씨, 담임한테 한 소리 듣겠다. 내가 치울게."

빗자루를 가지러 가는 민영을 보며 로지는 다시 칼을 잡았다. 그 순간, 손끝에 집요하게 따라붙던 김태평의 눈빛이 떠올랐다. 로지가 무슨 짓을 하려고 했는지 다 알고 있다는 얼굴이었다. 손끝이 떨렸다. 떨림을 멈추기 위해 습관처럼 커터 칼을 집어 들었다.

"……읍."

날카로운 칼끝이 밴드가 붙지 않은 맨살을 파고들었다. 아릿한 아픔에 머리를 어지럽게 했던 생각들이 날아갔다. 아픔과 맞바꾼 안도감을 느끼며 로지는 두 눈을 감았다. 짧지만 달콤한 평온이 밀려왔다.

"내가 미쳐! 그새를 못 참고 또 다쳤어?"

빗자루를 챙겨 온 민영이 로지의 손가락에서 뚝뚝 흐르는 피를 보고 소리를 질렀다.

"이리 내!"

자리에 앉은 민영은 침착하게 가방에서 거즈와 반창고를 꺼냈다. 연필을 깎다가 자주 손가락을 베는 로지 때문에 챙겨 다니는 상비약이었다. 부드러운 거즈가 벌어진 상처에 닿자 로지가 눈을 찡그렸다.

"쓰라려."

아프다는 말에 민영이 어이가 없다는 듯 웃었다.

"그럼 살이 찢어졌는데 안 아파? 이 손가락 좀 봐. 맨날 다친 데 또 다치고, 다친 데 또 다치고. 너처럼 미련한 애는 처음 본다. 이러니 내가 너한테서 눈을 못 떼지."

귀여운 곰돌이가 프린트된 반창고를 붙여 주며 민영은 혀를 끌끌 찼다. 친구의 잔소리에도 로지는 배시시 웃었다.

"민영아."

"왜."

"너, 나중에 보건 쌤 되면 좋겠다."

"뭐?"

"애들 다쳐서 오면 이렇게 치료도 해 주고, 약도 주고."

"지랄한다. 내가 미쳤다고 그런 일을 할까! 너 보건실 꼬라지 봤어? 난 그런 열악한 환경선 일 못 해. 파티션이 있는 넓은 사무실에서 목에 사원증 걸고 일할 거야. 점심시간엔 청계천 돌며 산책할 수 있는 곳에서!"

민영의 호언장담에 작았던 로지의 미소가 더욱 크게 번졌다.

종례가 끝나자마자 로지와 민영은 학교 밖으로 나갔다. 운동장을 가로지르며 저녁으로 뭘 먹을까 고민하고 있을 때였다.

"쟤네 또 왔네? 할 일이 그렇게도 없나."

먼 곳으로 시선을 준 민영을 따라 로지도 고개를 돌렸다. 교문 앞에 다른 학교 교복을 입은 여자애들이 서 있었다.

"누군데? 아는 애들이야?"

"아니, 나도 몰라. 애들이 그러는데 우리 학교 신입생 중에 존잘남이 하나 있대. 연영과 애들도 다 발라 버릴 만큼 잘생겼다던데? 걔 보러 온 거라고 하더라."

로지는 믿을 수 없다는 표정을 지었다.

"에이, 그래도 연영과만 할까. 거긴 모델도 있고, 아이돌도 있고, 배우도 있는 반인데."

"모르지 뭐, 내 눈으로 안 봤으니. 근데 좀 궁금하긴 하다. 얼마나 잘생겼길래 저러지?"

민영은 타조처럼 목을 길게 빼고 주위를 두리번거렸다. 로지는 친구의 팔을 잡으며 빨리 저녁을 먹으러 가자고 재촉했다.

"아, 맞다. 아침에 말했던 그 전학생은 뭐야? 알아보니까 조소과에 전학 온 애 없다던데?"

로지에게 이끌려 걷던 민영이 물었다. 뭐라고 대답해야 하나, 대답할 거리를 찾던 로지의 고민은 교문 밖에 서 있던 여학생들의 소란에 쑥 묻혀 버렸다. 민영과 로지의 고개가 동시에 교문 쪽으로 돌아갔다.

"김태평이다! 쟤 진짜 여기에 다니나 봐."

"헐, 실물 진짜 대박이야!"

"당연히 연영과겠지? 아, 이 학교 다니는 애들 진짜 부럽다."

화제의 신입생이 김태평이라는 걸 확인한 로지의 입이 저절로 벌어졌다.

"로지야. 우리도 신입생 얼굴 좀 보고 가자. 얼마나 잘생겨서 저러지?"

잘생긴 남자만 보면 정신 줄을 놓는 민영을 로지는 부드럽게 달랬다.

"배고프다며. 빨리 떡볶이 먹으러 가자. 응?"

'떡튀순'이 우릴 기다리고 있다는 말에 몇 걸음 떼던 민영의 발은 얼마 못 가 다시 땅에 붙었다.

"어머, 저 오빠 완전 내 스타일이네."

로지는 두 눈을 크게 떴다. 오빠라니? 경악스러운 예감이 훅 끼쳤다.

민영이 오빠라고 부르는 사람은 이 세상에 단 세 명의 남자밖에 없었다. 남다른 허벅지 근육을 자랑하는 스페인의 유명 축구 선수, 탄탄한 엉덩이가 아름다운 남자 모델, 그리고 친척 오빠 한 명만 민영의 오빠였는데, 또 누가 추가된 거지?

"아씨, 오늘 메이크업 좀 구린데. 야, 라이너 번진 데 없어?"

무릎을 굽힌 민영이 로지의 눈앞에 제 얼굴을 갖다 댔다. 입술에 침을 바르고 머리를 정리하는 민영을 보던 로지의 시선이 서서히 올라갔다. 친구의 뒤로 어떤 남자 얼굴이 불쑥 솟은 탓이었다. 속에서 탄식이 흘렀다. 민영아, 쟤는 네 오빠가 아닌데…….

"오로지."

로지를 부르는 남자의 음성에 민영이 고개를 돌렸다. 김태평은 민영이 보건 말건 제 할 말만 했다.

"그림 다 그렸어?"

다짜고짜 그림을 그렸냐는 김태평의 말에 로지의 고개가 떨어졌다. 민영은 의아한 얼굴로 두 사람을 번갈아 쳐다봤다.

"이름이, 김태평?"

김태평의 교복을 확인한 민영이 물었다. 하지만 김태평은 이번에도 민영을 무시하고, 로지에게 말을 걸었다.

"언제 보여 줄 거야?"

"……아, 밑그림은 그렸는데."

말을 하면서도 로지는 연신 김태평의 눈치를 살폈다. 그가 아는 척을 한 이유가 단순히 그림 때문인지, 교무실에서 있었던 일을 캐묻기 위해서인지 판단이 서지 않아서였다. 이런 자초지종을 모르는 민영은 전투적인 태세로 태도를 바꿨다.

"너, 1학년 아니야?"

그제야 로지에게 닿아 있던 김태평의 시선이 민영에게로 옮겨 갔다.

"1학년인데 뭐 어쩌라고."

"어쩌라고? 이 새끼가 어디서 자꾸 반말이야. 우리가 네 친구처럼 보여?"

민영은 친절하게 제 학생증을 꺼내 김태평 앞에 들이밀었다.

"너 '자매결연식'에 참가 안 했어? 신입생은 선배님께 큰 소리로 인사한다. 1학년은 선배님의 생일을 챙기고, 필요하면 청소도 대신해야 한다. 이거 안 배웠니?"

또박또박 쏘아붙이는 민영의 목소리에 로지의 어깨가 움츠러들었다. 심장이 미친 듯이 벌떡벌떡 뛰었다. 눈만 올려 김태평을 살폈다. 그는 내리깐 눈꺼풀만큼 낮은 목소리로 민영의 선제공격에 맞섰다.

"꼰대질은, 꼰대들한테나 해. 두 살 더 처먹었다고 유세 떨지 말고. 늙은 게 자랑이냐?"

이를 앙다문 민영이, 더는 못 참겠다는 듯 김태평의 교복을 두 손으로 그러쥐었다.

"뭐? 이 좆만 한 새끼가……."

민영에게 멱살을 붙잡힌 김태평은 미간을 한껏 좁혔다.

"니가 언제 내 좆 까 봤냐?"

험한 말이 오가는 두 사람을 바라보던 로지가 민영을 뜯어말렸다.

"민영아, 참아. 여기에서 이럴 게 아니라."

금방이라도 김태평의 뺨을 후려치려는 민영의 팔을 잡고 뒤돌아 걸었다. 마지못해 끌려오는 민영을 느끼며 다행이라고 생각했는데, 성큼성큼 걸어온 김태평이 로지의 앞을 막아섰다.

"찍어."

로지는 휴대폰을 쥐고 있는 손을 말없이 바라봤다.

"네 번호 찍으라고."

"왜 내 번호를……."

줄어든 로지의 말꼬리에는 알려 주기 싫다는 뉘앙스가 담겨 있었다. 그걸 눈치챘는지 김태평의 눈이 가늘어졌다.

"우리, 연락해야 할 일이 많잖아. 그림도 봐야 하고, 교무실에서……."

그의 뒷말은 다시 언성을 높이는 민영에 의해 잘렸다.

"이 새끼가 진짜 계속 반말 찍찍 할래? 대가리 안 숙여? 내가 누 군지 알아? 지하철에서 만난 변태를 경찰서로 끌고 간 게 나야! 것 두 초딩 때! 법과 도덕을 준수하고, 정의 수호를 사랑하는 홍민영이 라고!"

사태가 점점 심각해진 걸 온몸으로 느낀 로지는 김태평이 내민 휴대폰을 받아 들었다. 손가락마다 붙인 밴드 때문에 터치가 제대 로 되지 않았지만, 어찌어찌 번호를 간신히 입력했다.

"됐지?"

로지에게서 휴대폰을 받아 든 김태평은 그대로 몸을 돌려 걸었 다. 그의 등 뒤로 여학생들이 줄줄이 따르는 게 보였다. 분이 풀 리지 않은 민영은 김태평이 작은 점이 되어 사라질 때까지 씩씩 거렸다.

"저 새끼 뭐야? 뭔데 너한테 반말해? 쟤랑 어떻게 아는 사이야? 와, 간만에 잘생긴 얼굴 봐서 좋다 했더니 완전 정뚝떨이다!"

펄펄 뛰는 민영을 데리고 로지는 학교 밖으로 나갔다. 민영의 분 노는 분식집에 도착해서야 간신히 가라앉았다.

"둘이 오랜만에 왔네? 고 3이라 힘들지?"

가늘게 그린 갈매기 눈썹을 찡긋거리며 분식집 아주머니가 알은 체를 했다. 로지와 민영도 반갑게 인사하며 깨끗한 테이블을 골라 앉았다.

"아줌마! 떡볶이 1인분이랑, 순대 1인분이요. 허파하고 간, 염통도 섞어 주세요. 튀김은⋯⋯."

메뉴판을 보지도 않고 읊는 민영의 주문을 아줌마가 바통 터치하듯 이어받았다.

"오징어 두 개, 고구마 두 개. 맞지?"

"어떻게 아셨어요? 어떻게 우리 엄마보다 내 식성을 더 잘 아시지? 아줌마, 나 아줌마 딸 해도 돼요?"

살가운 민영의 애교는 떡볶이를 담느라 분주한 아주머니의 흥을 돋웠다. 그 덕에 두 사람은 1인분을 가장한 2인분에 가까운 떡볶이와 순대 접시를 마주할 수 있었다.

"국물 떠 올게."

자리에서 일어난 로지가 어묵 꼬치가 있는 곳으로 걸어갔다. 펄펄 끓고 있는 국물 안에는 커다란 무 조각 몇 개와 빨간 게딱지 하나가 둥둥 떠 있었다. 스테인리스 국자로 국물을 떠 올리다가 꽃게를 슬쩍 건드렸다. 뜨거운 물에서 얼마나 시달렸는지 단단해야 할 게 껍데기가 흐물거렸다.

"너나, 나나 참 힘들게 산다. 그치?"

고 3이 돼서 그런 건지, 그간 쌓였던 피로가 몰려와 그런 건지, 아니면 김태평이라는 애와 엮여서 그런 건지. 로지는 자신의 처지가 한심스러워 한숨을 푹 내쉬었다.

"그래서 땅이 꺼지겠어? 암만 힘들어도 학생한텐 공부가 먼저야. 연애하고 싶어도 1년만 꾹 참어. 아줌마 딸이 연애하다가 지금 재수 중인 거 알지?"

아주머니는 서비스라며 로지가 들고 있는 그릇에 꼬치 두 개를 넣어 줬다. 남자 문제 때문에 그런 게 아니라고 웅얼댄 로지는 다시 자리로 돌아갔다. 민영은 '떡튀순'으로 실컷 배를 채우고 나서야 다시 김태평이라는 이름을 입에 올렸다.

"김태평이 널 어떻게 알아?"

로지는 순순히 알고 있는 걸 모두 말했다. 그런데 이야기하면 할 수록 민영의 얼굴에는 한 편의 탐정 드라마 같은 표정이 펼쳐지기 시작했다.

"그러니까 어제 지하철에서 그 자식을 우연히 만났는데 걔가 너만 믿고 자는 바람에 미술관까지 갔다는 거야?"

범인의 범행 동기가 무엇일까에 대해 의심하는 얼굴부터,

"그래서 둘이 미술관 구경하고, 카페에서 점심도 같이 먹고?"

수면 위로 드러나기 시작한 범인의 행적에 소름도 끼쳐 하고,

"오늘은 걔가 다짜고짜 네 번호를 땄지. 1학년인 주제에 반말 찍찍 하면서."

범인을 막다른 골목으로 몰아넣을 방법을 찾아낸 것처럼 짜릿한 표정도 지었다.

"……응. 내가 알고 있는 건 그게 다야."

어묵 국물을 꿀꺽 마시는 로지를 바라보던 민영이 갑자기 손뼉을 세 번 쳤다.

"답은 하나네. 그 자식이, 보는 눈은 있어서."

음흉한 눈빛을 띤 민영을 마주 보며 로지는 눈만 데굴데굴 굴렸다.

"보는 눈?"

"첫눈에 반한 거지 뭐. 김태평이 오로지한테."

말도 안 되는 해석에 로지의 입꼬리가 나지막이 솟았다.

"그런 거 아니야."

담담하게 말하며 고구마튀김 하나를 입에 넣고 우물거렸다. 민영도 로지를 따라 떡볶이 떡을 포크로 콕 찍어 올렸다.

"아니긴, 그럼 처음 본 너 따라서 학교 빠지고 미술관에 왜 가. 우리 엄마가 그랬어. 남자는 유치원생이나 어른이나 전부 애라고. 걔 오늘 한 짓을 봐. 완전 초딩이잖아. 아이씨, 걔 반말하던 거 생각하니까 밥맛 떨어지네."

집어 올렸던 떡을 내려놓은 민영은 그걸 포크로 마구 짓이겼다. 형체를 알 수 없이 뭉개진 떡을 보며 로지는 저도 모르게 몸을 부르르 떨었다.

"반말은, 그냥 오해 때문에 그런 거고."

로지는 김태평과 자신이 서로의 나이를 오해하게 된 사정을 설명했다.

"아침에 말했던 전학생이, 김태평이었어?"

"응. 처음 보는 얼굴인데 신입생 같지는 않아서."

"하긴, 걔 생긴 것만 봐선 누가 고 1이라고 하겠어? 복학생이라면 모를까. 어? 걔 진짜 복학생 아니야? 알고 보면 우리보다 나이가 더 많은?"

"그건 아닌 거 같아. 1학년 교무부장이 중학생 때처럼 생활하지 말라고 하던데."

로지가 교무실에서 보고, 들었던 일을 말하자 민영은 다 알겠다는 듯 고개를 크게 끄덕였다.

"딱 보니 꼴통이구만. 입학하자마자 교무부장한테 찍힌 걸 보면. 어쨌든, 걔하고 가까이 지내지 마! 내가 남자 보는 눈 하나는 타고난 거 알지?"

로지는 말없이 냅킨 한 장을 뽑아 물에 적셨다. 그걸로 민영의 입가에 묻은 고추장을 깨끗하게 닦아 줬다. 괄괄한 목소리, 당찬 성격, 장대처럼 큰 키를 가진 민영은 로지에게 언니 같은 든든한 친구였다. 이렇게 멋진 친구의 조언은 반드시 가슴에 새겨야 했다.

"응, 그래서 아까 네 번호 알려 줬어."

민영은 활짝 웃으며 로지의 어깨를 두드렸다.

"잘했어. 어차피 네 폰은 있으나 마나잖아."

빈 접시를 정리하고 분식집 밖으로 나왔을 때는 이미 해가 모두 져 버린 뒤였다. 두 사람은 소화도 시킬 겸 화실까지 걷기로 했다. 민영은 화실로 가는 내내 김태평 욕을 했다. 남자는 자고로 조신하고 자상한 남자가 최고라고 강조하면서.

"딱 우리 유준 오빠 같은 남자가 진국이지. 로지야, 너 우리 오빠 어때? 괜찮지 않아? 너하고 성격도 비슷하고, 그림도 잘 그리고,

다정하고, 돈도 많잖아."

"말이 되는 소릴 해."

농담인 걸 알고 있었지만 로지의 얼굴이 붉어졌다. 민영에게는 가까이 지내는 사촌 오빠가 한 명 있었다. 민영의 어머니가 재혼하며 생긴 사촌이었다. 다림예고 졸업생이기도 한 그는 어린 나이에 성공한 천재 화가이자 두 사람이 다니는 화실의 주인이기도 했다.

"왜 말이 안 돼? 우리 오빠, 너 되게 마음에 들어 해. 매일 나한테 네 그림 보여 달라고 한단 말이야. 학교에서 수행으로 낸 것까지 전부."

로지는 말없이 걸었다. 민영에게 말하지 못했지만 로지는 강유준 선생님이 조금 불편했다. 워낙 대단한 화가인 탓도 있겠지만, 그것보다 더 신경이 쓰이는 건 선생님의 넘치는 열정이었다. 로지가 그림만 그리면 열 일을 제쳐 두고 달려오는 선생님을 볼 때마다, 감사하면서도, 어딘지 모르게 부담스러움이 더 컸다.

"나도, 너하고 선생님한테 늘 고마워."

고맙단 말을 하는 로지의 어깨를 민영이 제 어깨로 툭 쳤다.

"그 소리 좀 그만해. 정 고마우면 나중에 그림으로 갚든가. 너 나중에 네 그림이 막 10억에 팔려도 나 모른 척하면 안 된다?"

좁다란 골목을 민영과 걷던 로지는 잠시 걸음을 멈추었다. 그리고 자신을 따스하게 내려다보는 민영의 눈을 마주 보았다. 키가 워낙 큰 탓인지 오늘따라 민영이 이 골목을 밝히고 있는 가로등처럼 느껴졌다. 어두컴컴한 로지의 인생에 한 줌 햇살이 되어 주고 있는 소중한 친구였으니까.

예고에 입학하면 학교 수업만으로 미대에 갈 수 있다고 생각하는 사람들이 많았지만, 현실은 그와 전혀 달랐다. 실기와 내신 성적을 모두 챙겨야 했기에 모두 학원과 과외 수업을 병행하며 일반고 학생들만큼 바쁘게 살았다. 치열한 경쟁 속에서 로지가 중상위권을 유지할 수 있었던 건 실기 성적 덕분이었다. 그건 모두 화실에서 마음 편히 그린 그림 덕이었다. 강유준 선생님은 로지에게 화실 이용료를 받지 않았다. 로지가 민영의 단짝 친구였기에 누릴 수 있는 혜택이었다. 로지는 민영의 팔짱을 꼈다. 고마운 친구에게 이 은혜를 어떻게 갚아야 할까, 그 고민은 골목이 끝날 때까지 꼬리를 물었다.

"나는 커피 한잔 마시고 해야겠다. 너도 내려 줄까?"

화실에 도착하자마자 민영은 커피 머신 앞으로 달려갔다. 선생님이 이탈리아에서 직접 사 왔다던 기계는 멀리서도 눈이 부시게 반짝거렸다.

"나는 괜찮아."

커피를 거절한 로지는 치약과 칫솔을 챙겨 화장실로 갔다. 이를 닦으며 어제 처음 마셔 본 바닐라 라테를 떠올렸다. 부드러운 우유 거품과 달콤한 시럽이 커피의 쓴맛을 가려 줘서 입맛에 딱 맞았는데. 이미 인생의 쓴맛을 너무 여러 번 맛본 탓인지 로지는 쓰기만

한 아메리카노가 입에 맞지 않았다.

　화장실에서 나와 걷던 로지의 눈이 문이 열려 있는 선생님의 작업실로 향했다. 인사라도 드려야 할 것 같아 문틈으로 안을 들여다보았다. 책장엔 미술 서적들이 빼곡히 꽂혀 있었고 벽에는 선생님이 그린 그림이 빈틈없이 걸려 있었다. 그것 말고도 방 안의 곳곳엔 그리다 만 작업물이 잔뜩 쌓여 있었다.

　"오늘은 좀 늦었네?"

　정신이 사나운 작업실을 구경하던 로지가 고개를 돌렸다. 편안해 보이는 면바지에 구김이 잔뜩 간 셔츠를 입은 남자가 웃고 있었다.

　"안녕하세요."

　얼른 고개를 숙였다. 예의 바른 로지의 인사가 민망했는지 그는 미간을 살짝 찌푸린 채 따끈한 차가 담긴 컵을 내밀었다.

　"고맙습니다. 선생님."

　"선생님은 무슨, 그냥 편하게 오빠라고 부르라니까."

　로지는 천천히 고개를 들었다. 머리칼을 짧게 잘라 더욱 단정해 보이는 얼굴이 시원하게 웃고 있었다.

　"……그건 조금."

　말끝을 흐리는 로지를 유준이 흥미로운 얼굴로 바라보았다. 활발한 민영과 낯을 심하게 가리는 로지가 단짝이라는 게 볼 때마다 신기해서였다. 올해 스물다섯인 유준은 영국 유학 중에 작은어머니의 부탁을 받고 한국에 머무르는 중이었다. 작은어머니는 딸을 유명 미대에 보내야겠다면서 유준에게 민영의 미술 과외 선생님이 되어 달라고 했다. 유준은 고개를 갸우뚱했다. 사촌 여동생이 예술에 재능은 물론 흥미도 없어 보였기 때문이었다. 굳이 민영을 미대에 보낼 필요가 있냐고 물었던 그날, 그는 작은어머니를 달래느라 진이 다 빠져 버렸다.

'유준아, 너는 내 마음 모른다. 민영이 쟤가 어디 엄마 말을 콧구멍으로라도 듣는 줄 아니? 내가 진짜 쟤 낳고 미역국을 먹은 게 얼마나 후회가 되는지 몰라. 미운 네 살, 미운 일곱 살만 지나면 될 줄 알았더니, 미운 열아홉이 될 줄 누가 알았겠어. 넌 군대에 안 가도 되잖니. 당분간 한국에서 작업하면 안 될까? 대신 내가 너 하고 싶은 거 다 해 줄게. 쟤 대학은 보내야지. 그래야 좋은 데로 시집보낼 거 아니니.'

마침 영국에서 지내는 게 녹록지 않았던 유준은 머리도 식힐 겸 알았다고 대답했다. 결과적으로는 그에게 이보다 더 좋은 휴식은 없었다. 그 어느 때보다 창작의 의지를 불태우고 있었으니까.

그 의욕을 솟게 한 건 바로 눈앞에 서 있는 오로지였다. 그와 같이 있는 게 어지간히 어색했는지 시선을 피하기 바쁜 이 소녀가, 유준이 한국에서 찾아낸 뮤즈였다.

"개학해서 바쁘지?"

로지는 차를 마시려고 들었던 컵을 급히 내렸다.

"아니요. 방학 숙제가 너무 많아서, 차라리 개학한 게 나아요."

"그래, 나 때도 크로키 400장을 그리라고 했던 학교니까. 참, 학교 수행 평가로 준비하고 있는 그림 있으면 나한테도 미리 보여주고."

로지는 알겠다고 고개를 끄덕였다.

"그림과 관련된 거라면 뭐든 나한테 의논해. 요즘 내가 네 그림 감상하는 재미로 살고 있거……."

유준의 뒷말은 로지를 찾는 민영의 외침에 잘렸다.

"오로지! 왜 안 와?"

민영의 목소리에 반색하며 로지는 화실로 뛰듯 걸어갔다. 유준도 로지를 따라 좁다란 통로를 걸었다. 민영과 로지가 쓰고 있는 아담한 작업실에는 이젤 두 개와 함께 팔레트와 물통을 올려 둘 작은 탁자 두 개도 준비되어 있었다. 한쪽 벽에서는 최신식 환풍기가 힘 있게 돌아가고 있었다. 물감에서 나는 독한 냄새를 빼내기 위해서였다.

후우—.

앞치마를 두른 로지가 큰 숨을 내쉬었다. 그런 로지를 유준이 조용히 응시했다. 그와 눈도 제대로 맞추지 못할 만큼 수줍어하는 소녀가, 완전히 다른 사람이 되는 순간이었다. 절제된 눈빛으로 캔버스를 쏘아보던 로지는 학교에서 그려 온 밑그림을 보며 본격적으로 스케치했다. 볼 때마다 신기한 광경이었다. 일단 그림만 그리면 로지를 중심으로 벽이 세워지는 느낌이었다. 그 누구도 벽 안을 침범할 수는 없었다. 그 영역은 그림과 오로지, 단둘만 존재하는 세상이었으니까.

"동양화를 서양화로 재해석한 거야? 〈검은 정원〉을 모티브로
해서?"

엷게 채색을 끝낸 로지에게 유준이 물었다. 로지의 그림을 보기
위해 고개를 삐죽 내민 민영의 입에서는 찬사가 흘렀다.

"와, 진짜 예쁘다. 나무가 무슨 바다 같네."

유준은 손바닥으로 한쪽 뺨을 감싼 채 로지의 그림을 감상했다.
힘 있는 나무 한 그루가 중첩된 선으로 그려져 있었다. 푸른 색
조를 주조로 그린 탓에 나무는 생동감이 넘쳐흘렀고, 민영의 말대
로 깊고 어두운 바다 밑과도 닮아 보였다.

"이건 설마 태양이야?"

민영이 스케치북 위에 그려 넣은 동그란 붉은 점 네 개를 가리키
며 물었다.

"응."

유준의 시선도 민영의 손끝으로 향했다. 얼음처럼 시릴 만큼 푸른
나무 위에 떠 있는 네 개의 태양은 크기는 작았지만, 불투명한 빨간
물감으로 칠한 탓에 존재감만큼은 뚜렷했다.

"공존할 수 없는 것들이 공존하는 흥미로운 그림이네."

짤막한 감상평을 던진 유준은 로지의 그림을 찬찬히 뜯어보았다.
생명의 상징이자 온기를 품어야 할 나무는 차갑게 얼어 있었다. 하
늘에 떠 있는 네 개의 태양은 우리가 알고 있는 태양처럼 빛을 뿌
리고 있지 않았다. 그들이 가진 격렬한 에너지를 내면에 가둔 아주

이기적인 태양이었다.

로지의 그림이 재미있는 이유였다. 오로지의 그림 속에는 늘 오로지 특유의 기운이 흘렀다. 그녀가 그린 인물화에는 그녀의 모습이 담겨 있었고, 그녀가 그린 풍경에서는 그녀의 역사가 보였다. 실로 대단한 재능이 아닐 수 없었다. 자기 그림에 자신을 완벽히 녹여 낼 수 있는 화가가 이 세상에는 그리 많지 않았으니까. 몇 년 전에 화가로 등단한 유준도 아직 갖추지 못한 능력이었다.

"이거 유화로 그려도 좋겠다. 오빠, 안 그래?"

수채화 물감으로 채색한 그림을 가리키며 민영이 물었다. 유준은 민영의 센스에 조금 놀랐다. 그도 민영과 같은 생각을 하고 있었기 때문이었다. 확실히 오늘 로지가 그린 소재는 물보다는 기름을 섞은 물감이 더 잘 어울렸다.

"나도 그렇게 생각하는데, 로지 너는 어때? 다시 그려 볼 생각 있어?"

로지도 두 사람의 의견에 동의하는지 고개를 작게 끄덕였다.

"저, 그러면 토요일에 나와서 그려도 될까요?"

유준과 민영은 서로 놀랍다는 시선을 주고받았다. 주말까지 폐를 끼칠 수 없다고, 토요일과 일요일에는 화실에 나오지 않던 로지였기 때문이었다.

"학교 숙제야?"

급하게 완성해야 하는 그림인가 싶어 유준이 물었다.

"아뇨, 숙제는 아닌데요. 시간이 날 때마다 조금씩 그려 두고 싶어서요."

알 수 없는 얼굴로 로지를 보던 유준은 금방 기분 좋은 미소를 머금었다.

"언제든지 와. 로지가 온다면 당연히 화실 문을 열어야지. 이번엔 또 어떤 그림을 그릴지 아주 기대가 되는데?"

허리까지 숙여 고맙다고 인사한 로지는 민영과 함께 앞치마를 벗고 가방을 챙겼다. 두 사람을 주시하던 유준은 오랜만에 따뜻한 호의를 베풀기로 했다.

"내가 화실 뒷정리하고 나갈 테니까 너희들은 나가서 간식이나 먹어."

"진짜? 오빠가 그래 주면 우리야 땡큐지!"

민영이 깔깔대며 로지를 데리고 나갔다. 유준은 홀로 화실을 둘러보았다. 담담했던 그의 표정이 미묘하게 변한 건 로지가 그린 그림 앞에서였다.

"신기하네. 이 그림에 대한 애착이 그렇게 큰가?"

그림을 그리는 걸 좋아하지만, 로지는 같은 그림을 반복해서 그리는 스타일이 아니었다. 그런데 오늘 그린 그림은 다시 그리고 싶다고 했다. 그것도 주말인 토요일에. 그건 바로 굉장히 공을 들여 그리고 싶다는 뜻이었다.

"지금까지 힘을 빼고 그린 그림들도 놀라웠는데, 이번엔 제대로 각을 잡고 그리겠다니. 무섭네, 어떤 그림을 보게 될지."

혼잣말을 내뱉은 유준은 천천히 화실을 정리하고 밖으로 나갔다.

"다 챙겼으면 나가자."

집으로 가자는 유준의 말에 과자를 먹던 로지가 입가에 묻은 부스러기를 털었다. 건물 밖으로 나간 로지는 민영과 함께 선생님의 차에 같이 탔다. 그의 차는 곧장 로지의 아파트로 달렸다.

"데려다주셔서 고맙습니다."

차에서 내린 로지가 선생님에게 90도로 허리를 굽혔다. 인사를 한 것까지는 좋았는데 몸을 일으키다가 무거운 가방 무게를 이기지 못하고 휘청였다. 까르르 웃는 민영의 웃음소리가 차 안에서 흘러나왔다.

"로지야, 사랑해! 내일 봐!"

민영에게 손을 흔들고 로지는 아파트 안으로 들어갔다. 시계를 보니 10시 30분이었다. 11시에 맞춰 집에 들어가기 위해 아파트 놀이터로 향했다.

삐걱―, 삐걱―.

지은 지 20년이 넘은 아파트답게 낡은 그네에서 쇳소리가 났다. 엄마하고 베란다에서 내려다봤을 때만 해도 이렇게 낡지는 않았었는데.

'엄마, 5분만.'

어렸을 적 베란다에 앉아 놀이터를 내려다보던 로지가 매일같이 졸랐던 말이었다. 밖에서 한 번도 놀아 본 적이 없었기에 베란다에서 보이는 놀이터가 로지에게는 꿈속에서 봤던 놀이공원 같았다. 하지만 엄마는 매번 실망스러운 말만 했다.

'안 돼, 아빠가 로지는 집에 있어야 한댔어. 면역력이 약해서 밖에서 놀면 감기에 걸린대.'

엄마를 추억하던 로지는 옛 기억을 더듬어 보았다. 태어나서 지금까지 집에서 머문 시간이 가장 많았는데, 이상하게도 집에서 무얼 하고 지냈는지 또렷이 기억나는 게 없었다. 3년 전까지만 해도 분명히 세 식구가 함께 아침을 먹고 저녁을 먹었었는데, 그때 나눴던 대화마저도 떠오르지 않았다.

멍한 얼굴로 손목시계를 보았다. 11시 15분이었다. 로지는 그네에서 일어나 아파트 안으로 들어갔다. 내년에 교체하기로 했다는 낡은 엘리베이터는 오늘도 문을 열었다 닫았다 하며 골골거리고 있었다. 느리게 움직이는 엘리베이터를 타고 13층으로 올라갔다. 살금살금 복도를 걸어가 조용히 현관문을 열었다. 안방 불은 어김없이 꺼져 있었다. 방으로 들어가 침대 위에 누웠다.

캄캄한 방에서 로지는 오늘 그렸던 그림의 제목을 뭐로 지을까, 고민에 빠졌다. 잠시 후 그녀의 입가에 미소가 번졌다. 좋은 제목이 생각난 탓이었다. 〈뜨거운 얼음〉이었다. 김태평의 눈빛이 꼭 뜨거운 얼음 같았으니까. 불이 타오르듯 횃횃하면서도, 계속 보고 있자면 마음 한구석이 시린 추운 눈이었다.

'재밌는 애네.'

시니컬한 김태평의 음성이 귓전에 울렸다. 그 목소리에 방 안에서는 갑자기 이상스러운 냄새가 떠돌았다. 천리향 꽃 내음과 뒤섞인 독한 소독약 냄새였다. 가슴이 저릿해졌다. 천리향과 자신을 겹쳐 보았던 기억 때문이었다. 두 눈을 감은 로지는 밴드가 붙은 손가락 끝을 쥐어 짜듯 세게 눌렀다.

3. 뱁새와 개새끼

태평과 저녁을 먹던 올리버가 갑자기 한숨을 푹 내쉬었다.

「3월 중순인데 왜 이리 춥냐. 그래서 우울한가.」

어울리지 않는 날씨 타령을 하며 올리버는 태평의 눈치를 봤다. 태평은 모른 척 수저만 움직였다.

「저 꽃다발, 역에서 주웠다고? 저걸 누가 버렸을까…….」

올리버의 하소연에는 귀를 닫고 있던 태평이 꽃이라는 단어가 들리자마자 수저를 내려놓았다. 안 그래도 저놈의 꽃 때문에 심사가 뒤틀리던 참이었다.

「뭐 때문에 그러는데?」

태평의 관심을 받으려 애를 썼던 올리버는 민망한 얼굴로 웃었다.

「이번에 신입 기자가 기획한 칼럼이 꽤 참신했거든. 그런데 위에서 그 주제는 신입이 소화하기에 무리가 있다고 나한테 쓰라고 해서.」

「…….」

「중간에서 괴로워 죽겠다. 신입이 야심 차게 준비한 아이디어를 빼먹는 선배가 되기 싫은데 위에서 내려온 지시를 무시할 수도 없으니.」

태평은 심드렁하게 코웃음을 쳤다. 물에 물 탄 듯 술에 술 탄 듯 우유부단한 올리버가 할 법한 고민이었다. 좋은 사람도 되고 싶고 좋은 기회도 놓치고 싶지 않고.

「둘 중 하나를 선택하면 되겠네. 성공만 좇는 개자식이 되거나, 모자라지만 의리 있는 선배가 되거나.」

태평의 명쾌한 해답에,

「넌 무슨 말을 그렇게 극단적으로 하냐. 정 없게…….」

올리버는 서운함이 그득한 어투로 답했다.

태평은 감흥 없는 얼굴로 올리버를 바라봤다. 영국인 아버지와 한국인 어머니 사이에서 태어난 올리버는 삶 자체가 평탄한 남자였다. 영국 명문 학교 출신인 그는 학창 시절 내내 모범생이었고, 그의 준수한 외모와 온화한 성격은 어디서나 환영받았다. 그 덕에 취업도 연애도 사회생활도 물 흐르듯 자연스럽게 흘러갔다.

쓰디쓴 실패, 처절한 패배감, 악에 받친 노력 같은 건 그의 인생과 거리가 멀었다.

「착한 척 좀 정도껏 해. 남의 밥그릇을 보기 좋게 뺏는 방법 같은 건 없으니까.」

곱지 않은 말이 튀어나왔다. 한심해서였다. 동료를 구정물에 빠뜨리게 된 마당에, 자기 옷에 튈 물 한 방울을 걱정하는 꼴이라니.

올리버는 인상을 확 구겼다.

「젠장, 이놈이 뭐가 예쁘다고 내가 한국에 남겠다고 한 건지. 키만 크면 뭐 하나, 저 주둥이는 언제쯤 철이 들지. 아오, 동생만 아니었으면 내가 진짜!」

자리에서 벌떡 일어난 올리버의 손에는 밥그릇과 국그릇이 들려 있었다. 그릇을 들고 개수대로 간 그는 설거지를 시작했다. 조심성 없이 다루는 통에 그릇끼리 부딪치는 소리가 꽤 요란했다. 속으로 혀를 차던 태평은 냉장고에서 맥주 두 캔을 꺼냈다.

「……같이 마셔. 설거지 금방 끝나니까.」

냉장고를 여닫는 소리에 고개를 돌린 올리버가 누그러진 목소리로 말했다. 태평은 비웃음을 흘리며 맥주를 크게 한 모금 들이켰다. 캔 맥주 하나에 화가 풀린 올리버의 나약함이 우스웠다. 그 나약한 마음에 매달려 살아남은 자신은 더욱 우스웠지만.

올리버를 처음 만났을 때, 태평은 일곱 살이었다. 화재 사고로 병원에 실려 온 아이는 한동안 의식을 찾지 못했다. 사경을 헤매던 그가 기적적으로 정신을 차린 날, 이모는 어린 조카에게 부모의 죽음부터 알렸다.

태평은 아무 말도 하지 않았다. 무감한 아이의 반응을 사람들은 당연하게 여겼다. 어린아이가 부모의 죽음을 완벽히 이해하고 받아들이기엔 무리가 있다고 생각했으니까.

하루아침에 고아가 되어 버린 태평을 기다리고 있는 건 끔찍한 입원 생활이었다. 매일 몸에 입은 화상을 치료하고, 닫혀 버린 입을 열기 위해 정신과 상담도 받아야 했다. 말도 제대로 하지 못하는 아이를 돌봐 줄 사람은 아무도 없었다. 이모부 내외는 태평에게 간병인 한 명을 붙여 주는 것으로 그들의 책임을 다했다고 생각했다.

낯선 간병인과 24시간 내내 붙어 있는 게 태평에겐 큰 스트레스였다. 몸 상태는 나날이 나빠졌다. 시도 때도 없이 구역질을 하고 기면증 증상을 보였으며, 눈에 띄게 살이 빠졌다.

죽음과 생존이라는 선택의 갈림길에서 태평은 생존을 택했다. 그리고 그는 자신의 목소리를 올리버에게 처음으로 들려주었다. 본능적인 선택이었다. 올리버만큼 정에 약한 사람은 없었으니까.

'살려 주세요, 형.'

이 한마디를 하던 날, 올리버는 태평의 재산을 관리하는 후견인이자 부모를 대신한 보호자가 되었다.

「저녁 먹고 마시는 맥주가 최고지.」

치익, 하고 맥주 캔을 여는 소리에 옛 생각에서 빠져나온 태평은 시선을 식탁 위로 가져갔다. 일주일 새 꽤 많이 시든 꽃이 보였다.

'그날이 어머니의 기일이었단 말이지. 그래서 저 꽃을 산 거고.'

등교 첫날, 교무실로 불려 갔던 그가 오로지에 대해 알게 된 사실 중 하나였다. 더불어 교무부장이 그녀에게 잡일을 시키고 있다는 것도. 오로지는 싫은 내색 한번 못 하고 교무부장이 건넨 일을 받아들였다. 그간 그 여자가 시킨 일을 한두 번 해 온 게 아닌 것처럼.

'덕분에 오랜만에 크레솔 냄새도 맡았는데.'

화들짝 놀라며 생수병을 떨어트렸던 얼굴이 떠올랐다. 바닥에 흐른 물에서는 크레솔 냄새가 났다. 흔한 청소 세제였다. 뭐, 가끔은 청소뿐 아니라 시체 악취를 제거하는 데 쓰기도 했지만.

피식, 웃음이 나왔다. 귀찮은 업무를 떠넘긴 선생을 엿 먹이기에는 너무 하찮은 복수였는데 그마저도 제대로 해내지 못하다니.

「일주일 동안 다녀 본 학교는 어때? 친구는 사귀었어?」

올리버의 질문에 태평은 묘한 표정을 지었다. 벌써 일주일째였다. 번호를 물어본 날 그림은 언제 완성되냐고 문자를 보냈는데 아직도 오로지에게서 답문이 없었다.

이럴 때 사람들은 보통 '씹혔다'고 해석했다. 하지만 태평은 그런 가능성을 아예 배제했다. 인내심이 많아서가 아니었다. 근거 없는 자신감 때문도 아니었다. 순전히 경험 부족이었다.

올리버를 제외하고 문자를 주고받은 상대가 없었기에 그는 '침묵'도 '거절'이 될 수 있다는 걸 몰랐다. 그래서 일주일 내내 멀쩡한 휴대폰만 괴롭히는 중이었다. 올리버는 다 마신 맥주 캔을 구기며 말을 이었다.

「내일 아침엔 시리얼 먹고 학교에 가. 일찍 출근해야 해서 네 아침 못 챙겨 줘.」

「올리.」

소파에서 몸을 일으키려던 올리버가 움찔했다. 태평이 그를 올리버(Oliver)가 아닌, 올리(Oli)라는 애칭으로 부를 때는 뭔가 원하는 게 있다는 뜻이었다. 지난 10년간 태평을 보아 온 그만 알아챌 수 있는 위험 신호였다.

「아직 카드는 안 돼!」

단호한 올리버의 목소리에 태평이 웃음을 흘렸다. 동생의 보일 듯 말 듯 한 미소에 올리버는 두 주먹을 불끈 쥐었다. 저 요사스러운 웃음에 넘어가 낭패를 본 게 한두 번이 아녔다.

「카드도 카드지만, 물어볼 게 하나 있는데.」

「뭔데?」

의심이 짙은 목소리로 올리버가 되물었다.

「나한테 자기 번호를 줘 놓고, 내가 보낸 문자에 답을 안 하는 건 무슨 심리지?」

태평의 질문을 듣자마자 올리버의 이마에 식은땀이 맺혔다.

문자를 보냈는데 답이 없다니? 설마 이 자식이 누굴 때려 놓고 문자로 사과라도 한 건가?

「너, 또 누구 때렸냐?」

떨리는 손을 감추며 최대한 덤덤하게 물었다.

「아니, 아직.」

「그럼 뭐, 친구한테 연락한 거야?」

태평은 얼굴을 확 구겼다. 올리버는 잔뜩 찌푸린 태평의 얼굴을 빠르게 훑었다.

그래, 이 자식이 친구 같은 걸 만들 놈이 아니지. 근데 그것도 아니면 뭐지? 누구한테 연락이 없다고 신경 쓸 놈이 아닌데. 설마, 그렇다면!

「여자야?」

잘못 짚었을 거라고 생각했는데, 놀랍게도 태평은 입을 꾹 다물었다.

진짜 여자 문제라고? 김태평이? 설마 여자한테 들이댔다가 까였나?

혼란한 올리버의 머릿속을 들여다보기라도 했는지 태평이 짧게 덧붙였다.

「넘겨짚지 마.」

굳어 있던 얼굴 근육을 풀고 태평의 눈을 바라보았다. 길게 뻗은 동생의 눈꼬리에는 짜증이 가득했다.

「별 사이 아닌 상대가 답이 없다고? 그거야 뻔하잖아.」

「그러니까 그 뻔한 답이 뭐냐고!」

무표정한 얼굴로 태평이 되물었다. 올리버는 어안이 벙벙했다. 열두 살이나 많은 그를 마음대로 휘두르는 영악한 놈이, 왜 이런 바보 같은 질문을 하는 건지.

「그쪽에서 널 스팸 취급한 거지. 스팸에 답장하는 사람 봤어?」

올리버는 저도 모르게 반걸음 뒤로 물러섰다. 두 눈을 크게 뜬 태평 때문이었다. 그뿐이 아니었다. 꾹 다물려 있는 그의 입가에서는 잔경련마저 일고 있었다.

얘가, 지금 충격을 받은 건가?

동생의 얼굴을 뜯어보던 올리버의 가슴이 꿈질거렸다. 기회가 왔음을 직감한 탓이었다. 묵은 체중을 단번에 내려가게 할 수 있는 사이다를 마실 기회가. 머릿속으로 말을 고른 그가 천천히 입을 열었다.

「스팸은 듣기 좋은 소리고. 지나가는 개 취급한 거지 뭐. 개가 너한테 왈왈 짖으면, 너도 그 개한테 왈왈 짖어 주나? 아니잖아! 앞으로 연락하지 말란 뜻이지.」

태평의 짙은 눈썹이 희미하게 떨렸다.

「……그러니까, 내가 개새끼라 이거지?」

험악한 태평의 목소리에 올리버가 슬금슬금 뒷걸음질을 쳤다. 반란은 실패였다. 남은 건 도주뿐.

「잘 자라.」

올리버는 현관문으로 냅다 달려 도망갔다. 쾅, 하고 문이 닫히는 소리가 들렸다. 커다란 집에 홀로 남겨진 태평은 얼굴을 감싸 쥐었다. 매서운 그의 눈매가 더욱 사납게 일그러졌다.

제길, 내가 뱁새한테 지나가는 개새끼라고?

구겨진 맥주 캔을 쓰레기통에 집어 던지고 방으로 들어갔다. 휴대폰을 한 번 더 확인했다. 이름 모를 여자애들이 보낸 메시지만 주르륵 떴다. 그것들을 모두 삭제한 뒤 번호를 찾았다.

[뱁새]

통화 버튼을 터치하고 휴대폰을 귀로 가져갔다. 신호음은 길게 울리지 않았다.

—여보세요?

무의식적으로 대답하려던 태평은 숨을 참았다. 휴대폰에서 튀어나온 허스키한 여자의 음성 때문이었다.

—여. 보. 세. 요?

여자는 또박또박 끊어서 다시 한번 제 목소리를 들려줬다. 이번에도 대답할 수 없었다. 다시 들어 봐도 부드럽고 잔잔한 뱁새의 목소리가 아니었다.

—너, 나한테 이상한 문자 보낸 놈 맞지? 왜 전화를 걸어 놓고 말이 없어? 이 찌질한 새끼야!

욕을 퍼부은 여자는 일방적으로 전화를 끊어 버렸다. 태평은 멍한 표정으로 제가 쥐고 있는 휴대폰의 액정만 바라봤다.

어디서 들어 본 목소린데.

잠시 생각에 잠겼던 그의 입이 서서히 벌어졌다.

설마, 그 꼰대는 아니겠지. 오로지 옆에 있던.

두툼한 암막 커튼이 쳐진 방은 유독 어둡고 음산했다. 그 어둠 속에서 형형한 태평의 눈빛은 더욱 화려하게 타올랐다.

"뱁새가, 나한테 다른 사람 전화번호를 알려 줬다 이거지."

올리버의 말이 맞았다. 태평은 뱁새에게 하찮은 개새끼였다.

뱁새 한 마리 정도야 마음만 먹으면 금방 찾을 줄 알았는데, 태평은 일주일 내내 뱁새의 그림자도 보지 못했다. 초조해진 그는 점심시간을 노렸다.

"쟤 뭐야? 1학년이 왜 지금 밥을 먹어?"

3학년 선배들은 그들과 식사 시간이 다른 1학년 후배의 등장에 의아한 표정을 지었다. 선배들의 눈요깃거리가 되는 희생까지 감수했지만 급식실에서도 오로지는 보이지 않았다.

인내심의 한계에 달한 날이었다. 화가 나서 이를 부득부득 갈고 있는 태평에게 반장이 다가왔다.

"김태평, 담임 선생님이 이거 작성해 오래."

"이게 뭔데?"

"동아리 가입 신청서."

태평과 같은 반 반장인 창수는 친절하게 어떤 동아리가 있는지 설명했다.

"창제 동아리는 선착순으로 신청자를 받아서 지금은 자리가 없어.

너 학교에 안 나왔을 때가 신청 기간이었거든. 남은 건 자율 동아리인데 인기가 많은 동아리는 신청서를 먼저 내고, 면접도 봐야……."

성실하게 제 할 말을 끝낸 창수는 은근슬쩍 태평에게 정보 하나를 흘렸다.

"귀찮으면, 면접 안 보고 들어갈 수 있는 동아리도 있는데."

"어디?"

건성으로 듣던 태평이 대꾸했다.

"저기, 밑에 따로 표시한 것 중에 고르면 돼."

태평은 형광펜으로 칠해진 동아리명을 훑었다.

[교육 봉사 동아리, 영어 신문 파헤치기, 꽃을 피우자……]

이름만 봐도 하품이 나오는 동아리들이었다.

"동아리원이 부족해서 폐부 명단에 올라간 동아리야. 가입한다고만 하면 묻지도 따지지도 않고 무조건 받아 줄걸?"

태평은 처음으로 창수의 얼굴을 바라봤다. 단정하게 자른 머리와 뿔테 안경이 잘 어울리는 말끔한 인상이었다. 쓰고 있는 안경 너머로 보이는 눈매가 서글서글했다. 그 선한 얼굴에 부아가 치밀었다. 사람 좋게 생겨 가지고 이런 사기나 치다니, 역시 세상에 믿을 놈은 없었다.

"지금 나더러 오늘내일 망할지도 모르는 동아리에 들어가라고?"

창수는 급히 얼굴에 떠 있던 웃음기를 지웠다.

"아니, 오해하지 마. 이상한 동아리들은 절대 아니야. 애들한테 인기가 없어서 그렇지, 진짜 좋은 곳들인데."

태평은 짜증스러운 눈길로 창수를 쳐다봤다. 학생들에게 외면받은 동아리를 추천하는 그가 더욱 의뭉스럽게 느껴진 탓이었다. 그는 책상 위에 놓여 있는 종이를 들어 창수 눈앞에 가까이 가져갔다.

"넌 어느 동아린데?"

창수를 시험하는 질문이었다. 폐부 위기에 처한 동아리가 좋은 동아리라고 열심히 홍보 중인 그가 어떤 동아리에 지원했는지 궁금했다. 안경을 쓴 얼굴에 어색한 미소가 살짝 번졌다.

"나는 '꽃을 피우자' 동아리에 가입했어. 아니, 아직은 가입 신청만 한 상태고. 사실 너도 같이하면 좋겠다고 생각해서 추천한 거야. 동아리원이 최소 네 명은 돼야 하는데 딱 한 명이 부족하거든."

예상을 깬 대답에 태평은 창수를 빤히 바라봤다. 그는 귀를 살짝 붉히며 다시 말을 이었다.

"내가 그 동아리 선배님들을 개인적으로 잘 알아. 홍민영 선배님하고 오로지 선배님이 있는 동아린데."

순간 태평의 눈에 이채가 서렸다. 책상 위에 올려놨던 그의 기다란 손가락이 톡, 톡 소리를 내며 위아래로 움직였다. 그걸 긍정적인 신호로 여긴 창수의 표정이 눈에 띄게 밝아졌다.

"너, 오로지 선배님하고 친한 거 맞지? 친구들이 너하고 선배님하고 운동장에서 이야기하는 거 봤다고 하던데. 특별히 하고 싶은 거 없으면 같이하자. 어차피 우리 반에 남자라곤 너하고 나밖에 없는데 서로 의지하면 좋잖아."

잔뜩 기대 중인 창수를 향해 태평이 천천히 입을 뗐다.

"오로지, 전화번호 알아?"

난감한 표정을 드러낸 창수는 대답 전에 태평의 무례함부터 지적했다.

"오로지가 아니라 오로지 선배님이지. 내 앞에서는 괜찮지만 다른 애들 앞에서는 조심해. 너도 알 거 아니야. 선배님이 우리 학교에서 얼마나 유명한 사람인데. 내년에 선배님의 그림이 영국에서 전시될 거라는 소식 못 들었어? 그것도 '브리티시 내셔널 갤러리'에서……."

얼굴을 찡그린 태평은 오로지라는 이름을 쏟아 내는 반장의 이름을 불렀다.

"한창수."

"어?"

"내가, 번호 물었잖아."

창수는 태평의 시선을 피해 고개를 떨어뜨렸다.

"……모, 모르는데. 오로지 선배님 번호는."

짧은 한숨을 쏟아 낸 태평은 동아리 가입 신청서에 이름을 갈겨 썼다. 그러곤 '꽃을 피우자'에 동그라미를 쳤다. 태평의 책상을 훔쳐보고 있던 창수의 입이 양옆으로 크게 벌어졌다.

"잘 생각했어. 내일 5, 6교시가 동아리 활동 시간인 거 알지? 간단하게 자기소개하고, 가입 동기 정도만 준비하면 돼. 홍민영 선배님이 부장인데 예의 없는 거 진짜 싫어하니까, 실수하지 않게 조심하고."

혹여나 태평이 마음이 변할까 걱정이 됐는지, 창수는 가입 신청서를 들고 부리나케 교무실로 달려갔다.

태평은 손가락으로 관자놀이를 세게 눌렀다. 불면증 때문에 생긴 두통이 머리를 지근지근 쑤셔 왔다.

푹 자고 싶네. 지금껏 빌어 본 적이 없던 간절한 바람이 가슴을 훑고 지나갔다. 오래전에 포기한 욕구였는데, 최근 잠에 대한 갈증이 그를 목마르게 했다.

지하철에서 깜빡 졸았던 날 느꼈던 변화 때문이었다. 온몸의 개운함, 또렷해진 정신, 맑은 시야를 맛본 몸은 다시 그때의 평안함을 달라고 졸라 댔다.

태평은 피로에 지친 얼굴을 두 손으로 쓸어내렸다. 시야가 차단되자 다시 오로지가 툭 튀어나왔다. 커다란 가방 두 개를 메고 걷던 뒷모습도, 반짝반짝하던 눈꼬리도, 맑게 웃던 입매도, 듣기 좋은 차분한 음성도, 잠을 부르던 향기도.

아니, 그저 우연이었을 뿐이야.

눈을 감고 있던 그는 이를 악물었다. 아무 때나 불쑥 나타나는 오로지의 얼굴이 반갑게 느껴지는 자신이 낯설어서였다. 그답지 않은 일이었다. 뭔가를 원하고 집착하고 궁금해하는 건 삶의 즐기는 사람들의 몫이지, 죽지 못해 사는 그의 몫이 아니었으니까.

"오늘 국어 이동 수업이야! 빨리 나가!"

국어 부장의 낭랑한 목소리가 교실에 울려 퍼졌다. 태평을 비롯한 반 친구들은 책을 챙겨 교실 밖으로 나갔다.

국어 강의실은 3학년들이 주로 사용하는 구관 1층에 있었다. 태평은 신관과 구관을 이어 주는 복도를 별생각 없이 걷고 있었다. 얼마 지나지 않아 중앙 현관에 도착한 그는 주위를 두리번거렸다. 학교에서는 기대할 수 없는 분위기가 느껴진 탓이었다. 작은 돔 형태로 만들어진 현관 벽에는 흰색 타일이 깔려 있었다. 그중 가장 독특한 건 천장에 설치된 이동용 레일이었다. 보통 전시회에서 많이 쓰는 레일은 와이어를 달기 위한 것으로 벽에 흠집을 내지 않고 미술 작품을 걸고 싶을 때 사용하는 장치였다. 작은 미술관처럼 생긴 공간을 훑어보던 태평의 시선은 와이어에 매달린 그림 세 점 중 왼쪽에 걸려 있는 그림에 빨려 들어가듯 꽂혔다.

"너, 여기는 처음 와 보지?"

창수가 태평의 어깨를 툭 쳐 왔다.

"저게 다 우리 학교를 졸업한 선배님들이 그린 그림이야. 작년에 도쿄에서 개인 전시회도 열었는데!"

"……."

대답 없는 태평에게 창수는 또 말을 붙여 왔다.

"민영 선배님한테 잘 보이면 만날 수 있을지도 몰라. 선배님하고 친척이거든."

태평은 그제야 창수가 설명 중인 그림으로 시선을 옮겼다.

〈강유준 作 '듣는 그림'〉

"……강유준?"

처음 듣는 생소한 이름이라 되물었다. 창수는 어떻게 강유준을 모를 수 있냐는 얼굴로 말했다.

"몰랐어? 옥스브리지에서 유학 중인 화가잖아. 〈듣는 그림〉으로 완전 유명해졌는데. 저 그림 전시할 때 전시회장에 오케스트라단을 초청해서 클래식 공연도 열었거든? 호평이 어마어마했어. '보는 그림'이 아니라 '귀로 들려준 그림'이라고."

태평은 강 아무개가 그렸다는 그림을 바라봤다. 창수의 찬사가 무색하게 그림을 훑는 그의 눈에는 어떤 감정도 실리지 않았다. 별 볼 일 없는 그림이었다. 화려한 기교, 완벽에 가까운 구도, 다채로운 색의 조화가 현란했지만 모두 따로 놀았으니까. 마치 보는 사람에게 이런 감정을 느끼라고 강요하는 것처럼 작위적인 그림일 뿐이었다.

"오케스트라를 부른 게 신의 한 수였겠네. 볼거리가 없으면 들을 거리라도 있어야지."

냉소 섞인 태평의 평가에 창수는 풀썩 웃음을 흘렸다. 강유준의 진가를 몰라보는 태평이 믿기지 않는 눈치였다. 그러거나 말거나 태평의 눈은 다시 원래 보고 있던 그림으로 옮겨 갔다. 그 시선을 더듬거리며 따라간 창수가 다시 아는 척을 해 왔다.

"아, 오로지 선배님 그림 보고 있었구나."

태평은 고개를 돌려 창수를 바라봤다.

"이게, 오로지가 그린 거라고?"

오로지가 아니라 오로지 선배님, 이라고 정정한 창수는 그렇다고 대답했다. 태평은 급히 그림으로 얼굴을 돌렸다.

〈오로지 作 '모성애'〉

그림은 네 컷으로 나뉘어 있었다. 왼쪽 상단에는 포동포동한 아기가 엄마의 젖을 빨고 있었다. 아기와 엄마는 눈을 맞춘 채 서로의 존재가 전하는 행복에 잔뜩 취해 있었다.

그 옆 칸에는 교복을 입은 여자애가 엄마의 가슴에 얼굴을 묻고 있었다. 훌쩍 큰 여학생은 건강해 보였지만, 엄마 쪽은 조금 마르고 창백해 보였다.

왼쪽 하단에 그려진 그림 속 딸은 부푼 배를 가진 임부였고, 나이를 먹은 엄마의 얼굴은 깊어진 주름살로 가득했다. 딸을 안고 있는 엄마의 팔은 눈에 띄게 앙상했다.

마지막 네 번째 그림엔 병색이 짙은 엄마와 중년의 딸이 그려져 있었다. 죽어 가는 엄마는 안간힘을 쓰며 딸의 얼굴을 올려다보고 있었지만 딸의 눈은 굳게 닫혀 있었다.

다시 그림의 제목을 바라봤다. 모성애라니, 이 그림과 전혀 어울리지 않는 제목이었다. 그림과 제목을 번갈아 바라보는 태평에게 창수가 밝은 목소리로 물었다.

"모성애라는 제목이 딱이지?"

"……."

"어머니의 숭고한 사랑이 돋보이는 그림이잖아. 어머니에게 자식이란 그런 건가 봐. 자기가 가진 전부를 아낌없이 줄 수 있는 소중한 존재."

"네 눈엔 그렇게 보인단 말이지."

작게 읊조린 태평은 다시 그림을 감상했다. 어머니의 입장에서 감상한다면 창수의 해석은 당연했다. 죽는 순간까지도 딸에게 뭔가를 더 주려는 어머니의 사랑이 눈물겹게 표현됐으니까. 하지만 딸의 입장에서라면? 마지막 그림에서 두 사람의 시선이 어긋난 건 어떻게 설명할 수 있지?

태평의 머리에는 '모성애'가 아닌 다른 제목이 떠올랐다. 바로 '죄책감'이었다.

평생 어머니에게 받기만 했던 걸 절절히 후회하는, 그 죄책감이 너무 커서 어머니의 죽음 앞에서 눈물도 제대로 흘리지 못하는 딸의 마음을 담아 그린 그림처럼 보였으니까.

"야, 늦었어. 빨리 가자."

수업 종이 울리는 소리에 창수가 멍하게 서 있는 태평의 팔을 잡아끌었다. 커다란 강의실로 들어간 두 사람은 맨 뒷자리에 앉았다.

"먹어, 우리 작은누나가 준 거야."

창수는 태평에게 사탕 하나를 건넸다. 그에게는 누나가 둘이 있다고 했다.

"우리 작은누나가 민영 선배님하고 닮았어. 겉으로는 뭐라고 해도 속으로는 되게 잘 챙겨 주거든. 내가 말했던가? 민영 선배님하고 로지 선배님하고 내가 같은 중학교를 졸업했다고."

"아니."

"두 선배님이 중학교에 다닐 때도 단짝이었어. 민영 선배님이 아니었으면 다림예고에서 로지 선배님 얼굴을 못 봤을지도 몰라. 선배님 어머니께서 갑자기."

창수는 아차, 하며 입을 다물었다. 존경하는 선배님의 개인사를 물색없이 털어놓은 걸 후회하는 얼굴로.

"알아, 어머니 돌아가신 거."

"정말? 다행이다. 내가 큰 실수라도 했을까 봐……."

가슴을 쓸어내리는 창수에게 태평은 대수롭지 않게 물었다.

"어쩌다가 돌아가셨는데?"

마음의 짐을 내려놓은 창수는 그때 일을 술술 털어놨다.

"선배님이 중학교 3학년이었을 때 아주 큰 대회에 나가서 1등을 했거든. 하필 그 대회 시상식 날 사고로 돌아가셨다고 해서 학교 전체에 소문이 났었어."

"운도 더럽게 없네."

태평의 대구에 창수는 한숨을 내쉬며 고개를 끄덕였다.

"다시 생각해도 끔찍한 일이었지. 그 충격으로 로지 선배님이 그림을 그만둔다는 걸 민영 선배님이 간신히 말렸어. 그때 로지 선배님이 받은 상이 아니었으면 진짜로 그만뒀을지도 몰라. 그 상 때문에 여기 장학금 받고 왔다고 들었거든. 우리 학교 학비가 되게 비싸잖아."

"아버지는 뭐 하는데?"

"고등학교 선생님이라고 들었어."

"선생이면 괜찮게 살지 않나?"

창수는 무슨 소리냐는 듯 고개를 흔들었다.

"미술이 뭐 학교만 다닌다고 되냐? 학원도 다녀야 하고 교과 과목 과외도 받아야 하고 물감이며 붓이며 사야 할 게 얼마나 많은데. 우리 엄마가 요즘 날 돈벌레라고 부른다니까? 잘은 모르지만, 로지 선배님 집이 아주 잘사는 건 아닌 거 같아. 미술 학원에 다니는 걸 본 적이 없거든. 지금도 민영 선배님 사촌 오빠가 하는 화실에 공짜로 다니고 있다고 들었고."

"……사촌 오빠?"

태평이 슬쩍 인상을 썼다.

"어, 아까 네가 본 그 그림. 그거 그린 화가."

두 사람의 대화는 거기까지였다. 조용히 하라는 국어 선생님의 목소리에 웅성거렸던 강의실엔 침묵이 찾아왔다. 태평은 조용히 책상 서랍에 손을 넣고 휴대폰을 켰다.

[강유준 화가]

검색하자마자 기사 몇 개가 주르륵 떴다.

제22회 동아시아 학생 미술 실기 대회 대상 수상. 서울예술신문이 뽑은

'21세기 한국의 영파워 20인'으로 선정. 다림예술고등학교에 재학 당시

도쿄 개인전에서 작품 발표. 현재 영국 옥스브리지 대학에서 유학 중.

그림만큼 화려한 학력과 경력이었다. 그의 그림 몇 점을 검색해

보던 태평이 갑자기 얼굴을 굳혔다.

"그림만큼 더럽고 추한, 재수 없는 새끼였네."

삐빅―.

[청소년 교통 카드입니다.]

피로에 찌든 직장인들이 가득한 버스 안에서, 창수만 홀로 싱

글벙글 웃었다. 이유는 단 하나였다. 그는 오늘 영웅이 될 예정이

었다. 존폐의 갈림길에 서 있던 '꽃을 피우자' 동아리를 구할 히

어로가!

민영 선배님이 제일 좋아하시겠지? 창수의 뺨이 붉게 물들었다. 민영은 창수의 첫사랑이자 오랜 짝사랑 상대였다. 그런 그녀가 창수에게 처음으로 부탁을 가장한 명령을 했다.

'한창수, 친구 중에 덜떨어진 애 하나 있으면 꼬셔서 동아리에 가입시켜. 그럼 내가 맛있는 거 사 줄게.'

창수는 눈에 불을 켜고 달려들었지만 같은 반 친구들은 '꽃을 피우자'에 전혀 관심이 없었다. 이대로 민영 선배님이 지시한 임무를 포기해야 하나 했는데, 숨겨진 보물이 하나 있었다. 바로 입학식 날부터 일주일 내내 학교에 나오지 않았던 김태평이었다.

'김태평, 저기 창수 옆에 앉아라. 창수가 반장이니까 모르는 거 물어보고.'

태평을 처음 본 순간, 창수는 입을 떡 벌렸다. 남자가 봐도 욕이 튀어나올 만큼 우월한 피지컬 때문이었다. 올해 병원에서 키를 쟀을 때 175센티미터가 찍힌 걸 보고 좋아서 팔짝팔짝 뛰었던 그를 비웃듯 김태평은 그보다 10센티미터는 더 커 보였다.

키만 크면 좋았을 텐데, 몸도 좋았다. 수영 선수처럼 넓은 어깨의 끝은 보기 좋은 각이 져 있었고, 좁은 골반 밑으로 쭉 뻗은 하체는 힘이 넘치면서도 날렵했다.

그 정도에서 멈췄다면 괜찮았을 텐데, 김태평의 얼굴을 마주한 창수는 태어나서 처음으로 신을 원망했다. 신이시여, 저런 몸을 주셨으면, 얼굴 정도는 대충 빚으셔야 하는 거 아니십니까.

김태평의 얼굴은 몸만큼 훌륭했다. 짙은 눈썹 밑에 놓인 날카롭게 찢어진 눈매는 고혹적이었고, 키만큼 높은 콧대는 그의 인상을 더욱 서늘하게 보이게 했다. 그 밑에 꽉 다물린 입술은 함부로 범접할 수 없는 오라까지 풍겼다.

온갖 자격지심에 시달리던 창수를 구한 건 엉뚱하게도 태평이었다. 그는 창수에게 병도 줬지만, 약도 줬다.

'건드리지 마. 씨발!'

쉬는 시간에 엎드려 자고 있던 태평이 갑자기 일어나 소리쳤다. 깜짝 놀란 창수가 고개를 돌려 보니 태평에게 주려고 준비한 듯한 초콜릿을 들고 있는 같은 반 여자 친구가 보였다.

'내 몸에 손대지 말라고.'

태평은 자신을 깨운 여학생에게 다시 쏘아붙였다. 당혹스러움을 숨기지 못한 그녀는 울먹이며 교실 밖으로 뛰어나갔다. 반 친구들은 김태평을 따라다니던 말이 진짜였다며 혀를 찼다. 김태평이 얼굴만 멀쩡한 또라이라는 소문이었다. 창수가 직접 확인한 사실은 그와 조금 달랐다. 김태평은 압도적으로 잘생긴 또라이였다.

〔이번 정류장은 다림예술고등학교입니다.〕

버스에서 내린 창수는 씩씩하게 교문으로 걸어갔다. 학생들의 복장을 단속하고 있는 선생님이 창수를 보며 씩 웃었다.

"안녕하세요."

"어, 그래. 좋은 아침이다!"

창수의 고개가 평소보다 북적이는 운동장 쪽으로 돌아갔다. 체육 선생님들이 체력장 준비로 바삐 움직이는 게 보였다. 입시로 바쁜

3학년부터 체력장을 시작한다고 하더니 오늘인 모양이었다.

"왔어?"

수업 시작 5분 전에 등교한 태평을 창수가 반갑게 맞았다. 그가 태평에게 '꽃을 피우자' 동아리실의 위치와 관리하는 정원이 어디에 있는지 설명하고 있을 때였다. 의자에 앉아 있던 태평이 갑자기 몸을 일으켰다.

"바꿔."

바꾸라는 말에 창수는 눈을 둥그렇게 떴다. 태평은 말없이 손으로만 창수와 제 자리를 번갈아 가리켰다. 자리를 바꿔 앉자는 뜻인 거 같았다.

"……그래."

1분단 창가 쪽에 앉아 있던 창수가 자리에서 일어났다. 귀찮았지만 오늘만큼은 태평의 기분을 거스르고 싶지 않았다. '꽃을 피우자' 동아리원이 될 소중한 친구였으니까. 오전 수업 내내 동아리 모임을 기대하며 콧노래를 부르다 보니 금방 4교시가 됐다. 급식 표를 꺼내 점심 메뉴가 뭔지 확인하던 창수는 급히 허리를 세웠다.

드르륵―.

1학년 교무부장의 영어 수업 시간이었다. 긴장한 학생은 창수만이 아니었다. 다림예고에 입학한 지 한 달이 되지 않았지만 반 친구 모두 본능적으로 직감했다. 교무부장을 가장 조심하고 경계해야 한다는 걸. 입꼬리를 잔뜩 내린 선생님은 학생의 얼굴을 일일이 쏘아보며 수업을 시작했다.

"수행 평가 하나 나간다. 영어 부장!"

여학생 한 명이 쪼르르 나가 종이 뭉치를 받았다. 프린트를 받아 든 친구들은 소리 없는 비명을 질렀다.

[1학년 심화 영어 수행 평가 : What are the 3 most important characteristics of your drawing? Use specific reasons and examples to support your opinion.]

자신이 그린 그림의 가장 중요한 특징 세 가지를 기술하고 구체적인 이유와 예시까지 들라는 숙제였다. 창수는 물론 반 친구들의 머리 모두 깜깜해졌다.

"선생님, 이거 미리 써 오면 한번 봐 주실 수 있나요?"

맨 앞에 앉아 있던 친구가 조심스레 물었다. 선생님은 축 처져 있던 입꼬리를 치켜올리며 말했다.

"그럴 시간 없으니까 교무실에 찾아오지 마. 다들 학원 다니지? 알아서들 준비해."

교실에는 무거운 정적이 감돌았다. 학기 초부터 교무부장에게 밉보이길 원하는 학생은 없었으니까. 조용해진 분위기가 마음에 들었는지 선생님은 흡족한 미소를 띠며 교과서를 펼쳤다.

"한창수!"

"네!"

창수는 떨리는 마음을 진정시키며 대답했다.

"15페이지 읽고, 해석해 봐!"

자리에서 일어나 목을 가다듬은 창수는 헤밍웨이의 〈노인과 바다〉를 또박또박하게 읽었다.

"히 워즈 언 올드 맨 후 피쉬드 얼론……. 그는 멕시코 만류에서 배를 타고 혼자 고기를 잡는 노인이었다."

한 문장씩 끝낼 때마다 창수의 이마엔 작은 땀방울이 맺혔다. 제대로 읽지 못했다고 지적받을까 두려워서였다. 목소리가 점점 작아졌다. 반 친구들은 모두 숨을 죽이고 귀만 쫑긋 세우고 있었다. 바로 그때였다. 창수의 목소리만 들려야 할 교실에 다른 목소리가 들린 건.

"조용히 좀 해."

교과서에 꽂혀 있던 친구들의 시선이 일제히 옆으로 비꼈다. 책에 묻고 있던 얼굴을 번쩍 들었던 창수는 다시 고개를 숙였다. 선생님의 얼굴을 확인할 용기가 없었기에 서둘러 다시 교과서를 읽었다.

"이메이진 이프 이치 데이 어 맨 머스트 트라이 투 킬 더 문……. 만약 날마다 한 남자가 반드시 달을 죽여야 한다면."

반 친구들 모두 한마음이 되어 아무것도 듣지 못한 척 넘기려 했는데.

"아, 좀 닥치라고. 시끄러워 죽겠네."

좀 전보다 더욱 또렷한 목소리가 교실 안의 정적을 깼다. 얼굴이 하얗게 질린 창수는 왼쪽으로 고개를 돌렸다. 교실에 시한폭탄을 투척한 태평은 한가롭게 창 너머로 운동장을 바라보고 있었다. 창수가 두 눈을 감고 복화술을 하듯 속삭였다.

"증신 차려…… 스엇 증이잖아."

운동장에 꿀이라도 발라 놨는지 태평의 고개가 아주 느리게 교실로 돌아왔다. 잠시 교실을 훑어보던 그는 상황을 이해했는지 건조하게 읊조렸다.

"……아, 쏘리."

태평의 사과에 창수는 마른 입술을 씹었다.

쏘오리? 이 자식, 진짜 또라이 아니야? 야, 죄송하다고 해야지!

절규에 가까운 창수의 생각은 선생님의 날카로운 목소리에 휘발됐다.

"김태평! 자리에서 일어나!"

창수는 천천히 자리에 앉았고 태평은 일어섰다.

"너, 지금 뭐라고 했어?"

"……."

대답 없는 태평을 보며 선생님은 한쪽 입꼬리를 끌어당겨 웃었다.

"뭐? 닥치라고? 그렇게 듣기 싫으면 너나 귀 닫고 있으면 되지. 다른 친구들한테 피해를 주는 건 무슨 경우야? 얘들 학비, 네가 대줬어? 이게 지금 너 혼자 듣는 수업이야?"

앙칼진 선생님의 목소리에도 초점이 풀린 태평의 눈은 교탁만 응시하고 있었다.

"왜 아무 말도 못 해? 귀중한 내 수업을 망쳐 놓고 입만 다물고 있으면 다야? 너, 이 수업이 시간당 얼마짜리인 줄 알아? 이렇게 너 때문에 수업 못 하면 내가 학부모한테 항의 전화를 몇 통이나 받는 줄 아니? 그거 받기 싫어서 내가 얼마나 최선을 다해서 수업하는데!"

학생들은 화가 머리끝까지 난 선생님의 눈치를 살폈다. 이 난리에도 태평은 침묵만 지키고 있었다. 그런 태평의 태도에 더 열이 오른 선생님은 계속 내질렀다.

"아, 넌 그런 걸 신경 쓸 필요가 없어서 그러는 거야? 학교에 전화할 사람이 없으니까? 그래서 그렇게 네 멋대로니? 눈치 볼 사람이 없어서?"

묵묵히 한곳만 응시하던 태평이 처음으로 미간을 구겼다. 그리고 선생님의 얼굴을 쏘아봤다.

"선생님."

"……왜!"

"진로를 잘못 정하신 것 같은데요."

"뭐?"

"학교보단 국회가 더 어울려서요. 지금이라도 정계로 진출하시는 게 어떨지."

"뭐라고?"

오싹할 만큼 비릿한 웃음을 흘린 태평은 성의 없이 지껄였다.

"나, 고아인 거 까발리는 건 상관없는데, 이용하진 말라고요. 안 그래도 착해 빠진 애들만 골라 등골 빼먹고 있는 거 알고 있으니까."

할 말을 잃은 선생님의 눈빛은 크게 흔들렸다. 반에 있는 학생들의 얼굴엔 당황스러움이 서렸다. 선생님의 기에 눌리지 않고, 할 말을 다 하는 태평의 태도에 커다란 충격을 받아서였다. 거기에 대고 태평이 쐐기를 박았다.

"정치질은 국회에 가서 하세요. 학교가 아니라."

냉랭한 칼바람을 불러온 태평의 말에 학생들은 일제히 고개를 숙였다. 조용해진 교실에는 흥분을 가라앉히려 심호흡을 하는 선생님의 숨소리만 들렸다.

"당장 나가! 너, 앞으로 내 수업에 들어오지 마. 나한테 무릎 꿇고 죄송하다고 싹싹 빌기 전엔 어림도 없어!"

분을 이기지 못해 씩씩대는 선생님의 얼굴에 대고 태평은 씨익, 웃었다. 드르륵, 하고 의자가 밀리는 소리가 들리더니 태평이 교실 뒤편으로 걸어갔다.

"너, 지금 네 행동에 책임질 수 있어?"

교실 뒷문을 연 태평에게 선생님이 소리쳤다. 어깨를 으쓱한 태평은 빈정대듯 말했다.

"책임, 져야죠. 학교에 전화할 부모도 없는데."

태평은 미련 없이 교실에서 나갔다. 한숨을 크게 쉰 창수는 텅 빈 옆자리를 바라봤다. 시선을 끌어 올린 그의 눈에 창 너머로 운동장이 보였다. 얼핏 민영과 로지의 모습이 보인 것도 같았지만, 빠르게 시선을 거뒀다.

뱁새는, 역시 뱁새지.

교실에서 쫓겨나 복도를 걷던 태평은 길게 기지개를 켰다. 표정으로 드러나지는 않았지만 그는 사실 기분이 꽤 좋은 상태였다. 그토록 찾아 헤매던 오로지를 뜻밖의 장소인 운동장에서 찾아냈으니까. 창수와 자리를 바꾼 것도 뱁새를 조금 더 가까이 보기 위해서였다.

매트 위에 누워 윗몸 일으키기를 하던 오로지를 떠올리자마자 피식, 웃음이 샜다. 열 번까지는 잘 올라오더니 그 이후부턴 두 손을 허공에 허우적대며 힘겹게 올라왔다. 짧은 사지를 버둥거릴 때마다 매트에선 뿌연 먼지가 올라왔다. 캑캑 소리를 내며 기침을 할 때마다 백지처럼 하얀 그녀의 얼굴은 빨갛게 물들어 갔다.

다음 종목은 오래달리기였다. 긴 체육복 바지를 무릎 위로 돌돌 말아 올린 오로지는 머리도 하나로 높이 올려 묶었다. 준비는 완벽했지만, 달리는 폼은 영락없는 뱁새였다. 종종거리며 열심히 달렸지만, 얼마 못 가 맨 뒤로 처졌다.

꼴찌로 달리기를 끝낸 오로지는 민영인지 뭔지 하는 친구를 불렀다. 두 사람은 태평이 수업을 듣고 있는 건물과 가까운 수돗가로 걸어왔다. 목소리를 듣기 위해 한껏 집중하고 있는데 오로지가 아닌, 앵앵거리는 남자 목소리만 들렸다. 짜증이 나서 한마디 내뱉었다.

'아, 좀 닥치라고. 시끄러워 죽겠네.'

그제야 시끄러운 소리가 사라지면서 오로지의 목소리가 들렸다. 그녀는 동아리 모임에 대해 말하고 있었다. 도톰한 입술의 양 끝을 한껏 끌어 올린 채.

오후에 내 얼굴을 보고도 저렇게 웃을 수 있으려나.

태평은 자신과 마주친 오로지의 반응을 상상해 봤다. 지난번처럼 슬슬 뒷걸음질을 치며 도망갈지, 화분에 물을 줄 때처럼 뻣뻣하게 굳어 버릴지. 안타깝게도 즐거운 상상은 오래가지 못했다. 뒤통수가 따끔거려 고개를 돌려 보니 교실 안에 있는 눈동자가 모두 그를 바라보고 있었다.

'아, 수업 중이었나.'

그걸 깨닫는 순간, 태평의 수업은 끝이 났다. 의도치 않게 자유를 얻은 태평은 중앙 계단을 통해 걸어 올라갔다. 낮잠을 잘 만한 곳을 찾았지만 빈 교실은 모두 자물쇠로 잠겨 있었다. 어슬렁거리던 그를 발견한 건, 뜻밖에도 담임 선생님이었다.

"김태평, 너 왜 거기 있어? 지금 수업 중 아니야?"

태평을 교무실로 데리고 온 선생님은 자초지종을 물었다. 그는 담담하게 답했다.

"그러니까 영어 선생님 수업 시간에 쫓겨났다고?"

"네."

사정을 알게 된 담임 선생님의 얼굴이 조금 흐려졌다. 교무부장의 자리를 흘낏 바라본 그녀는 혀를 끌끌 찼다.

"너도 참, 나가란다고 나오면 어떻게 하니. 잘못했다고 하면 될 걸."

"……."

"조금, 예민한 쌤이야. 학생들한테만 그런 게 아니라, 쌤들한테도 그래."

태평은 고개를 들었다. 그를 타박할 줄 알았던 선생님의 얼굴엔 걱정하는 기색만 가득했다. 그가 괜한 반항심 때문에 그런 게 아니었다는 걸 이해하는 눈치였다. 선생님은 책상 위에 있는 기획안을 가리켰다.

[다림예술고등학교 : 옥상 정원 만들기 기획서 ― '꽃을 피우자' (원예부)]

"창수 말로는 너도 원예부에 가입할 거라던데."

"네."

"그럼, 남은 수업 시간에 옥상 청소나 해. 거기 담배꽁초가 많더라."

선생님은 태평에게 열쇠 하나를 건넸다. 그러곤 천 원짜리 지폐 두 장도 내밀었다.

"매점에 가면, 빨대 꽂아 먹는 커피 있을 거야. 그거 하나 사서 영어 선생님께 갖다 드려. 죄송하다고 하면서."

열쇠와 돈을 받아 든 태평은 아무 말도 하지 않았다. 교무부장에게 커피를 사다 바치는 일도, 사과도 하지 않겠다는 뜻이었다. 그 마음을 눈치챌 리 없는 선생님은 한마디 더 보탰다.

"흰색 말고, 까만색 커피로. 설탕 들어간 거 싫어하시거든."

선생님에게 고개를 숙였다 들어 올린 태평은 창가 쪽으로 시선을 돌렸다. 그새 체력장이 끝났는지 운동장엔 학생들이 보이지 않았다. 남은 학생 중, 특히 여학생을 샅샅이 훑던 태평의 시선 끝에 묘한 아쉬움이 따라왔다. 마른 얼굴을 손바닥으로 문지르며 교무실에서 나왔다. 옥상으로 이어진 계단을 한 칸씩 오를 때마다 오로지의 얼굴이 불쑥 튀어나왔다가 사라졌다. 체력장을 할 때 봤던 우스꽝스러운 얼굴도, 자신이 열일곱 살이라는 걸 알았을 때 붉어졌던 볼도, 그림에 푹 빠져 있던 옆모습도. 지금은 또 어떤 얼굴로, 어떤 표정을 짓고 있을지…… 머릿속에 떠오른 생각이 고스란히 표정으로 빚어지는 오로지를 생각하자 그의 입술 사이로 웃음이 새어 나왔다.

끼익―.

옥상 문을 열고 밖으로 나간 태평은 하늘을 올려다봤다. 아침만 해도 맑았던 하늘이 조금 어두워져 있었다. 고개를 내려 옥상을 훑었다. 청소하는 분이 다녀갔는지 담배꽁초 같은 건 보이지 않았다.

"……뭐야."

뭔가를 발견한 태평의 눈이 흠칫 떨렸다. 물탱크 뒤로 흰색 운동화를 신은 발이 보였다. 숨을 죽이고 천천히 그쪽으로 걸어갔다.

"……?"

신발의 주인을 확인한 순간 태평은 눈을 치켜떴다. 어이가 없어 웃음도 나오지 않았다. 오로지가 맨바닥에 누워 잠을 자고 있었다.

"야!"

발끝으로 운동화를 툭 건드렸다. 어지간히 피곤했는지 오로지는 꿈쩍도 하지 않았다. 태평은 그 옆에 털썩 앉았다.

열흘 만에 보는 건가.

열흘, 이라는 날짜를 생각해 낸 그는 이마를 짚었다. 기가 막혔다. 오로지를 보지 못한 날짜를 세고 있었던 자신이 믿기지 않아서였다. 한숨을 내쉬다가 다시 자는 얼굴을 바라봤다. 기억 속의 얼굴과 조금 다르게 느껴졌다.

흐릿한 이목구비라고 생각했는데, 가만 보니 오밀조밀한 게 귀여웠다. 동그란 눈매와 작은 코, 살짝 뒤집혀 있는 윗입술과 도톰한 아랫입술도. 특히, 입술의 모양이 마음에 들었다. 디즈니 만화에 나오는 오리 주둥이처럼 늘 웃고 있는 입매가.

태평은 잠시 하늘을 올려다봤다. 어둑어둑한 비구름이 몰려오고 있었다. 하늘을 바라보는 그의 눈 역시 잿빛으로 물들었다. 뚜렷한 색도, 냄새도, 맛도 느껴지지 않는 회색. 그건 바로 태평을 위한 색이었다.

정신과를 꾸준히 찾았던 과거의 어느 날이 떠올랐다. 의사는 태평에게 그의 오감이 퇴화 중이라는 진단을 내렸다. 원인은 심리적인 트라우마라고 설명하면서.

'인간이란 특이해요. 머리로는 죽음을 꿈꿔도, 몸은 살기 위해 최선을 다하거든요. 살아야겠다는 그 본능이 태평 씨의 감각 간 연결을 끊어 내고 있어요. 감각이 뇌에 전달하는 정보가 온통 삶의 의지를 꺾는 것들뿐이니까, 차라리 오감을 버리자고 몸이 판단한 거죠. 오로지 생존만을 위해서.'

태평은 죽어 가고 있다는 오감이 왜 꿈에서는 살아나는 거냐고 물었다. 의사는 그 질문에는 명쾌한 답을 주지 못했다. 대신 그는 태평에게 그림을 통해 간접적인 경험을 쌓아 보는 게 어떻겠냐고 조언했다. 그림이란 궁극적으로 작가의 오감을 표현한 것이기에 타인의 감정과 교감하기에 아주 좋은 도구라면서.

의사의 말이라면 100퍼센트 신뢰하는 올리버는 그날 이후 태평을 매일 미술관으로 끌고 갔다. 처음에는 마지못해서, 다음에는 올리버에게서 원하는 걸 받아 내려고 가곤 했는데, 언젠가부터 태평은 제 발로 미술관을 찾기 시작했다. 올리버는 태평이 그림에 관심을 갖게 된 것을 진심으로 기뻐했지만, 사실 그건 취미라기보다는 오기 때문이었다. 지긋지긋한 트라우마를 극복하지 못한다면 차라리 지배하고 말겠다는 오기가 그를 미술관으로 이끌었다.

그림의 효과는 상당했다. 수많은 유명 화가의 그림을 감상하며 태평은 짧은 순간이지만 그 화가가 되곤 했다. 그럴 때마다 화가의 눈으로 감상한 경험은 고스란히 태평의 것이 되어 돌아왔고, 그 감각들은 조금씩 내부에 축적되었다. 문제는 이렇게 끌어온 감각들이 꿈에서만 발현된다는 거였다.

살갗을 파고드는 열기, 신경 하나하나를 날카로운 바늘로 찌르는 듯한 통증, 금방이라도 숨이 멎을 것 같은 호흡 곤란. 태평이 악몽을 꿀 때마다 경험하는 것들이었다. 육체에게 버림받은 오감은 꿈에서만큼은 그의 몸과 마음을 철저히 유린하며 끔찍한 고통을 남겼다.

더욱 견딜 수 없는 건, 고통 뒤에 따라붙는 선명하고 진득한 감정이었다. 바로 '화(禍)'였다. 이 재앙 같은 감정은 마르지 않는 우물 같았다. 꾸준히 퍼내지 않으면 불시에 흘러넘치고 마는……. 간혹 그 우물이 넘치면 미쳐 버릴 것 같았다. 죽고 싶은 만큼 살고 싶어졌기 때문이었다. 그런 태평의 이중적인 욕망을 들여다본 게 오로지였다.

'네가 그래 보여. 화가 나는데 왜 화가 나는지 모르는 사람 같아.'

하늘로 향했던 고개를 내린 태평은 바닥에 떨어져 있는 오로지의 손을 바라보았다. 오늘도 어김없이 손가락마다 밴드가 칭칭 감겨 있었다. 쳐다보고 있는 시선을 느꼈는지 오로지는 몸을 돌려 옆으로 누웠다. 태평은 자신 쪽을 보고 누운 오로지의 이마로 손을 가져갔다. 보푸라기처럼 가느다란 잔머리가 그의 손바닥을 간질였다.

부드럽고 살랑대는 느낌에 손등 위로 잔소름이 일었다.

태평은 팔베개를 만들어 오로지 옆에 누웠다. 커다란 물탱크가 만든 그늘이 두 사람을 아늑하게 감쌌다. 그림자 이불을 덮고 눈을 감았다. 싱그러운 향기가 느껴졌다. 대패로 밀 때마다 동그랗게 말리는 톱밥 냄새 같기도 하고, 창고에서 갓 꺼낸 바싹 마른 장작에서 나는 냄새 같기도 했다.

기분 좋은 향기를 따라 태평도 몸을 돌려 누웠다. 그 바람에 그의 운동화가 오로지 운동화의 앞코에 살짝 닿았다. 이유 모를 만족을 느낀 순간, 그는 그토록 원하던 수마에 사로잡혔다. 누가 업어 가도 모를 만큼 깊은 잠이었다.

투둑―, 툭. 투두둑―.

죽은 듯이 자던 태평을 깨운 건 굵은 빗방울이었다.

"……."

잠에서 덜 깬 그는 제 눈을 의심했다. 함께 비를 맞고 있어야 할 오로지가 보이지 않았다. 마침 새 한 마리가 푸드덕 소리를 내며 비를 피해 날아갔다. 그 소리에 정신을 차린 태평은 무릎을 세워 앉았다. 입매를 굳히고 가만히 떨어지는 비를 맞았다. 뜨거워진 목덜미를 타고 흐르는 빗물이 시원했다. 비에 섞인 물비린내도 느껴졌다. 콧잔등에 떨어진 빗방울은 심지어 간질거렸다. 생경한 감각에 미친 듯이 화가 나면서도, 웃음이 나왔다.

온몸에 떨어지는 빗줄기가 생생해서였다. 온몸을 옥죄고 있던 악몽의 고리가 찰나지만, 툭 하고 끊어진 것 같았다.

"우연이, 아니었어."

떨어지는 빗소리가 우연이 아니라고 중얼대는 그의 목소리를 연신 찢어 냈다.

4. 개념 있는 또라이

지이잉—.

낮잠을 자던 로지는 휴대폰 진동 소리에 눈을 떴다. 잠결에 받을까 말까 고민하던 사이, 진동이 멈췄다. 상체만 일으켜 손목시계를 확인했다. 잠깐 눈을 붙였다고 생각했는데 어느새 점심시간이 끝나 있었다.

"……?"

마저 일어나려던 몸이 옆에 누워 있는 사람을 보고 굳었다. 조심스레 남자의 얼굴을 살펴본 로지가 손으로 입을 가렸다.

얘가, 왜 여기에 있지?

넋을 놓고 김태평의 얼굴을 쳐다보던 로지는 체육복 바지 주머니에서 휴대폰을 꺼냈다. 전원이 켜져 있음에도 휴대폰 화면은 온통 까만색이었다. 액정이 깨진 지 오래였기 때문이었다.

민영이한테 별말이 없는 걸 보면, 따로 연락은 안 한 것 같은데.

전화를 걸고 받는 게 불편한 휴대폰을 가지고 있던 터라, 김태평에게 민영의 번호를 알려 준 로지였다. 꼭 필요한 연락이라면 민영을 통해 듣게 될 테고, 그렇지 않으면 민영이 차단해 줄 테니까. 문득 실없는 웃음이 올라왔다. 김태평에게 왜 민영의 번호를 찍어 주었는지 구구절절 이유를 만들어 내는 자신이 웃겨서였다. 처음부터 번호를 알려 주지 않으면 될 일이었다. 그랬다면 이렇게 신경을 쓸 일도 없었을 텐데. 싫은 사람과 엮이는 것만큼 불편한 건 없었으니까. 이런저런 생각을 이어 가던 로지는 다시 작게 웃었다. 깊은 고민이 무색할 만큼 싱거운 결론에 도달한 탓이었다. 번호를 알려 줬다는 건, 김태평이 두 번 다시 엮이고 싶지 않을 만큼 싫은 애는 아니란 뜻이겠지.

로지는 졸음이 가시지 않은 눈으로 하늘을 올려다봤다. 투명해야 할 햇빛이 두꺼운 구름을 통과하며 진한 회색빛으로 색을 바꿔 입고 있었다. 탁하게 내려앉는 햇볕을 따라 눈을 감고 있는 김태평을 바라보았다.

미동조차 없이 자는 얼굴이 이상할 만큼 충만해 보였다. 마른 땅에 비가 떨어지면 순식간에 흡수되는 것처럼, 김태평도 정신없이 잠을 빨아들이고 있었다. 그 얼굴을 신기하게 바라보다가 조용히 몸을 일으켰다. 어쩐지 잔잔한 평화를 즐기고 있는 김태평을 방해해서는 안 될 것 같았다.

"으……."

옥상 문을 닫자마자 로지의 입에서 저절로 앓는 소리가 나왔다. 체력장 때문에 존재하는지도 몰랐던 근육을 모조리 꺼내 쓴 탓이었다. 1층까지 어렵게 내려간 로지는 '다림 정원'으로 가기 위해 학교 뒷문을 열었다. 오늘 창수가 데려오기로 한 신입생은 어떤 후배일까, 생각해 보고 있는데 민영의 목소리가 잡생각을 단번에 끊어 냈다.

"오로지, 너 어디 갔다가 이제 와? 전화해도 안 받고!"

사정을 설명하려던 로지는 눈을 크게 떴다. 정원을 둘러싸고 서있는 신입생들 때문이었다. 그 가운데 낯익은 얼굴이 로지 쪽으로 달려왔다.

"선배님!"

"어, 창수야."

"어디에 있다가 이제 오셨어요?"

깜빡 잠이 들었다고 설명한 로지는 옹기종기 모여 있는 학생들을 가리켰다.

"그런데 저 학생들은 다 누구야? 다른 동아리 모임도 여기에서 한대?"

"아니에요. 전부 우리 동아리에 가입하겠다고 온 신입생인데……."

얼떨떨한 표정을 짓고 있는 로지에게 민영이 다가왔다.

"야, 우리 완전 대박 났어. 창수 얘가 영업력이 어마어마하더라. 열 명이나 데리고 왔어! 로지야, 우리 차기 동아리 부장은 무조건 한창수로 하자. 인정?"

동아리 모임에 늦었다고 짜증을 낼 줄 알았던 민영은 입이 찢어져라 웃었다. 그 옆에 선 창수는 볼을 붉힌 채 민영과 로지의 얼굴을 힐끔거렸다.

"전부 동아리실로 따라와. 면접 봐야 하니까!"

두 팔을 걷어붙인 민영이 신입생들을 향해 외쳤다. 창수와 로지도 민영을 따라 다시 학교 안으로 들어갔다.

"복도에서 면접 볼 테니까, 두 명씩 내보내."

신입생들을 모두 동아리실에 밀어 넣은 민영이 창수에게 말했다. 알겠다고 대답하면서도 창수는 불안한 눈빛으로 계속 창밖을 살폈다. 로지도 창수를 따라 창가로 눈을 돌렸다. 언제부터 오기 시작했는지 모르겠지만 봄비가 내리고 있었다.

"저, 로지 선배님."

조금씩 굵어지는 빗줄기를 보던 로지의 얼굴이 창수에게 향했다. 어깨를 늘어뜨린 창수는 입술을 두어 번 물었다가 놓은 뒤 말을 꺼냈다.

"면접 시작 전에 선배님들께 드릴 말씀이 있는데요."

"그래?"

"민영 선배님한테도요."

로지는 민영에게 잠깐 이쪽으로 오라고 손짓했다. 창수는 두 사람을 데리고 교실 밖으로 나갔다.

"선배님, 제 말을 오해하지 말고 들어 주셨으면 좋겠는데요. 제가 밖에 서 있는 애들을 데리고 온 게 아닌……."

교복 자락을 그러쥔 창수가 더듬거렸다. 로지와 민영은 영문을 몰라 서로의 얼굴을 바라봤다.

"뭐래! 뭔 말을 똥 싸다 끊어 먹은 것처럼 하는 거야? 똑바로 말 안 해?"

답답한 걸 싫어하는 민영이 날카롭게 내뱉자, 창수는 반걸음 뒤로 물러선 뒤 다시 입을 열었다.

"……그러니까, 저 애들이 김태평이 우리 동아리에 가입한다는 소문을 듣고 온 건데요."

"김태평이라니?"

이번엔 로지가 먼저 입을 열었다. 창수는 주저하는 목소리로 말을 이었다.

"제가 태평이한테 우리 동아리에 들어오라고 설득해서 가입 신청서를 받았거든요. 그걸 선생님께 드렸는데, 소문이 났나 봐요. 태평이가 1학년 여자애들 사이에서 좀 유명하거든요."

"뭐야, 그럼 쟤네가 김태평 얼굴 한번 보겠다고 모인 애들이란 말이야?"

높아진 민영의 음성에 창수의 시선이 발끝으로 떨어졌다. 아, 뭐 이런 경우가 다 있냐고 투덜대던 민영이 얼굴을 구겼다.

"쟤네 당장 돌려보내."

"……왜, 왜요?"

"왜요? 너, 김태평이 어떤 앤 줄 아직 모르는 모양인데, 걔 완전 재수가 바가지야."

"나쁜 애는 아닌데."

민영은 눈을 가늘게 뜨고 창수를 노려봤다.

"선후배 간에 지켜야 할 예의도 모르는 새끼, 난 절대 안 받아. 그냥 동아리 말아먹는 게 낫지."

동아리를 포기하겠다는 친구의 말에 로지는 입을 크게 벌렸다.

"네가 만든 동아리잖아. 정말 없어져도 괜찮아?"

"어쩔 수 없잖아. 우린 3학년이고, 2학년 부원은 한 명도 없고. 고문 선생님도 우리 동아리에 별로 관심 없는데 잘됐지 뭐. 여기에 그 싸가지 없는 새끼 하나 추가한다고 뭐가 달라지겠어? 애들 말 들어 보니까 소문도 안 좋던데. 그런 애가 잡초 뽑고, 모종 심고, 물 주는 일을 하겠냐고."

딱히 반박할 말을 찾지 못한 로지는 그대로 입을 다물었다.

"저, 민영 선배님."

포기가 빨랐던 로지와는 달리 창수의 눈은 그 어느 때보다 빛나고 있었다. 민영과 함께 꾸려 갈 동아리를 이대로 없앨 수 없다는 굳은 의지가 그의 눈빛에서 읽혔다. 참으로, 눈물겨운 사랑이 아닐 수 없었다.

"태평이하고 선배님 사이에 무슨 일이 있었는지 모르지만, 걔가 은근 괜찮은 놈이에요. 아침에 지각도 안 하고, 저처럼 말이 많지도 않고, 그리고 또…… 얼굴도 잘생겼고, 키도 크고, 체육복 갈아입을 때 훔쳐봤는데요. 근육이 쫙 갈라져 있더라고요. 힘쓰는 일도 잘할 거예요."

민영은 창수가 한심하다는 듯 코웃음을 크게 쳤다.

"한창수."

"예?"

"너, 김태평한테 맞았냐?"

"아닌데요."

"그게 아니라면, 너 걔 좋아해?"

크게 당황했는지 창수는 고개만 저었다. 민영은 괜한 걱정은 하지 말라는 듯 씨익, 웃었다.

"민망해할 거 없어. 난 그런 데 편견 없거든. 그런 사랑도 당연히 인정받아야……."

"선배님! 그건 절대 아닙니다. 순수한 우정인데, 그렇게 해석하시다니! 저 진짜 억울합니다."

한숨을 푹욱 내쉬는 창수를 보며, 로지는 웃음을 참기 위해 입술에 힘을 꽉 줬다. 워낙 눈치가 빨라 사람들의 마음을 들었다 놨다 하는 민영이면서 정작 자신의 문제엔 둔감한 게 웃겨 죽을 것 같았다. 창수는 그런 민영이 야속했는지 마른세수만 연거푸 했다.

"그래? 아니면 됐고. 그런데 그 괜찮은 놈은 왜 안 보여? 가입 신청서를 낸 건 맞아? 벌써 5교시가 다 끝나 가는데?"

옥상에서 김태평을 봤다고 말하려던 로지보다, 창수의 대답이 더 빨랐다.

"태평이가, 오늘 영어 시간에 교실에서 쫓겨났거든요. 4교시 때부터 어디 갔는지 보이질 않아요. 점심도 안 먹었는데."

"왜?"

깜짝 놀란 로지가 되물었다.

"태평이가 수업 중에 딴생각하다가 걸려서 혼이 났는데, 선생님이 태평이 부모님께서 돌아가신 걸 들먹였거든요. 태평이가 선생님한테 학교 그만두고 국회로 가라고 했어요. 학생 약점 잡아서 협박하는 거 보면, 교사보다는 정치인이 더 적성에 맞을 거 같다고요."

자초지종을 들은 민영은 어이가 없다는 듯 킬킬댔고, 로지는 한 손으로 이마를 짚었다. 상반된 반응을 보이는 두 선배를 창수가 어리둥절한 얼굴로 바라봤다.

"김태평이 처음으로 불쌍해지려고 하네. 하필 개겨도 영어한테 개기냐. 요즘 교무부장 됐다고 어깨에 제대로 뽕 찼던데. 앞으로 개고생 좀 하겠네. 로지야, 걔는 교무부장 신조가 '한 놈만 팬다'라는 걸 알고 있을까?"

로지는 난감한 표정을 지었다. 민영의 말은 과장이 섞이지 않은 있는 그대로의 사실이었다. 영어 선생님의 관심은 집안 좋고 성실한 모범생에게만 집중되는 게 아니었다. 로지처럼 내세울 게 없는 학생

중, 설설 기지 않고 뻗대는 학생도 선생님의 관리 대상에 포함됐다. 일종의 본보기로 삼기 위해서였다. 자신의 심기를 건드렸다가는 학교 생활이 이렇게 힘들어질 거라는 경고가 담긴.

"교무부장이 어떤 표정을 지었을까? 내가 교실에 있었으면 사진이라도 한 장 찍어 뒀을 텐데. 두고두고 감상하게."

영어 선생님을 볼 때마다 이를 바득바득 갈던 민영은 배를 잡고 웃었다. 눈물을 닦는 민영을 보며 로지는 김태평이 했다던 말을 곱씹었다.

"……되게 멋있다. 나도 그럴 수 있으면 좋을 텐데."

선생님 앞에서 하고 싶은 말을 당당히 한다는 건, 로지에게 있을 수 없는 일이었다. 학교에서 문제가 생기면 아빠에게 연락이 갈 테고, 그러면 싫든 좋든 아빠의 얼굴을 봐야 할 테니까. 상상만으로도 두려움에 손끝이 차가워졌다. 아무 말 없이 선생님들의 일을 돕고, 쓰레기통을 비우고, 화분에 물을 주고 있는 것도 그런 이유에서였다.

"선배님, 안 들어오세요!"

생각에 잠겨 있는 로지를 창수가 불렀다.

"응?"

"민영 선배님이 잠깐 교실로 들어오래요."

창수의 말에 멍했던 정신을 차리고 보니 민영은 어느새 교실 안으로 들어간 뒤였다. 로지도 창수와 함께 교실로 들어가려고 했는데, 그 순간 머리에서 번쩍하고 번개가 쳤다.

김태평이 옥상에서 자고 있었는데!

창수에게 어서 빨리 이 사실을 알리려고 했는데, 마침 앞서 걷던 창수가 몸을 돌렸다.

"선배님."

"창수야! 너 지금 옥상에 좀……."

로지의 뒷말은 창수의 비밀스러운 속삭임에 막혔다.

"우리 그냥 태평이도 받고 오늘 온 애들도 다 받으면 안 될까요? 어차피 한두 달만 지나면 열심히 할 애들만 알아서 남을 텐데."

"어……."

"제발 저 좀 도와주세요. 민영 선배님이 원예부를 얼마나 좋아하는지 아시잖아요. 선배님, 태평이하고 친한 사이 맞죠? 태평이가 저한테 선배님 번호를 알려 달라고 하더라고요."

"……."

"태평이하고 언제 어떻게 알게 되신 거예요? 태평이가 선배님 이름을 되게 편하게 부르던데."

"……아, 아니야, 친하긴."

더듬거리는 로지를 보는 창수의 눈이 반짝였다. 어수룩해 보이지만 두 누나에게 혹독한 수련을 받은 탓에 창수는 보통 남자들에게서 찾기 힘든 남다른 촉을 가지고 있었다.

"선배니임, 제발 태평이 좀 받아 주세요. 선배님이 허락하시면 민영 선배님도 어쩔 수 없이 받아 줄 것 같은데. 제가 다수결로 하자고 할까요? 그러면 찬성이 두 표, 반대는 한 표잖아요."

로지는 두 팔을 내저었다. 안 그래도 민영이 김태평과는 절대로 썸도 타선 안 된다고 잔소리를 늘어놓고 있었다. 반 친구들 역시 어디서 뭘 보고 들었는지 김태평과 어떻게 아는 사이냐고 매일 물었다. 더는 그들의 망상을 키우고 싶지 않았다.

"무슨 소리 하는 거야! 내가 그 또라이하고 친하다니? 완전히 모르는 사이야! 그냥 우연히……."

억울함에 일부러 또라이라는 단어를 힘주어 말했던 로지가 말끝을 흐렸다. 제 얼굴을 보고 있던 창수의 눈이 스르륵 올라간 탓이었다. 한참을 올라가던 그 눈은 허공에 우뚝 고정됐다.

"……왜 그래?"

왜냐고 묻는 로지의 표정이 어색하게 굳었다. 등 뒤로 스산한 기운이 엄습하면서 멀쩡했던 팔에 소름이 오소소 돋았다. 누군가 자신의 뒤통수를 쏘아보는 느낌이었다.

히익—.

설마 하는 마음으로 고개를 돌렸던 로지는 비명을 작게 내질렀다. 설마가 사람을 잡는다더니, 눈앞에 김태평이 서 있었다. 그것도 아주 끔찍한 모습으로. 그는 물에 빠져 죽은 귀신처럼 머리끝부터 발끝까지 홀딱 젖어 있었다.

급히 바닥으로 눈을 떨어뜨린 로지는 기도하는 사람처럼 두 손을 꼭 모아 잡았다. 뭐부터 사과해야 할지 몰라 정신이 어지러웠다.

옥상에 비를 맞도록 내버려 두고 온 것부터 미안하다고 해야 할지, 또라이라고 말한 것부터 사과해야 할지, 아니면 애먼 사람

번호를 알려 준 걸…….

수많은 죄목을 나열하다가 두 눈을 감았다. 천국에 가긴 다 틀린 것 같아서였다. 지은 죄가 많아도 너무 많았다. 열심히 고해 성사 중인 로지의 귀에 느른한 음성이 들렸다.

"이거, 실망인데?"

로지는 감고 있던 두 눈을 번쩍 떴다. 이마에 주름을 깊게 만든 김태평의 얼굴이 보였다.

"모르는 사이라니, 난 우리가 꽤 가까운 사이라고 생각했는데."

은근한 아쉬움이 묻어나는 어투로 김태평은 말을 이었다.

"너, 나랑 아주 잘 아는 사이잖아."

깊은숨만 들이쉬고 있는 로지 대신 창수가 입을 열었다.

"꼴이 왜 그러냐? 어디 있다가 왔길래. 다행히 면접은 아직 시작 안 했어. 빨리 들어와!"

교실로 들어오라는 창수의 말에 김태평이 고개를 들었다. 때마침 교실 창으로 복도 쪽을 보고 있던 여학생들이 김태평을 발견하자마 자 소리를 질렀다.

"쟤넨 뭐야?"

"너 때문에 동아리 가입하겠다고 온 애들."

김태평은 말없이 교실 뒷문을 열고 들어갔다. 로지와 창수도 그 를 따라 교실 안으로 들어갔다. 깍깍대며 소리를 지르는 신입생들 의 함성에 놀란 민영은 김태평을 보자마자 다들 복도 밖으로 나가 있으라고 지시했다. 자연히 교실에는 네 사람만 남게 됐다.

"나 하나만 받으면 된다며."

물에 젖은 머리를 쓸어 올린 김태평이 창수에게 말했다. 못 박힌 듯 그를 노려보던 민영이 차갑게 대꾸했다.

"착각하지 마. 너도 안 받고, 다른 신입생도 안 받을 거니까."

공격적인 민영의 태도에도 김태평은 차분함을 잃지 않았다.

"말은 바로 해. 내가 안 왔으면 쟤네도 없었을 텐데. 허세 부리기는."

"뭐, 이 자식아?"

창수는 김태평 멱살을 잡으려 하는 민영을 재빨리 막아 세웠다. 씩씩대는 민영에게 김태평이 짧게 덧붙였다.

"나만 받고, 쟤넨 버려. 시끄러운 거 질색이니까."

"야, 인마!"

고개를 돌린 창수가 김태평을 향해 두 눈을 부라렸지만, 안타깝게도 소처럼 순한 창수의 눈빛은 전혀 위협적이지 않았다. 민영은 오늘 너 죽고, 나 죽는 날이라며 교복 재킷을 벗어 던졌다. 그런 민영을 막아서며 창수가 소리쳤다.

"김태평, 빨리 선배님께 사과드려."

순식간에 아수라장으로 변한 교실에서 평온한 건 김태평뿐이었다. 커다란 손으로 입을 가린 그는 하품을 길게 했다. 불온한 공기가 떠도는 가운데 민영의 얼굴이 점점 새빨개졌다. 로지는 자신이 나서야 할 때라는 걸 직감했다.

"잠깐만."

흥분에 파르르 떨리는 민영의 눈과 구세주를 만난 사람처럼 안도하는 창수의 얼굴이 동시에 로지에게 향했다.

"우리 동아리에 규율이 있어."

어렵게 말문을 연 로지는 김태평의 눈을 똑바로 응시했다.

"선배를, 존중해야 해. 물론 선배도 후배를 존중해야 하고."

"······."

"복도에서 큰 소리로 인사할 필요는 없지만, 최소한의 예의는 갖추라는 거야. 후배가 선배한테 존댓말을 쓰고, 선배는 후배를 진심으로 아껴 주고."

"······."

"장난으로, 재미로, 그냥 시간을 보내려고 만든 동아리가 아니야. '다림 정원'을 만든 게 민영이하고 나거든. 동아리가 없어져도 정원을 돌보기로 했을 만큼 우리에게는 소중한 공간이니까."

할 말을 끝낸 로지가 숨을 크게 들이마셨다. 로지를 따라 민영과 창수도 크고 작은 한숨을 뱉었다. 교실이 정적에 휩싸이면서, 투둑, 투둑一. 떨어지는 빗소리만 요란하게 들렸다. 로지는 천천히 시선을 들어 올렸다. 창밖을 내다보고 있는 김태평이 보였다. 무표정한 얼굴이었지만 희미하게 비틀린 눈썹에서 이 상황을 못마땅해하는 감정이 고스란히 읽혔다. 더 이상의 고민이 부질없다고 느꼈을 때였다. 김태평이 오랜 침묵 끝에 입을 열었다.

"알겠습니다. 선배님."

고개를 번쩍 든 세 사람의 눈이 일제히 김태평에게 날아들었다.

그는 의심 가득한 세 쌍의 눈을 보며 눈썹 하나 까딱하지 않고 한 음절씩 꼭꼭 눌러 말했다.

"앞으로 열심히, 하겠습니다."

나직하게 포부를 밝힌 김태평은 로지를 향해 가볍게 고개를 숙였다. 그 바람에 그의 머리카락 끝에 매달려 있던 물방울 하나가 바닥으로 똑, 떨어졌다. 동그랗게 퍼진 물방울을 두 눈으로 확인하고 나서야 로지는 이게 꿈이 아닌 현실이라는 걸 실감할 수 있었다.

"얘, 얘가…… 갑자기 왜 이래? 뭐야? 너 진심이야?"

귀신에 홀린 듯 김태평을 보던 민영이 물었다.

"네."

깔끔한 존댓말로 응수하는 김태평 앞에서 세 사람은 약속이라도 한 것처럼 눈을 크게 떴다. 간신히 이성을 되찾은 민영이 다시 입을 열었다.

"너, 원예에 관심이 있긴 해?"

당황할 줄 알았던 김태평은 느릿느릿 고개를 끄덕였다.

"튤립이나 백합 같은 알뿌리 식물을 심어 봤고, 가지치기도 해 봤고, 장미하고 라벤더도 길러 봤는데……요."

창수와 로지는 서로를 바라보며 입을 떡 벌렸다. 둘 다 소리 내서 말하지는 않았지만 같은 마음이었다. 독설로 사람도 죽일 수 있는 애가 화초를 가꿔 봤다니? 이건 뭐, 마동석이 햄스터를 키운다는 소식만큼 충격적인 사건이었다.

"흠, 그게 정말이야? 거짓말 아니지?"

미심쩍은 얼굴을 한 민영이 되물었다. 김태평은 머리카락에서 떨어지는 물기가 신경 쓰였는지 머리를 비스듬히 기울이며 답했다.

"거짓인지, 아닌지 구분 못 할 선배님은 아니신 것 같은데요."

"……."

민영은 선뜻 대답하지 못했다. 로지도 말을 잃은 친구의 심정을 충분히 이해했다. 김태평의 독특한 화법 때문이었다. 분명 공손한 어조였지만, 그의 말은 듣는 사람에 따라 다른 여지를 남기는 묘한 말이었다.

"뭐, 그거야. 두고 보면 알 테고."

눈살을 찌푸린 민영의 심경은 말할 수 없이 복잡해 보였다. 마음에 안 드는 놈을 좇아낼 구실이 사라진 것도 불쾌한데, 알고 보니 그놈이 동아리에 꼭 필요한 인재였다니. 받아들이고 싶지 않은 현실이 짜증스러운 눈치였다. 민영의 타는 속을 가장 먼저 읽어 낸 창수가 선수를 쳤다.

"……와, 김태평! 너한테 그런 능력이 있었어? 선배님, 제가 사람 보는 눈은 있나 봐요. 우리 동아리에 꼭 필요한 친구를 데려왔네."

창수의 너스레에 민영은 벗었던 교복 재킷을 다시 입었다.

"말로야 뭐든 못 하겠어? 내가 창수하고 로지 봐서 이번 한 번만 참고 넘어간다. 면접 볼 기회는 줄게."

허락이 떨어지자마자 창수는 친구를 데리고 교실 앞쪽으로 걸어갔다. 하지만 민영은 야심 차게 준비한 면접 질문을 단 한 번도 써먹지 못했다.

"야!"

복도로 나간 김태평이 여자애들을 불러 모았다. 기대에 부푼 눈망울들이 그의 얼굴로 모여들었다.

"동아리 마감됐어."

김태평은 그 나름의 예의를 갖춰 설명했다. 너희 중 한 명이라도 이 동아리에 가입하면, 자신은 바로 탈퇴할 테니 좋은 말로 할 때까지라고.

"헐, 진짜 재수 없네."

김태평을 보려는 단순한 호기심에 찾아온 신입생들은 미련 없이 돌아섰다.

"재수가 없는 건 너희가 아니라 나지."

혼잣말을 내뱉으며 민영은 흐트러진 앞머리를 정돈했다.

"내가 멱살 잡았던 애가 하루아침에 내 동아리 후배가 됐는데……."

민영의 쓸쓸한 푸념은 오래도록 이어졌다. 창수는 과정이야 어쨌든 모든 게 계획대로 된 거라며 민영을 위로했다.

"선배님, 원예에 관심 없는 애들 열 명보단 성실한 한 명이 낫죠. 태평이하고 제가 열심히 할게요. 일당백이 뭔지 보여 드리겠습니다."

딱딱했던 분위기가 창수 덕에 조금 풀렸다. 마음을 추스른 민영은 똑 부러지는 목소리로 앞으로 어떤 활동을 하게 될지 설명했다. 로지는 조퇴한 고문 선생님을 대신해 신입 부원에게 전달해야 할 사항을 전했다. 해야 할 일을 모두 끝내자, 생각보다 시간이 많이 지나 있었다.

"한창수, 우리 뭐 먹을까? 동아리 발대식을 무사히 끝낸 기념으로 내가 쏜다."

민영의 말에 창수는 세상을 다 가진 사람처럼 행복하게 웃었다.

"저는 다 좋아요. 선배님이 사 주시는 거라면 흙도 먹을 수 있어요."

애교가 넘치는 창수의 대답에 로지는 피식 웃었다.

"그러면 각자 짐 챙겨서 10분 뒤에 교문 앞에서 보자. 가기 싫은 사람은 안 가도 되고."

경쾌한 목소리에 담긴 민영의 메시지는 명료했다. 김태평, 너는 굳이 참석하지 않아도 되니 눈치껏 빠지라고. 행간에 담긴 속뜻을 읽었는지 김태평은 조용히 몸을 일으켰다. 로지도 자리에서 일어나 민영과 함께 동아리실을 정리하고 짐을 챙겼다.

"교복으로 갈아입고 갈래?"

민영이 여전히 체육복 차림인 로지에게 물었다. 로지는 고개를 숙여 제 옷차림을 살폈다. 코발트블루색의 후드 티에 아이보리색 바지로 된 체육복이 눈에 확 튀었다. 이 현란한 색감을 뽐내는 체육복 탓에 다림예고 학생들은 다른 학교 학생들에게 '스머프'라고 불렸다.

"아니야, 귀찮다. 어차피 오늘 빨아야 하는데 그냥 입고 가지 뭐."

닭갈비를 먹으러 간다는 민영의 말에 로지는 그냥 체육복을 입기로 했다. 두 사람은 서둘러 학교 밖으로 나갔다.

"선배님!"

교문 앞에서 창수가 두 손을 번쩍 들었다. 택시를 부르느라 통화 중인 민영을 대신해 로지가 손을 들어 아는 척을 했다.

"어?"

하늘 위로 뻗었던 로지의 손이 천천히 내려왔다. 창수 옆에 또 다른 스머프가 서 있는 게 보였다. 그사이 통화를 끝낸 민영도 스머프의 정체를 확인했다.

"김태평이 왜 저기 있어? 내가 쟤 밥값까지 내 줘야 하는 거야?"

로지는 크게 들썩이는 민영의 등을 토닥이며 택시가 오기로 한 장소로 빠르게 걸었다.

민영이 데려간 닭갈빗집은 학교에서 꽤 멀리 떨어진 곳에 있었다. 택시에서 내린 네 사람은 어색함을 이기지 못하며 가게 안으로 들어갔다. 오랜 역사를 자랑하는 집답게 테이블과 의자엔 낡은 느낌이 가득했다. 탈탈대며 힘없이 돌아가는 환풍기 소리 너머로 이미 걸쭉하게 취한 아저씨들의 목소리가 드문드문 들렸다.

"선배님, 우리 커플룩끼리 앉아요. 민영 선배님은 저랑, 로지 선배님은 태평이랑!"

앞치마 네 개를 챙긴 창수가 앉을 자리를 정해 줬다. 농담처럼 던지긴 했지만 둥근 탁자를 사이에 두고 마주앉은 네 사람은 커플 데이트 중인 학생들처럼 보였다. 한 쌍은 단정한 교복 차림이고, 한 쌍은 눈에 확 들어오는 체육복을 맞춰 입었으니까.

"까분다. 어디 감히 선배하고 엮일 꿈을 꿔?"

창수에게 눈길도 주지 않으며 민영이 대꾸했다. 순박한 창수의 얼굴에 실망감이 내려앉은 건 금방이었다. 로지는 빙그레 웃었다. 틈만 나면 민영에게 어필하려는 창수가 짠하면서도 귀여웠다. 그때 로지의 눈앞으로 커다란 손이 나타났다가 사라졌다.

고개를 내려 보니 물이 담긴 컵이 놓여 있었다. 고맙다는 말을 하려 고개를 돌렸던 로지는 마른침만 꿀꺽 삼켰다. 가뜩이나 날카로운 김태평의 눈이 한층 더 매섭게 느껴진 탓이었다. 택시 안에서 봤을 때는 시큰둥했던 얼굴이 지금은 어딘지 모르게 기분이 아주 나빠 보였다.

"로지야, 치즈 닭갈비 괜찮지?"

"어? 어."

로지는 서둘러 고개를 끄덕였다.

"아줌마! 여기 치즈 닭갈비 네 개요! 당면 사리랑 라면 사리도 추가해 주세요!"

둥근 테이블 가운데에 있는 화구에서 퍼런 불길이 솟았다. 닭갈비가 푸짐하게 담긴 커다란 철판이 그 위로 올라갔다. 얼마 지나지 않아 빨간 양념에 버무려진 닭갈비가 지글지글 소리를 내며 익었다. 집게를 찾아 두리번거리는 민영을 창수가 막았다.

"제가 하겠습니다."

커다란 집게와 주걱을 양손에 든 창수는 고기가 눌어붙지 않게 이리저리 뒤적였다. 자연스레 불판 앞으로 의자를 당겨 앉던 로지는 다시 김태평을 바라봤다. 이상하리만큼 테이블과 멀리 떨어져 앉은 그는 가게 밖을 바라보며 물만 마시고 있었다.

"다 익었습니다. 맛있게 드세요!"

창수의 신호에 모두 닭갈비로 덤벼들었다. 비가 흠뻑 내린 날에 먹는 매콤한 닭갈비 한 점은 그야말로 꿀맛이었다.

"너무 매워, 콧물 나온다."

치즈를 듬뿍 얹어 먹었지만 로지 입에 닭갈비는 너무 매웠다. 민영은 살얼음이 동동 떠 있는 동치미를 건넸고, 창수는 냅킨을 몇 장 뽑아 내밀었다. 입에서 난 불을 진화하던 로지의 눈에 고추장 양념이 전혀 묻지 않은 깨끗한 앞접시가 보였다.

"너도 매운 거 못 먹어?"

닭갈비에 손도 대지 않은 김태평에게 물었다. 건장한 체격을 갖춘 애가 고기엔 손도 안 대고 계란찜만 깨작대는 게 이상했다.

"로지야, 신경 쓰지 마. 이 정도 매운 것도 못 먹으면 한국인이 아니지."

민영의 타박에도 로지는 계속 옆을 힐끔댔다. 기분이 안 좋은 게 아니라, 컨디션이 안 좋은가? 아까 비를 맞아서 그런가? 창수와 민영은 알아채지 못했지만, 로지의 눈엔 김태평의 안색이 좋아 보이지 않았다. 철판에서 퍼지는 열기에 땀이 날 지경인데, 그의 얼굴에서는 점점 핏기가 사라지고 있었다. 걱정 어린 로지의 시선에도 김태평은 묵묵히 제 할 일에만 열중하고 있었다.

탁―.

로지는 김태평이 제 앞에 놓아둔 접시를 바라보았다. 계란찜이 소복하게 담겨 있었다. 고맙다고 말한 뒤 수저를 들었다. 한 김 식어 먹기 좋은 계란찜에 화끈거리던 입술이 조금 가라앉는 게 느껴졌다. 계란찜을 먹을 때마다 김태평에게 고마운 마음도 조금씩 더 커졌다. 무심한 애인 줄 알았는데, 의외로 살뜰한 구석도 있는 후배인 것 같아서였다.

"태평아, 고기가 별로면 이거라도 먹어."

찬물만 마시는 친구가 안쓰러웠는지 창수가 마카로니 샐러드를 건넸다. 그걸 본 민영이 허탈한 웃음을 흘렸다.

"한창수는 전생에 아마 보살이었을 거야. 안 그래?"

풋, 웃음을 터트린 로지는 고개를 끄덕였다. 창수는 넓은 이마를 쓱쓱 긁으며 씨익 웃었다. 푸짐한 닭갈비 한 판을 거의 다 해치웠을 무렵, 민영이 처음으로 김태평에게 말을 걸었다. 교실에서 나온 이후 서로 눈 한번 맞추지 않고, 말 한번 섞지 않았던 두 사람이었다.

"나, 김태평한테 물어볼 게 하나 있어."

젓가락으로 마카로니를 뒤적이던 김태평이 움직임을 멈췄다. 새 가슴인 창수와 로지는 몸이 절로 굳는 걸 느꼈다.

"기분이 나빠서 말이야. 내가 존대해야 한다고 할 때는 들은 척도 안 하더니 로지가 말하니까 바로 선배라고 부르더라? 너, 나하고 로지 차별하는 거야?"

물컵으로 손을 뻗던 로지가 멈칫했다. 생각해 보니 민영이 충분히 서운해할 수 있는 부분이었다. 그러면서도 로지 역시 궁금했다. 죽어도 고집을 꺾지 않을 줄 알았던 애가 무슨 생각으로 태도를 바꾼 걸까?

자연스레 로지의 시선이 옆으로 흘렀다. 그 시선 끝에 묘한 표정을 짓고 있는 김태평이 보였다. 미묘하지만 그의 입술은 웃음기를 머금고 있었다. 비웃음 같기도 하고, 어이가 없어서 내뱉는 웃음 같기도 한.

"차별, 해야죠. 같이 자고 싶은 여잔데."

덤덤히 뱉은 김태평의 대답에 그를 보고 있던 얼굴이 모두 굳었다. 멈춰 버린 뇌를 따라 로지의 입도 붕어처럼 뻐끔거렸다.

"자, 자고…… 싶다니?"

간신히 정신을 차린 로지가 되물었다. 그는 더 이상의 설명은 귀찮고 피곤하다는 얼굴로 입을 열었다.

"두 번 잔 거로는 성에도 안 차지만, 길이도 너무 짧았던지라."

"……"

"자면 잘수록, 더 자고 싶어진다더니."

로지는 말을 잊고 김태평의 얼굴만 빤히 보았다. 오해의 소지가 다분한 말을 내뱉은 사람답지 않게 그는 온갖 번뇌를 끊고 해탈한 스님처럼 편안한 표정을 짓고 있었다. 입을 꾹 다문 로지는 침착하게 숨을 골랐다.

진지하게 상대할 가치가 없는 말장난일 뿐이었다. 잠자코 민영과 창수가 실소하길 기다렸다. 똑똑한 두 사람이 김태평의 말을 곧이곧대로 믿을 리가 없다고 생각하면서. 하지만 그 굳은 믿음은 창수의 떨리는 목소리에 안개처럼 사라졌다.

"진짜야? 너하고 로지 선배님이…… 그렇고 그런?"

창수의 터무니없는 짐작에 평정심을 잃은 민영이 들고 있던 젓가락을 놓쳤다. 그리고 로지의 얼굴을 샅샅이 훑었다. 감히 나를 속였다가는 큰일 날 줄 알라는 눈빛으로.

숨 막히는 정적이 테이블을 뒤덮었다. 닭갈빗집을 시끄럽게 울리는 사람들의 목소리만 귓가에 윙윙 울렸다. 로지는 답답해 터질 것 같은 속을 누르고, 최대한 별것 아니라는 투로 말문을 뗐다.

"다들 왜 그래. 오늘 옥상에서 얘가 나랑 같이 잠들었다가…… 혼자 비를 맞아서, 그것 때문에 화가 나서. 그러니까…… 처음부터 같이 잔 게 아니고."

분명 해명을 하고 있는데 민영과 창수는 기묘한 표정만 짓고 있었다. 이럴 땐 그냥 가마니가 최곤데. 내가 왜 입을 열어서. 뒤늦게 후회하던 로지는 두 주먹을 불끈 쥐고 자리에서 일어났다. 억울함에 얼굴은 물론 목덜미까지 홧홧 달아올랐다. 한참을 망설이던 그녀는 나도 모르겠다는 심정으로 외쳤다.

"아줌마! 여기 볶음밥 세 개 볶아 주세요."

걱정과 혼란이 가득했던 민영과 창수의 얼굴이 스르르 풀어졌다. 서로의 얼굴을 보며 킥킥대던 두 사람은 그러면, 그렇지라고 속삭이며 낄낄댔다. 긴장이 풀어진 로지는 어울리지 않는 도끼눈을 뜨고 김태평을 째려봤다. 그는 팔짱을 낀 채 어깨만 으쓱해 보였다.

"볶음밥 나왔습니다."

철판에 공깃밥 세 개와 김 가루, 그리고 채소를 다진 게 우르르 쏟아졌다. 양손에 주걱을 든 아주머니는 밥알 하나하나를 코팅하듯 솜씨 좋게 밥을 볶았다. 그것도 모자라 서비스라며, 볶음밥을 커다란 하트 모양으로 만들었다. 민영은 볶음밥을 가득 퍼서 창수의 앞 접시에 덜어 줬다.

"우리 창수, 고생 많았어. 많이 먹고 열심히 삽질해야 돼! 알았지?"

"네, 열심히 하겠습니다."

창수는 민영이 떠 준 볶음밥을 크게 떠서 입에 넣었다. 민영은 유독 말이 없는 김태평에게도 눈길을 줬다.

"김태평, 너도 많이 먹어. 그리고 웬만하면 교무부장한테 개기지 마. 그 선생한텐 중간이 없어. 자기 마음에 드는 학생 아니면 조져 버려야 할 학생. 이렇게만 나누거든."

"……."

"애들이 바보라서 참고 있는 거 아니야. 어딜 가나 그런 사람들이 꼭 하나씩 있잖아. 약자에겐 강하고, 강자에겐 약한! 똥은 무서워서 피하는 게 아니라 더러워서 피하는 거야. 그러니까 굽히는 척이라도 해."

김태평은 아무 말도 하지 않았지만 민영은 크게 신경 쓰지 않았다. 김태평이 다른 건 몰라도 겉과 속이 다른 사람은 아니라는 걸 파악한 눈치였다.

닭갈비 4인분과 볶음밥까지 깨끗하게 해치운 네 사람은 식당 밖으로 나왔다. 어느새 해가 져 버린 바깥은 까만 어둠이 내리고 있었다. 좁은 골목 사이로 불어오는 바람이 시원했다.

로지는 맞은편에 있는 감자탕집을 바라봤다. 아빠와 엄마 그리고 딸이 커다란 나무 테이블 앞에 앉아 있었다. 부글부글 끓고 있는 전골냄비에서 커다란 뼈를 꺼낸 아빠가 맨손으로 살을 바르자 딸이 작은 입을 크게 벌렸다. 두툼한 살점이 아이의 입으로 빨려 들어가는 걸, 로지는 신기한 구경거리를 보듯 입을 벌리고 바라보았다.

'여보, 어서 먹어요.'

아빠에게 생선 살을 발라 내밀던 엄마가 떠올랐다. 그런 엄마에게 눈길도 주지 않고, 밥을 먹던 아빠도 보였다. 잔뜩 실망한 엄마를 위로하기 위해 고사리 같은 손으로 생선 살을 발라 건넸던 자신의 모습도 기억났다.

가족을 주제로 그림을 그려 오라는 말에 모래성을 그려 간 게 바로 그때쯤이었다. 어린 로지에게 가족이란 모래성 같았다. 파도가 치면 한꺼번에 와르르 무너지는 그런 모래로 만든 성.

"로지야!"

제 이름을 부르는 소리에 정신을 차린 로지가 뒤를 돌아봤다. 민영이 편의점 봉지를 뒤적이고 있었다.

"넌 초코 맛 먹을 거지?"

가까이 다가간 로지에게 민영이 초코 맛 쭈쭈바를 내밀었다.

"웬 아이스크림이야?"

"김태평이 사 왔어. 쟤 은근 센스 있다?"

로지는 눈으로 김태평을 찾았다. 그는 로지와 조금 떨어진 곳에서 창수와 이야기 중이었다.

"창수처럼 고분고분한 맛은 없지만, 괜찮은 구석도 있는 거 같아. 꽃 좀 심어 봤다니까 일 시켜 먹기에 편할 거 같고."

김태평에게 관대해진 민영의 태도가 반가워 로지는 작게 웃었다.

"쟤하고 우리 사이에 공공의 적이 있다는 것도 맘에 들고. 그 가증스러운 교무부장하고 싸웠다니까 내 속이 다 시원하더라. 안 그래?"

"그러게."

"그런데 너네 둘이 진짜 무슨 일이 있었던 건 아니지? 아까 쟤가 그냥 헛소리한 거 맞지?"

민영은 로지의 어깨에 손을 올리며 물었다. 로지는 피식 웃으며 고개를 저었다. 아이스크림을 먹으며 민영과 옥상 정원 이야기를 하던 중이었다. 그들 뒤에서 빵—, 하는 경적이 들렸다. 민영은 골목으로 들어오는 SUV 차를 보곤 손을 크게 흔들었다.

"선생님 불렀어?"

쭈쭈바에서 입을 뗀 로지가 물었다.

"우리 기사 해 달라고 아까 문자 보냈지."

길가에 차를 세운 유준은 차 문을 열고 밖으로 나와 두 사람을 향해 걸어왔다. 민영은 창수와 김태평도 불러 모았다.

"여기에서 저녁 먹은 거야?"

"어, 오전엔 체력장 하고 오후엔 동아리 활동했거든. 피곤해 죽을 거 같아서 오빠 불렀지."

부드럽게 미소 짓는 유준에게 로지는 허리를 깊이 숙여 인사했다.

"안녕하세요, 선생님."

"에이, 누가 보면 내가 학교 선생님인 줄 알겠다. 그렇게 예의 차릴 필요 없대도."

깍듯하게 인사하는 로지 앞에서 정색한 유준은 창수에게도 아는 척을 했다.

"네가 한창수야?"

"네, 안녕하세요."

"민영이한테 이야기 많이 들었어. 뿔테 안경 쓰고 다니는 아주 착한 후배가 있다고."

기쁜 얼굴로 안경을 고쳐 쓴 창수는 유준에게 친구를 소개했다.

"저랑 같은 1학년이에요. 이름은 김태평이고요."

유준은 놀란 표정을 감추지 못했다.

"1학년이라고? 이야, 진짜 둘이 친구 맞아? 체육복만 벗으면 내

또래인 줄 알겠는데?"

김태평의 고개가 삐딱하게 기울어졌다. 유준은 그걸 인사로 여겼는지 그에게 손을 내밀었다.

"창수라는 친구는 민영이한테 들었는데, 김태평이라는 이름은 오늘 처음 들었어. 만나서 반갑다. 내 이름은 강유준이야. 너희 선배 되는 사람이고."

허공에 떠 있는 유준의 손을 쳐다보는 김태평의 눈매가 가늘어졌다. 곧이어 날카로운 눈초리만큼 비딱한 대꾸가 이어졌다.

"선배는, 내가 이 학교를 졸업해야 생기는 거고."

"그런 건가? 하긴, 처음 만났는데 내가 너무 친한 척을 했네."

어색한 웃음을 흘린 유준은 김태평에게 악수를 청했던 손으로 차가 세워진 쪽을 가리켰다.

"일단 타서 이야기할까? 차를 오래 세워 두면 안 되는 곳이라. 로지부터 데려다주면 되지? 여기에서 집이 가장 가깝잖아."

언제 말을 꺼내야 하나 눈치만 보던 로지가 재빨리 입을 열었다.

"저는 안 태워다 주셔도 돼요. 걷는 게 더 빨라서."

민영이 안 된다는 듯 로지의 어깨를 당겼다.

"왜? 밤이잖아. 타고 가."

"아니야. 여기에서 우리 집까지 얼마 안 걸리잖아. 좀 걷고 싶어."

"안 돼, 혼자 보내긴 너무 위험하단 말이야. 여기 술집이 얼마나 많은데."

민영의 우려에 창수와 유준도 나섰다.

"선배님, 같이 타고 가세요."

"그래, 탈 자리도 넉넉한데. 신경 쓸 거 없어. 민영이하고 같이 타고 가."

로지는 난처한 기색을 숨길 수가 없었다. 이제 겨우 9시를 조금 넘긴 시간이었다. 11시 정도에 맞춰 집에 들어가야 했기에 천천히 걸어가고 싶었는데, 마땅한 핑곗거리가 떠오르지 않았다.

"……그러면."

더 거절하면 민폐가 될 것 같아 그냥 차에 타려던 순간이었다. 로지의 어깨를 누르고 있던 무게가 증발하듯 사라졌다.

"제가 따라갈게요."

로지의 가방을 한쪽 어깨에 멘 김태평이 말했다.

"너도 이 동네 근처에 살아?"

창수가 두리번거리며 물었다. 김태평은 그렇다고 대답했다.

"그래?"

어지간한 성인 남자보다 건장한 김태평을 보며 민영은 천천히 고개를 끄덕였다. 말은 하지 않았지만 김태평 정도라면 친구의 안전한 귀가에 문제가 없다고 판단한 눈치였다. 잠자코 이 상황을 지켜보던 유준은 고개를 크게 저었다.

"로지야, 오빠가 데려다줄게. 그냥 타고 가. 아직 둘 다 학생인데 둘만 보내기에는 마음이 안 놓여."

로지가 입을 떼려던 순간, 김태평이 먼저 대답했다.

"아깐 내가 학생으로 안 보인다면서요."

이렇게 줏대 없는 사람은 처음 본다고 덧붙인 그의 말에 선생님의 얼굴은 화석처럼 굳어 버렸고,

"가요."

김태평에게 팔이 잡힌 로지는 그대로 몸을 돌려야 했다.

"로지야, 조심해서 들어가!"

"선배님, 월요일에 봐요."

등 뒤로 민영과 창수의 목소리가 따라붙더니, 잠시 후 자동차 문이 닫히는 소리도 들렸다. 세 사람을 태운 차의 엔진 소리가 멀어졌을 때 로지가 김태평을 올려다보며 물었다.

"집이 정말 여기에서 가까워?"

"그럴 리가 있냐."

투박한 대답에 로지의 입꼬리가 슬쩍 올라갔다. 사람들이 사라지자마자 제게 반말을 하는 김태평이, 참 김태평스럽다는 생각에서였다.

"저쪽으로 가면 돼."

로지가 가리킨 쪽으로 두 사람은 걸음을 옮겼다. 캄캄한 밤이었지만 선술집이 모여 있는 골목에는 어두운 곳이라곤 하나도 없었다. 음식점에서 새어 나온 각양각색의 빛이 좁은 골목을 빠짐없이 비추고 있기 때문이었다. 그 따뜻한 불빛에 로지의 마음도 노곤해졌다.

"이 골목에 와 본 적 있어?"

"아니."

"낮에 오면, 지금과는 완전히 달라."

"……."

"낮에는 술집이 문을 닫으니까 이렇게 사람들이 많지 않거든. 그래서 골목이 조금 쓸쓸하게 변해. 물에 잠긴 도시처럼, 아무 소리도 들리지 않아서."

애써 말을 붙여 보았지만 흥미가 없었는지 김태평은 아무 대답도 하지 않았다. 로지도 더는 말하지 않았다. 그저 조용히 엄마와 자주 오가던 골목만 두 눈에 담으며 걸었다. 이 골목 끝에는 작은 재래시장이 하나 있었다. 엄마는 유독 그곳에서 장을 보는 걸 좋아했다.

"저기까지만 데려다주면 돼."

골목을 빠져나오자마자 로지는 아파트 단지 입구를 가리켰다. 횡단보도 앞에 선 그는 손목시계를 한 번 흘끔 쳐다봤다.

"통금 같은 거 있어?"

신호를 보느라 김태평의 목소리를 놓친 로지가 고개를 돌렸다.

"부모님이 몇 시까지 집에 들어오라고 하는, 그런 거 있냐고."

"……아, 어. 11시?"

별생각 없이 집에 들어가던 시간을 말했다. 때마침 초록색 불이 반짝 들어왔다. 두 사람은 나란히 횡단보도를 건넜다.

"근처에 카페나 편의점 같은 건?"

길을 건너자마자 김태평이 다시 물었다.

"저쪽으로 조금 걸어가면……."

저 멀리 보이는 편의점 간판을 가리켰다. 그는 말없이 그쪽으로 걷기 시작했다.

"내 가방은 주고 가야지."

로지의 외침에 앞서 걷던 김태평이 고개를 돌렸다. 그의 눈썹은 이상하리만큼 잔뜩 휘어 있었다.

"11시까지 들어가면 된다며."

"응."

그렇다고 대답했는데, 그는 또 뭐가 못마땅한지 짙은 한숨을 내뱉었다.

"……나는 12시가 통금이라고."

로지는 그의 얼굴을 멀뚱히 올려다봤다. 그게 나랑 무슨 상관이냐고 물으려는데, 김태평이 다시 이해할 수 없는 문장을 말했다.

"11시까지 길에 서 있을 수는 없잖아."

짜증이 난 표정과 달리 그의 목소리는 부드러웠다. 고개를 갸우뚱한 로지는 곰곰이 생각에 잠겼다.

"그러니까, 네 말은."

로지의 목소리에 김태평의 얼굴이 조금 상기됐다.

"나하고 11시까지 같이 있고 싶다는 뜻이야?"

이어진 질문에 김태평은 하, 하고 코웃음을 쳤다. 가만히 그의 얼굴을 바라보았다. 그는 빠르게 표정을 가다듬었지만 어딘지 모르게 신경이 바짝 서 있는 느낌이었다.

"내 통금이 12시라고. 너는 11시고. 그러니까 11시까지 어디에서 뭘 하면 좋겠냐고 물은 거잖아. 아, 나 진짜 말이 안 통해서."

알 수 없는 묘한 기분에 휩싸인 로지는 침만 꼴깍 삼켰다. 그게 그 말인 것 같아서였다. 토를 달아 볼까 하다가 김태평에게 따라오라고 손짓했다. 로지가 향한 곳은 아파트 단지 내에 있는 낡은 놀이터였다.

"거기에 가방 내려놔."

놀이터 옆에 있는 벤치를 가리키며 말했다. 김태평은 벤치에 쌓인 흙을 툭툭 털어 내곤 그 위에 로지의 가방을 내려놓았다.

"가방 들어 줘서 고마워."

"됐어, 빚 갚은 거니까."

퉁명스레 대꾸한 그는 놀이터를 둘러보았다. 앉을 곳을 찾는 것 같았다.

"그네는 삐걱거리는 소리 때문에 좀 그렇고, 미끄럼틀엔 개똥이 많아서. 저기 보도블록에 앉는 게 제일 나아."

로지의 목소리가 점점 줄었다. 변변한 게 없는 놀이터가 왠지 부끄럽게 느껴져서였다. 김태평은 크게 개의치 않는 얼굴로 비교적 상태가 좋아 보이는 시소를 가리켰다.

"저건 멀쩡해 보이네."

김태평을 따라 시소 쪽으로 걸어간 로지는 두 개의 시소 중에 하나를 골라 앉았다. 시소가 폐타이어에 닿을 때마다 통통 튀는 탄력감이 느껴졌다. 그 재미에 정신이 팔려 로지는 자신이 앉아 있는 시소의 반대편에 다리를 올리는 김태평을 뒤늦게 발견했다.

"어? 거기 앉으면……"

순식간에 로지가 앉은 쪽의 시소가 하늘로 올라갔다. 로지는 숨을 참고 두 손으로 시소 손잡이를 꽉 움켜잡았다. 부끄럽지만 난생처음 타 보는 시소가 너무 무서웠다.

"내려 줘, 나 이런 거 싫어한단 말이야."

의지와 상관없이 허공에 떠 있게 된 로지가 간절하게 속삭였다.

"그래?"

태연하게 대꾸하는 김태평 때문에 불안함이 더욱 커졌다. 겁에 질린 그녀를 바라보는 눈빛이 짓궂게 반짝였기 때문이었다.

"……뭐 하는 거야."

로지의 눈에 몸을 앞쪽으로 당겨 앉는 김태평이 보였다. 몇 번의 시행착오 끝에 시소의 무게 중심을 잡은 김태평은 로지를 똑바로 마주 보았다. 평형을 유지한 시소 위에서 두 사람의 거리는 한층 가까워져 있었다.

"됐지?"

로지는 대답 없이 미미하게 웃는 김태평의 눈만 바라보았다. 차갑거나 뜨겁다고만 생각했던 눈빛에서 따뜻한 봄기운이 느껴졌다. 괜히 웃음이 나왔다. 저도 저지만 아무도 찾지 않는 놀이터에서 고작 시소 하나 탄 걸 가지고, 왜 그의 눈빛에도 기분 좋은 설렘이 떠오른 건지 궁금했다.

"너, 지금 되게 기분 좋아 보인다."

로지는 보이는 그대로를 말했다. 닭갈빗집에서 불편해 보였던 김태평이 한결 편해진 것 같아 마음이 놓였기 때문이었다. 날카로운 눈매마저 따뜻해 보일 만큼 그의 얼굴이 밝아진 게 좋았다.

그래서였을까? 갑자기 공중에 떠 있는 발바닥이 간질거렸다. 기분이 좋아지면서 저절로 입꼬리가 올라갔다. 한번 번지기 시작한 웃음은 멈출 수가 없었다. 잡고 있던 손잡이를 놓고 두 손으로 입을 막았다. 그래도 쿡쿡 소리가 귓가에서 들렸다. 그때까지만 해도 몰랐다. 이 기분 좋은 웃음이 비극적인 결말을 맞게 될 줄은.

쿵―.

둔탁한 소리와 함께 뒤통수에서 얼얼한 아픔이 느껴졌다. 깜짝 놀라 크게 뜬 눈에는 새카만 하늘만 보였다. 그제야 로지는 제가 균형이 무너진 시소에서 떨어졌다는 걸 깨달았다.

"괜찮아?"

뒤늦게 달려온 김태평이 대자로 뻗은 로지를 일으켰다.

"말도 없이 내려오면 어떻게 해!"

절로 볼멘소리가 나왔다. 딱딱하게 굳은 눈으로 로지를 내려다보고 있던 김태평도 지지 않고 구시렁댔다.

"……그러니까 평소에 운동 좀 해라. 운동 신경이 없는 줄은 알았지만."

"뭐라고?"

씩씩대는 로지의 머리를 커다란 손이 감쌌다. 모래가 잔뜩 묻은 머리카락을 세심히 털어 낸 그 손은 뒤통수를 부드럽게 문질렀다.

자상한 손길에 감동한 것도 잠시, 김태평의 입에선 또다시 밉살스러운 말이 쏟아졌다.

"키만 작은 줄 알았더니, 머리통도 작네. 이러니까 생각이 없지."

입술을 꾹 깨문 로지는 제 머리에 달라붙어 있는 그의 손을 거칠게 쳐 냈다. 자리에서 일어나 온몸에 붙은 모래를 팍팍 털어 낸 뒤, 보도블록으로 걸어가 앉았다. 그 모습을 물끄러미 바라보던 김태평은 로지 쪽으로 걸어와 은근슬쩍 그녀 옆에 앉았다.

두 사람 사이에 정적이 찾아왔다. 도로 위를 질주하는 경찰차의 사이렌 소리만 가까워졌다가 멀어지기를 반복했다. 그 가운데 김태평만 부산스러웠다. 그는 흐트러지지도 않은 머리카락을 정리하더니, 먼지 하나 없는 깨끗한 운동화를 툭툭 털었다.

"오로지."

낮은 목소리가 정적을 갈랐다. 로지는 잠자코 그의 사과를 기다렸다.

"넌 왜 나한테 존댓말 하라고 안 하나?"

로지는 저도 모르게 고개를 획 돌렸다.

사과를 먼저 할 줄 알았더니, 이건 또 무슨! 따끔하게 한마디 해 줘야겠다고 생각했는데, 그 결심은 반듯하게 떨어지는 콧날 위에 놓인 진지한 눈을 보는 순간, 깨끗하게 날아가 버렸다.

"그래야 할 필요가 없으니까."

"필요가 없다니?"

"네 반말은, 날 무시해서가 아니잖아. 존중하는 마음만 느껴지면,

말투 같은 건 상관없어."

겉으로 드러난 것들이 그 사람의 진심이 아닐 수도 있다는 걸 로지는 어린 나이에 깨우쳤다. 그걸 알려 준 사람이 로지의 엄마와 아빠였다. 로지는 말이 없는 김태평을 슬쩍 바라봤다. 허세라도 부리냐고 비꼴 줄 알았는데, 그의 입에선 다른 말이 튀어나왔다.

"꽉 막힌 '답답이'인 줄 알았더니, 의외로 오픈 마인드네."

놀리는 건가 싶어서 눈에 힘을 줬는데, 그의 얼굴엔 이번에도 장난기가 없었다.

"너도, 내 생각보단 개념 있는 또라이더라."

로지가 날린 회심의 일격에 놀랐는지, 김태평은 잠시 얼떨떨한 표정을 지었다.

"조그만 게 까불기는."

투덜대는 그의 말에 엷게 웃던 로지는 민영을 위한 변호도 잊지 않았다.

"민영이도 꽉 막힌 애라서 존댓말 하라고 한 건 아니야. 그럴 만한 사정이 있어서 그래."

이복 남동생과 사사건건 부딪치고 있는 민영을 알고 있기에 덧붙인 말이었다. 더불어 오늘처럼 네 사람이 잘 지냈으면 하는 바람도 담겨 있었다.

로지는 눈앞에 있는 목련 나무를 올려다봤다. 김태평의 고개도 같이 올라갔다. 때마침 목련 꽃 한 송이가 봄바람에 떨어져 내렸다. 그걸 신기하게 보고 있는 로지에게 김태평이 물었다.

"교무부장 일은 왜 해 줘?"

천천히 고개를 돌렸다.

"그 여자한테 약점이라도 잡혔어?"

"……."

"좋아서 도와주는 거 아니잖아."

"……."

추궁하듯 쏟아지는 질문에 로지의 입은 굳게 닫혔다. 그게 답답했는지 김태평은 짙은 눈썹을 한껏 모았다. 한참 동안 로지의 얼굴에서 눈을 떼지 않던 그가 혼잣말처럼 중얼거렸다.

"내 기분까지 더럽게."

로지의 눈빛이 살짝 흔들렸다. 김태평의 마지막 말이 쉽게 해석되지 않아서였다. 기분이 더럽다니, 내 개인적인 일에 김태평이 불쾌할 이유가. 멍한 표정으로 그의 말을 곱씹던 로지는 제 가슴에 손을 얹었다. 가슴 깊은 곳에서 뜨끈함이 올라왔다. 다소 거친 김태평의 말이, 마치 자신을 염려하고 걱정하는 말처럼 들려서였다.

컹컹—.

아파트 베란다에서 개 한 마리가 요란하게 짖었다. 그 소리에 정신을 차린 로지는 뒤늦게 김태평의 질문에 답했다.

"그냥, 시끄러운 일 없이 졸업하고 싶어서 그래. 나는 아빠하고만 살고 있는데, 아빠가 내 일로 신경 쓰는 게 싫어서. 아빠하고 내가막, 친하고 편한 그런 사이는 아니거든."

가까스로 흘러나온 말은 꽤 길어졌다. 김태평은 더 묻지도, 대답을 돌려주지도 않았다. 그 바람에 찾아온 침묵이 반가웠다. 잠시 시간의 흐름을 잊은 두 사람은 눈앞에 보이는 것들을 감상했다.

밤에 보는 목련 나무는 낮보다 더 아름다웠다. 새까만 밤과 대비되어 흰 꽃이 더 투명하고 예뻐 보인 탓이었다. 폭신폭신한 마시멜로를 담은 꽃송이는 봄바람에 춤을 췄고, 이파리가 없는 나뭇가지 사이로는 반달이 예쁘게 떠 있었다. 입까지 벌리고 그것들을 감상 중이던 로지의 팔을 김태평이 가볍게 건드렸다.

"11시야. 들어가."

앉아 있던 자리에서 몸을 일으킨 로지에게 그는 제 휴대폰을 내밀었다.

"이번엔, 똑바로 찍어."

미안함에 얼굴이 빨개진 로지는 천천히 번호를 입력해서 돌려줬다. 김태평은 보란 듯 통화 버튼을 길게 눌렀다. 두 번은 속지 않겠다는 의지가 엿보이는 행동이었다. 신호음이 들리면서 로지의 가방 안에서 윙, 하는 진동 소리가 들렸다.

"토요일엔 뭐 해?"

휴대폰을 주머니에 넣으며 김태평이 물었다.

"화실에 갈 거야."

"화실?"

"응."

"아까 그 차 가지고 온 남자가 하는 데야?"

로지는 네가 그걸 어떻게 아냐는 눈빛으로 바라봤다. 김태평은 또 뭐가 마음에 안 드는지 이마를 잔뜩 찡그렸다.

"일요일엔?"

"도서관."

"도서관엔 왜?"

꼬치꼬치 캐묻는 김태평의 얼굴을 로지는 이상하게 바라봤다.

"4월에 모의고사 보잖아. 공부해야지."

"그럼 별일 없는 거네. 일요일에 아침 10시까지 나와. 지난번에 만났던 지하철역 앞으로."

아파트 입구 앞에 선 로지는 걸음을 멈췄다.

모의고사 공부하러 도서관에 간다는데 별일이 없다니? 그리고 주말에 내가 왜 널 만나야 하는 건데? 대답 없는 로지를 바라보던 김태평이 다시 입을 열었다.

"빚 갚으려고."

"빚?"

"그날, 나 때문에 어머니 기일 못 챙겼잖아."

"……."

"같이 가 준다고."

순간 로지의 머리가 멍해졌다. 엄마의 기일을, 김태평과 챙긴다고? 아빠도 신경 쓰지 않는 날인 데다가, 제일 친한 민영이도 따로 물은 적이 없었는데. 깊은 생각에 잠긴 로지의 귀에 다시 건조한 목소리가 스쳤다.

"불편하면 오가는 길에만 같이 가 줄게. 그래도 싫어?"

천천히 고개를 저었다.

"아니, 싫은 게 아니라. 이번 주 일요일이 우리 엄마 생일이거든. 조금 놀라서."

가슴 한구석이 뭉클해졌다. 뭐라고 해야 할지 몰라 발끝으로 땅만 톡톡 쳤다. 엄마의 일에 있어서는 누구에게나 선을 그어 두고 있었는데, 그 선 안으로 쑥 들어온 사람이 생길 줄은 몰랐다. 그 사람이 김태평일 줄은 더더욱 몰랐지만, 신기한 건 그게 싫지 않다는 거였다.

"그럼 10시까지 나와."

고개를 끄덕인 로지는 아파트 문을 열고 들어갔다. 어두컴컴한 복도 끝에 서 있는 엘리베이터에 타서 닫힘 버튼을 눌렀다. 오늘은 잘 닫히나 싶었던 문이 덜컹, 소리를 내며 다시 열렸다.

"어?"

무심히 정면을 보고 있던 로지의 눈이 커졌다. 아파트 입구 앞에 서 있는 김태평 때문이었다. 엘리베이터 문이 완전히 닫힐 때까지 그는 꿈쩍도 하지 않고 로지를 보고 있었다.

낡은 엘리베이터는 위잉, 소리를 내며 천천히 위로 움직였다. 다시 문이 열린 엘리베이터에서 내려 걸었다. 현관문 앞에 서서 번호 키를 누르려던 로지가 뒤돌아섰다. 난간 앞으로 다가가 고개를 내밀었다. 아파트 단지를 빠져나가는 김태평의 뒷모습이 보였다.

"……조심히 들어가."

까만 밤하늘이 그 어느 때보다 짙었던, 목련꽃은 유난히 희게 핀 봄밤이었다. 로지는 커다란 김태평이 작은 점이 되어 사라질 때까지 난간에 매달려 있었다. 마음에 드는 그림을 보고 있을 때처럼 입가에 기분 좋은 미소를 대롱대롱 매단 채로.

5. 아임 파인 땡큐

토요일 아침, 알람도 울리지 않았는데 태평이 눈을 번뜩 떴다. 잠시 천장만 바라보던 그는 몸을 일으켜 화장실로 갔다. 세수를 하고 거울 속 자신을 물끄러미 바라봤다. 몽롱한 표정을 짓고 있는 남자가 보였다.

뭐지? 그의 머리에는 온통 지난밤에 꾼 꿈 생각만 가득했다. 이토록 생생히 기억나는 꿈은 10년째 따라다니는 악몽 말고 처음이었다.

로지와 바닷가를 거닐던 꿈이었다. 양말까지 벗어 던진 로지는 백사장을 마구 뛰어다녔고, 태평은 너무 자연스럽게 로지의 흰 운동화를 들고 그녀의 뒤를 따라 걷고 있었다. 더 놀라운 건, 로지와 자신이 손까지 잡고 시원한 파도 소리를 들었다는 거였다.

고개를 절레절레 흔든 태평은 다시 방으로 돌아와 침대를 깔끔하게 정리했다. 굽혔던 허리를 펴자 책상 위에 놓인 꽃 한 송이가 보였다. 어제 로지의 아파트 단지에 있는 놀이터에서 주워 온 목련꽃이었다. 보름달보다 더 뽀얗던 꽃은 하룻밤 새 깎아 놓은 지 오래된 사과처럼 시들어 있었다.

그 꽃을 물끄러미 바라보다가 수영복과 세면 도구를 챙겼다. 잡생각을 털어 내는 데는 수영이 최고였으니까.

철벅ㅡ. 태평의 힘 있는 발차기에 둔탁한 파열음이 연이어 들렸다. 팔을 휘저을 때마다 물보라가 크게 일었다. 턴을 하는 순간 숨을 참고 가능한 오래 유영했다. 기분 같아서는 살갗에 닿는 물이 얼음물이었으면 할 정도로 몸이 뜨거웠다.

"후우."

물에 잠겼던 얼굴을 들어 올린 태평은 손으로 타일을 짚고 몸을 물 밖으로 가볍게 꺼냈다. 꼬박 두 시간 가까이 수영했지만 그에게 지친 기색은 없었다.

"저기요."

샤워실로 걷던 태평이 고개를 돌렸다. 처음 보는 아주머니가 서 있었다. 저를 보며 살갑게 웃는 아주머니를 태평은 무뚝뚝한 얼굴로 마주 봤다.

"있잖아요. 초면에 이런 걸 물으면 안 되지만. 혹시, 경찰이에요? 형사?"

태평은 말없이 턱 끝에 맺힌 물을 손등으로 털어 냈다. 언짢았지만 그 마음이 표정에 드러나지는 않았다.

"아닌데요."

아주머니의 두툼한 입술이 한껏 오므라들었다. 그녀의 추리가 빗나갈 거라고 예상하지 못한 눈치였다.

"형사가 아니었어요? 몸에 흉터가 있길래. 그러면 무슨 일을 하시나?"

신경질적으로 머리카락을 탈탈 털며, 태평은 얼마 남지 않은 인내심을 끌어모았다.

"학생이요."

실망할 줄 알았던 아주머니의 얼굴은 되레 밝아졌다.

"아, 대학생이구나. 어느 대학교? 우리 딸도 대학생인데 여기 다녀요. 언제 시간 되면 우리 딸 수영하는 것 좀 알려 주면 안 되나? 아니, 내가 딴 맘이 있어서 그런 게 아니라 우리 강사님보다 수영을 더 잘하는 거 같아서."

말을 끝낸 아주머니가 호호호 소리를 내며 웃었다. 태평은 이맛살을 찌푸렸다. 마신 것도 없는데 입 안이 왜 텁텁한 건지. 반쯤은 자포자기한 심정으로 입을 열었다.

"고등학생인데요."

대답과 동시에 침묵이 찾아왔다. 아주머니는 당황한 얼굴로 태평의 얼굴과 몸을 뜯어보듯 관찰했다.

"연상은 제 취향도 아니고."

불쾌함에 눈썹을 치켜올린 태평은 되바라진 말을 내뱉고 몸을 돌려 걸었다. 등 뒤로 다급한 아주머니의 목소리가 들렸다.

"윤재 엄마! 나 좀 봐 봐! 저 남자가 있지, 고등학생이래!"

"에이, 거짓말이겠지. 우리 윤재보다 더 들어 보이는데."

태평은 심기가 불편한 얼굴로 샤워실 문을 열었다.

샤워기에서 떨어지는 물을 맞으며 거울에 비친 나체를 바라봤다. 너른 어깨와 탄탄한 가슴이 보였다. 틈만 나면 하는 게 운동이라 크고 작은 근육으로 가득한 그의 몸은 어지간한 남자들의 기를 죽이기에 충분했다.

하지만 그것보다 더 눈에 띄는 건 몸 곳곳에 자리 잡은 흉터들이었다. 오른쪽 등에는 화상 자국이 남아 있었고, 왼쪽 쇄골에는 수술 흉터가 선명했다. 보드를 타다가 굴렀을 때 뼈가 부러져 나사를 심었다가 제거한 자국이었다. 그것 말고도 그의 몸엔 어렸을 때 생긴 자잘한 흉터가 많았다.

형사라고 봐 준 게 고마운 건가? 제 몸을 물끄러미 바라보던 태평은 샤워기 물을 잠그고 밖으로 나갔다. 대충 머리를 말리고 건물 밖을 나서자 따뜻한 봄볕이 그를 반겼다. 느릿한 걸음으로 편의점을 찾아 걸었다.

"어서 오세요."

이온 음료 하나를 계산한 뒤 창가에 있는 테이블에 앉았다. 타는 듯한 갈증을 해결한 그의 눈에 공교롭게도 목련 나무가 보였다.

뭔 목련이 이렇게 많아. 흰 꽃을 흐드러지게 터트린 나무 앞에서 괜한 짜증을 부렸다. 저 탐스러운 꽃송이를 볼 때마다 뱁새 얼굴이 자꾸 아른거린 탓이었다.

쿵쿵대는 심장을 손바닥으로 지그시 눌렀다. 로지를 생각할 때마다 울리는 심장이 곤혹스러웠다. 발단은 시소에 앉았을 때부터였다. 처음엔 겁을 잔뜩 먹은 뱁새를 놀려 주려고 시작한 장난이었는데.

'너, 지금 기분 되게 좋아 보인다.'

잔잔한 호수에 불어온 봄바람 같은 목소리에 태평의 말문이 턱 막혔다. 자신의 기분이 정말 좋은지, 나쁜지를 가늠할 여유도 없었다. 투명하고 맑은 로지의 눈을 쳐다보기 바빠서였다. 갈색 눈동자에서 퍼져 나온 따뜻한 눈빛이 심장을 툭 건드리더니, 자그마한 이를 드러내며 웃는 미소는 그의 눈앞을 캄캄하게 만들었다.

매일 실실 쪼개고 다녀서 웃음이 헤픈 뱁새인 줄 알았는데, 그건 모두 태평의 크나큰 오산이었다. 로지의 진짜 미소를 보고 나서야 알았다. 뱁새는 지금껏 그가 봐 왔던 그 어떤 미소보다 격이 다른 예쁜 미소를 지을 수 있다는 걸. 충격이 너무 큰 나머지 태평은 시소에서 급히 몸을 일으켰다. 로지의 몸이 뒤로 넘어가는 게 보였지만 꿈쩍도 할 수 없었다. 쿵, 하는 소리가 들린 순간, 그의 심장도

쿵, 하고 떨어졌으니까.

"……미친놈."

태평은 다 마신 음료수 캔을 거칠게 구겼다. 힘없이 구겨진 캔처럼 어젯밤의 기억도 구겨 넣고 싶었다. 뱁새가 한번 웃어 준 게 뭐 그리 대수라고. 구질구질한 감상에 빠진 자신이 사춘기 애 같아서 짜증이 치밀었다.

편의점 밖으로 나간 태평은 푸른 하늘을 올려다보았다. 눈부시게 아름다운 날씨에도 그의 기분은 가라앉았다. 이렇게 좋은 날, 화실에서 그림을 그리고 있을 로지가 떠올라서였다. 그 옆에서 선생 노릇을 하고 있을 강유준까지 생각하자 화가 치솟았다.

제발 그만 좀 생각하라고. 태평은 고개를 힘차게 흔들며 걸었다. 평소에는 뇌가 아니라 우동 사리를 넣고 다녔던 머리에 왜 이리 생각할 게 많아졌는지 모를 노릇이었다.

태평의 걸음이 멈춘 곳은 '플로라의 아침'이라는 간판이 걸린 꽃집이었다. 문을 열고 들어가자마자 강렬한 화향에 머리가 어지러웠다.

"안녕하세요. 어떤 거 찾으세요?"

꽃집 주인이 반갑게 태평을 맞았다.

"맞춤 꽃다발도 되죠? 내일 오전 9시 30분 전에 가져가려고요."

"그럼요. 원하는 꽃이 따로 있으세요?"

고개를 끄덕이며 원하는 꽃다발을 정확히 읊었다.

"하노이 라넌큘러스 여섯 송이, 줄리엣 로즈 다섯 송이, 매화는 가지 형태로 된 거 두 개 넣어 주세요. 라넌큘러스는 흰색과 분홍색 꽃으로 절반씩 섞고, 줄리엣 로즈는 흰색과 분홍색 투톤으로요."

태평의 설명이 끝나자마자 주인은 벌어졌던 입을 급히 닫았다.

"잠시만요. 메모지가 필요할 것 같은데."

메모지를 준비한 그녀에게 태평은 꽃을 감쌀 포장지와 리본 색까지 세세히 설명했다.

"알겠습니다. 내일 아침 9시 반까지 만들어 놓을게요."

태평은 꽃값을 내고 다시 밖으로 나왔다. 할 일을 모두 끝낸 걸 어떻게 알았는지, 기가 막힌 타이밍에 전화가 걸려 왔다.

—어디야?

「운동하러.」

—형은 회사야. 일이 많아서 오늘 집에 못 들어…….

바쁘다고 수선을 떠는 말을 단박에 자르고 물었다.

「그래서?」

—어, 네 저녁 만들어 놨으니까 와서 가져가라고. 굶지 말고 꼭 챙겨 먹어.

「알았어.」

—그리고, 시간 되면 형 노트북에 있는 파일 좀 읽어 줘. 내일 당장 써야 하는 기사가 있는데 자료가 부족하네.

올리버가 아쉬운 소리를 할 줄 알았던 태평은 기다렸다는 듯 비죽거렸다.

「고딩한테 그런 걸 부탁해도 되나?」

—대단한 거 아니야. 영어 논문 중에서 기사에 쓸 만한 연구 결과를 찾아야 해서.

태평은 대답 대신 코웃음을 쳤다. 황금 같은 주말이었다. 귀찮은 일에 시간을 낭비할 생각은 전혀 없었다.

—돈 줄게. 돈!

태평이 거절할 줄 알았는지 올리버가 다급하게 외쳤다. 급하긴 급한 모양이었다. 꺼지라고 대답하려던 태평은 가만히 머리를 굴렸다. 꽃다발을 사느라 가지고 있던 현금을 다 써 버린 뒤였다.

「카드.」

기습적인 공격에도 올리버는 쉽게 넘어가지 않았다.

—현금으로 줄게. 됐나?

카드는 얻지 못했지만 태평의 얼굴에 실망한 기색은 없었다. 올리버가 순순히 카드를 내놓을 거라 짐작하지는 않았으니까. 어차피 갑은 김태평, 을은 올리버였다. 태평은 올리버가 절대로 거절하지 못할 두 번째 조건을 들이밀었다.

「두 장.」

끄응, 하고 앓는 소리가 들렸다. 태평은 느긋하게 올리버가 총알을 장전하길 기다렸다.

—날강도 같은 놈.

「싫으면 말고, 선입금인 건 알지?」

잠시 후 휴대폰으로 20만 원이 입금됐다는 문자가 날아왔다. 지나가는 택시를 세운 태평은 곧장 올리버의 집으로 향했다.

논문을 읽는 데는 생각보다 시간이 더 걸렸다. 꼼꼼하게 자료를 살펴보고 쓸 만한 부분을 찾아 깔끔하게 정리했다. 파일을 보냈다는 문자를 보내자마자 바로 전화가 걸려 왔다.

—고맙다. 기가 막히게 잘 뽑았네. 네 덕분에 살았어.

좋아서 어쩔 줄을 모르는 올리버의 반응에 태평은 피식, 웃었다. 전화를 끊은 뒤 그는 모처럼 올리버의 집을 둘러봤다. 시간 외 수당 및 보너스도 챙겨야 했으니까. 먹잇감을 찾는 하이에나처럼 집 안 구석구석을 배회하던 태평은 옷장을 활짝 열었다. 옷을 뒤적이던 그의 손은 처음 보는 슈트에서 멈췄다. 새로 산 옷인지 부직포 커버로 씌워져 있었다. 그걸 꺼내 들고 집으로 내려갔다.

다음 날 아침, 태평은 올리버의 집에서 가져온 슈트를 꺼내 입었다. 조금 과한 감은 있지만 평소처럼 청바지에 셔츠를 입을 수는 없다고 생각했다. 로지의 어머니가 모셔진 납골당에 가기로 한 날이니만큼, 최소한의 성의는 갖춰야 했으니까. 바지와 셔츠를 입고 재킷에 팔을 막 집어넣을 때였다. 문자 알림음이 들렸다. 로지인가 싶어

급히 휴대폰 액정을 건드렸다.

[안녕하세요. 〈플로라의 아침〉입니다. 죄송하게도 새벽에 올라오기로 한 꽃이 조금 늦게 도착한다고 해서요. 주문하신 꽃다발을 10시 30분까지 준비할 수 있을 것 같은데 괜찮을까요?]

설렜던 기분이 한순간에 푹 꺼졌다. 태평은 최대한 빨리 만들어 달라는 문자를 보낸 뒤 다른 문자 창을 열었다.

[김태평이야. 11시까지 와. 일이 좀 생겼어.]

로지에게 약속 시간을 조금 늦춰야겠다는 문자를 보냈는데 이번에도 답이 없었다. 전화를 걸어 볼까 하다가 그냥 참았다. 멋대로 약속을 정한 것도, 약속을 미룬 것도 자신이었다. 지금 전화했다가는 미안하다는 말과 함께 상황을 설명해야 할 텐데 그러기는 싫었다.

태평이 주문한 꽃을 찾아 지하철역에 도착한 건 10시 45분이었다. 늦지 않아 다행이라고 생각하면서도 계단을 뛰어 올라갔다. 거친 숨을 고르며 로지를 찾던 그는 인상을 찌푸렸다. 음료수 자판기

옆에 로지가 서 있었다. 왜인지 모르겠지만 자신보다 먼저 온 로지 때문에 속이 부글부글 끓었다.

"어? 여기야!"

태평을 발견한 로지가 손을 흔들었다. 연한 하늘색 원피스를 입은 로지는 하나로 질끈 묶고 다니던 머리를 곱게 땋아 어깨 뒤로 늘어뜨리고 있었다. 교복을 벗었지만 꾸민 티가 전혀 없는 얼굴과 비실비실한 몸매는 여전했다. 천천히 로지 쪽으로 걸었다. 이상했다. 걷고 있을 뿐인데 갑자기 가슴이 뛰고 숨이 가빠졌다.

"왜 이렇게 일찍 왔어?"

흐트러진 머리를 쓸어 올리며 태평이 퉁명스럽게 물었다. 로지는 어울리지 않게 침묵을 지켰다. 입술에 힘을 꽉 주고 있는 거로 봐선 무슨 말을 참고 있는 것 같기도 했다.

"할 말 있으면 그냥 해!"

편히 말하라고 했는데도 로지는 입술을 꾹 닫은 채 태평이 들고 있는 꽃다발만 훔쳐봤다. 도둑이 제 발 저리다고, 뜨끔한 태평이 한마디 던졌다.

"착각하지 마. 너 주려고 산 거 아니야. 네 어머니 드릴 거라고."

우리가 오늘 만난 건, 절대 데이트 같은 게 아니라는 뜻이었다. 로지는 그런 착각을 한 게 아니라는 듯 고개를 저었다.

"그게 아니라, 네가 그런 옷을 입으니까. 꼭 무슨 조, 폭."

태평의 눈썹이 꿈틀거렸다. 그의 기색이 달라진 걸 눈치챈 로지가 급히 입을 다물었다. 그래도 웃느라 들썩이는 어깨까지는 막을 수 없었다. 태평은 고개를 돌려 스크린도어에 비친 제 모습을 확인했다.

깔끔한 블랙 슈트를 입은 그가 보였다. 올리버와 신장이며 체격이 비슷했기에 맞춤옷을 입은 것처럼 잘 어울렸다. 셔츠의 첫 번째 단추는 채우지 않았고, 타이도 하지 않았다. 격식은 갖추되 캐주얼함을 잃지 않은, 그야말로 완벽에 가까운 복장이었다.

하루 사이에 형사에서 동네 양아치로 강등당하다니, 하도 기가 차서 웃음도 안 나왔다.

"지는 초딩인 주제에."

갑작스러운 외모 지적에 로지는 황당하다는 표정을 지었다. 태평은 말없이 로지 쪽으로 팔을 뻗었다. 메고 있던 가방을 뺏긴 로지가 긴 속눈썹을 깜빡이며 그를 바라봤다. 그 순진한 얼굴에 대고 태평은 가시 돋친 말을 내뱉었다.

"꼬라지하고는. 그 옷에 이런 책가방이랑 그 운동화가 말이 되나?"

먼지 하나 없이 잘 닦인 태평의 로퍼가 로지의 꼬질꼬질한 운동화를 툭 쳤다. 로지는 고개를 푹 수그렸다. 그녀 역시 화사한 하늘색 원피스와 다 떨어진 운동화가 어울리지 않는 조합이라는 걸 아는 눈치였다. 잔뜩 기가 죽은 목소리가 로지의 입에서 흘러나왔다.

"내 가방 줘, 무겁단 말이야……."

"이게 뭐가 무겁다고."

"책 많이 챙겨 왔는데, 오후에 도서관에 가려고."

태평은 들은 척도 하지 않고 때맞춰 도착한 지하철에 탔다. 일요일이라 그런지 사람들이 제법 많았다. 빈자리 하나를 발견한 로지가 막 그쪽으로 걸음을 떼려 할 때였다. 태평이 로지의 팔을 잡아당겼다.

"서서 가."

태평에게 이끌려 문 앞에 선 로지는 그를 원망 섞인 눈으로 바라보았다.

"왜? 30분은 가야 하는데."

태평은 아무 말 없이 로지가 다른 승객들에게 치이지 않도록 그녀의 앞을 방패처럼 막아섰다.

"자리는 있을 때 앉아야 하는데."

아쉬움이 묻은 목소리에 태평의 이마에는 주름이 깊게 팼다. 동시에 그의 시선은 로지가 앉으려 했던 빈자리로 향했다. 자리 양옆에는 건장한 남자들이 앉아 있었다. 뱁새를 저기에 앉힐 바에야 차라리 업고 가는 게 나을 것 같았다. 이런 태평의 내적 갈등을 알 리 없는 로지는 다시 빈자리를 열심히 찾았다. 태평은 반걸음 더 움직여 로지의 시야를 제 상체로 가렸다.

"야."

"……."

"서서 가라고. 너 혼자 앉을 생각 하지 말고."

로지는 그를 빤히 쳐다보며 토를 달았다.

"내가 아니라, 너 앉을 자리 찾은 거야. 내 가방도 들고 있고, 꽃도 들고 있잖아."

밴드가 붙은 손가락이 태평이 들고 있는 가방과 꽃을 가리켰다. 태평은 가벼운 한숨을 쉬며 시선을 내렸다. 지하철이 움직일 때마다 중심을 잡지 못해 요란하게 백스텝 중인 로지의 발이 보였다. 자기 몸 하나 건사하지 못하는 주제에, 나한테 자리를 양보하겠다니. 보이지 않는 실소가 터졌다.

"……."

태평은 습관처럼 욕설을 내뱉으려는 입술에 힘을 꽉 주었다. 어제부터 왜 이런 마음이 자꾸 드는지는 모르겠지만, 뱁새 앞에서 험한 말을 하고 싶지 않았다. 욕을 해야만 시원해지던 속이, 다른 말을 해도 시원해진다는 걸 알아 버렸기 때문이었다. 바로 사탕을 굴려 먹을 때처럼 입에 착 붙는 이름이었다.

"오로지."

"응?"

"이거나 들어."

태평에게 꽃을 건네받은 로지는 배실배실 웃었다. 그의 짐을 덜어 줄 수 있어 만족한 듯 보였다.

"김태평!"

꽃다발에 시선을 둔 채 로지가 그를 불렀다.

"왜."

"이거, 어디에서 산 거야? 전에 내가 산 꽃다발하고 완전 똑같아.

백화점에서 샀어?"

꽃에서 떨어진 시선이 태평의 얼굴로 옮겨왔다. 연한 갈색 눈동자에 비친 태평의 얼굴은 말할 수 없이 심란했다.

똑같은 걸 팔 리가 있냐, 이거 진짜 바보 아니야?

이번에도 하고 싶은 말을 삼킨 그는 느리게 입을 열었다.

"몰라, 그냥 샀어."

로지는 눈을 감고 꽃다발에 코를 깊이 묻었다. 그 바람에 동그란 이마가 태평의 얼굴 가까이 다가왔다. 솜털이 보송하게 난 이마에 눈길을 주고 있던 태평은 문득, 이해할 수 없는 충동을 느꼈다. 찹쌀떡처럼 뽀얀 이마를 손으로 콕 눌러보고 싶었다.

"고마워, 우리 엄마를 위해 꽃까지 준비해 줘서. 정말 예쁘다."

감았던 눈을 뜬 로지가 살포시 웃었다. 둥그런 눈매가 휘어지면서 뱁새의 눈꼬리도 자연히 길어졌다. 그 끝에는 반짝거리는 기쁨이 맺혀 있었다.

태평은 바싹 마른 입술을 혀로 쓸었다. 갑자기 누가 지하철에 히터라도 틀었는지 그를 둘러싼 공기가 후덥하게 느껴졌다. 셔츠 단추를 하나 더 풀기 위해 손을 들어 올렸을 때였다. 그의 얼굴 앞에 꽃 무더기가 불쑥 다가왔다.

"너도 맡아 볼래?"

당황한 나머지 태평의 입이 멋대로 주절거렸다.

"치워, 나는 꽃 싫어해."

로지는 실망한 얼굴로 꽃다발을 내려 들었다. 태평은 괜한 헛기침을 하며 창밖으로 시선을 돌렸다. 그랬더니 이번엔 꽃향기보다 더 그윽한 로지의 체향이 코끝을 간질였다. 울렁거리는 속을 느끼며 그는 로지를 훔쳐봤다. 분홍색으로 상기된 뺨이 언뜻 눈에 들어왔다. 아까는 이마를 건드리고 싶더니, 지금은 저 뺨을 꼬집어 보고 싶었다. 그러면 이 울렁거림이 사라지지 않을까?

……이 유치한 새끼. 자괴감에 빠진 태평은 다시 창밖을 바라봤다. 지하철은 어느새 지상으로 달리고 있었다. 창 너머로 유유히 흘러가는 한강이 보였다. 따사로운 봄 햇살을 머금은 강물이 눈부시게 반짝이고 있었다.

지하철을 두 번 더 갈아탄 뒤 두 사람은 목적지에 도착했다. 역 밖으로 나간 로지는 들고 있던 꽃다발을 벤치 위에 내려놓았다.

"나, 가방 좀."

태평은 가방을 벗어 건넸다. 가방을 뒤적이던 로지의 손이 동그란 기계 하나를 꺼내 들었다.

"시디플레이어야. 처음 보지? 우리 엄마 건데 아직도 잘 돼."

은색 리모컨을 가볍게 돌린 로지는 이어폰 두 개를 제 귀에 꽂았다. 그 모습을 주시하던 태평의 얼굴이 밉살스럽게 일그러졌다.

"너 혼자, 들으면서 가겠다고?"

로지는 진짜 뱁새라도 된 것처럼 고개만 갸우뚱했다. 멀뚱멀뚱 바라보는 그 눈빛에 환장할 것 같았다. 가볍게 한숨을 쉰 태평은 전략을 바꾸기로 했다.

눈치가 더럽게 없는 뱁새한테는, 말보다 행동이 나을 테니까. 한쪽 무릎을 굽힌 뒤, 오른쪽 귀를 내밀었다. 로지는 아하, 하는 눈빛을 보내곤 이어폰 하나를 태평의 귀에 꽂았다. 뱁새의 눈높이에 맞는 교육을 끝낸 태평은 뱁새의 짧은 다리에 맞춰 천천히 걸었다.

"이게 어머니 거였다고?"

한참을 말없이 걷던 태평이 물었다.

"응. 우리 아빠가 엄마한테 청혼할 때 준 선물이야."

태평은 로지가 들고 있는 동그란 시디플레이어를 바라봤다. 손때가 묻긴 했지만 상태는 좋아 보였다.

"엄마 말로는 그때만 해도 이게 진짜 비싸고 좋은 거였대. 음, 지금으로 치면 최신형 MP3겠지?"

"청혼 선물로 이걸? 보통, 반지를 주지 않나?"

의아해하는 질문에 로지는 엷게 미소 지었다.

"우리 아빠가 좀 특이해. 아무튼, 이것 때문에 엄마 취미가 음악 시디 모으는 거였어. 지금 듣고 있는 건 시크릿 가든 노래야. 엄마랑 내가 그림 보러 다닐 때 자주 듣던 노래."

"어머니하고 그림을 같이 봤다고?"

"사실 내가, 유치원에 안 다녔거든. 대신 엄마하고 매일 미술관에 갔어. 우리 둘 다 친구가 없었거든."

갑작스러운 정보가 당황스러웠지만 태평은 로지의 목소리에 온 신경을 집중했다.

"엄마 고향이 서울에서 멀리 떨어진 시골이랬어. 아빠랑 결혼하면서 아는 사람 한 명 없는 서울로 오게 됐고. 그리고……."

잠시 머뭇거리던 로지는 서너 걸음 정도 걸어간 뒤에 말을 이었다.

"엄마가 아주 어릴 때 날 낳는 바람에 친구를 사귈 기회가 없었대. 나도 학교 친구들보다는 엄마랑 노는 걸 더 좋아해서 매일 우리끼리 놀았어."

"……."

"그림에 흥미를 갖게 된 것도 엄마 때문이야. 말로 하기 어려운 것들은 그림으로 그려서 보여 줬거든."

"그래?"

"응. 지난번에 너랑 같이 갔던 미술관도, 엄마랑 자주 찾던 곳이었어. 너랑 앉았던 그 의자를 엄마가 제일 좋아했고, 〈검은 정원〉도 엄마가 제일 좋아하던 그림이야. 죽음의 정원이지만 아름답다고 좋아했어. 언젠가 엄마가 이 세상을 떠나면 그 정원에서 날 기다리겠다고 했을 만큼."

태평의 미간이 좁아졌다. 죽은 사람을 그리워하는 뱁새가 마음에 들지 않았다. 엄마를 말할 때마다 행복해하기보다는 어딘지 모르게 절박해지는 그녀의 얼굴 때문이었다.

"어쩌다가 돌아가신 거야?"

태평은 부러 차갑게 물었다. 이제 그만 엄마가 없는 현실로 돌아오라는 뜻이었다.

"……사고로."

"교통사고?"

로지는 잠시 생각을 하다 입을 열었다.

"어떤 사고였는지는 몰라. 사고가 나기 전날, 엄마가 고향에 갔었어. 아빠하고 결혼하고 한 번도 못 가 봤다면서."

점점 작아지는 목소리에 고개를 돌렸다. 꿈이라도 꾸듯 멍한 표정으로 정면을 응시하고 있는 로지가 보였다.

"다음 날에 아침 일찍 돌아온다고 했는데. 꽃다발 들고 나 축하해 주러 오겠다고 약속했었는데."

로지가 큰 대회에서 상을 받은 날, 어머니가 돌아가셨다고 했던 창수의 말이 그제야 기억났다. 로지의 얼굴을 빠르게 훑었다. 길에서 울음이라도 터뜨리면 어쩌나 싶었는데 로지는 입술을 꽉 다물고 정면만 보고 있었다. 그런데 그 표정이 조금 묘했다. 웃고 있지만, 어딘지 모르게 우울해 보였달까.

"볼륨이나 키워."

태평은 로지의 어깨를 살그머니 건드렸다. 네 가족사는 그만 듣고 싶다는 뜻이었는데, 바보 같은 뱁새는 그를 보며 활짝 웃었다.

"엄마 이야기를 한 건, 네가 처음이야. 들어 줘서 고마워."

태평은 리모컨을 만지작거리는 로지의 손을 빤히 쳐다봤다. 과거를 더듬는 듯한 그 손짓에 심기가 불편해졌다. 머리가 나쁜 애한테는 생각할 시간을 주지 말아야 했다. 머리를 굴릴 시간에 배를 채우는 게 더 생산적이니까.

"밥이나 먹어."

"……."

"도서관 가기 전에, 나랑 밥 먹자고."

"……."

"싫어?"

태평을 가만히 쳐다보던 로지가 천천히 고개를 저었다. 바람 한 줄기가 두 사람 사이로 불었다. 그걸 신호 삼아 둘은 다시 걸었다.

죽은 부모를 그리워하는 기분이 뭘까. 애를 써 봤지만, 태평은 로지의 마음을 이해는커녕 짐작도 할 수 없었다. 누군가에게 마음을 주고, 그 사람이 남긴 물건을 소중히 아끼고, 내 일이 아닌 다른 사람의 일에 가슴이 아픈 그런 감정들은 사라진 지 오래였으니까.

태평의 일곱 살 이전의 기억은, 부모를 잃었던 날 모두 불에 타 버렸다. 이젠 존재했는지조차 확신할 수 없는 사람들이 그의 아버지와 어머니였다. 그들의 죽음 이후에 겪어야 했던 모든 일은, 전부 좋지 않은 기억으로 남았다. 그가 부모라는 사람들을 떠올릴 때 아무것도 느끼지 못하는 이유였다.

"다 왔다."

로지의 목소리에 태평은 잠겨 있던 생각에서 빠져나왔다. 납골당 건물 앞에 선 로지는 하늘색 원피스를 잘 매만졌다. 바람에

헝클어진 머리도 정돈하고, 삐져나온 잔머리에는 똑딱핀을 딱, 꽂았다. 가방 안에 시디플레이어를 넣은 로지는 태평을 물끄러미 응시했다.

"너만 괜찮으면 잠깐, 같이 들어가지 않을래?"

어려운 부탁이 아니었기에 태평은 선선히 걸음을 옮겼다. 바깥보다 훨씬 서늘한 납골당 안을 그는 신기한 눈으로 살폈다. 부모님이 모두 돌아가셨지만 묘지에도, 납골당에도 가 본 적이 없기 때문이었다. 그의 부모님은 한 줌 재가 되어 바다에 뿌려졌다. 이모의 결정이었다. 두 사람의 기일을 챙길 가족이 없다는 게 그 이유였다.

"저쪽이야."

태평은 로지가 가리킨 곳으로 걸어갔다. 그녀의 어머니는 납골당의 맨 위 칸에 모셔져 있었다. 키가 큰 태평에게도 제법 높게 느껴지는 위치였다. 투명한 유리 너머로 유골함과 작은 사진이 놓여 있는 게 보였다. 꽃밭을 배경으로 찍은 사진을 유심히 바라봤다. 초등학교 저학년쯤 되어 보이는 로지와 그의 부모가 함께 찍혀 있었다.

하나도 안 변했네. 하늘색 원피스를 입고 그의 옆에 서 있는 로지와 사진 속의 로지는 달라진 게 하나도 없었다. 핏줄이 보일 만큼 새하얀 피부도, 자그마한 체구도 지금과 같았다. 다른 게 있다면, 눈부시게 환한 미소였다. 엄마의 손을 잡은 로지는 갈색 눈동자가 보이지 않을 만큼 활짝 웃고 있었다.

"몇 살 때 찍은 사진이야?"

"아홉 살이었을 거야."

로지의 양옆에 서 있는 사람들을 바라봤다. 어머니는 로지의 큰언니라고 해도 좋을 만큼 젊어 보였지만, 아버지는 제법 나이가 있어 보였다. 나이 차가 나는 커플이지만 공통점이 있었다. 해맑게 웃는 로지와는 달리 부모의 얼굴은 그리 밝지 않았다.

"이것 좀 넣어 줄래? 나는 손이 안 닿아서."

사진을 보고 있던 태평이 고개를 내렸다. 로지는 작은 조화를 들고 있었다. 그는 유골함과 액자 사이에 꽃을 놓았다. 연보랏빛 조화와 활짝 웃고 있는 어린 로지가 그런대로 잘 어울려 보였다.

"고마워. 평소엔 경비 아저씨한테 부탁하는데, 매번 그러기가 좀 미안해서."

태평은 말없이 로지를 내려다보았다. 사진 속에서 함박웃음을 짓고 있던 아이와 전혀 다른 울적한 얼굴이었다.

"나가 있을게."

로지에게 어머니의 생신을 축하할 시간을 주기 위해 태평은 그녀를 남겨 두고 밖으로 나왔다. 재킷을 벗고 생수 두 병을 사서 벤치에 앉았는데, 그의 곁으로 한 무리의 사람들이 다가왔다. 모두 검은 옷을 입고 있는 것으로 보아 빈소에 있다가 온 사람들 같았다.

"이쪽으로 오세요. 커피 한 잔씩 드릴까요?"

건물에서 뛰어나온 남자가 그들을 맞았다. 납골당을 관리하는 직원 같았다. 자판기에서 캔 커피를 뽑은 남자는 본격적으로 영업을 시작했다.

"유골함 크기와 납골함 위치에 따라서 가격이 달라요. 눈높이에 맞는 칸이 프리미엄이 붙어서 가장 비싸고, 맨 위나 아래 칸은 저렴하고요."

직원의 설명에 유족들은 서로를 바라보며 입을 열었다.

"이왕 할 거면 가운데 쪽이 낫지 않겠어? 어머니하고 아버님이 바닥이나 천장 가까이 계시면 좀 그렇잖아."

"그래요. 그래야 애들도 제 할아버지 할머니 얼굴을 마음껏 보지. 그깟 돈 얼마나 더 든다고."

그들의 대화를 엿듣던 태평의 얼굴이 굳었다. 가장 위 칸에 모셔져 있던 로지 어머니의 유골함이 떠올라서였다. 남의 집 사정이야 알 바가 아니지만 조금 씁쓸했다. 답답한 마음에 물을 들이켰다가, 삼키지 못하고 바닥에 퉤 뱉었다. 어머니에게 줄 꽃 한 송이도 제 손으로 전하지 못해 동동거렸을 뱁새가 그의 신경을 긁었다.

빈 생수병을 쓰레기통에 던져 넣은 태평은 시계를 바라봤다. 점심을 먹을 시간이 지나 있었다. 휴대폰을 꺼내 근처에 있는 레스토랑을 검색했다. 올리버에게 뜯어낸 20만 원으로 뱁새한테 뭘 사 줄까 고민하던 그가 고개를 들었다. 건물 입구에서 느껴진 인기척 때문이었다. 본능적인 경계심을 세우고 그쪽을 쳐다봤다.

뭐야, 저 음침한 새끼는. 태평은 건물 안에서 막 나온 남자를 날카롭게 응시했다. 검은색 모자와 마스크를 쓴 그는 연신 고개를 두리번거리다가 태평과 눈이 마주치자마자 택시 승차장으로 도망치듯 뛰었다.

남자를 태운 택시는 시야에서 금방 사라졌다. 다시 휴대폰 화면으로 시선을 내렸다. 후기가 괜찮은 레스토랑이 하나 보였다. 예약이 가능한지 전화를 걸어 물어보려 했는데 신호음 대신 오싹한 목소리가 귀에 내리꽂혔다.

"저기, 여기요! 누가 119에 신고 좀 해 주세요!"

납골당 입구로 뛰어나온 어떤 아주머니가 소리쳤다. 태평은 귀에 댔던 휴대폰을 천천히 내렸다.

"학생이, 여학생이 쓰러졌는데……."

번개처럼 건물 안으로 뛰어들어 갔다. 아니길 바랐지만 로지의 어머니가 모셔져 있는 구역 앞에 사람들이 모여 있었다. 그들을 거칠게 밀친 태평은 무릎을 꿇고 앉았다.

"오로지! 너 왜 이래!"

바닥에 쓰러진 로지를 살피던 태평이 숨을 참았다. 로지의 코와 입이 온통 붉은 피로 뒤덮여 있었다. 바닥에 떨어진 가방을 둘러메고 로지를 안아 올렸다.

"비틀거려서 부축하려고 했는데, 갑자기 쓰러졌어요. 코피까지 흘리면서……."

사람들이 뭐라고 하는 것 같았지만 태평의 귀에는 아무것도 들리지 않았다. 최대한 빨리 로지를 병원에 데려가야 한다는 생각밖에 없었다. 그 생각만 부여잡고 건물 밖으로 미친 듯이 뛰었다.

로지를 데리고 병원에 들어선 태평은 말 그대로 혼이 나가 있었
다. 영국으로 가기 전에 그가 집처럼 지냈던 병원이 불현듯 떠올라
서였다. 그에게 병원이란 죽기 전에나 다시 오고 싶은 장소 중 하나
였다.

간호사와 간병인들에게 받았던 학대 때문이었다. 그들은 수시로
태평의 옷을 벗기고 화상을 입은 살갗을 손가락으로 짓이겼다. 겨
우 아물기 시작한 상처에서 다시 피가 흐르고 고름이 터질 때까지.
의사라고 다를 게 없었다. 그들은 태평을 괴롭히는 사람들의 만행
을 알면서도 모른 척했다. 태평이 내는 치료비가 꽤 짭짤했기 때문
이었다. 입원 기간이 길어질수록 얻는 것도 많아졌기에, 모두 약속
이나 한 듯 죽어 가는 태평을 투명 인간 취급했다.

"사람이 쓰러졌는데 기다리라니? 씨발, 애 잘못되면 당신이 책임
질 거야?"

슈트 차림의 건장한 남자가, 그것도 피투성이가 된 셔츠를 입고
응급실에서 외치는 소리는 생각보다 위협적이었다. 의사 하나가 뛰
어나와 로지를 살폈다. 흥분으로 거친 숨을 몰아쉬던 태평은 이를
꽉 깨물었다. 무슨 정신으로 이곳까지 왔는지 모를 만큼 머리가 텅
비어 버린 느낌이었다. 축 늘어져 있는 로지를 진찰한 의사는 간호

사에게 뭔가를 지시하곤 태평을 불렀다.

"환자분과 무슨 사이시죠?"

"……아까부터 말했잖아! 보호자라고!"

태평은 자신을 로지의 사촌 오빠라고 당당하게 말했다. 그를 위아래로 훑어본 의사는 안경을 고쳐 쓰곤 차트를 집어 들었다. 다행히 태평의 말을 의심하는 것 같지는 않았다.

"평소에도 자주 기절한 게 아니라면 미주신경성 실신입니다. 사람 많고 밀폐된 공간에서 일어나기 쉬워요. 스트레스가 심한 상황에서 나타나기도 하고요."

"피는? 코피는 왜 난 건데?"

차트를 넘기던 의사는 고개를 들어 태평의 눈을 빤히 들여다봤다.

"환자분께서 심각한 저체중인 거 알고 있죠? 영양 섭취가 제대로 안 되는 거 같은데 다이어트를 하고 있다면 중단시키세요. 코피 역시 극심한 긴장 상태나 스트레스를 받으면 나타날 수 있는 일반적인 증상이고."

대강 상황을 설명한 의사는 간호사에게 차트를 건네곤 다른 환자를 보러 갔다. 태평의 눈은 로지 옆에 붙어 있는 간호사로 향했다. 링거 바늘을 든 그녀는 로지의 팔을 이곳저곳 쑤셔 대고 있었다. 그 모습이 잊고 있던 기억 하나를 상기시켰다. 어렸을 적 태평의 팔에 아무 이유 없이 바늘을 찔러 넣던 간호사의 얼굴이 눈앞의 간호사와 겹쳐졌다.

"아줌마, 자신 없으면 다른 사람 불러와! 환자 팔로 실습이라도 하는 거야?"

날카롭게 다그치는 태평에게 간호사도 지지 않고 대꾸했다.

"환자분 혈관이 안 보이는 걸 어떻게 하라고요!"

바닥난 인내심을 박박 긁어모은 태평은 거친 숨만 씩씩 몰아쉬었다. 간신히 꾹꾹 누른 그의 분노는, 간호사가 로지의 양말을 벗기는 순간 장렬하게 터졌다.

"씨발, 진짜 간호사 맞아? 자격증 갖고 와 봐! 왜 멀쩡한 사람 발에 주사를 놓냐고!"

으르렁대는 태평의 목소리에 응급실에 울리던 모든 소리가 뚝, 멈췄다. 이마가 찢어져 엉엉 울던 아이는 울음을 삼켰고, 담배를 피우러 가야 하는데 링거가 언제 끝나냐며 행패를 부리던 할아버지도 소리를 죽였다. 진료를 보고 있던 의사 하나가 달려와 태평을 막아섰다.

"자꾸 이러시면 경찰 부를 겁니다. 다른 환자분들은 안 보여요? 링거 제대로 들어갔으니까 환자분 깰 때까지 조용히 하시죠. 쫓겨나고 싶지 않으면."

진상을 부리는 사람에게 이골이 난 것 같은 경고였다. 두 주먹을 불끈 쥔 태평은 어금니를 세게 물었다. 의사는 그가 진정했다는 걸 확인한 뒤 다시 진료를 보러 갔다.

태평은 숨을 고르며 로지가 누워 있는 침대 옆으로 다가갔다. 살이라곤 하나도 없는 비쩍 마른 발등에 링거를 꽂고 누워 있는 로지가 보였다. 피가 맺힌 코끝에 손가락을 가져다 댔다. 따뜻한 숨결이 느껴졌다. 그제야 안심한 그는 바닥에 떨어진 로지의 가방을 들어 올렸다.

로지의 아버지에게 연락하기 위해 휴대폰을 찾던 그는 저도 모르게 인상을 찡그렸다. 가방 속 주머니에서 찾아낸 구식 휴대폰 때문이었다. 심지어 스마트폰도 아닌 2G 휴대폰이었다. 전원 버튼을 꾹 눌렀다. 액정의 오른쪽 모서리에만 반짝 불이 들어왔다.

젠장, 되는 일이라곤 하나도 없네. 액정이 깨진 휴대폰을 보며 긴 한숨을 내쉬었다. 가방을 험하게 들고 내려놓다가 망가진 것 같았다. 태평은 어쩔 수 없이 그의 보호자에게 연락하기로 했다.

[병원이야.]

문자를 보내자마자 벨이 울렸다. 태평은 전화를 받지 않고 병원 주소만 찍어 보냈다. 로지의 가방 문을 다시 닫으려던 그는 시디플레이어를 꺼냈다. 그대로 가방에 두었다가는 그것마저 망가질까 걱정이 돼서였다.

똑, 똑, 똑 하고 떨어지는 링거액을 얼마나 바라봤을까. 꼼짝 않던 로지가 작게 뒤척였다. 두 눈을 깜빡깜빡하는 로지의 얼굴 위로 태평이 제 얼굴을 가져갔다.

"정신이 들어?"

"……."

"내 얼굴 보이냐고."

다급한 목소리에 로지는 고개만 끄덕였다. 태평은 기다렸다는 듯 질문을 퍼부었다.

"너, 다이어트 하냐?"

로지는 영문을 모르겠다는 표정을 지었다.

"밥 안 먹냐고."

"……."

"어떻게 영양 부족으로 쓰러져?"

"아닌데."

아니라는 말이 태평의 분노를 키웠다.

"너, 급식도 안 먹잖아. 그동안 밥 먹는 거 한 번도 못 봤어."

로지의 커다란 눈동자가 잘게 흔들렸다. 어떤 변명을 할까 고민하는 듯한 그 눈을 태평은 말없이 쏘아봤다. 따가운 눈빛을 견디기 어려웠는지 로지가 속사정을 털어놓았다.

"다이어트 안 해. 급식은 4월부터 먹을 거야. 3월에 아빠가 입금하는 걸 깜빡해서."

"급식비를 안 내서 못 먹는다고?"

"……."

"네 용돈으로 내도 되잖아. 설마 급식비도 없어?"

가만히 그의 눈을 바라보던 로지는 체념하듯 입을 열었다.

"용돈은 있지만, 그걸 급식비로 쓰고 싶지는 않아서."

머리가 띵, 하고 울리는 대답이었다.

"코피는 언제부터 났어? 의사 말로는 스트레스성이라던데?"

로지가 손을 들어 제 얼굴을 매만졌다. 거슬거슬한 피딱지가 느껴졌는지 핏기 없던 얼굴이 빨갛게 달아올랐다.

"이건, 심각한 게 아닌데."

더는 참지 못하고 소리를 질렀다.

"니가 의사야? 심각한지 아닌지 어떻게 알아? 내가 얼마나 놀란 줄 알기나 해?"

태평은 아랫입술을 꽉 물었다. 정신을 잃고 쓰러졌던 애한테 이러면 안 된다고 생각하면서도, 자꾸만 화가 치솟았다. 버럭 화를 내는 태평 앞에서 시선 둘 곳을 찾지 못한 로지는 이리저리 눈만 굴렸다. 어지럽게 떠돌던 눈이 고정된 건 뜻밖에도 태평의 가슴 언저리에서였다.

"……그거, 내 피야? 네 옷에."

고개를 내린 태평의 눈에 검붉은 피로 얼룩진 셔츠가 보였다.

"어."

로지는 아무 말도 하지 않았다. 왜 그녀의 피가 태평의 옷에 묻었는지를 생각 중인지 입술만 달싹일 뿐이었다.

"내가, 너 안고 왔어."

태평은 로지의 의문을 단박에 풀어 줬다.

"안고 왔다고?"

"그래, 구급차 부를 정신이 없어서."

태평을 물끄러미 바라보던 시선이 아래로 비꼈다. 입술을 꾹 물었다 놓은 로지가 작게 말했다.

"고마워, 고생 많았겠다. 무거웠을 텐데."

로지를 뚫어져라 보던 태평이 차갑게 대답했다.

"무거웠어."

"……."

"너보다 가방이 더."

"……."

"그러니까, 살 좀 찌워."

한숨과 함께 말을 끝낸 태평은 자리에서 일어났다. 화장실로 들어가 바지 주머니에 들어 있던 손수건을 꺼냈다. 뜨거운 물을 틀고 손수건을 적셨다. 손에서 느껴지는 화기만큼 뜨거운 무엇인가가 그의 가슴에서 울컥 치밀었다.

아빠라는 새끼가, 도대체 뭐 하는 새끼야? 태평의 머리에는 로지의 부모에 관한 의문이 점점 커졌다.

하나밖에 없는 딸의 급식비를 제때 내지 않은 건…… 그래, 사람이니까 실수를 할 수 있었다. 그렇지만 딸이 영양 부족으로 쓰러지게 놔둔 건? 엄마가 없는 집에서는 보통 아빠가 딸을 더 챙기지 않나?

콸콸 쏟아지는 물을 잠갔다. 뜨거운 김 때문에 뿌옇게 변한 거울로 피가 묻은 셔츠가 보였다. 이번엔 로지의 죽은 어머니를 향한 원망이 커졌다. 엄마, 라는 말을 꺼낼 때마다 우울해지던 얼굴, 시디플레이어를 만질 때 떨리던 손끝, 납골당에서 코피를 쏟으며 쓰러져 있던 모습이 차례대로 따라왔다.

태평에게는 이것들이 단순히 어머니를 향한 애틋한 마음처럼 생각되지 않았다. 오히려 극심한 스트레스를 주는 원흉이라면 모를까.

빌어먹을, 우리 부모는 죽으면서 돈이라도 남겼지. 뱁새 부모는 산 사람이나 죽은 사람이나 왜 이 지랄들인지.

태평의 눈동자가 새카맣게 가라앉았다. 학교 로비에 걸려 있던 로지의 그림이 떠올랐다.

그린 사람의 내면을 낱낱이 까발린 그림이었다. 감추고 싶은 치부를 대놓고 내보였으니까. 그래서 온몸에 소름이 돋았다. 이 세상에 남은 거라곤 죄책감과 그림을 그리는 사람밖에 없는 것처럼 외롭고, 막막한 그림이었으니까.

그때, 로지의 목소리가 다시금 그의 귓가에 울렸다.

'……사실 내가, 유치원에 안 다녔거든. 대신 엄마하고 매일 미술관에 갔어.'

'……학교 친구들보다는 엄마랑 노는 걸 더 좋아해서……'

'……언젠가 엄마가 이 세상을 떠나면 그 정원에서 날 기다리겠다고 했을 만큼.'

돌이켜 볼수록 이상했다. 돈독한 모녀 사이로 보기에는 서로에 대한 집착이 기괴할 만큼 너무 강했다. 젖은 손수건을 챙긴 태평은 응급실이 아닌 병원 밖으로 걸어 나갔다.

바깥 공기를 쐬자 복잡했던 머리가 조금 시원해졌다. 혼란이 가라앉자 단 한 가지의 결론만 또렷이 떠올랐다. 죽은 사람은 죽은 사람답게, 산 사람은 산 사람답게 사는 거였다. 그게 로지의 병을 낫게 할 태평의 처방이었다.

재킷 안주머니에 넣어 뒀던 물건을 꺼냈다. 그걸 높이 들어 올린 뒤 미련 없이 바닥에 집어 던졌다. 파직, 소리를 내며 은색 파편이 이리저리 흩어졌다.

"진작 이랬어야지."

태평은 산산조각이 난 시디플레이어를 마음껏 비웃었다. 그리고 로지와 죽은 어머니 사이를 이어 주는 세상에 단 하나뿐인 매개체를 구둣발로 자근자근 밟았다. 무표정했던 그의 얼굴엔 희미한 즐거움이 어려 있었다. 순수한 기쁨의 표시였다. 로지가 죽은 어머니의 망령을 비로소 떨칠 수 있게 되었으니까.

"부모 같은 건 필요 없어. 나한테도, 그리고 오로지한테도."

태평이 부서진 시디플레이어 조각을 쓰레기통에 버리고 있을 때였다. 누군가 그의 이름을 크게 불렀다.

「김태평!」

올리버는 태평의 셔츠에 묻은 피를 보자마자 혼비백산해서 소리를 질렀다.

「이게 무슨 꼴이야. 너 어딜 얼마나 다친 거야? 어떻게 다쳤어? 왜 나와 있어? 의사하고 간호사는 뭐 하는 거야?」

쇼크에 빠지기 직전인 올리버 앞에서 태평은 오버 좀 하지 말라는 표정을 지었다.

「내 피 아니야. 친구가 다쳐서 병원에 데리고 오다가 묻었어.」

불친절한 설명이었지만 올리버는 태평이 다치지 않았다는 것에 크게 안도했다.

「그러면 그렇다고 진작 말했어야지. 내가 얼마나 걱정한 줄 알기나 해?」

「걱정하기 싫으면, 카드를 주든가.」

「야, 이 자식아! 넌 지금 이 상황에도 카드 타령이냐?」

「어, 돈 없어서 불렀으니까.」

병원비 때문에 호출을 당했다는 걸 알게 된 올리버는 씩씩댔지만 결국 원무과로 향했다. 태평도 다시 응급실로 들어갔다. 그새 링거액이 다 들어갔는지 간호사가 로지의 발등에 박힌 주삿바늘을 빼고 있었다.

"어디 갔었어?"

태평을 보자마자 로지가 물었다. 한참 동안 그를 찾았는지 로지의 눈빛은 반가움과 안도감으로 물들어 있었다. 이상한 일이었다. 로지를 걱정시킨 게 미안해야 했는데, 미안하지 않았다. 그를 애타게 찾았을 로지를 상상하자마자 꽉 막혔던 속이 조금 풀어지는 느낌이었다.

"닦아 줄게."

젖은 손수건을 로지의 피 묻은 뺨으로 가져갔다. 살살 한다고 했는데 손수건이 스친 곳마다 살갗이 붉어졌다.

"……내가 할게."

태평이 얼굴에 손을 대는 게 불편했는지 로지가 그의 손을 밀어냈다.

"가만히 있어."

최대한 손에 힘을 빼고 다시 얼굴을 닦았다. 때맞춰 올리버가 응급실로 찾아왔다.

「친구가 여자 친구였어?」

로지의 얼굴을 본 올리버가 얼굴을 붉혔다. 로지도 덩달아 얼굴을 붉혔다.

「소개가 늦었네요. 안녕하세요. 올리버라고 합니다. 만나서 반가워요.」

친절한 올리버의 소개에 로지는 급히 태평의 얼굴을 바라봤다. 제발 이게 무슨 상황인지 설명해 달라는 간절한 표정을 지으면서. 눈치 빠른 올리버는 다시 말을 붙여 왔다.

「갑자기 찾아와서 많이 놀랐죠? 저는 태평이 사촌 형이에요. 몸은 좀 괜찮아요?」

로지는 마른침을 꿀꺽 삼켰다. 그리고 그녀 앞에 서 있는 젠틀한 신사 같은 남자를 올려다봤다. 잠시 후 그녀는 무언가를 결심한 듯 숨을 크게 들이마셨다. 호의가 가득한 눈빛으로 말을 거는 사람을 더는 무시해서는 안 된다고 생각한 것 같았다. 그 마음이 떨리는 목소리가 되어 입술 사이로 흘러나왔다.

"아, 아임 파인 땡큐, 나이스 투 밋츄 투."

잠자코 이 상황을 구경만 하던 태평은 핏, 웃음을 터트렸다. 올리버는 그제야 로지가 꿀 먹은 벙어리처럼 입을 닫고 있던 이유를 알아챘다.

"미안해요. 태평이하고 늘 영어로 말해서 깜빡했네요. 태평이 형이에요. 이름은 올리버. 영국인이라 한국 이름은 없어요."

유창한 올리버의 한국어 실력에 로지는 동그란 눈만 여러 번 깜빡였다. 놀란 기색을 숨기지 못하는 로지를 위해 올리버는 잠시 입을 닫았다. 잠깐의 정적이 흐른 뒤 로지가 영어로 말할 때보다 더 떨리는 목소리로 말했다.

"안녕하세요. 저, 저는 로지, 오입니다."

풉, 태평은 저도 모르게 소리를 내며 웃어 버렸다. 침착한 올리버조차도 웃음을 참는 게 어려워 보였다. 로지만 두 사람의 웃음을 이해할 수 없다는 표정으로 손가락만 꼼지락거렸다.

"이거."

태평은 올리버에게 로지의 가방을 건넸다. 그걸 아무 생각 없이 받아 든 올리버는 이어진 태평의 행동에 두 눈을 커다랗게 떴다. 로지를 등지고 선 태평이 무릎을 굽혀 앉았다.

"업혀."

업히라는 태평의 말에 로지의 눈도 올리버만큼 커졌다.

"왜 이래. 걸을 수 있는데."

"너 발에 링거 맞았잖아. 빨리 업혀."

올리버의 눈이 반창고가 붙어 있는 로지의 발로 향했다.

"주사를 발에 꽂았다고요? 진짜 아팠겠네. 어서 업혀요."

올리버의 권유에도 로지는 고개를 숙인 채 운동화를 찾았다. 바닥에 가지런히 놓여 있는 운동화로 뻗는 로지의 팔을 태평이 잡아챘다.

"업히는 거 싫으면, 안아 줘?"

태평의 말이 농담이 아니라 진담이라는 걸 느꼈는지 로지의 얼굴이 눈에 띄게 붉어졌다. 잠시 후 로지는 마지못해 태평에게 업혔다. 더 반항했다가는 올리버 앞에서 남사스러운 장면을 연출할지도 모른다는 공포에 사로잡힌 표정으로.

주차장까지는 얼마 걸리지 않았다. 태평은 로지의 머리가 차체에 부딪치지 않게 조심하며 그녀를 뒷좌석에 태웠다. 로지가 편히 앉았는지 확인한 뒤 무릎 담요를 끌어다 덮어 주고, 안전벨트도 매줬다. 준비를 끝내고 차 문을 닫았을 때였다. 주차권으로 쓸 영수증을 찾기 위해 지갑을 꺼내던 올리버가 낮게 속삭였다.

「로지 부모님께 연락은 드렸어?」

「아니.」

올리버의 얼굴에는 걱정하는 기색이 역력했다. 로지를 차에 태우고 나서야 뒤늦게 여러 생각이 떠오른 것 같았다.

「우리가 이대로 집까지 그냥 데려다줘도 되는 거야? 연락은 했어야지. 직접 병원에 오기를 원할 수도 있잖아. 딸의 상태도 확인하고, 필요한 검사가 있다면 더 받게 하고.」

묵묵부답인 태평이 답답했는지 올리버는 휴대폰을 꺼냈다.

「로지 부모님 번호 알려 줘. 네가 말하기 어려우면 형이 잘 설명할게.」

「…….」

꼼짝도 하지 않는 태평을 살피던 올리버의 눈에 서서히 두려움이 들이찼다.

「설마, 로지가 쓰러진 게 너 때문이야? 안 되겠다. 내가 로지 부모님을 직접 만나서 설명해야겠어. 잘못하면 이상한 오해를…….」

태평은 그제야 입을 열었다.

「쟤, 부모 없는 애야.」

올리버의 얼굴은 충격으로 물들었다.

「형제, 자매도 없어.」

「…….」

「연락할 사람도, 쓰러졌다고 걱정할 사람도 없다고.」

올리버의 고개가 자동차 뒷좌석으로 향했다.

「하늘도 무심하다. 저 작은 소녀한테 왜 그런…….」

「그러니까 오늘 저녁 좀 만들어 줘.」

로지를 안타까워하고 있던 올리버는 잠에서 확 깬 표정을 지었다.

「저녁을 해 달라고? 오늘? 그것도 이렇게 갑자기?」

「쟤 오늘 영양 부족으로 쓰러졌어.」

올리버는 딱한 사정은 이해하지만 그런 거라면 밖에서 먹는 게 낫지 않겠냐고 물었다.

태평은 한심하다는 눈빛을 쏘아 보냈다.

「피 묻은 옷 입은 거 못 봤어? 누굴 구경거리로 만들려고.」

「…….」

동생의 고집을 꺾지 못한 올리버는 서둘러 운전석 문을 열었다. 로지는 밖에서 꽤 오랫동안 대화를 주고받은 두 사람의 눈치만 가만히 살피고 있었다. 시동을 건 올리버가 운을 뗐다.

"로지, 오늘 우리하고 저녁 먹어요."

로지는 두 손과 고개를 같이 저었다.

"네? 아, 아니에요. 전 괜찮은데……."

조수석에 앉아 있던 태평이 한마디 보탰다.

"아까 밥, 같이 먹기로 했잖아."

"그건 점심이었고."

다시 거절할 말을 찾는 로지에게 올리버가 간곡히 부탁했다.

"약속 없으면 먹어요. 내가 태평이 친구를 처음 만난 게 너무 반가워서 그래요. 뭐 좋아해요? 파스타도 할 수 있고, 맛없지만 영국 요리도 할 줄 아는데."

태평은 룸미러로 로지의 얼굴을 바라봤다. 그녀의 뺨은 눈에 띄게 붉어져 있었다. 어떻게 하면 이 불편한 식사 초대에서 도망갈 수 있을까 고민 중인 게 분명했다.

"쟤, 매운 거 못 먹어. 그것만 아니면 돼."

쐐기를 박자 뱁새의 조잘대던 입도 닫혔다. 올리버는 평소에

즐겨 듣는 음악을 들으며 운전에 집중했고, 얼마 지나지 않아 세 사람이 탄 차는 근사한 아파트 지하 주차장으로 미끄러져 들어갔다.

6. 11시 30분

어쩌다가 이렇게 된 걸까. 지친 얼굴로 눈동자만 굴리던 로지는 두 사람을 따라 엘리베이터에 탔다. 먼저 엘리베이터에 탄 올리버가 대시보드를 눌렀다. 그걸 아무 생각 없이 보고 있었는데, 태평의 손도 대시보드를 건드렸다. 고개를 들어 양옆에 서 있는 남자들을 번갈아 바라보았다. 형제가 서로 다른 층을 누른 게 이상해서였다. 당황한 로지의 시선을 느낀 올리버가 겸연쩍은 얼굴로 웃으며 말했다.

"태평이하고 나하고 따로 살아요. 윗집, 아랫집에요. 식사는 우리 집에서 할 거고요."

때마침 태평이 누른 층에서 엘리베이터 문이 열렸다. 로지에게 먼저 올라가 있으라고 말한 태평은 올리버를 한 번 쳐다보고 엘리베이터에서 내렸다. 로지는 다시 문이 닫히길 기다렸다가 조심스레 물었다.

"왜, 따로 사세요?"

사적인 질문이었지만 올리버는 전혀 상관없다는 투로 답했다.

"태평이가 불면증이 심해서요. 층간 소음 없이 조용히 자라고 따로 살아요."

더 묻고 싶은 말이 많았지만 로지는 잠자코 올리버를 따라 그의 집으로 들어갔다.

"저기 앉아요."

로지를 거실로 안내한 올리버는 주방 쪽으로 걸어갔다. 로지는 포근해 보이는 소파를 조심스레 쓸었다. 부드러운 촉감이 손끝을 간지럽혔다. 거실의 한쪽 벽에 붙여 세운 책장은 영어 원서로 빼곡했다. 넋이 나가 그걸 보고 있는 로지 앞에 올리버가 쟁반을 내려놓았다.

"뭘 좋아할지 몰라서 다 갖고 왔는데."

쟁반에는 오렌지 주스와 물, 그리고 탄산음료가 있었다. 조심스럽게 주스 잔으로 손을 뻗었다.

"고맙습니다."

상큼한 주스를 마시는 로지를 올리버가 걱정스러운 눈길로 바라봤다.

"몸은 좀 어때요? 의사 말로는 빈혈이 조금 있다던데. 저녁 먹고 푹 쉬라고 했어요."

"멀쩡해요. 건강한 편인데……."

"멀쩡하긴요. 오늘 그렇게 쓰러져 놓고. 내일 학교는 갈 수 있겠어요?"

"네, 정말 괜찮아요."

거듭 괜찮다는 로지의 말에 올리버는 다행이라는 듯 빙그레 웃었다.

"태평이는 아마 샤워하고 올 거예요. 땀 흘리는 걸 워낙 싫어해서요."

"네."

"그래서 운동도 물에 들어가는 거 아니면 눈이나 얼음 위에서 뒹구는 것만 하거든요."

올리버는 태평이 스키하고 보드도 잘 탈 뿐 아니라 서핑도 잘한다고 덧붙였다. 동생이 공부 빼고는 못하는 게 없다고 말하는 그를 보며 로지는 방긋 웃었다.

"우리 저녁은 한 시간 정도 뒤에 먹을까요?"

벽에 걸린 시계를 보며 올리버가 물었다.

"네, 전 아무 때나 좋아요."

올리버는 환히 웃으며 로지를 바라봤다. 로지도 덩달아 그와 시선을 맞추었다. 초록색이 섞인 갈색 눈동자를 가진 올리버는 동양인보다는 서양인에 가깝게 생긴 얼굴이었다. 그러면서도 어딘지 태평과 많이 닮아 보였다. 그의 독특한 외모에 대한 로지의 호기심을 눈치 챈 올리버가 입을 열었다.

"태평이하고 나는 이종사촌이에요. 어머니들이 쌍둥이 자매였는 데 우리 어머니는 영국인 아버지하고 결혼해서 영국에서 살고 계세요."

"그래서 김태평하고 닮았구나."

솔직한 감상을 말하던 로지는 서둘러 말을 멈추고 반말을 해서 죄송하다고 덧붙였다. 올리버는 두 팔을 크게 저으며 웃음을 터트렸다.

"그게 죄송할 일이면 김태평은 나한테 매일 빌어야 하는데. 내가 그 자식이 야야거리는 소리가 듣기 싫어서 우리끼리 있을 때는 영어로 말하거든요."

그를 따라 작게 웃는 로지를 보며 올리버가 바로 말을 이었다.

"태평이가 학교생활은 잘하고 있나요? 저 자식이 친구를 집에 데려온 건 처음이라 묻고 싶은 게 많네요."

싱글거리며 묻는 올리버에게 로지는 최대한 친절하게 말했다.

"같은 학년이 아니라서 자세히 모르지만 잘 지내는 것 같아요. 저랑 같은 동아리에서 활동하고 있고요."

동아리라는 단어를 처음 들었는지, 올리버가 무슨 뜻이냐고 물었다. 로지는 클럽이라고 고쳐 말했다.

"그래요? 태평이가 클럽에? 그것도 가드닝 클럽이라고요?"

태평이 동아리에 가입했다는 말에 올리버의 얼굴은 흥분으로 벌겋게 달아올랐다.

"영국에 있을 때 태평이가 가드닝을 배웠었거든요. 유명한 랜드스케이프 디자이너가 태평이를 아주 예뻐해서, 틈만 나면 정원에서 살았어요."

로지의 입이 크게 벌어졌다.

"영국이요?"

올리버는 태평이 영국에서 6년 넘게 지내다가 왔다고 했다.

"김태평한테 형이 있는 줄도 몰랐는데, 영국에서 살다 왔다는 것도 몰랐어요."

깜짝 놀란 로지를 보며 올리버는 그럴 줄 알았다는 듯 혀를 찼다.

"그 자식이 원래 말이 없어요. 말만 없으면 다행이죠. 뭐 좀 물으면 대답이 '닥쳐'예요. 얼마 전에 학부모 총회가 열린다고 해서 학교에 가려고 했거든요? 그것 때문에 영국에서 슈트까지 맞춰 왔는데, 학교에 오면 자퇴할 거라고 협박해서 못 갔어요."

로지는 저도 모르게 고개를 절레절레 흔들었다. 성격이 완전히 다른 형제가 티격태격하는 모습이 눈에 선했다.

"오늘은 갑자기 병원으로 오라고 해서 얼마나 놀랐는지 몰라요. 다치지 않아서 다행이라고 안심했더니, 훔쳐 입고 나간 내 옷에 피를 잔뜩 묻혀 놨더라고요. 그게 얼마짜리 옷인데."

유쾌한 웃음 속에 튀어나온 올리버의 푸념에 로지 얼굴이 희미하게 굳었다. 오늘 하루가 주마등처럼 스치며 부끄러움이 밀려왔다. 태평과 올리버에게 큰 폐를 끼쳐 놓고 마음 편히 웃고 있다니…….

"저, 세탁비 꼭 드릴게요. 오늘 내 주신 병원비도요."

고마운 마음을 담아 말했는데 올리버가 펄쩍 뛰었다.

"에이, 돈 달라고 말한 거 아녜요. 김태평 욕하고 싶어서 말한 거죠. 내가 괜한 생색을 냈네."

물끄러미 로지를 바라보던 올리버는 화제를 바꿔야겠다고 생각했는지 주머니에서 명함을 한 장 꺼냈다. 그걸 받아 든 로지는 조금 놀란 얼굴을 했다. 명함에는 '더 런던 타임스 한국 주재 특파원'이라는 글귀가 선명하게 박혀 있었다.

"기자셨어요?"

"예, 한국에서 할 수 있는 일이 나한테는 기자밖에 없더라고요."

기자가 된 까닭을 주제로 시작된 이야기는 자연히 영국과 한국의 삶을 비교하는 것으로 옮겨갔고, 올리버의 부모님 이야기로 마무리가 됐다. 말을 마친 올리버는 미소를 지운 뒤 로지의 얼굴을 바라봤다. 무언가를 탐색하는 듯한 그의 눈빛에 로지는 허리를 세워 앉았다.

"로지."

"예?"

"부탁이 하나 있어요. 꼭 좀 들어줬으면 좋겠는데."

"저한테요?"

그는 앞에 놓인 탄산음료를 마시고 천천히 입을 열었다.

"태평이가 영국에 하루라도 빨리 갈 수 있도록 설득해 줘요."

"……."

"아까도 말했다시피 우리 부모님은 태평이를 양자로 입양했으면 하시거든요. 사실 태평이가 아주 어렸을 적부터 그러길 원하셨는데, 동생이 말을 듣지 않아서요. 성인이 된 이후에 결정하겠다고 하는 바람에."

올리버는 담담한 말투로 로지가 몰랐던 것들을 털어놓았다. 태평이 어렸을 적 끔찍한 화재 사고로 부모님을 잃었고, 그로 인해 몸과 마음에 깊은 상처를 입어 힘든 시간을 보내야 했다고.

"몸의 상처는 치료했지만, 정신적 트라우마는 치료할 수가 없었어요. 한국에서 여러 번 발작을 일으켜서 영국으로 데리고 갔던 거고요."

태평이 잠에 예민한 이유도 바로 그 트라우마 때문이라고 했다.

"태평이가 지금도 악몽에 시달리고 있어요. 악몽을 꾸고 난 다음 날에는 시한폭탄처럼 변할 때도 있고요. 분노 조절 장애가 생기거든요. 중학교에 다닐 때 태평이가 수학여행을 갔었는데, 첫날 밤에 악몽을 꿨나 봐요. 그걸 몰랐던 친구가 장난을 쳤다가, 정말 큰 사고로 이어질 뻔했어요. 그 사건 때문에 영국으로 데려가려고 했는데 고집을 부려서 일단 고등학교를 졸업할 때까지만 기다려 주기로 했고요."

로지의 가슴은 안타까움과 죄책감으로 따끔거렸다. 이런 이야기를, 태평이 없는 자리에서 들어도 되는 걸까 싶어서였다. 불안해하는 로지와 상관없이 올리버의 말은 계속 이어졌다.

"태평이가 돌아가신 부모님께 받은 재산이 많아요. 그걸 지금은 제가 관리하고 있고요. 동생이 나를 믿는 만큼 나도 동생을 위해 할 수 있는 건 다하며 살아왔어요. 이제 남은 건 하나뿐이에요. 태평이에게 다시 가족을 만들어 주려고요. 나도 태평이하고 법적으로 친형제가 되고 싶고요."

태평에게 든든한 울타리가 되어 주고 싶다며 올리버는 부드럽게 웃었다.

"이런 이야기를 가족 이외의 사람에게 말할 줄은 몰랐네요. 태평이한테 친구가 생긴 건 처음이라 나도 모르게 그만. 그렇지만 태평이한테 정말 중요한 일이니까요. 로지가 도와주면 좋겠어요. 그래 줄 거죠?"

"예, 기회가 생기면 그렇게 할게요."

로지는 선선히 고개를 끄덕였다. 태평에게 고마운 마음이 차곡차곡 쌓여 가는 중이었다. 그런 태평을 마음 깊이 신경 쓰는 사람이 올리버였다. 두 사람을 위한 일에 도움이 된다면 뭐든 하는 게 마땅했다.

"고마워요. 태평이한테 좋은 친구가 되어 줘서. 그리고 내 편도 되어 줘서."

아니라고 답하며 로지는 올리버와 시선을 맞췄다. 그의 입가에는 만족스러운 미소가 떠올라 있었다.

"슈트 하나 버린 보람이 있네요. 로지가 이상한 사람이었다면 돈도 잃고 사람도 잃을 뻔했는데, 다행이죠? 우리 둘 다 필요한 걸 얻었으니 즐겁게 저녁을 먹을 수 있게 됐잖아요."

큰 거래를 성사시켜 기쁘다고 말한 올리버는 기분 좋은 얼굴로 자리에서 일어났다. 로지의 시선은 주방으로 향하는 그의 등을 부지런히 좇았다. 뭔가에 홀린 듯한 이상한 기분이었다. 형제간의 따뜻한 정을 느낄 수 있는 대화를 나눴을 뿐인데, 왜 보이지 않는 시험을 당한 느낌도 드는 건지.

조용했던 집은 올리버가 만들어 내는 소음으로 금방 부산해졌다. 탁탁탁, 하며 도마 위에 칼질하는 소리가 들리더니 보글보글하며 물이 끓는 소리가 이어졌다. 치익, 하는 소리와 함께 고소한 기름 냄새도 퍼졌다.

괜한 생각을 떨치기 위해 로지는 소파에서 몸을 일으켰다. 올리버에게 화장실을 좀 써도 되냐고 물으려 했는데, 마침 현관문을 열고 태평이 들어왔다.

"왜 그러고 서 있어?"

어정쩡한 자세로 서 있는 로지에게 태평이 물었다.

"화장실에 가고 싶어서."

화장실이 있는 위치를 알려 준 태평은 쇼핑백도 하나 건넸다. 그 안에는 처음 보는 체육복이 담겨 있었다.

"그걸로 갈아입어."

입고 있는 옷을 살핀 로지는 순순히 고개를 끄덕였다. 남의 집에서 옷까지 갈아입고 싶지는 않았지만 더러운 꼴로 식탁에 앉으니

깨끗한 체육복이 나을 것 같았다.

화장실로 들어간 로지는 서둘러 피 묻은 원피스를 벗었다. 그걸 곱게 개서 쇼핑백에 넣은 뒤 따뜻한 물로 얼굴을 씻었다. 지저분해진 머리도 동그랗게 말아 올려 묶었다. 훨씬 보기 좋았다.

체육복으로 갈아입고 화장실 문을 연 로지가 멈칫했다. 문 앞에 서 있는 태평 때문이었다. 로지를 위아래로 훑은 그는 한심해 죽겠다는 표정으로 혀를 찼다.

"중딩 체육복도 크면 어쩌냐."

로지가 시선을 내렸다. 여러 번 접어 입은 게 무색할 만큼 길고 헐렁한 옷이 보였다. 내 몸이 문제가 아니라 옷이 큰 거라고 따지려 했는데, 로지의 눈이 체육복 상의에 콕, 박혔다.

"너, 여기 졸업했어?"

갑작스러운 질문에 당황했는지 태평은 고개만 끄덕였다.

"신기해라. 우리 아빠가 일했던 학교거든."

반가운 마음에 목소리가 저절로 커졌는데, 아쉽게도 태평은 로지가 찾아낸 공통분모가 반갑지 않은 모양이었다.

"어쩌라고."

태평의 핀잔에 무안해진 로지는 말없이 주방으로 갔다. 올리버는 저녁 준비가 거의 다 됐다며 편한 곳에 앉으라고 권했다. 뭐라도 도와야 할 것 같아 앉기를 주저하고 있었는데 태평이 로지의 팔을 잡아 의자에 앉혔다. 식탁 위를 둘러보던 로지는 예상치 못한 진수성찬에 크게 감격했다. 고슬고슬하게 지어진 밥, 봄나물 무침, 소시지

볶음에서 풍기는 냄새가 위를 자극했다.

"자, 이것도 먹어요."

올리버는 김이 모락모락 올라오는 국을 로지 앞에 올려놨다. 화사한 국그릇에는 처음 보는 맑은국이 담겨 있었다. 몽글몽글한 두부, 초록색 애호박, 알이 통통하게 오른 명란젓을 넣고 끓인 국이었다.

"맛없어도 많이 먹어요. 파스타보다는 밥이 나을 것 같아서."

로지의 맞은편에 앉은 올리버가 말했다. 감사히 잘 먹겠다고 말한 로지는 윤기가 흐르는 밥을 입에 한껏 밀어 넣었다. 나물 무침도 집어 먹었다. 씹을수록 단맛이 나는 쌀과 향긋한 나물이 식욕을 돋웠다. 저절로 감사 인사가 튀어나오는 훌륭한 맛이었다.

"정말 고맙습니다. 이렇게 맛있는 음식은 처음 먹어요."

올리버는 세상 뿌듯한 미소를 지었다.

"정말 러블리한 친구네. 김태평이 아니라 로지가 내 동생이면 좋을 텐데."

로지는 수줍게 웃으며 화답했다.

"저도 올리버 같은 오빠가 있으면 좋겠어요."

자연스레 서로를 오빠, 동생으로 부르는 두 사람을 째려보던 태평이 탁, 소리를 내며 수저를 내려놓았다.

"오빠 같은 소리하고 있네. 피도 안 섞인 게."

올리버는 미간을 찌푸렸다.

"뭐 인마?"

"열 살이나 어린 애한테 오빠 소리 들으니까 그렇게 좋냐? 입이 아주 찢어지겠네."

비아냥대는 동생의 말에 올리버는 결국 평정심을 잃었다. 어금니를 사리문 그의 입에서 영어가 쏟아졌다. Bloody hell(우라질), damn(제기랄), get off(꺼져)라는 단어가 로지의 귀로 날아들었다. 좋지 않은 말인 게 확실했지만 젠틀한 올리버의 입을 통하자 욕마저도 우아하게 들렸다.

강 건너 불구경을 하듯 올리버와 태평을 보고 있던 로지의 얼굴이 서서히 굳어졌다. 태평이 올리버에게 주먹을 들어 보였기 때문이었다. 눈앞에서 흔들리는 주먹에 흥분한 올리버도 자리를 박차고 일어났다.

내가 언제 이런 장면을 또 봤더라. 묘한 기시감에 넋이 나가 있던 로지의 눈에 태평의 멱살을 잡는 올리버가 보였다. 순간, 민영이 태평의 멱살을 잡았을 때가 떠올랐다.

"오빠, 참으세요."

자리에서 벌떡 일어나 외친 로지의 말 한마디에 전세는 역전됐다. 씩씩대던 올리버는 잡고 있던 태평의 멱살을 냉큼 놓았다. 태평은 두 눈을 부릅뜨고 로지를 노려봤다. 로지는 퍼런 힘줄이 돋아난 태평의 손등을 못 본 척하고 다시 자리에 앉았다.

"내가 로지 앞에서 실수를 했네요. 쌓인 게 워낙 많아서."

올리버가 아무 일도 없었다는 듯 미소를 띠며 말했다. 로지도 그를 따라 어색하게 웃었다.

"로지 전공이 서양화라고 그랬죠? 좋아하는 화가는 누구예요?"

이어진 화제는 자연스럽게 로지에게 맞춰졌다.

"모네요. 정원 그림이 좋아서요."

이런저런 학교 이야기를 묻던 올리버는 무언가 잊고 있던 걸 깨달은 듯 눈을 크게 떴다.

"로지!"

"네?"

"혹시 학교에서 애완용 새도 길러요?"

뜬금없는 새 이야기에 로지는 고개만 갸우뚱했다. 올리버는 멋쩍게 웃으며 말을 흘렸다.

"아니, 태평이가 요즘 뱁새만 찾길래. 매일 뱁새 다큐멘터리만 보거든요. 자꾸 누가 뱁새를 닮았다면서."

"뱁새요?"

머릿속으로 뱁새의 생김새를 그려보던 로지가 손뼉을 쳤다.

"저, 누군지 알 것 같아요. 태평이 친구 중에 창수라고 있는데 눈이 좀 작은 편이거든요. 키도 태평이보다 작고요. 약간 통통한 편이라 뱁새랑 비슷한 거 같아요. 태평이가 그 친구를 뱁새라고 부르나봐요. 맞지?"

확신에 찬 로지는 태평의 얼굴로 시선을 돌렸다. 태평의 표정은 아주 묘했다. 어이없어하던 그의 얼굴은 이어진 올리버의 말에 눈에 띄게 일그러졌다.

"이야, 우리 태평이 다 컸네. 친구한테 별명도 지어 주고."

태평은 짜증을 내며 닥치라고 소리를 질렀지만 로지는 소리 죽여 웃었다. 창수만 태평을 좋아하는 게 아니라 태평도 창수를 내심 마음에 들어 하고 있다는 걸 알게 된 게 기뻐서였다. 다사다난했던 저녁 식사를 끝낸 뒤 올리버는 편의점에 다녀오겠다며 집에서 나갔다.

"저기에 가서 앉아."

로지는 태평이 시키는 대로 거실 소파에 앉았다. 잠시 후, 주방에서 나온 태평의 양손에는 커다란 쟁반이 들려 있었다.

"이게 다 뭐야?"

"보면 모르냐? 디저트."

퉁퉁거리는 어투와 달리 쿠키가 담긴 접시를 내려놓는 태평의 손놀림은 부드럽고 조심스러웠다.

"고마워."

로지는 길고 네모난 쿠키를 집어 입에 넣었다. 파삭, 하고 부서진 쿠키에서 진하고 눅진한 버터 향이 느껴졌다.

"너는 왜 안 먹어?"

입가에 묻은 부스러기를 털어 내며 물었다.

"단 거 싫어해."

"그래? 근데 이거 이름이 뭐야? 진짜 맛있다."

태평은 로지가 먹고 있는 게 쇼트 브레드 쿠키라고 말했다.

"이름도 너무 귀엽다."

배시시 웃음을 흘리던 로지는 태평이 들고 있는 컵을 바라봤다.

얼음이 가득 들어 있는 유리잔에는 커피 우유색과 비슷한 색의 액
체가 담겨 있었다.

"커피야?"

"아니, 티."

"티?"

"영국에서 많이 마시는 브렉퍼스트 티."

"정말? 나도 마셔 보면 안 돼?"

인상을 구긴 태평이 고개를 저었다.

"왜?"

"너, 약 먹어야 하잖아. 이건 카페인 있어서 안 돼."

"맛만 보겠다는 건데……."

아주 작게 말했는데, 귀신같은 김태평의 귀에 들린 모양이었다.

"키 안 커. 우유나 마셔."

로지는 자기 앞에 놓인 흰 우유를 내려다봤다. 욱하는 마음이 올
라왔다가 이내 사라졌다. 입고 있는 체육복과 입에 가득 넣은 쿠키
때문이었다. 입만 열면 툴툴댔지만 태평은 그녀를 하나부터 열까지
따뜻하게 챙겨 주고 있었다.

납골당에 같이 가 준 것도, 병원에 데려다준 것도, 맛있는 저녁
식사를 먹을 수 있게 해 준 것도.

태평에게 고마웠던 순간을 하나씩 더듬어 보던 로지는 시야에 불
쑥 들어온 유리컵을 보고 고개를 들었다. 머쓱한 표정을 짓고 있는
태평이 보였다.

"이거 안 준 게 그렇게 서럽냐? 조그만 게 무슨 한숨을."

로지는 가만히 그가 건넨 잔을 받아 들었다. 손바닥으로 차가운 냉기가 흘러들었다. 조심스럽게 입술을 컵에 대고 차를 마셨다.

"윽, 이거 왜 이렇게 써?"

달콤한 맛이 날 줄 알았는데, 커피보다 더 씁쓸했다.

"그러게 초딩은 우유나 마시라니까."

태평은 로지의 손에 들려 있던 컵을 냉큼 빼앗아 갔다. 그러고는 얼음 하나를 입에 넣고 아작아작 씹었다. 움직임을 멈춘 로지는 얼음을 씹어 먹는 태평을 바라봤다. 문득 조금 전, 저녁 식사의 한 장면이 떠올랐다. 뜨끈한 국 없이 밥과 반찬을 먹던 태평의 모습이. 그리고 그 위로 닭갈빗집에서 눈에 띄게 컨디션이 나빠졌던 태평의 얼굴이 포개졌다.

화재 사고로 뜨거운 거라면 뭐든 피하게 된 걸까. 태평을 향한 안타까운 마음을 숨긴 채 로지는 따끈하게 데워진 우유를 감사히 마셨다. 새삼 자신이 큰 호사를 누리고 있는 것처럼 느껴졌다.

"야……."

컵을 내려놓던 로지가 고개를 돌렸다. 태평이 영문을 알 수 없는 눈으로 자신을 보고 있었다.

"무슨 할 말 있어?"

묵묵히 로지를 지켜보던 태평은 천천히 입을 열었다.

"네 시디플레이어."

"응."

"박살 났어."

풀어져 있던 로지의 얼굴이 굳었다.

"박살이 나다니?"

"병원에서 네 가방 열어 봤는데 부서져 있더라."

"……."

"네가 쓰러질 때 깨진 거 같아."

로지는 몸을 일으켜 가방을 집어 들었다. 허둥지둥 시디플레이어를 찾고 있는데 다시 청천벽력과 같은 소리가 들렸다.

"가방에 없어. 내가 버렸으니까."

"버렸다고?"

듣고도 믿기지 않아 되물었다.

"고칠 수 없을 정도로 부서져서."

느리게 눈을 감았다가 뜬 로지는 가슴을 움켜쥐었다. 조금 전까지 달았던 입 안이 태평의 차를 마셨을 때처럼 썼다.

내 잘못이야. 오늘 가지고 나오지 말걸 그랬어. 그냥 집에 두고 다닐걸…….

소리 없이 흐르는 적막 속에서 로지는 낮에 보았던 시디플레이어만 생각했다. 이어폰 줄이라도, 그 안에 들어 있던 시디 조각이라도 가지고 싶었다. 엄마가 매일 만져 보던 소중한 물건을 이대로 버릴 수는 없었으니까.

"어디에다가 버렸어? 부서진 거라도 찾고 싶은데."

"쓰레기를 뭐 하러? 잊어버려. 내가 새로 하나 사 줄게."

평소와 다름없는 태평의 건조한 어투가, 유난히 차갑고 시리게 들렸다. 로지는 말없이 두 팔로 자신의 몸을 감싸 안았다. 속이 상해 미칠 것 같았지만 그 누구도 탓할 수 없었다. 마스크를 쓴 남자를 보고 놀라 쓰러진 제 탓이었다. 엄마의 기일마다 찾아오던 남자와 비슷해 보여 순간 정신을 놓쳐 버린 로지였다.

"아니야, 네가 왜……. 다 내 탓인데."

이제 와서 누구의 잘잘못인지 따지는 게 무슨 소용일까. 이미 시디플레이어는 사라져 버렸는데. 애써 마음을 다잡고 있는 로지에게 태평은 뜻밖의 소식을 하나 더 전했다.

"네 휴대폰 액정도 나갔더라. 그건 내일 수리해 줄게."

"휴대폰?"

"네 아버지한테 연락하려고 찾았는데 안 되더라고."

"그건 이번에 고장 난 게 아니야. 원래 그랬어."

순간 따가운 시선이 로지의 얼굴로 쏟아졌다.

"원래 그랬다니? 언제부터?"

"한참 됐어."

시디플레이어 생각에만 사로잡힌 로지는 건성으로 대답했다.

"한참 됐다고?"

"응."

바닥만 바라보고 있던 로지는 태평의 눈빛이 무섭도록 날카로워진 걸 눈치채지 못했다.

"그러면 지금까지 고장 난 폰을 가지고 다녔단 말이야?"

험악해진 목소리에 숙였던 고개를 들었다. 심각해진 태평의 얼굴이 보였다. 다른 때 같으면 그의 갑작스러운 기분 변화에 놀랐겠지만, 지금 로지는 제정신을 붙잡는 것만으로도 버거웠다.

"쓸 수 있어. 문자는 못 보지만, 전화는 걸고 받을 수 있으니까."

힘없이 중얼거린 말에 태평은 커다란 배신이라도 당한 것 같은 표정을 지었다.

"문자를 못 보다니?"

로지는 크게 뜨인 태평의 눈만 멍하게 바라봤다. 거칠게 머리를 흐트러뜨린 그는 느리고 가라앉은 목소리로 말했다.

"······나하고는, 어떻게 연락할 생각이었는데."

"······."

"나는, 너한테 어떻게 연락해야 했던 거냐고."

새까만 눈동자를 더 짙게 물들인 태평은 입술을 세게 물었다. 그의 분노에 로지의 명치가 조여들었다. 어서 빨리 오해를 풀어야 한다는 생각에 급히 입을 열었다.

"혹시 나한테 전화했었어? 미안해. 내가 폰을 잘 확인 안 해서. 거의 전화를 걸 때만 사용하니까."

오해를 풀려고 한 말이었는데 태평의 얼굴은 더 사나워졌다.

"전화를 걸 때만 사용한다고?"

"······."

"네 아버지는, 너한테 연락 안 해?"

순간 말문이 턱, 막혔다.

"너 화실에 다니잖아. 딸이 밤늦게 다니는데, 아버지란 사람이 전화도 안 해?"

화가 머리끝까지 난 것 같은 태평 앞에서 로지의 정신은 멍해졌다. 휴대폰이 고장 난 게 무슨 대수라고, 아빠하고 따로 연락하지 않는 게 무슨 큰 문제라고, 무엇보다 왜 자신의 일에 태평이 이렇게 화를 내는지. 머리를 어지럽게 하는 생각들이 많았지만, 정리할 기운이 없었다. 몇 번이고 말을 고른 끝에 로지는 태평의 질문에 답했다. 목소리를 낼 때마다 목구멍에 가시가 걸린 것처럼 따끔거렸다.

"전화할 필요가 없어서 그래. 서로를 믿고 있으니까. 아빠는 스케줄대로 움직이는 사람이고, 나도 학교와 집만 오가는 게 다라서."

더듬대던 로지의 말은 태평에 의해 다시 잘렸다.

"그걸 지금 변명이라고, 그러니까 네 아버지는 딸 휴대폰이 망가진 것도 모르고 있다는 거잖아! 그게 말이 돼? 어떻게 아버지란 사람이!"

태평은 주먹으로 탁자를 내리쳤다. 쾅, 하는 소리에 간신히 눌러왔던 감정이 목 끝까지 치밀어 올랐다.

"일부러 고치지 않았어."

"……."

"망가진 액정을 수리하러 갔는데 너무 옛날 기종이라 수리가 안 된다고 했어. 아빠한테 말하면 바꾸라고 할 텐데 바꾸고 싶지 않아서 말 안 했어. 어차피 나한테 전화할 사람도 없고, 나도 전화할 사람이 없으니까."

"……."

"아빠하고 연락 안 하는 게 뭐가 어때서? 민영이도 아빠하고 말한마디 안 하고 지내. 나한테는 어차피 엄마밖에 없어. 엄마를 기억할 만한 사진도 몇 장 없는데, 시디플레이어도 없어졌잖아. 이제 휴대폰 하나만 남았어. 그 안에 엄마랑 주고받았던 문자가 가득하단말이야."

말이 길어질수록 후련한 게 아니라 혼란스러워졌다. 잠잠하게 가라앉아 있던 침전물들이 부유하듯, 아무렇지 않다고 생각했던 것들이 별일이 되어 떠올랐다.

태평과 함께 있으면 늘 그랬다. 학교에서 고분고분하게 굴어 온자신이 바보처럼 느껴졌다. 평범하다고 생각한 가족이 비정상처럼보이기도 했다. 안정적이라고 믿었던 삶이 사실은 아슬아슬한 얼음판 위에 놓여 있는 게 아닐까 하는 의심도 커졌다.

태평은 올리버가 돌아올 때까지 아무 말도 하지 않았다. 로지도마찬가지였다. 길어지는 침묵 속에 로지는 태평이 마시던 컵만 바라봤다. 우유가 섞인 티는 얼음이 녹으면서 세 개의 층으로 나뉘었다.

검은색 찻잎이 섞인 진한 액체가 가장 아래층에 가라앉았다. 그차처럼, 로지의 무의식에 잠겨 있다가 튀어나온 침전물도 서서히 가라앉았다. 차가워진 손끝을 데우기 위해 따끈한 우유가 담겨 있던머그컵을 감싸 쥐었다. 하지만 아쉽게도 로지의 손은 온기를 얻을

수 없었다. 태평의 얼음이 녹는 동안, 로지의 따뜻했던 우유도 식어
버렸으니까.

"데려다주셔서 고맙습니다. 오늘 저녁도 정말 잘 먹었어요."

로지는 집까지 차로 데려다준 올리버에게 고개 숙여 인사했다.
차에서 내리자마자 그녀는 어둡고 캄캄한 아파트를 둘러보았다. 평
소와 다를 게 없는 풍경이었지만, 마음 한구석이 두려움에 살짝 떨
렸다. 납골당에서 봤던 남자가 불쑥 나타날 것만 같아서였다.

"10분만 기다려. 데려다주고 올게."

"그래, 정문 앞에서 기다릴게."

태평과 올리버가 나누는 대화에 로지가 고개를 돌리려는데, 어느
새 차에서 내린 태평이 로지 앞에 우뚝 섰다.

"앞장서. 짐도 많잖아."

태평은 양손에 든 로지의 짐을 들어 보였다.

"고마워."

로지는 잠자코 태평의 호의를 받아들였다. 집 앞까지 누군가와
함께 갈 수 있다는 게 눈물이 날 만큼 감사해서, 태평과 말다툼을
했다는 사실은 잠시 잊기로 했다.

"이 엘리베이터는 왜 이러는 거야?"

태평은 두 번씩 열렸다가 닫히는 엘리베이터 문을 발로 쿵, 찼다.

"오래돼서 그래. 올해 교체할 거라고 하던데."

태평에게 언어맞은 게 분했는지 엘리베이터가 굼뜨게 올라갔다. 기다리는 시간이 지루했는지 태평이 다시 말을 걸었다.

"집에 아버지 있어?"

"아니, 아직 올 시간이 아니라서."

대답과 동시에 엘리베이터 문이 열렸다. 태평은 예리한 눈길로 기다란 복도를 훑었다. 한 층에 열 집이 넘게 있는 복도식 아파트가 신기한 모양이었다. 천천히 집 현관 쪽으로 걷고 있는데, 뒤를 따라 걷던 태평이 로지를 불렀다.

"오로지."

고개를 돌려 태평을 바라보았다.

"아침에 나 기다리는 동안 뭐 했어?"

뜬금없이 아침 이야기는 왜. 기억을 더듬던 로지는 10시까지 나오라고 해 놓고 11시가 다 되어 나타났던 태평을 떠올렸다.

"음악도 듣고, 지나가는 사람들 구경도 하고."

태평은 석연치 않은 표정만 지을 뿐 아무 대꾸도 없었다. 다시 걸음을 옮겨 집 현관문 앞에 섰다.

"여기야, 우리 집."

태평은 들고 있던 가방과 쇼핑백을 로지에게 건넸다.

"오늘 정말 고마웠어. 내가 이 은혜는 꼭 갚을게."

그대로 돌아갈 줄 알았는데 태평이 시선을 맞춰 왔다.

"민영인가, 걔하고는 어떻게 통화해? 액정 나가서 누구한테 전화

왔는지 모르잖아."

맥락 없는 질문에 로지는 잠시 뜸을 들이다 대답했다.

"우리는 자정에 통화하기로 약속해서……."

"시간을 정해 놓고 한다는 거지."

혼잣말하듯 중얼거린 태평은 주머니에서 뭔가를 꺼내 내밀었다. 한국에서 구하기 힘들다고 알려진 MP3 플레이어였다.

"받아."

"……."

"시디플레이어 대신 써."

아래로 떨어졌던 시선을 끌어 올렸다.

"……네 잘못도 아닌데."

말로는 설득이 힘들다는 걸 알았는지 태평은 로지가 들고 있는 쇼핑백에 MP3를 던져 넣었다.

"왜 이래. 빨리 가져가."

한사코 거절하자,

"쓰기 싫으면 버리든가."

태평은 그보다 더한 고집을 부렸다. 더 실랑이를 벌일 기운도 없고, 차에서 기다리고 있을 올리버가 신경 쓰여 로지는 일단 집에 들어가기로 했다. MP3는 내일 학교에서 돌려줘도 될 테니까. 천천히 번호 키를 누르고, 현관으로 한 걸음을 떼려 할 때였다. 등 뒤에서 태평의 목소리가 다시 들렸다.

"11시 30분으로 해."

"……."

"내 전화 시간은."

통화를 하자는 말이 믿기지 않아 고개를 돌렸는데, 태평이 기다렸다는 듯 로지의 시선을 잡아챘다. 마주 닿은 시선이 얽히며 두 사람은 서로의 눈동자만 빤히 바라보았다. 켜져 있던 센서등의 불이 꺼질 때까지.

로지는 어두워진 현관에 몸을 밀어 넣고 문을 닫았다. 조금씩 멀어지는 걸음 소리가 들렸다. 뚜벅거리는 소리가 완전히 사라진 뒤에도 로지는 시선을 뺏긴 사람처럼 현관문을 보며 한참을 서 있었다.

"따뜻해."

가까스로 시선을 내린 로지가 혼잣말을 중얼거렸다. 태평과 다투는 동안 하얗게 질려 있던 손끝에 혈색이 돌고 있었다. 손끝에서 퍼지기 시작한 온기는 이윽고 온몸을 따뜻하게 어루만졌다. 로지는 딱딱하게 굳어 있던 무언가가 스르륵 녹아내리는 걸 느끼며 가슴 위에 손을 살포시 얹었다. 두근거리는 심장이 손바닥을 통해 느껴졌다.

"이러고 있을 때가 아닌데."

바쁘게 화장실로 걸어간 로지는 민영이 생일 선물로 준 원피스를 깨끗하게 빨고 주사를 맞은 부위가 물에 닿지 않게 조심하며 씻었다. 그리고 방으로 들어가 올리버가 준 쇼트 브레드 쿠키도 책상 서랍에 가지런히 정리해 넣었다.

할 일을 모두 끝낸 뒤 불을 끄고 침대에 눕자 10시가 다 되어 가고 있었다. 조용히 숨을 죽이고 아빠가 돌아오길 기다렸다. 정확히 10시가 되자 철컹, 하고 문이 열리는 소리가 들렸다. 현관에서 들리던 인기척은 거실을 지나 안방으로 향했다.

안방 문이 닫히는 소리에 멈춰 있던 사고 회로가 다시 돌아가기 시작했다. 멍한 얼굴로 천장을 응시하던 로지는 양팔을 들어 손가락을 펼쳤다. 손끝을 훑어보는 그녀의 눈빛에는 비밀스러운 감정이 담겨 있었다.

엄마가 보고 싶기도 하고, 보고 싶지 않기도 하고.

태어나서 처음으로 엄마에게 맞았던 날이 떠올랐다. 로지가 그린 아빠 그림 때문이었다. 그걸 본 엄마는 로지의 뺨을 사정없이 때렸다. 입과 코에서 피가 흐를 때까지.

'아빠가 널 얼마나 사랑하는데 그런 그림을 그려. 아빠한테 딸이라고는 너 하나밖에 없는데, 이 세상에 자식이라고는 너밖에 없는데.'

피범벅이 된 로지를 끌어안고 엄마는 울부짖었다. 절대로 아빠를 미워해서는 안 된다고. 로지는 엄마의 눈물을 닦아 주며 빌고, 또 빌었다. 절대로 아빠를 미워하지 않겠다고 약속하며.

그날 이후, 로지는 칼에 손을 댔다. 아빠에게 본능적인 거부감을 느낄 때마다 손에 칼자국을 새겼다. 몸이 아파야 마음이 아픈 걸 감출 수 있으니까.

로지는 팔을 뻗어 바닥을 더듬었다. 잘 개어 둔 태평의 체육복이

만져졌다. 그걸 집어 들어 품에 안았다. 메마르지만 포근한 냄새가
났다. 두 눈을 감자 지하철에서, 그리고 옥상에서 깊이 잠들었던 태
평의 얼굴이 떠오르다 사라졌다.

'차별, 해야죠. 같이 자고 싶은 여잔데.'

그냥, 짓궂은 농담인 줄 알았는데……. 가슴이 미어질 만큼 아팠
다. 아무것도 드러내지 않는 눈빛과 표정으로 세상을 바라보기까지,
태평에게 얼마나 잔인한 일들이 많았을지. 그 고통을 다른 사람은
몰라도 로지는 알았다.

잠을 자지 못하는 태평이 이 세상의 절반만 사는 것처럼, 그림
때문에 사는 로지도 이 세상의 절반만 보며 살고 있었으니까. 외
눈박이가 된 것처럼 로지는 자신을 사랑했던 엄마만 기억하고,
자신을 미워했던 엄마는 잊었다. 그래서 로지가 그리는 그림도
보이는 것의 절반만 담았다. 나머지 절반은 보고 싶은 것들로 채
웠다. 보이는 것만 보고 살기에는 이 세상이 너무 외롭고 삭막했
으니까.

밤이 깊어 가는지 아파트 복도를 걷는 사람들의 발소리도 점점
들리지 않았다. 몽롱해진 의식 속에 위잉, 하는 진동 소리가 들렸
다. 이불을 머리끝까지 뒤집어쓰고 전화를 받았다.

"여보세요?"

─나야, 김태평.

"잘 들어갔어?"

―어.

짧은 대답을 끝으로 휴대폰에서는 아무 소리도 넘어오지 않았다. 잠시 기다리다가 물었다.

"왜 전화했어?"

―…….

물어도 답이 없었다. 혹시 전화가 끊어졌나 싶어 휴대폰을 살펴보려는데, 꽉 눌린 목소리가 흘러나왔다.

―네 휴대폰, 되나 안 되나 확인하려고.

낮에도 그랬지만, 밤에 들으니 한층 더 음산한 목소리였다. 마른 목구멍으로 침이 저절로 넘어갔다.

―그거.

"……."

―MP3.

"응."

―메신저 기능도 있어.

"진짜?"

―켜 봐.

로지는 침대 옆 탁자 위에 놓아둔 MP3로 손을 뻗었다.

―오른쪽에 있는 홈 버튼 눌러.

태평이 시키는 대로 눌렀더니 커다란 화면에 불이 들어왔다.

"켰어."

―메신저 앱 보여?

노란색 앱을 손가락으로 살짝 건드렸다. 화면 전체가 노란색으로 바뀌더니 채팅창이 떴다. 친구 목록에는 딱 한 명만 추가되어 있었다. peace라는 닉네임을 가진 사람이었다.

"피스가 너야?"

—어, 네 닉네임은 영문 이름으로 설정해 놨어.

화면 맨 위쪽을 보니 장미꽃 사진 옆에 rosy라는 이름이 보였다. 마음이 이상해졌다. 시디플레이어 때문에 별생각 없이 던져 주고 간 MP3인 줄 알았는데, 채팅창에 이름까지 입력해서 주다니.

—야!

"……."

—자냐?

"아니."

—딴생각하지 마. 다 보이니까.

"……."

—그걸로 사진도 찍을 수 있어.

"정말?"

—노래는 내가 듣던 거 넣어 놨고.

"고마워."

—고맙다고?

고맙다는 말에 말꼬리를 잡는 태평의 어투가 어쩐지 언짢게 들렸다.

"어, 당연히 고맙지."

안 그러려고 했지만 주눅이 든 목소리가 비어져 나왔다.

—말로만 고마워하지 말고, 진짜 고마우면 이걸로 연락해.

"……."

—무슨 일 생기면 나한테 연락하라고.

"……."

—왜 대답이 없어?

로지는 대답 대신 작은 한숨만 내쉬었다. 내일 돌려주려고 했던 MP3가 이렇게 엄청난 나비 효과를 불러올 줄은 몰라서였다.

—야, 너 또 한숨 쉬고 있지!

이불 속에 숨어 있는 몸이 움찔 떨렸다. 얘가 혹시 날 지켜보고 있는 게 아닐까, 말도 안 되는 상상에 빠진 로지는 고개를 주억거렸다.

"알겠어."

원하는 답을 말해 줬는데, 돌아오는 목소리가 없었다. 휴대폰을 귀에 바짝 붙였다. 크게 숨을 들이켜는 소리만 들렸다. 무언가 쉽게 나오지 않는 말을 준비하는 사람처럼.

—미안해.

"……."

—다시는, 너 기다리게 안 만들어.

"……."

—너하고 한 약속은, 반드시 지킬 거니까.

짧았던 통화는 그렇게 끝났다. 로지는 이불 밖으로 얼굴만 빼꼼 내밀었다. 달아올랐던 얼굴이 조금 식는 느낌이었다. 잠시 뒤척이다가 벌떡 몸을 일으켰다.

아, 맞다. 그 말을 한다는 걸 깜빡했네. 로지는 태평이 깔아 준 메신저 앱을 콕 누르고, peace를 한 번 더 눌렀다.

[rosy : 나야 로지.]

떨리는 마음으로 화면을 응시했다. 1이라는 숫자가 순식간에 사라졌다. 다시 글자를 입력했다. 처음 만져 보는 기계인 데다가, 컴퓨터 자판과 달라서 시간이 오래 걸렸다.

[rosy : 미술관에서 내가 그림 그려 주겠다고 한 거 있잖아.]
[peace : 어.]
[rosy : 시간이 조금 걸릴 것 같지만 완성하면 선물로 줄게.]
[peace : 그러든가.]

다시 더딘 속도로 메시지를 입력했다.

[rosy : 오늘 화낸 것도 미안해.]
[peace : 화? 언제?]
[rosy : 아까 디저트 먹고 나서.]
[peace : 지금 나랑 장난하냐?]

[rosy : ?]

[peace : 싸대기 한 대 갈기고]

[peace : 꺼지라고 소리쳐야]

[peace : 성질 좀 부린 거지.]

[peace : 답답한 소리 하고 있네.]

[peace : 홍민영 보고 그런 거나 좀 배워.]

번개처럼 날아오는 메시지에 로지는 대답할 타이밍을 여러 번 놓쳤다.

[peace : 됐고]

[peace : 오늘은 홍민영이랑 전화하지 말고 자. 늦었어.]

쿡쿡, 웃음을 터트린 로지는 다시 화면을 두드렸다.

[rosy : 너도 잘 자. 좋은 꿈꾸고.]

그대로 채팅창을 닫기가 아쉬워 두 눈을 꼭 감고 잠든 달님 이모 티콘을 하나 찾아 보냈다.

MP3를 끄자 작은 방은 금방 캄캄한 어둠에 휩싸였다. 로지는 빌린 체육복에 코를 묻었다. 태평의 냄새가 났다. 차갑지만 따뜻하고, 시원하지만 뜨거운. 그 향기에 취해 로지는 금방 잠에 빠져

들었다.

다음 날 아침, 학교에 가려고 집에서 나온 로지는 아파트 화단에
핀 철쭉에 시선을 뺏겼다. 다홍과 진분홍색 꽃이 어우러져 만개한
가운데 흰 철쭉 한 송이가 섞여 피어 있었다. 마치 붉은 바다 위에
떠 있는 흰 조각배처럼.

예뻐라. 오늘은 다홍, 분홍, 흰색으로만 그려 봐야지.

그림을 그릴 때마다 색을 제한해서 쓰는 게 로지의 오랜 버릇이
었다. 오늘의 테마 색을 일찌감치 정하고 천천히 발걸음을 뗐다. 세
걸음쯤 걸었을 때였다. 커다란 운동화를 신은 남자가 로지 앞을 막
아섰다. 화들짝 놀라 숙였던 고개를 들었다.

"……?"

놀랍게도 눈앞에 서 있는 사람은 김태평이었다.

"여기엔 무슨 일로……."

웅얼거리는 목소리가 들리지 않았는지 태평은 다른 걸 물었다.

"원래 정신이 없어?"

"어?"

"앞을 보고 걸어야 할 거 아니야. 땅만 볼 게 아니라."

따끔한 김태평식 아침 잔소리에 로지는 애매하게 웃어 보였다.
언제 온 거냐고 물으려고 했는데, 태평이 무언가를 내밀었다. 그

행동이 얼마나 자연스러웠던지 로지는 군말 없이 그가 건넨 걸 두 손으로 받았다.

"먹고 가."

태평은 페인트칠이 벗겨진 벤치 하나를 가리켰다.

"뭐 해. 안 먹고."

벤치에 앉자마자 태평이 빨리 먹으라고 재촉했다. 로지는 손에 든 것들을 바라봤다.

"저기."

나중에 먹겠다는 말을 하려다가 로지는 그 말을 꿀꺽 삼켰다. 태평이 그가 챙겨 온 것들을 뚫어져라 보고 있었다. 안 먹으면 그녀의 입을 벌려서라도 넣을 기세였다.

"잘 먹을게."

로지는 잘 익은 바나나를 천천히 씹었다. 분명 배가 고프지 않았는데, 부드럽고 달콤한 맛에 입맛이 돌았다. 목이 막히면 두유도 한 모금 쪽 빨았다. 순식간에 그녀는 들고 있던 것들을 깨끗하게 해치웠다.

"줘."

태평은 두유 팩과 바나나 껍질을 쓰레기통에 버렸다. 로지는 잠시 만족스러운 얼굴을 한 그를 물끄러미 바라봤다. 벤치에 놔둔 로지의 가방을 어깨에 멘 태평이 물었다.

"학교 안 가?"

"가야지."

어정쩡하게 대답하고 로지는 자리에서 일어났다. 어깨를 내리
누르던 가방이 사라지자 몸이 가벼웠다. 선선한 아침 공기도 평
소보다 달게 느껴졌다. 옆에서 걷고 있는 태평을 바라봤다. 함께
등교하는 게 일상이었던 것처럼 그는 자연스럽고 편안한 얼굴이
었다.

지하철역까지는 금방이었다. 출근 시간답게 역은 많은 사람으로
붐비고 있었다. 로지와 태평도 만원인 지하철 안에 간신히 몸을 욱
여넣었다. 여느 때처럼 승객들의 입에서 짜증스러운 말들이 쏟아져
나왔다.

"거, 밀지 좀 맙시다."

그 원성에 아랑곳하지 않고 태평은 지하철 문 옆에 사람 하나가
설 수 있는 공간을 확보했다. 그리고 로지의 팔을 잡아 그곳에 밀어
넣었다. 로지는 지하철 벽에 등을 대고 섰다. 그녀 앞에는 다른 사
람들보다 머리 하나는 더 큰 태평이 서 있었다. 사람들과 부대낄 필
요가 없게 된 탓에, 그녀는 처음으로 지옥철에서 평화를 맛볼 수 있
었다.

태평의 가슴팍을 보고 있던 로지는 교복 주머니에 손을 넣었다.
이어폰 하나를 꺼내 귀에 꽂자마자 태평이 자연스레 제 얼굴을 내
렸다. 그의 귀에 남은 이어폰을 꽂았다.

Every time that we meet, I skip a heartbeat.
(우리가 만날 때마다, 내 심장은 막 쿵쾅거려.)

Always up for a laugh, she's a pain in the ass

(그녀는 항상 웃음이 나게 해, 그녀는 날 안달 나게 해.)

― *Heartbeat, Scouting For Girls* ―

처음 듣는 경쾌한 밴드 음악이 흘렀다. 이마를 살살 간지럽히는 입김에 고개를 들어 보니, 창 너머로 시선을 주고 있는 태평이 보였다. 갑자기 속이 울렁거렸다. 안 먹던 아침을 먹어서 그런 것 같았다.

"저기."

밖을 보고 있던 태평이 로지를 바라봤다. 무감한 얼굴이었지만 로지의 눈에는 아지랑이처럼 잔잔한 미소를 짓고 있는 것처럼 보였다. 잠잠했던 가슴이 다시 빠르게 뛰었다.

오늘이 마지막이 아니었으면 했다. 내일도 태평과 함께 학교에 가고 싶었다. 무뚝뚝해 보이지만 다정한 그와 지금보다 더 친해지고 싶었다. 로지는 가슴이 터질 것 같은 기분을 누르고 까치발을 들었다. 그리고 이어폰을 꽂지 않은 그의 귓가에 속삭였다.

"오늘 점심, 같이 먹자. 내가 살게."

7. Rosy in Peace

영국 출장에서 돌아온 올리버는 침대와 한 몸이 되어 자고 있었다. 타는 듯한 목마름을 견디지 못하고 거실로 나갔을 때였다. 잠결에 태평의 얼굴이 보였다.

「엉? 이 시간에 네가 웬일이냐? 설마 나 보러 온 거야?」

태평은 그럴 리가 있냐는 표정을 짓더니 면세점 쇼핑백을 뒤적였다.

「그거 너 줄 거 아니야. 회사에 가져갈 거란 말이야.」

말려 봤지만 태평은 그가 사 온 초콜릿을 모두 책가방에 쓸어 담았다. 두 눈이 휘둥그레진 올리버가 태평을 위아래로 살폈다.

아이스크림을 빼고는 단거라고는 쳐다도 안 보는 놈이, 왜 갑자기 초콜릿을 탐내는 건지.

「어?」

이미 커질 대로 커진 올리버의 눈이 침실로 향하는 태평을 좇았다.

「내 방에는 왜 들어가는 건데?」

지끈거리는 머리를 부여잡고 외쳤다. 무슨 꿍꿍이인가 싶어 들어가 보려는데 책가방을 멘 태평이 그의 방에서 튀어나왔다.

「간다.」

볼일을 다 봤는지 태평은 현관문을 열고 집에서 나갔다. 올리버는 제 볼을 있는 힘껏 꼬집었다. 믿기지 않았다. 이 새벽에 김태평의 얼굴을, 그것도 그의 집에서 보다니.

「수상한 냄새가 나는데.」

언제부터였냐면 로지가 그의 집에서 저녁을 먹고 간 날, 딱 그 이후부터였다. 김태평이 새벽 일찍 등교하기 시작한 것도, 안 먹던 주전부리를 챙기는 것도, 집에 늦게 들어오는 것도.

「둘이 정말 사귀기라도 하는 건가?」

보통의 경우 형제에게 좋아하는 여자가 생기면 축하가 먼저겠지만, 올리버는 걱정부터 앞섰다. 정서적으로 불안정한 동생에게 로지가 힘이 되기보다는, 짐이 될 것 같은 예감 때문이었다.

「고아라니, 만나도 어떻게 그런 애를 만나는지.」

앳된 로지의 얼굴이 떠올랐다. 올리버의 말을 한 치의 의심도 없이 믿던 어리바리한 소녀. 태평이 정서적으로 불안한 상태라고 겁을 줬더니, 걱정만 한가득 하던 순수한 친구. 어머니가 없는 너와 달리 태평에게는 부모가 되어 줄 든든한 사람이 있다고 했더니 다행이라며 활짝 웃던 아이.

그래서 태평과 어울리지 않았다. 주제 파악도 못 하고 가진 것도 없는 여자였으니까.

「태평이는 내가 살려 낸 내 친동생이야. 그러니 내가 끝까지 책임져야지.」

노파심이 섞인 눈빛으로 방 안을 훑던 올리버는 출근 준비를 시작했다. 이때만 해도 그는 태평이 단순히 초콜릿 때문에 그의 집을 찾은 게 아니었다는 걸 꿈에도 몰랐다.

하루가 어떻게 흘러갔는지 모를 만큼 바쁜 날이었다. 종일 노트북 자판을 두드리던 올리버는 평소보다 늦게 퇴근 준비를 했다.

「이만 들어가 보겠습니다.」

올리버는 오가는 사람들에게 상냥한 미소를 지어 보이며 엘리베이터를 기다렸다. 운이 좋게도 빈 엘리베이터에 타게 된 그는 문이 닫히자마자 휴대폰을 꺼냈다. 10분 전에 날아온 문자를 확인하는 눈가에 경련이 일었다.

「이, 미친놈이 뭘 샀길래!」

400만 원에 가까운 금액을 결제했다는 승인 문자였다. 그것도 올리버의 지갑에서 사라진 신용카드로. 당장 태평에게 전화를 걸었다. 수신은 거절됐다. 씩씩대며 지하 주차장을 걷고 있었는데 띠롱,

하는 소리가 들렸다. 휴대폰으로 전송된 사진을 보자마자 올리버의 눈에 핏발이 섰다. 김태평이 오토바이에 앉아 있었다. 그것도 이탈리아의 유명한 모터사이클사 오토바이 위에.

같은 시간, 태평은 오토바이를 타고 로지가 다니는 화실로 날아가는 중이었다.

"어?"

화실 건물에서 나온 로지는 태평과 오토바이를 보자마자 입을 벌렸다.

"와, 너 이런 것도 타고 다녀?"

말없이 로지에게 헬멧부터 씌웠다. 여성용 헬멧을 샀는데도 로지의 머리에는 너무 헐거웠다. 여러 번의 조작 끝에 딱 맞게 씌우자 로지가 물었다.

"그래서 체육복 바지 입으라고 한 거야?"

고개를 끄덕이며 어서 타라고 손짓했다. 로지는 한쪽 발을 높이 들어 올리고 오토바이에 탔다.

"꽉 잡아."

태평은 그의 허리에 어정쩡하게 두른 팔을 더욱 세게 감고, 시동을 걸었다. 시원한 밤공기를 가르며 두 사람을 태운 오토바이가 달려 나갔다.

벌써 2주째였다. 태평이 로지를 집까지 바래다주기 시작한 지도. 로지는 유준인지 뭔지의 차를 타면 된다고 했지만, 태평이 괜찮지 않았다. 다른 새끼 차에 타고 가는 꼴을 볼 수가 없어서였다.

처음에는 버스를 탔다. 술에 취한 남자들이 득실거렸다. 다음 날엔 택시를 탔다. 퀴퀴한 담배 냄새가 밴 택시였다. 남은 건 지하철이었는데, 화실에서 역까지 너무 멀었다. 그래서 생각해 낸 게 오토바이였다.

"탈 만해?"

신호를 기다리며 물었다. 로지는 대답 대신 그의 허리의 두른 손가락을 펴서 오케이 사인을 만들었다. 태평의 얼굴이 뜨거워졌다. 저 작은 손가락이 너무 귀여운 나머지 꽉 깨물어 버리고 싶었다.

미친놈, 너를 어쩌면 좋냐. 태평은 스스로에게 답이 없는 질문을 던졌다.

꿈을 꿨다 하면 로지가 나왔다. 그녀가 뭘 먹는 것만 봐도 배가 부르고, 보고만 있어도 웃음이 나왔다. 로지 옆에서 걸을 때마다 태평의 무릎은 자동으로 굽혀졌다. 종알종알 떠드는 목소리를 더 가까이에서 듣고 싶어서였다.

생긴 것도 예뻐 죽겠는데, 하는 짓은 또 어찌나 귀여운지. 마음 같아서는 그냥 납치해서 집에 가둬 놓고 싶었다. 좋은 것만 먹이고 좋은 것만 보여 주면서, 나만 보고 살도록.

기분 좋은 상상에 빠져 있던 태평은 오토바이를 로지의 집 근처

편의점에 세웠다. 두 사람은 아이스크림을 나눠 먹으며 놀이터까지 걸었다.

"오토바이, 되게 재밌다."

놀이터를 둘러싼 보도블록 위에 앉으며 로지가 말했다. 태평도 그 옆에 앉았다.

"제법이네. 무서워할 줄 알았더니."

"하나도 안 무서웠어. 처음 타 보는 건데 너무 좋더라. 바람도 시원하고, 우르릉거리는 엔진 소리도 좋고. 오토바이가 꼭 살아 있는 동물 같지 않아? 달릴 때가 더 그래. 막 소리 지르면서 달리는 거 같아."

말을 멈춘 로지는 바닥에 떨어진 나뭇가지를 주웠다. 태평은 더없이 진지한 눈으로 모래 위에 그려지는 그림을 관찰했다. 로지의 특이한 습관 중 하나였다. 말보다 그림으로 표현하는 게 더 편한지, 로지는 말문이 막힐 때마다 그림을 그렸다.

"그림이, 그렇게 좋아?"

"어."

건성으로 대답한 로지가 연필 대신 쓰고 있는 나뭇가지를 고쳐 잡았다. 귀찮으니 더는 말을 붙이지 말라는 신호였다.

태평은 그답지 않게 입을 비죽 내밀었다. 둘이 있을 때도 그림만 그리면 순식간에 자기만의 세계로 빠져드는 뱁새가 마음에 들지 않았다. 차마 그림까지 질투한다고는 말할 수 없어 꾹 참고 있을 뿐.

"다 그렸다."

태평은 고개를 내려 로지의 그림을 감상했다. 썩은 나뭇가지로 그렸다고는 믿을 수 없을 만큼 아름다운 스케치였다.

"이렇게 섹시한 오토바이는 처음 본다."

태평의 칭찬에 로지는 작고 하얀 이를 드러내며 크게 웃었다. 불순물 하나 섞이지 않은 맑은 미소에 그의 가슴이 먹먹함으로 물들었다. 이깟 칭찬이 무슨 대수라고, 칭찬 한번 받아 보지 못한 것처럼 좋아하는 건지.

"어머니 때문에 그림을 그렸다고 했지?"

오늘도 태평은 어김없이 로지의 어머니에 대해 물었다. 그동안 여러 화젯거리를 던져 봤지만 로지의 답을 길게 듣는 데 실패했기 때문이었다. 어머니 이야기를 제외하면, 로지의 대답은 대개 '잘 몰라'로 끝이 났다.

좋아하는 배우나 가수가 있냐고 물었더니, 집에 TV가 없어서 뭘 제대로 본 적이 없다고 했다. 기억에 남는 여행지는 어디였냐고 물었더니, 가 본 곳이 없어서 모른다고 했다. 집에서 시간이 나면 뭘 하냐고 물었더니 밀린 빨래와 방 청소를 한다고 했다.

'몰라.'

로지의 입에서 저 말이 나올 때마다 태평의 머리는 하얗게 비워졌다. 로지를 만나기 전 '모른다'는 말을 달고 살았던 자신이 떠올라서였다. 영혼 없이 눈만 뜨고 살았던 얼마 전의 그가.

"응, 어렸을 때 엄마하고 그림으로 대화하며 놀았거든."

즐거운 추억이라도 떠올랐는지 로지는 방싯 웃으며 말을 이었다.

"우리 엄마가 그랬는데, 내가 어렸을 때 말이 없었대. 어느 정도 냐면 말을 못 하는 게 아닐까 걱정했을 만큼. 그런데 크레파스나 색연필을 주면 말을 했다는 거야. 그래서 그림을 그리며 놀아 줬다고 했어. 웃기지? 내가 왜 그랬을까?"

내색은 안 했지만, 태평은 적잖게 놀랐다. 로지가 했다던 그림 놀이가 잊고 있던 과거를 상기시켰기 때문이었다.

태평은 그의 부모님을 잃었을 때 '선택적 함묵증'을 앓았다. 발성 및 발음 기관에는 전혀 문제가 없는데 특정한 상황이나 사람 앞에서 말을 하지 않는, 일종의 불안 장애였다.

불현듯 로지도 어렸을 때 불안 장애를 겪었던 게 아니었을까, 하는 의문이 스쳐 지나갔다. 만약 그렇다면 로지의 말문을 닫게 한 상황이 뭐였는지, 그게 사람이라면 누구 때문에 말을 안 했던 건지.

"아버지는?"

기습적인 물음에 그림을 그리던 손이 멈췄다.

"아버지하고는 뭐 하고 놀았는데?"

한 번 더 묻자 로지는 들고 있던 나뭇가지를 내려놓았다. 말하고 싶지 않다는 뜻이었다. 답을 들을 수 있을 거라 기대하지 않았던 태평은 버려진 나뭇가지를 주웠다. 그걸로 로지가 그리던 그림을 따라 그렸다. 그림을 보던 로지가 의아한 얼굴로 태평을 쳐다봤다. 태평도 로지를 마주 보았다. 이후 그는 거울 속의 로지가 된 것처럼 그녀의 표정이나 행동을 따라 했다.

"왜 그러는 거야?"

나지막이 미소하는 로지를 따라 태평도 입꼬리를 올려 보였다. 그게 어색했는지, 로지가 참았던 웃음을 뱉어 냈다. 한참을 웃던 로지는 다시 나뭇가지를 들고 어떤 그림을 하나 그렸다. 완성된 그림은 눈, 코, 입이 없는 인물화였다.

"이게 우리 아빠야."

"……."

"어렸을 때 아빠 얼굴을 이렇게 그렸다가, 엄마한테 엄청 혼났어."

태평은 다시 바닥을 내려다봤다. 가만 보니 모든 이목구비가 없는 게 아니었다. 남자 얼굴의 양쪽에는 작지만 또렷한 귀가 그려져 있었다.

"나는 아빠 얼굴을 제대로 쳐다본 적이 없어. 아빠한테 내가 먼저 말을 걸어 본 적도 없어. 그냥, 이유는 모르겠는데 아빠가 늘 무서워."

"왜? 아버지가 때리기라도 했어?"

차분하게 물었지만 태평의 주먹에는 힘이 들어가 있었다. 만약 로지의 아버지가 딸의 몸에 손이라도 댔다면 당장 달려가서 패 죽일 생각이었다.

"아니야, 그런 적 없어."

로지는 쓸쓸한 미소를 지으며 고개를 저었다.

"그럼 어머니하고 아버지 사이가 안 좋았어?"

"그것도 아니야. 우리 엄마가 아빠를 진짜 많이 사랑했거든. 아빠도, 엄마만큼은 아니었겠지만 엄마를 사랑했다고 생각해."

점점 더 미궁에 빠져드는 기분이었다.

"그런데 왜 무서워?"

대답이 없는 로지를 물끄러미 바라봤다. 달처럼 뽀얀 얼굴이 안개가 내린 하늘처럼 어두운 빛으로 물들어 있었다.

"너하고 반대라서."

"……"

"너를 보면, 자연스럽게 알 수 있는 것들이 아빠에게서는 보이지 않아. 그게 너무 무서워. 너무 무서운데, 엄마는 그러면 안 된다고 했어. 내가 아빠하고 많이 닮아서 그런 거라고, 원래 비슷한 사람끼리는 잘 맞지 않는 거라면서."

"……"

"말로 어떻게 표현해야 할지 모르겠어. 사람의 얼굴을 보면, 나한테는 어떤 이미지와 색이 떠오르는데. 아빠를 보면 아무 색도 떠오르지 않아. 온통 까맣기만 해. 그래서 아빠 얼굴을 그릴 수가 없어."

아빠라는 단어를 입에 올릴 때마다 로지의 목소리는 잘게 떨렸다. 여린 어깨는 더욱 움츠러들었다. 자리에서 벌떡 일어난 태평은 운동화를 신은 발로 로지가 그린 아버지 그림을 뭉개듯 지웠다. 그림이 사라진 바닥을 멍하니 응시하던 로지는 천천히 몸을 일으켰다. 둘은 아파트 입구에 도착할 때까지 말없이 걸었다.

"내일은 점심 같이 못 먹겠다."

경비실 앞에서 걸음을 멈춘 로지가 미안한 목소리로 말했다. 함께 등교하게 된 날부터 자연스럽게 급식도 같이 먹기 시작한 두 사람이 었다. 태평은 로지가 약속을 지키지 못하게 된 이유를 알고 있었지만, 모른 척 눈썹만 슬쩍 올렸다가 내렸다.

"모의고사 보는 날이거든."

아쉬운 얼굴을 한 로지 앞에서 태평은 초콜릿과 비스킷이 담긴 종이봉투를 꺼냈다.

"시험 보다 졸지 마."

봉투를 받아 든 로지가 해맑게 웃었다. 산타 할아버지한테 선물을 받은 아이만큼 행복한 미소였다.

"고마워, 이거 먹을 생각 하니까 처음으로 시험이 기다려진다."

"기다릴 게 없어 시험을 기다리냐."

기다릴 거면 나를 기다려야지, 속으로 툴툴댄 태평은 초콜릿을 보느라 바쁜 로지를 힐끗 쳐다봤다. 헬멧을 쓰고 벗느라 눌려 있던 로지의 잔머리가 봄바람에 살랑살랑 흔들리고 있었다. 고운 춤사위를 닮은 그 움직임에 홀려 손이 제멋대로 허공에 떠올랐다가, 급히 내려갔다.

"처음 보는 거 되게 많다. 화실 선생님하고 민영이한테도 나눠 줄까 봐. 그동안 내가 너무 얻어먹기만 했거든."

기분 좋은 감상에 빠져 있던 태평은 언제 그랬냐는 듯 눈을 구 겼다.

"나눠 주지 마."

"왜?"

"너만 먹어."

"나 혼자 먹기에는 너무 많은데?"

짜증이 확 솟았다. 뱁새면 뱁새답게 모든 게 다 작아야지, 쓸데없이 잔정만 많아서.

"오로지."

"응?"

"그 남자, 선생이라고 부르지 마."

"그럼, 뭐라고 불러?"

똘망똘망한 눈빛을 마주한 태평은 내가 그것까지 알려 줘야 하냐는 심정으로 말했다.

"강유준 씨라고 하면 되잖아."

"……."

"얼마나 좋아. 적당히 거리도 있고, 존중하는 의미도 있고."

제법 진지하게 말했는데 로지는 피식피식 웃었다.

"그게 더 이상해. 강유준 씨라니. 난 죽어도 그렇게 못 부르겠어. 그냥 선생님이라고 할래."

"선생님 좋아하네. 능력도 없는 주제에 선생이라니."

로지는 헛웃음을 터트렸지만, 태평은 진심이었다. 강유준의 그림은 쓰레기였다. 온갖 화가의 화풍을 모아 그린 조잡스러운 모작이었으니까.

태평은 가라앉은 기분을 가까스로 숨겼다. 지금은 강유준에 대해 말할 때가 아니라는 판단에서였다. 뱁새에게 아버지 말고 또 다른 걱정거리를 안겨 주고 싶지 않았다. 로지는 여느 때처럼 그에게 잘 자라는 인사를 하고 집에 들어갔다. 아파트에서 나온 태평은 다시 놀이터로 돌아갔다.

찰칵―. MP3에서 플래시가 터졌다. 틈틈이 로지가 그린 그림을 모두 찍어 두고 있는 태평은 오토바이 그림도 사진첩에 저장했다. 그리고 휴대폰을 꺼내 전화번호 목록을 검색했다.

"나 김태평인데."

―어? 김태평?

"그래."

―와 이 새끼, 오랜만이네.

전화를 받은 상대는 태평의 중학교 동창이었다.

"너희 형이 우리하고 같은 중학교 나왔다고 했지?"

―어, 근데 그건 왜?

"그때 오씨 성을 가진 수학 선생 있었냐고 물어봐."

―오씨? 그 선생님을 왜 찾는데?

"알 거 없고, 형 있으면 빨리 물어봐."

―그래, 잠깐만.

친구가 형을 부르는 소리가 들렸다. 태평은 가만히 귀를 기울였다. 태평의 중학교 졸업 앨범에는 로지의 아버지가 없었다. 그렇다면 그가 입학 전에 일했던 사람이란 뜻이었다.

─있었대. 이름이 오제근 맞아?

집으로 돌아간 태평은 현관문 열쇠를 찾았다. 그런데 열쇠 구멍에 열쇠를 넣기도 전에 문이 열렸다.

「너 이 자식! 내가 언제 오나 기다렸다.」

올리버가 태평의 교복 재킷을 움켜쥐며 당겼다. 태평은 두 다리에 힘을 꽉 주고 버텼다. 얼굴이 시뻘게진 올리버는 결국 꿈쩍도 하지 않는 태평의 옷자락을 놓았다.

「일단 들어와!」

태평은 집으로 들어가자마자 가방을 집어 던지듯 내려놓았다. 가뜩이나 정신도 사나운데 올리버까지 난리를 치니 짜증이 있는 대로 났다.

「오토바이, 헬멧. 그게 다 뭐야? 나한테 지금 반항하나?」

「필요해서.」

태평은 태연하게 대꾸했다.

「뭐? 필요해서? 오토바이가 공부할 때 쓰는 펜이야? 이게 어디서 말도 안 되는 핑계를 대?」

「핑계 아니야. 차가 안 되면 오토바이라도 있어야 할 거 아니야. 로지 데려다주려면.」

솔직한 대답이었는데 올리버의 얼굴은 더욱 **빨갛게** 달아올랐다.

「로지 때문에 400만 원을 썼다고? 로지 집이 무슨 제주도에 있냐, 아니면 일본에 있냐? 영국도 200이면 다녀오는 마당에!」

미간을 잔뜩 찌푸린 태평이 올리버를 노려봤다.

「내가 좋아하는 여자야. 내 여자 편하게 집에 데려다주고 싶다는데 무슨 문제 있어?」

「……뭐, 뭐라고?」

당황해서 어쩔 줄 모르는 올리버의 팔을 잡아채 당장 집에서 나가라고 했다. 이대로 몇 마디를 더 주고받다가는 형이고 나발이고 간에 주먹부터 날릴 것 같아서였다. 잠시 침묵하던 올리버는 나중에 다시 말하자며 집에서 나갔다. 태평은 방으로 들어가 침대 위에 드러누웠다. 그리고 중학교 동창이 했던 말을 하나씩 되새겼다.

─이름은 오제근 맞아?

'몰라, 일단 말해 봐.'

─좀 이상한 선생님이었다던데? 우리 형이 1년 정도 수업을 들었는데, 시간 강박증 같은 게 있었다더라. 종 치는 소리에 정확히 수업을 시작하고 끝냈대. 목소리도 무슨 기계음 같아서 졸라 소름 끼쳤고.

'기계음?'

─왜 그 녹음된 기계 목소리 같은 거 있잖아. 높은음도 낮은음도 없는 소리. 더 웃긴 건 별명이 배리어블이었대.

'배리어블이 뭔데?'

―수학자한테 주는 상인데, 뭐 수학의 노벨상 같은 건가 봐. 그 상 받아야 한다고 교무실에서 쉬는 시간에 수학 문제만 풀었대. 졸라 골 때리지?

오. 제. 근.

알면 알수록 감이 잡히지 않는, 그래서 더 기분이 나쁜 사람이었다. 이상하다고 생각하면 하나부터 열까지 이상한데, 어떤 부분이 이상한지 꼭 집어 말하기가 쉽지 않았으니까.

딸에게 무심한 건 사실이지만, 오로지를 아는 사람이라면 그녀의 아버지를 이해할지도 몰랐다. 로지만큼 성실하고 규칙적으로 생활하는 애도 없었으니까. 걱정할 일이 없어서 딸을 내버려 두는 건데 그게 왜 문제가 되냐고 따질지도 몰랐다.

띠링―.

문자 알림음에 주머니에서 휴대폰을 꺼냈다. 아까 통화했던 동창의 문자였다.

[우리 엄마한테 방금 들은 소식. 그 선생님 할아버지가 한국 최초로 노벨 물리학상 후보에 올랐던 사람이래. 형이랑 누나들도 수학, 물리 쪽에서 천재라더라. 전부 외국 대학에서 교수로 일하고 있다고 했어. 근데 왜 오제근만 고등학교 선생일까? 교사가 되는 게 쉽지는 않지만 다른 형제에 비해서는 안 풀린 편이잖아.]

문자 창을 닫고 몸을 일으켰다. 11시 30분이었다. 로지에게 전화를 건 태평은 간단히 안부를 주고받은 뒤 운을 뗐다.

"뭐 하나 물어봐도 돼?"

—뭔데?

"부모님은 어떻게 결혼하셨어?"

로지 아버지의 집안이 조금 특별하다는 걸 알게 되자 떠오른 의문이었다. 상대적으로 평범해 보였던 로지의 어머니와 어떻게 만나 결혼했는지 궁금했다. 뜬금없는 질문이라 이상한 의심이라도 하면 어쩌나 했는데, 로지는 아무렇지 않게 답했다.

—연애하다가 결혼했다고 들었어. 이건 민영이도 모르는 건데 우리 엄마가 열아홉 살에 나를 낳았어. 아빠하고 엄마가 사제 지간이었거든.

충격에 말이 나오지 않았다. 선생으로 일하면서 미성년자를 임신시켜 결혼했다니?

—그래서 우리 엄마가 친구를 한 명도 못 사귀었어. 동네 아줌마들이 엄마를 따돌렸거든. 고등학교도 못 나온 여자라고. 거기 가려면 엄마들끼리도 친해져야 하는데 우리 엄마가 그러지 못해서.

"그랬겠네."

—응, 우리 엄마 되게 안됐어. 아빠 쪽 가족 모두 엄마를 마음에 안 들어 했던 거 같아. 아빠 앞길 막은 여자라고. 나도 할머니하고 할아버지 얼굴을 한 번도 못 봤어. 나 때문에 우리 엄마가 못 해 본 게 너무 많아.

생각에 잠겨 있던 태평은 무거워진 로지의 목소리에 정신을 차렸다.

"쓸데없는 생각하지 말고 빨리 자."

—알았어, 너도 잘 자고, 좋은 꿈 많이 꿔.

"오로지."

—…….

"무슨 일 있으면 바로 연락하는 거 잊지 말고."

순간, 휴대폰 너머로 작은 웃음소리가 들렸다.

—알았어, 근데 너 이럴 때 보면 나한테 꼭 무슨 일이 생겼으면 하는 사람 같아.

전화를 끊은 태평은 다시 침대에 누웠다. 동글동글한 뱁새 얼굴이 떠올랐다.

"씨발, 못 할 것도 없지."

허공을 배회하던 눈이 어둡게 가라앉았다. 해맑게 웃는 로지만 보고 싶었다. 슬픔을 감춘 미소가 아닌 기쁨으로 가득한 미소만. 그걸 보기 위해서라면 못 할 것이 없었다. 뱁새의 마음을 어지럽게 하는 거라면, 그게 뭐든 제 손으로 모조리 치워 버리겠다는 그의 다짐도 그중 하나였다.

"민영아, 교복 다 입었니? 아버지 지금 나가신다."

재촉하는 엄마의 목소리에 얼굴을 확 찌푸린 민영이 가방을 메고 방 밖으로 나갔다. 거실에는 그녀의 새아버지와 이복 남동생이 나란히 서 있었다.

"다녀오세요. 아버지."

아들의 씩씩한 인사를 받은 새아버지는 기분 좋게 웃었다. 그 틈을 타서 민영도 고개를 살짝 숙였다.

"그래, 다녀오마. 다들 좋은 하루 시작하고."

엄마는 새아버지를 배웅하기 위해 현관문을 열고 밖으로 나갔다. 쾅, 문이 닫히자마자 민영의 이복 남동생이 싱글싱글 웃었다.

"야, 홍민영. 어제도 너희 엄마가 우리 아버지한테 빌더라?"

민영보다 한 살이 어린 그는 새아버지가 없을 때만 골라 반말로 빈정거렸다.

"제발 우리 민영이 당신 호적 밑에 좀 들어가게 해 달라고. 이야, 진짜 혼자 보기 아까웠는데. 그거 아냐? 너희 엄마 어제는 무릎까지 꿇을 뻔했는데."

민영은 떨리는 입술에 힘을 줬다.

"양심도 없지. 우리 아버지가 너 입양하면 재산 분할 할 때 얼마나 복잡한데. 아버지 돈만 보고 멀쩡한 남편 버린 너희 엄마까지는 받아 줬지만, 그 떨거지까지 받아 달라니."

화를 누르기 위해 두 주먹을 쥔 민영 앞에서 그는 악랄한 조롱을 퍼부었다.

"그러지 말고 나한테 빌어 봐. 그러면 내가 아버지한테 말해 볼게. 귀엽고, 사랑스러운 민영이 누나를 홍민영이 아니라 강민영으로 부르게 해 달라고."

"꺼져, 그럴 일은 죽어도 없을 테니까."

아랫입술을 꽉 깨문 민영은 그대로 집에서 뛰어나갔다.

민영이 초등학생이었을 때, 엄마는 아빠에게 이혼을 요구했다. 아빠는 이혼만은 해 줄 수 없다며 버텼지만, 이미 눈이 뒤집힐 대로 뒤집힌 엄마를 말리는 건 불가능했다. 엄마는 결국 민영을 데리고 불륜 상대였던 부잣집 남자와 재혼했다.

실의에 빠져 살던 아빠는 민영이 중학교 3학년이 되었을 때 사고로 죽었다. 엇나가는 것 말고는 슬픔을 삭일 방법을 알지 못했던 민영을 잡아 준 건 바로 로지였다.

"민영아!"

교실에 들어서자마자 로지가 손을 흔들었다. 민영은 로지를 데리고 비상계단으로 갔다.

"로지야아, 내가 오늘 아침에……."

민영은 참았던 눈물을 터트렸다. 묻지 않아도 무슨 일인지 짐작한다는 듯 로지는 민영의 어깨를 감싸 안았다. 서러운 눈물을 마음으로 닦아 주는 로지 앞에서 민영은 오늘도 마음 놓고 울었다.

"내가 진짜 그 새끼를, 언젠가 죽여 버릴 거야."

로지는 고개만 끄덕일 뿐 별다른 위로도 대답도 없었다. 그게 민영에게는 가장 고맙고 힘이 되는 응원이었다.

"너 빨리 보고 싶어서, 버스 안 타고 택시 타고 왔어."

로지는 방긋 웃으며 손수건을 꺼내 내밀었다.

"나도 오늘따라 네가 더 보고 싶더라."

손수건을 받아 든 민영이 다시 눈물을 뚝뚝 흘렸다. 아빠의 허망한 죽음이 모두 제 탓인 것만 같아 죽고 싶을 때가 있었다. 그때 손수건 한 장이 민영을 살렸다. 정확히 말하면 로지가 손수건에 그려 준 그림이 구세주였다.

그건 낭떠러지 밑으로 추락 중인 여자를 그린 그림이었다. 여자의 얼굴은 공포에 질려 있었지만 그녀의 어깨에는 커다란 날개가 돋아나고 있었다. 그림이 민영에게 말하는 듯했다. 그 어떤 것도 네 탓이 아니라고, 그러니 너는 꼭 살아야 한다고.

보이지 않는 날개를 얻은 민영은 비로소 무거운 죄책감을 떨칠 수 있었다. 그날 이후, 두 사람은 둘도 없는 친구가 되어 꿋꿋하게 하루하루를 살고 있었다.

"그만 울고, 이거 먹어 봐."

눈물을 그친 민영은 로지가 준 초콜릿을 입에 넣었다.

"맛있네. 어디에서 났어?"

"태평이가 모의고사 잘 보라고 줬어."

로지의 뿌듯한 미소에 당황한 민영은 단도직입적으로 물었다.

"너, 김태평하고 사귀어?"

로지는 고개를 흔들었다.

"근데 왜 아침마다 같이 와? 급식을 같이 먹는 것도 그렇고, 왜 갑자기 유준 오빠 차는 안 타는 건데? 오빠가 얼마나 서운해하는 줄 알아?"

민영은 태평이 로지에게 딴마음이 있다는 걸 진즉 눈치챘었다. 어머니 납골당에 갔다가 쓰러진 로지를 병원에 데리고 간 게 김태평이라는 말을 들었을 때, 그 자식의 시커먼 속이 훤히 보였으니까. 문제는 로지였다. 태평의 얼굴만 봐도 웃음이 터지는 로지 때문에 민영의 속은 까맣게 타들어 갔다.

"태평이는, 집 앞까지 데려다주거든. 우리 아파트가 오래돼서 CCTV가 몇 대 없는데 태평이하고 다니니까 안 무서워서 좋아."

민영의 눈이 대번에 커졌다.

"걔가, 너희 집 현관문 앞까지 가 준단 말이야?"

"응. 그리고 태평이랑 다니면 엄청 편해. 걔가 지나가면 사람들이 다 길을 비켜 준다?"

행복하게 웃는 로지 앞에서 민영은 아무 말도 못 했다. 로지의 미소가 낯설게 느껴진 건 처음이었다. 둘도 없는 단짝 친구가 된 이후로, 이렇게 편안한 로지의 얼굴은 본 적이 없었으니까.

김태평 이 새끼! 진짜 마음에 안 들어 죽겠네. 학교에서만 로지를 붙잡아 두는 줄 알았는데, 학교 밖에서까지 철벽 마크 중이었다니. 민영은 결연한 표정으로 로지를 불렀다.

"로지야."

"응?"

"김태평이, 너한테 고백했어?"

"아니, 그런 거 없었는데."

민영의 입에서 실소가 터졌다. 이 늑대 같은 새끼가 사귀자는 말도 없이 감히 로지한테 손을 댄 건 아니겠지?

"걔가 너 좋아한다는 말 안 했어? 너 설마 그런 말도 안 듣고 손부터 잡은 건 아니지?"

로지의 뺨과 귓불이 눈에 띄게 붉어졌다. 동시에 얼굴에는 수줍은 미소가 가득 번졌다. 민영은 저도 모르게 침을 꿀꺽 삼켰다. 김태평의 음침한 얼굴이 떠오른 순간, 그를 과소평가한 게 아닐까 싶었다. 그 자식이라면, 로지의 손이 아니라 입술을 먼저 훔치고도 남을…….

"아니야. 그런 적 한 번도 없어."

상상의 나래를 마구 펼치고 있는 민영의 머리에 로지가 찬물을 확 끼얹었다.

"아니라고?"

믿을 수가 없어서 비딱하게 되물었다. 웃기시네, 김태평이 퍽이나 널 그냥 두고 보기만 했겠다. 의심이 가득한 민영의 눈빛을 읽었는지, 로지가 가까이 다가오라고 손짓했다. 민영은 마지못해서 키를 낮추고 로지의 얼굴에 귀를 가까이 댔다.

"손은 안 잡았는데, 태평이가 나를 좋아하는 거 같긴 해."

민영은 할 말을 잃고 로지를 쳐다봤다.

아니, 그걸 이제 알았어? 이 둔탱아! 어떤 남자가 마음에도 없는 여자 집 앞에 매일 찾아가고, 간식 싸다 주고, 집에 데려다주니! 거기에다가 너 그 MP3가 얼마짜리인 줄 알아? 그거 지금 영국이랑 미국에서밖에 안 팔아. 기곗값만 60만 원이고 이것저것 다 하면!

에휴, 내가 말을 말아야지.

"그래? 고백도 안 받았다면서 어떻게 알았어?"

기가 차서 미칠 것 같았지만, 민영은 놀라운 소식을 들은 사람처럼 톤을 올려 물었다. 로지는 눈을 반짝이며 입을 열었다.

"그게 있지. 내가 웃으면 태평이가 되게 좋아해."

"네가 웃으면 좋아한다고?"

"응, 말은 안 하지만 내 눈에는 그렇게 보여."

민영의 입이 스르륵 벌어졌다. 처음으로 김태평이 불쌍하게 느껴졌다. 그렇게 많은 시간과 체력과 돈을 쏟아부으며 작업을 걸고 있는데, 철벽녀 오로지에게 전해진 거라곤, '니가 웃으면 나도 좋아'뿐이라니.

"그래서 나 있지……."

민영은 말끝을 흐리는 로지를 바라봤다.

이번엔 또 뭐. 김태평이 혼자여도 괜찮다고 하디? 널 볼 수만 있다면? 머릿속으로 김형중의 〈좋은 사람〉을 따라 부르며, 민영은 로지의 장단에 맞출 준비를 하고 있었다.

"자꾸 웃게 돼. 태평이가 좋아하는 거 보고 싶어서."

민영의 머리를 울리던 김형중의 목소리가 뚝, 끊겼다.

뭐야, 그러니까 지금 쌍방이라는 거야? 너도 김태평을 좋아한다고? 물을 필요도 없는, 답이 빤한 질문이었다. 볼을 발그스름하게 붉힌 로지의 눈에는 설렘이 가득했다. 주위를 두리번거리던 로지는 다시 민영의 귀로 입을 가까이 가져갔다.

"그래서 고백하려고. 중간고사 끝나는 날에."

떨리는 로지의 음성은 차분했던 민영을 공황 상태에 빠트리고도 남았다.

"뭐? 너 미쳤어?"

다음 날 '꽃을 피우자' 동아리실에는 팽팽한 긴장감이 가득했다.

원수는 외나무다리에서 만난다더니. 민영은 그녀의 맞은편에 앉아 있는 태평을 적대적인 눈빛으로 노려봤다. 태평은 민영의 시선에 아랑곳하지 않고 MP3만 만지작거리고 있었다. 네 사람이 아닌 두 사람만 모이게 된 사건의 자초지종은 이러했다. 로지는 미술 선생님의 호출로, 창수는 간부 회의에 참석해야 해서 동아리 모임에 제때 올 수 없었다.

저 MP3로 로지를 꼬셨다는 거지. MP3를 가지고 노는 태평을 보던 민영의 입술이 느리게 떨렸다. 저놈의 MP3가 화근이었다. 쉬는 시간마다 메시지만 뜨면, 로지는 부리나케 일어나 태평을 만나러 갔다. 병아리처럼 종종거리며 달려가는 로지를 볼 때마다 민영은 속이 타서 미칠 것 같았다.

"야, 김태평!"

태평은 말없이 고개만 살짝 들었다. 그는 오늘도 민영 앞에서 입이 없는 사람처럼 굴고 있었다. 별스러운 행동은 아니었다. 그간 태평은 민영에게 할 말은 창수를 통해 전달했고, 대답은 고개를 까닥하는 것으로 대신해 왔으니까.

재수 없는 새끼, 나한테 존대하는 게 죽기보다 싫다는 거지?

민영은 이 보 전진을 위해 일 보 후퇴하기로 했다.

"둘이 있을 때는 반말 까."

태평은 민영을 탐색하듯 바라보기만 했다.

"창수하고 있을 때만 존댓말 해. 걔는 워낙 착해서 반말하라고 해도 못 할 애니까."

이복 남동생 때문에 존댓말 강박증이 생긴 민영이었지만, 지금은 그게 중요한 게 아니었다. 그래도 민영을 바라보는 태평의 눈빛에는 경계심이 사라지지 않았다. 선수를 치기 좋은 타이밍이었다.

"너, 로지 좋아해?"

태평은 내가 왜 그 질문에 답해야 하냐는 표정으로 민영을 쳐다봤다.

"로지, 진짜 순수하고 착한 애야. 세상이 얼마나 험한지도 모르고, 누가 자기한테 못된 짓 하려고 다가와도 눈치 없이 웃을 정도로 착해. 나쁜 마음 먹을 줄도 모르고, 사람들이 말하는 걸 의심 없이 곧이곧대로 믿어. 바보 같아 보이지만 걔는 그냥 그렇게 태어났어."

딱딱한 민영의 말투에 태평은 편안하게 응수했다.

"다 아는 걸, 길게도 설명하네."

민영은 속을 알 수 없는 태평의 얼굴을 빤히 바라보며 대꾸했다.

"진심이 아니라면 그만둬. 네가 함부로 대해도 되는 선배가 아니야. 로지가 왜 미술 선생님을 만나러 간 줄 알아?"

"……."

"영국에 있는 미술관에 전시할 그림 때문이야. 지금 네 장난 따위에 놀아 줄 시간이 없는 애라고. 로지 앞길 막으면 내가 가만히 안 있어. 공부하고 그림 그리는 것만 해도 바쁜데 자꾸 쓸데없는 일로 시간 뺏지 마."

태평이 눈썹을 추켜세웠다.

"앞길을 막는다고? 누가, 내가?"

"그래, 너는 인생 막살아도 상관없겠지만, 로지는 아니라고. 너 여자 많잖아. 너 좋다는 애 중에 하나 골라서 만나면 돼지. 왜 로지한테 집적거려?"

금방이라도 험한 욕을 내뱉을 줄 알았는데, 태평은 한층 더 가라앉은 목소리로 물었다.

"넌, 내가 오로지를 여자로만 보는 거 같지?"

민영은 태평의 질문을 여러 번 되새겼다. 로지를 여자로 보지 않으면, 뭐로 본다는 소린지 도무지 이해가 되지 않아서였다. 혼란스러운 민영의 얼굴을 마주한 태평이 피식 웃었다.

"오로지 앞길을 막는 건, 내가 아니라 너야."

"뭐라고?"

"강유준 같은 쓰레기를 오로지한테 붙인 게 너잖아."

"……."

"네 말대로 오로지가 이런 구질구질한 학교에 있을 애는 아니지. 재수 없는 선생한테 빨대 꽂힐 애도 아니고. 강유준처럼 더러운 새끼를 선생이라고 부를 애도 아닌데."

잠자코 태평의 말을 듣던 민영은, 더 참을 수가 없어 소리쳤다.

"왜 자꾸 우리 오빠를 새끼라고 불러? 네가 뭔데 우리 오빠를 모욕해?"

태평은 날카롭게 찢어진 눈매로 민영을 노려봤다.

"새끼한테 새끼라고 한 게 뭐?"

"……."

"오로지가 눈 감고 발로 그린 그림도 못 따라올 새끼가, 바로 강유준인데."

차분하게 말을 뱉은 태평이 민영의 눈을 지그시 응시했다.

이거, 진짜 미친놈 아니야?

소름 끼치도록 무감한 태평의 얼굴에, 민영은 마른침만 삼켰다. 로지 옆에 있을 때는 본 적이 없는 표정이었다. 그저 덩치 좋은 남자애라고만 생각했는데, 허세를 떠느라 입만 거칠게 놀리는 줄 알았는데, 지금은 말 그대로 숨죽인 짐승 같았다.

"지랄하지 마. 나도 로지 그림이 좋다는 거 알아. 그렇지만 오빠 그림은 전문가들이 인정한 그림이야. 네가 무슨 평론가라도 돼? 뭘 안다고 오빠하고 로지 그림을 비교해?"

입술을 비튼 태평은 고저 없는 목소리로 말을 이었다.

"오로지가 그래서 대단한 거야. 걔는 자기 그림을 그 누구한테 인정받을 필요가 없으니까. 나처럼 눈깔이 병신인 새끼한테도 보이는 그림을 그리는 게 오로지니까. 그래서 강유준이 오로지를 붙잡아 두는 거잖아. 그 새끼한테도 보는 눈깔이 있어서."

자꾸 로지와 유준의 그림을 비교하는 태평이 못마땅했던 민영은 그의 약점을 파고들었다.

"헛소리 좀 그만 지껄여. 네가 유준 오빠한테 열등감 느끼는 건 잘 알겠는데, 지금 로지한테 가장 큰 도움이 되는 사람은 오빠야. 네가 로지한테 뭘 해 줄 수 있는데? 화실이라도 빌려줄 수 있어? 뭣보다 오빠 인맥이 얼마나 대단한지 알아? 로지가 한국에서 공부하건, 외국에서 공부하건 좋은 교수님을 소개해 줄 수 있는 사람도 오빠밖에 없단 말이야."

로지에게 뭐든 도움이 되고 싶은 민영이었다. 로지가 그린 그림을 유준 오빠에게 보여 준 것도, 두 사람을 소개한 것도, 함께 화실에 다니게 된 것도 모두 그런 마음에서였다. 그런 자신의 노력을 부정하는 태평 때문에 억울함이 솟구쳤다.

"오로지가, 공짜로 화실에 다니는 거 같냐?"

시선을 내리깐 태평의 입가에는 조소가 떠 있었다.

"······공짜라니? 갑자기 그 얘기가 여기에서 왜."

"홍민영 선배님."

날카롭게 눈매를 올린 태평이 자리에서 일어났다.

"선배 앞가림이나 잘하시죠. 어디 가서 뒤통수 처맞은 다음에 질질 짜지 말고."

말을 잃은 민영은 그를 올려다봤다. 여자치고 큰 키를 가졌지만 180이 훌쩍 넘는 건장한 남자가 내려다보자 위압감이 들었다.

"오로지도, 오로지의 전부인 그림도, 내가 알아서 챙길 테니까."

태평은 그대로 교실에서 나갔다. 그가 시야에서 완전히 사라진 뒤에야 민영은 참았던 숨을 내쉬었다. 그래도 혼란스러운 마음이 가라앉지 않았다. 로지를 향한 태평의 진심은 알게 됐지만, 가슴 한편에 생긴 찝찝함을 지울 수가 없었다.

괜한 걱정인 걸까? 민영의 머릿속에서 로지만이 아니라 로지의 그림도 신경 쓰겠다는 태평의 마지막 말과, 로지가 했던 말이 겹쳐졌다. 태평의 어디가 어떻게 좋냐고 물었을 때 로지는 이렇게 말했다.

'태평이는 무서운 게 없는 애잖아. 나도 태평이 옆에 있으면 겁이 하나도 안 나서 좋아. 그리고 더 좋은 건 그림을 더 많이 그리고 싶어져. 태평이가 내 안을 가득 채우고 있는 비눗방울을 팡팡 터트리는 것 같아. 방울이 터질 때마다 그리고 싶은 게 막 쏟아져서 뭐부터 그려야 할지 모르겠어. 하루가 스물네 시간이 아니라 마흔여덟 시간이면 좋겠어. 잠잘 때도 그림을 그릴 수 있으면 좋을 텐데……'

일생일대의 뮤즈를 찾아낸 것처럼 기뻐하던 로지의 말에 민영은 더욱 심란해졌다. 로지뿐만이 아니라 로지가 그린 그림에도 집요하게 날을 세우고 달려드는 태평도 마음에 걸렸다.

아니야, 서로 좋아한다는데 내가 걱정할 게 뭐가 있겠어. 무엇보다 김태평이 로지에게 그림이 얼마나 소중한지 알고 있다잖아. 그래, 그러면 된 거지…….

민영은 고개를 세차게 흔들었다. 그래야 복잡한 생각도 원인을 모를 불안감도 모두 지울 수 있을 것 같았다.

"민영아! 내 말 듣고 있어?"

자동차 창밖을 보던 민영이 고개를 돌렸다.

"어? 뭐라고 했어?"

운전 중인 유준이 어이없다는 듯 웃었다.

"남자 친구라도 생긴 거야? 무슨 생각 중이길래 오빠 목소리도 못 들어?"

로지 없이 유준과 집에 가고 있는 민영은 한숨을 내쉬었다.

"남자는 내가 아니라 로지한테 생긴 거 같아."

허탈한 민영의 목소리에 유준의 얼굴이 미세하게 굳었다.

"그, 김태평이라는 후배?"

민영은 놀란 눈으로 유준을 바라봤다.

"오빠가 웬일이야? 사람 이름을 그렇게 빨리 외우고? 창수 이름도 열 번은 말해 줘야 기억하더니."

유준은 멋쩍은 웃음을 흘렸다.

"그 친구 인상이 좀 세잖아. 한번 보면 누구나 바로 기억할 얼굴

아닌가?"

"그건 그래. 김태평이 얼굴 하나는 잘생겼지. 이목구비도 잘빠진 데다가 비율도 대박이고."

"그래서 너는 그 잘생긴 후배하고 로지가 잘되길 바라는 거야?"

덤덤한 유준의 질문에 민영은 어깨만 으쓱했다.

"처음에는 나도 무조건 안 된다고 했지. 그런데 지금은 잘 모르 겠어. 김태평이 성격은 더러운데, 로지는 얼마나 끔찍하게 챙기는 지 몰라. 그게 내 눈에도 보이니까 뭐라고 더 못 하겠고."

"사귀기 전에야 남자라면 다 그렇지. 그게 뭐가 특별하다고. 그런 다고 로지가 그 후배한테 넘어가겠어? 두 사람 스타일이 워낙 다르 잖아."

민영은 무슨 소리냐는 듯 눈을 크게 떴다.

"아니야, 오빠! 진짜 둘이 제대로 불붙었어. 사귀자는 말만 안 했지, 매일 붙어 다니는데? 로지도 김태평만 보면 좋아서 죽는다 니까?"

"로지가…… 그 후배를 좋아한다고?"

미묘하게 달라진 유준의 목소리에 민영이 그를 흘깃 쳐다봤다.

"김태평한테 먼저 고백하겠다는 말까지 했어. 내가 그건 절대 안 된다고 뜯어말렸지만."

잠시 침묵을 유지하던 유준은 민영의 집 앞에 차를 댄 뒤 입을 열었다.

"언제 한번 로지하고 시간 내라. 오빠가 특강 한번 해야겠네."

"특강? 무슨 주제로?"

"좋은 남자 고르는 법 좀 알려 주려고. 로지가 남자 보는 눈이 영 별로라서."

민영이 딱 걸렸다는 얼굴로 유준을 바라봤다.

"오빠! 로지한테 관심 있는 거 맞지. 아, 그러니까 진작 좀 들이대지 그랬어. 내가 그렇게 밀어줬는데."

펄쩍 뛰는 시늉을 하며 유준이 손을 내저었다.

"오빠로서 걱정이 되니까 하는 말이지. 로지가 남자를 몰라도 너무 모르잖아. 김태평 같은 양아치가 로지를 진심으로 좋아해서 저러는 거겠어? 남자는 다 똑같아. 호기심에 건드렸다가 볼일 다 보면 도망가겠지. 그런 놈한테 제일 친한 친구 뺏기고 싶어?"

"헐, 오빠! 워딩이 세다? 이거 완전 질투 맞는 거 같은데?"

"질투는 무슨. 남자는 남자가 봐야 알 수 있는 것들이 있어. 로지도 로지지만 민영이 너도 김태평하고 너무 가까이 지내지 마. 충동적이고 공격성이 다분해 보여. 어울려 봐야 이득 될 게 없는 애야. 기회 봐서 로지도 다시 오빠 차 타고 집에 가라고 설득하고."

눈치 빠른 민영은 유준을 더 자극하지 않고 알았다고 대답했다. 유준의 눈가는 그 어느 때보다 다정하게 휘었다.

5월의 첫째 주, 중간고사의 마지막 시험이 끝난 날이었다. 가방을 챙기는 로지의 손이 분주했다.

"로지야, 나 완전히 망했어."

민영은 오늘 본 수학 시험이 너무 어려웠다며 울상을 지었다. 로지는 민영의 등을 토닥였다.

"괜찮아, 점수는 나와 봐야 알지. 네가 어려웠으면 다른 애들은 더 어려웠을 거야."

친구들은 그런 두 사람을 보며 어이없다는 듯 웃었다. 전교 1등을 도맡아 하고 있는 민영을 전교 꼴찌를 다투는 로지가 위로하는 게 말이 되냐는 눈빛이었다. 그러거나 말거나 로지와 민영은 언제나 그렇듯 두 사람만의 세계에 빠져 있었다.

"로지야, 나 진짜 어떻게 해. 이번에 성적 떨어지면 엄마가 과외 시킨다고 했는데."

"받으면 되지, 뭐가 걱정이야."

"안 돼, 그러면 화실에 못 간단 말이야. 거기에서 너랑 노는 낙으로 살고 있는데."

민영의 말을 이으려던 로지는 담임 선생님이 오고 있다는 반장의 말에 급히 자리에 앉았다. 일분일초라도 빨리 종례가 끝나길 바라는 친구들 모두 조용히 입을 다물었다.

"그동안 시험 보느라 고생 많았어. 다들 푹 쉬고 월요일에 보자. 로지는 잠깐 선생님 좀 따라오고."

교실 밖으로 나갈 준비를 하던 로지는 담임 선생님을 따라 교무실로 들어갔다. 선생님은 서랍에서 종이 한 장을 꺼냈다. 지난 4월에 본 로지의 모의고사 가채점 성적표였다.

"로지야, 너 정말 어쩌려고 이래. 실기로는 우리 학교 역대 최고
면서 모의고사 성적이 이게 뭐니. 내신이 안 되면 수능이라도 잘 봐
야지."

고개를 떨군 로지는 제 발끝만 바라봤다. 슬리퍼 밖으로 삐져나
온 발가락이 보였다. 발가락을 꼼질대며 다른 생각에 빠졌다. 바로
태평과 어제저녁에 했던 통화 내용이었다.

'저기, 내일 시험 끝나고 나랑 같이 화실 갈래?'

떨리는 마음을 숨기고 물었는데, 태평은 말이 없었다. 선생님도,
화실도 마음에 들어 하지 않는 태평을 알고 있었기에 결국 로지는
그림 이야기를 꺼낼 수밖에 없었다.

'그림을 보여 주고 싶어서 그래.'

'그림?'

'응, 너한테 그려 주기로 했던 거, 이제야 완성했거든. 다른 사람
들 보여 주기 전에 너한테 제일 먼저 보여 주고 싶어서.'

"선생님이 정말 안타까워서 그래. 실기로만 대학에 갈 수 있으면
얼마나 좋겠니. 그게 아니잖아. 로지야, 아버지한테 말씀드려서 과
외라도 받자. 형편이 어려우면 영어만 시켜 달라고 해. 영어만 3등
급 만들면 수도권에 있는 대학에 갈 수 있어."

선생님의 목소리를 흘려들으며 로지는 손끝을 살폈다. 손가락마
다 덕지덕지 붙어 있는 밴드가 꼭 누더기 같았다. 몇 개는 떼어 버
려야겠다고 생각하며 작은 한숨을 내쉬었다.

태평이가 그림을 마음에 안 들어 하면 어떻게 하지? 그러면 고백하기 더 어려울 텐데.

로지의 앞날 때문에 걱정이 많은 선생님 앞에서, 로지는 오늘을 걱정 중이었다. 민영은 여자가 먼저 고백하면 안 된다고 기다리라고 했지만 더는 기다릴 수가 없었다.

얼굴만 봐도 좋은데.

태평의 얼굴에서는 늘 피곤함이 읽혔다. 매일 눈 밑은 푸르스름했고 맑아야 할 흰자도 조금 충혈되어 있었다. 그게 걱정이 돼서 올려다보면 양옆으로 시원하게 뻗은 눈이 로지의 얼굴을 지그시 내려다봤다. 짙은 속눈썹이 느리게 깜빡이는 그 눈을 볼 때마다 로지의 심장은 쿵쿵 뛰었다.

태평이도 날 좋아하겠지?

미운 말을 골라 할 때가 많지만, 로지에게는 늘 다정한 태평이었다. 쭈쭈바 꼭지를 따 줄 때도, 지하철 창을 통해 쏟아지는 햇살을 손으로 막아 줄 때도, 비가 오면 우산을 꼭 로지 쪽으로 기울여 씌워 주는 것만 봐도 그랬다.

"열심히 해. 알았니?"

선생님의 목소리에 뒤늦게 정신을 차린 로지가 고개를 크게 끄덕였다.

"네."

"으이그, 뭐가 좋다고 웃어. 중간고사 끝나자마자 공부하라고 한 선생님이 더 미안하잖아."

배시시 웃는 로지를 따라 웃음을 흘린 선생님은 이만 가 봐도 좋다고 했다.

영어 성적 때문에 잔소리를 들었지만 교무실에서 나온 순간, 로지의 머릿속에서 성적이라는 단어는 깨끗하게 지워졌다.

"로지야, 빨리 가자. 애들 기다리겠다."

로지는 민영과 함께 서둘러 학교 밖으로 나갔다. 태평과 함께 두 사람을 기다리고 있던 창수가 대한 독립 만세를 외치듯 두 팔을 번쩍 들었다.

"선배님, 우리 오늘 초밥 먹어요. 태평이가 쏜대요."

"진짜? 대박! 내가 초밥 좋아하는 거 김태평이 어떻게 알았지?"

로지는 제 팔을 잡아끄는 민영을 따라 뛰듯 걸었다.

"와, 여기 겁나 비싸 보이는데."

직원의 안내를 받아 음식점에 들어선 창수가 기가 죽은 목소리로 말했다. 그의 말에 동의하며 로지와 민영도 고개를 끄덕였다. 테이블마다 전담 요리사가 있는 식당에서 태평을 제외한 세 사람은 생전 처음 보는 음식을 맛볼 수 있었다.

"여기 진짜 잘한다."

입맛이 까다로운 민영도 인정할 만큼 모든 요리는 훌륭했다. 다만 초밥도, 날생선도 먹어 보지 못한 로지는 일본식 계란찜과 된장국, 그리고 달걀 초밥만 잔뜩 먹었다.

"너 먹이려고 온 건데."

추가로 주문한 계란찜을 건네며 태평이 툴툴댔다. 로지는 보들보들한 계란찜을 한 입 크게 떠서 넣고 씩 웃었다.

"엄청 잘 먹고 있어. 고마워."

맛있는 음식으로 배를 채운 네 사람은 건물 밖으로 나왔다.

"이제 어디로 갈까요? 저는 노래방도 좋고, 아! 카페에서 수다 떠는 것도 좋은데. 이번에는 제가 쏠게요."

창수의 제안에 민영은 자기만 믿으라는 듯 어깨를 으쓱했다.

"화실로 가자. 오늘 로지하고 태평이가 화실에 갈 일이 있거든. 유준 오빠가 창수 너도 데리고 오라고 했어. 우리 먹을 간식도 사 났대."

유준의 화실에 가자는 소리에 창수의 얼굴이 급격히 밝아졌다.

"정말요? 저도 가도 돼요? 그럼 저 강유준 선배님 그림도 볼 수 있어요?"

"그럼, 당연하지."

창수의 어깨에 팔을 두른 민영은 지나가는 택시를 잡았다.

민영의 말대로 근사한 케이크를 준비한 유준은 네 사람을 반갑게 맞았다.

"시험 보느라 다들 고생 많았지? 특히, 로지는 더 힘들었을 거야. 두 달 동안 그림까지 그리느라 바빴으니. 어떤 그림을 그렸을지 긴장되네. 이러다가 어린 제자한테 밀릴까 봐."

"아니에요. 선생님."

유준의 칭찬에 로지는 몸 둘 바를 몰랐다. 괜한 칭찬으로 그림에 대한 태평의 기대가 높아지면 어쩌나 걱정이 될 정도였다.

"오빠, 빨리 케이크 잘라 줘."

단걸 싫어하는 태평을 빼고 네 사람은 각자의 앞접시에 케이크를 한 조각씩 담았다. 케이크라면 자다가도 벌떡 일어나는 로지였지만 오늘은 한 입도 먹히지 않았다. 태평에게 그림을 보여 줄 생각에 입이 바짝 마른 탓이었다. 다행히도 로지의 침묵은 창수의 수다에 묻혀 티가 나지 않았다.

"정말로 영국에서 그 화가랑 작업하셨다고요? 민영 선배님. 저도 내일부터 여기 와서 그림 그리면 안 돼요?"

"여기가 아무나 와서 그림 그릴 수 있는 곳인 줄 알아? 중간고사 성적표 나오면 가지고 와 봐. 전교 10등 안에 들면 허락해 줄게."

창수가 현란한 말솜씨로 유준과 민영의 혼을 쏙 빼놓고 있을 때였다. 모두에게 잠깐 자리를 비우겠다고 말한 로지는 태평을 데리고 그림이 있는 방으로 들어갔다. 심호흡을 크게 한 로지는 떨리는 손으로 어두운 방에 불을 켰다.

"완성한 그림은 선생님하고 민영이도 못 봤어. 너한테 처음으로 보여 주는 거야. 세 번이나 다시 그렸거든. 그렇다고 너무 기대는 하지 말고."

자신 없이 말하며 그림을 가린 천을 벗겨 냈다. 캔버스에는 커다란 나무 한 그루와 하늘 위에 떠 있는 네 개의 태양이 그려져 있었다. 그림을 뒤덮은 색은 놀랍게도 단 세 가지였다. 하늘은 푸른색으로 나무는 초록으로 태양은 연한 주홍색으로 칠한 게 다였다.

"제목은?"

태평이 짧게 물었다.

"〈뜨거운 얼음〉이야."

그림을 바라보는 태평의 눈이 조용히 빛났다. 풍경화라기에는 심심하고 정물로 보기에는 세밀한 묘사가 떨어지는 그림이었다. 색마저도 최소한으로 사용했기에 엉성해 보여야 하는데, 로지의 그림에서는 놀랍게도 강렬함이 뿜어져 나왔다.

나무를 뒤덮고 있는 흐드러진 잎 하나하나마다 색감이 다른 초록색이 찍혀 있었다. 섬세하게 섞어 만든 그 초록색들이 얼마나 다채로웠는지, 언뜻 보면 먹의 농담만으로 그림의 깊이를 더한 수묵화처럼 느껴졌다.

그림에 푹 빠져 있는 태평을 눈치챈 로지가 용기를 얻어 입을 열었다.

"저 나무가 너야. 너라고 생각하며 그렸거든. 나무 기둥은 붓으로 물감을 잔뜩 올린 다음에 나이프로 더 두껍게 칠했어. 나무지만 단단한 돌 같은 질감을 표현하고 싶어서. 그렇지만 나무를 그린 선이나 이파리들은 은은하게 느껴지도록 칠했고. 단단하면서도 여유가 있는 나무로 그리고 싶어서."

그림을 그리는 건 쉽지만 설명하는 건 그렇지 않았다. 로지는 저도 모르게 이마에 맺힌 땀을 살며시 닦았다. 그림 속의 나무처럼 고요하게 그림을 바라보던 태평이 팔을 들어 올렸다.

"저게 내가 찍은 점이야?"

로지는 태양을 가리키는 태평의 손가락을 보며 고개를 끄덕였다.

"맞아, 모두 태양이야. 네가 찍어 준 붉은 점이 내 눈엔 꼭 태양 같아서."

"태양처럼 보이지 않는데."

"어떻게 알았어?"

로지는 제 그림을 정확히 해석하는 태평을 신기해하며 말을 이었다.

"저 나무는 해 없이도 살 수 있는 나무거든."

"해가 없어도 살 수 있다고?"

태평은 한 발자국 더 그림에 가까이 다가섰다.

"응, 그래서 해가 햇빛을 바깥으로 내뿜는 게 아니라 가둬 놓고 있는 것처럼 그렸어. 색도 연하게 칠했고."

"……."

"보통 나무라면 햇빛과 물과 공기가 있어야 살 수 있지만 너는 평범한 나무가 아니니까. 그만큼 네가 가진 색이 너무 아름답고 강렬했어. 그 색감이 얼마나 조화로운지 몰라. 하나하나가 모두 살아 있는 것 같거든. 불처럼 일렁이는 그 색들을 모두 쓰고 싶었는데 참느라 힘들었어."

그림을 그릴 때마다 해 왔던 생각들이 두서없이 쏟아졌다. 물감을 섞을 때마다 고민하고, 붓질할 때마다 호흡을 골랐던 순간들도 스쳐 지나갔다. 수묵화처럼 은은하지만 유화만 표현할 수 있는 강렬한 에너지가 어우러진 그림을 그리고 싶었다. 서늘함과 강인함을 모두 가지고 있는 태평을 닮은.

태평은 꼼짝도 하지 않고 그림을 노려보듯 쳐다봤다. 세상에 태어나 그림이라는 걸 처음 본 사람처럼 진지한 모습이었다. 흥분과 진지함이 뒤섞인 그의 눈에는 그림을 그린 사람의 의도를 다 읽어내겠다는 의지가 들어차 있었다.

침묵이 길어질수록 로지의 가슴은 벅차올랐다. 입고 있던 옷을 모두 벗고 태평 앞에 선 느낌이었다. 그만큼 이번 그림은 로지의 전부를 던져 그린 그림이었다.

"거울을, 보고 있는 것 같아."

오랜 기다림 끝에 듣게 된 태평의 말 한마디에 로지의 몸을 채우고 있던 감각이 펑, 하고 터졌다.

절정이란 게, 카타르시스라는 게, 오르가슴이라는 게 바로 이런 걸까? 지금까지 로지가 들었던 칭찬과는 비교가 되지 않을 만큼 최고의 찬사였다. 태평을 그린 그림에서 태평이 자신을 보았다는 건, 그가 그림을 그린 이의 세계를 완벽히 이해했다는 뜻이니까.

"오로지이이, 아직 안 끝났어? 창수가 언제 끝나냐고 물어보래!"

잔잔한 기쁨 속에 빠져 있는 로지를 민영이 단박에 깨웠다. 기다림에 지친 친구의 목소리에 로지와 태평은 그림 위에 다시 천을 덮어 두고 밖으로 나갔다. 창수는 두 사람을 보자마자 신이 나서 외쳤다.

"선배님, 오늘 우리 스티커 사진 찍어요. 제가 아까 걸어오면서 봐 둔 곳이 있어요."

화실을 나선 네 명의 발걸음이 멈춘 곳은 'Memory & Photo'라
는 간판이 걸린 스튜디오였다.

"한창수, 여기 괜찮은데?"

소품 사용은 공짜라는 안내문을 가리키며 민영이 활짝 웃었다.
창수는 곰돌이 머리띠를 골라 쓰고 민영은 꽃다발 하나를 가져왔
다. 태평은 질색이라는 표정으로 고개를 흔들었고, 로지도 뭘 해야
할지 몰라 아무 소품도 고르지 않았다.

"네 명이니까, 네 컷으로, 네 장!"

민영이 앞장서서 스티커 사진기에 있는 펜으로 화면을 건드렸다.
키가 작은 로지와 창수가 앞에 서고, 민영과 태평이 뒤에 섰다. 눈
부신 조명 속에 찰칵 소리에 맞춰 숨을 몇 번 참자 촬영은 금방 끝
났다.

"하하하, 로지 선배님! 완전 귀신처럼 나왔어요."

인쇄된 사진을 확인한 창수가 배를 접으며 웃었다. 민영도 눈물
을 흘리며 웃었다. 로지는 창수의 손에서 사진을 뺏어 들었다. 맨
앞에서 조명을 맞은 탓이었는지 이목구비가 홀라당 사라진 자신이
보였다. 초상화로 그리라면 3초 만에 그릴 수 있을 정도였다. 동그
란 찹쌀떡 같은 얼굴에 눈 두 개, 입술 하나만 점으로 찍으면 되
니까.

"기계가 이상한 거 아니야?"

애꿎은 기계 탓을 해 봤지만 민영과 창수는 본판이 어디 가겠냐며 웃느라 바빴다. 로지는 제 옆에 서 있는 태평의 눈치를 슬쩍 봤다. 그는 여느 때처럼 무표정한 얼굴로 사진을 가방에 넣고 있었다. 잠시 후, 웃음을 간신히 멈춘 민영이 입을 열었다.

"오로지 때문에 아이라인 다 번졌네. 나 화장실 좀 다녀올게."

직원에게 화장실이 어디에 있냐고 묻는 민영을 보던 창수가 고개를 돌렸다.

"태평아, 우리끼리 사진 한 장만 더 찍자. 누나들이 네 얼굴 보여 달라고 난리야. 내가 우리 반에 진짜 잘생긴 애가 있다고 자랑을 했더니."

"그래. 둘이 찍어도 좋겠다."

자리를 비켜 주려 했는데 태평이 로지의 팔을 꽉 잡았다.

"미쳤냐? 남자끼리 사진은 무슨."

태평의 일갈에 창수는 큰 깨달음을 얻은 표정을 지었다.

"듣고 보니 그렇네. 너하고 찍는 것보다는."

창수가 '민영 선배님'을 부르며 사라지자마자 태평은 로지의 팔을 쥐고 있던 손에 힘을 넣었다. 그 바람에 로지는 엉겁결에 태평과 함께 다시 기계 앞에 섰다.

"두 명이니까, 네 컷에 두 장이 나오는 거로."

능숙하게 기계를 터치한 태평이 로지 옆에 섰다.

풉—.

태평과 나란히 선 로지는 화면에 뜬 두 사람을 보고 작은 웃음을 터트렸다. 프레임 안에는 로지의 얼굴과 태평의 가슴팍만 커다랗게 잡혀 있었다. 까치발을 들 준비를 하고 있는데 태평이 먼저 무릎을 확 굽혔다. 불쑥 가까워진 태평의 얼굴에 놀란 로지는 급히 표정을 가다듬었다.

첫 번째 사진을 위한 카운트다운이 시작됐다.

[오, 사, 삼, 이, 일……]

"오로지."

"어?"

찰칵—.

얼결에 태평 쪽으로 고개를 돌렸던 로지는 황망한 표정으로 화면을 바라봤다.

"갑자기 부르면 어떻게 해."

[오, 사, 삼, 이……]

이번만큼은 눈이 코딱지만 하게 나오게 할 수 없다는 생각에 로지는 두 눈을 부릅떴다.

"고마워."

찰칵—.

[오, 사, 삼……]

"그럼, 죽을 때까지 간직할게."

찰칵—.

[오, 사, 삼, 이, 일]

찰칵—.

마지막 사진이 찍히는 순간, 태평은 아무 말도 하지 않았다. 이번에야말로 제대로 된 사진이 찍혔어야 했지만, 로지는 어떤 사진이 나올지 짐작도 할 수 없었다. 자연스레 내리고 있던 그녀의 손을 잡은 커다란 손 때문이었다. 로지의 손등까지 한꺼번에 덮은 태평의 손은 단단하면서도 따뜻했다. 칼에 무수히 베었던 손가락의 아픔을 모두 잊게 할 만큼.

"태평아, 다 찍었어?"

기계 밖에서 들려오는 창수의 목소리에 놀라 화들짝 손을 빼려고 했지만, 태평은 잡힌 손을 놓아주지 않았다.

"인쇄 중."

건조하게 대꾸한 태평은 기계에서 프린트된 두 장의 사진 중 하나를 로지에게 건넸다. 로지는 사진을 보지도 않고 주머니에 넣었다.

"그 사진, 아무한테도 보여 주지 마."

사진을 열심히 보고 있는 태평에게 간절히 부탁했다.

"왜?"

"……봤으니까 알 거 아니야. 완전 못생기게 나왔을 텐데."

태평의 얼굴을 흘낏 바라보며 로지는 불퉁스럽게 대꾸했다. '이게 다 너 때문이잖아! 왜 사진을 찍을 때 사람한테 말을 시키는 건데. 너만 멀쩡하게 나오면 다야?'라는 말은 한숨과 함께 꿀꺽 삼켰다. 발끝을 보며 입만 비죽 내밀고 있을 때였다. 정수리 위로 시원한 바람이 느껴졌다. 고개를 들어 보니 웃음을 참고 있는 태평이 보였다.

로지가 보고 있는 걸 느꼈는지 그는 이내 웃음기를 지우고 로지를 바라봤다.

"다 예뻐, 내 눈에는."

귓가에 또렷하게 박히는 태평의 음성에 로지의 머릿속을 흐르던 생각이 멎었다. 머리가 멍해지는 순간 쿵쿵대며 뛰는 심장 소리만 들려왔다. 그 소리가 얼마나 컸는지 로지는 잠시 자신의 몸이 한 덩어리의 심장이 된 게 아닐까 하는 착각에 빠졌다.

"······고마워."

로지는 붙어 있던 입술을 간신히 벌려 말했다. 그 말 한마디를 뱉는 데 온 에너지를 다 썼는지 손끝부터 힘이 풀리기 시작했다. 그 틈을 놓치지 않고 태평의 손이 로지의 손가락 사이를 파고들었다. 손깍지를 단단히 낀 태평은 그림을 바라볼 때처럼 로지의 얼굴에서 눈을 떼지 않았다. 요란하게 뛰는 로지의 심장을 움켜쥐는 듯한 묵직하고 고요한 눈이었다.

"둘이 사진 찍으면서 뽀뽀라도 했어?"

화실 화장실에서 세수하던 로지는 거울로 민영을 바라봤다.

"아니야. 그런 일 없었어."

"근데 왜 그래? 너 지금 얼굴이 완전 토마토야, 토마토!"

로지는 양손으로 제 뺨을 지그시 눌렀다가 뗐다. 세수를 했는데도 화끈거리는 열기가 고스란히 느껴졌다.

"그냥 좀 더워서."

굼뜬 로지의 대답에 민영은 수상하다는 얼굴로 친구의 얼굴을 빤히 바라보았다. 뭔가 더 캐물을 기세인 민영을 피해 로지가 고개를 돌렸을 때였다.

"로지야, 지금 무슨 소리……."

민영이 말을 채 맺기도 전에 밖에서 짧은 비명이 들렸다. 로지와 민영이 동시에 뛰어나갔다. 소란이 일어난 곳은 로지의 그림이 보관되어 있던 작은 방이었다. 방에 들어선 로지는 두 손으로 입을 가렸다. 태평이 유준의 멱살을 붙들고 있었다.

"이 씨발 새끼가, 어디에다가 손을 대?"

유준에게 소리치는 태평의 눈에는 살기가 가득했다.

"태평아, 왜 이래. 이거 놓고 말하라니까."

창수가 이러지 말라고 말렸지만 태평은 그를 가볍게 밀어 버렸다.

"김태평, 좋은 말 할 때 놔라. 어린 놈의 새끼가 위아래도 없어?"

잔뜩 흥분한 유준이 몸부림을 쳤지만 태평의 손을 뿌리치기에는 역부족이었다. 태평은 그의 옷깃을 더욱 세게 잡아당겼다.

"이 좆같은 새끼가! 남의 거에 손댄 새끼한테 위아래가 어딨어!"

창수가 다시 달려들었지만 태평의 주먹이 더 빨랐다. 바닥에 쓰러진 유준의 코에서 붉은 피가 터져 흘렀다.

"김태평!"

비명을 지른 민영이 바닥에 쓰러진 유준을 살폈다. 창수는 다시 태평의 앞을 막아섰다. 로지는 덜덜 떨리는 눈으로 화실 안을 살폈다. 정신이 하나도 없었지만 태평이 이렇게 화가 난 데는 분명 그럴 만한 이유가 있을 거라 믿기 때문이었다.

불안함에 흔들리던 시선이 흰 천이 벗겨져 있는 그림에 꽂혔다. 그림을 바라보던 로지가 입술을 질끈 깨물었다. 다른 사람이 손을 댄 흔적 때문이었다. 하늘에 떠 있던 네 개의 태양이 원래의 은은한 색감 대신 피처럼 붉은색을 띠고 있었다.

"한창수, 빨리 구급차 좀 불러. 김태평, 너 진짜 미친 거 아니야?"

유준의 상태가 심상치 않았는지 민영이 소리쳤다. 허둥지둥 휴대폰을 찾는 모두의 귀에 태평의 잔뜩 갈라진 목소리가 들렸다.

"그동안 오로지 그림을 배 터지게 훔쳐 먹은 거로는 성에 안 찼어? 이 악마 같은 새끼야?"

"후, 훔쳐 먹다니? 어디서 그런 억지를!"

코에서 줄줄 흐르는 피 때문에 콜록대던 유준이 간신히 대꾸했다.

"억지? 이 새끼가 죽고 싶어 아주 환장을 했네."

꺄아악ㅡ. 민영이 고막을 찢을 듯한 비명을 지르는 순간, 태평이 바닥에 쓰러진 유준을 발로 힘껏 걷어찼다. 유준은 신음 같은 비명을 터트리며 배를 말아 쥐었다.

"태평아, 제발 진정 좀 해라."

태평을 말릴 수 없다고 판단한 창수는 바닥에 쓰러진 유준을 감싸며 애원했다.

"진정? 내가 지금 진정하게 생겼어? 이 새끼가 로지 그림 다 베껴

놓고도 아니라고 시치미를 떼는데?"

"개소리하지 마. 내가 언제······."

말을 맺지 못한 유준은 다시 격렬하게 기침을 토했고, 민영은 울부짖었다. 창수는 휴대폰을 꺼내 119에 전화를 걸었다. 이 모든 게 로지의 눈에는 마치 소리 없이 돌아가는 영화의 느린 한 장면처럼 보였다. 바로 그때였다. 태평이 유화용 나이프를 집어 든 건.

"······아, 안 돼!"

로지의 덜덜 떨리는 음성에 창수와 민영은 비명을 지르며 유준을 감싸 안았다. 악귀가 환생한 것처럼 형형한 눈으로 유준을 쏘아보던 태평은 나이프를 쥔 손을 허공으로 들어 올렸다.

"한 번만 더 내 거에 손대 봐. 그땐 진짜 죽여 버릴 테니까."

투박한 나이프가 유준이 손을 댄 로지의 그림으로 곧장 날아갔다.

북, 부욱―. 로지는 자신의 그림이 태평의 손에 들린 나이프에 의해 박박 찢어지는 걸 그저 바라만 봐야 했다.

8. 안전지대

쨍그랑―.

태평의 힘을 이기지 못하고 두 동강이 난 나이프가 바닥에 굴렀다. 로지의 팔을 움켜쥔 태평은 가방 두 개를 챙겨 화실 밖으로 나갔다.

"타."

오토바이 앞에 선 태평이 말했다. 로지는 말없이 헬멧을 쓰고 그의 오토바이에 올랐다. 태평은 속도를 올렸다. 그의 허리를 감고 있는 로지의 팔에도 점점 힘이 들어갔다. 허리를 바짝 조이는 그 압박감이 아이러니하게도 꽉 막혔던 그의 숨통을 조금 틔워 줬다.

그리고 오늘처럼 숨이 막혔던, 10년 전 그날의 기억도 함께 터졌다.

작고 마른 남자아이가 바로 눕지도 못한 채 병원 침대에 엎드려 있었다. 벌거벗은 아이의 몰골은 말로 표현할 수 없을 만큼 처참했다. 두 눈은 뜨고 있지만 초점은 없었고, 살랑거려야 할 머리카락은 불에 타 버린 뒤였다. 불에 익어 피부 껍질이 벗겨진 등에서는 진물이 흐르고 있었다.

'안녕, 나는 네 형이야. 올리버라고 해.'

시체처럼 움직임이 없던 아이의 눈동자가 희미하게 움직였다. 올리버는 무릎을 굽혀 앉았다. 밝은 갈색 머리에 연한 색 눈동자가 신기했던 아이는 올리버의 눈을 가만히 바라봤다.

'내 아버지는 영국인이야. 그래서 머리카락 색하고 눈동자 색이 너하고 조금 달라.'

아이의 부모는 화재 사고로 죽었다. 크리스마스이브를 맞아 만들었던 트리가 화근이었다. 반짝반짝한 꼬마전구가 신기했던 아이는 트리 앞을 떠나지 않았다. 엄마와 아빠는 이제 그만 불을 꺼야 한다고 했지만, 아이가 싫다고 고집을 부렸다.

그날 밤, 트리 전구의 누전으로 집은 화염에 휩싸였고 아이의 크리스마스는 악몽으로 바뀌었다. 부부는 목숨을 잃었고, 아들 혼자만 살아남았으니까.

일곱 살에 고아가 된 아이는 영국에서 살던 그의 이모와 이모부를 새 가족으로 맞게 됐다. 사람들은 가여운 조카를 돌보겠다고 나선 그들을 가슴 깊이 존경하고 칭찬했다. 아이의 이모는 그때마다 담담하게 이 한마디만 남겼다.

'우리 언니 아들인데, 당연히 내가 키워야죠.'

겸손하고 따뜻한 그 대답에 사람들은 아이의 비극이 비로소 끝이 났다며 안심했다. 진실을 몰랐기에 내린 성급한 결론이었다. 아이가 막대한 유산을 상속받게 된 이후에, 제 이모의 존재를 알았다는 진실은 아무에게도 알려지지 않았다.

영국에서 온 이모의 이름은 이윤목(李贇木), 그녀의 쌍둥이 언니이자 아이의 어머니 이름은 이윤화(李贇花)였다. 윤목은 언니였던 윤화에게 유감이 많았다. 언니보다 고작 3분 늦게 태어났다는 이유로 예쁜 '꽃 화(花)' 자가 아닌 투박한 '나무 목(木)' 자 이름을 갖게 된 것부터 마음에 들지 않았다.

이름이 달라서였을까? 신은 똑같은 생김새를 가진 두 사람에게 달라도 너무 다른 운명을 주었다.

윤화가 빛이라면, 윤목은 어둠이었다. 윤목이 원했던 건 언제나 윤화에게 돌아갔다. 부모의 사랑도 사람들의 관심도 반짝거리는 미래도 전부 언니의 몫이었다. 윤목의 비극은 거기에서 그치지 않았다. 쌍둥이 자매는 한 남자를 사랑했고, 그 남자는 나무가 아닌 꽃을 선택했다. 윤목은 언니의 결혼식 날, 영국으로 떠났고 다시는 한국을 찾지도 윤화에게 연락하지도 않았다.

평생 언니를 안 보겠다고 맹세했던 윤목은 자신과의 약속을 어겼다. 바로 올리버를 낳게 되면서였다. 금실이 좋은 부부에겐 아이가 쉽게 생기지 않는다는 속설처럼 윤화에게는 아이가 생기지 않았다.

윤목은 언니에게 제 아들 올리버를 마음껏 자랑했다. 평생 자신을 열등감에 떨게 했던 윤화에게 복수하고 싶은 마음에서였다.

하지만 하늘은 이번에도 윤화를 잊지 않으셨다. 마흔을 훌쩍 넘긴 나이에 윤화는 보물 같은 아이를 얻었다. 부부는 아들에게 '태평(泰平)'이라는 이름을 지어 줬다. 이름 그대로 무탈하게 살기를 원하는 마음에서였다. 훗날 그들이 귀한 아들의 평안한 삶을 송두리째 앗아 갈 줄은 꿈에도 모른 채.

진물이 흐르던 상처에 새살이 돋고, 그슬렸던 머리카락도 조금씩 자라났지만 태평의 마음은 그렇지 못했다. 그의 가슴에 잡힌 멍울은 점점 단단해졌다. 이유는 그를 둘러싼 사람들 때문이었다.

'쟤가 부모가 타 죽은 집에서 살아남은 애라며? 그래서 불만 보면 경기를 일으킨다던데. 사실이야?'

'부모가 죽어 가는 걸 처음부터 끝까지 다 봤대. 그러니 불을 보면 제정신이겠어? 미치지 않는 게 다행이지.'

아무도 찾지 않는 태평의 병실을 아지트 삼아 모인 간병인과 간호사는 매일 이러쿵저러쿵 떠들어 댔다. 종이컵에 가래침을 뱉는 그들의 입에는 담배도 물려 있었다.

'그래도 저 아이 양부모가 그렇게 부자래. 쟤가 말만 하게 만들면 우리도 돈 좀 챙길 수 있지 않을까?'

'그럴 수도 있겠지? 근데 말 못 하는 애를 어떻게 말하게 하려고?'

'일단 소리를 내게 하면 되지. 목소리도 소리잖아.'

돈에 눈이 먼 인간은 언제 어디서나 무슨 짓이든 할 수 있는 용기를 언곤 했다. 그들은 태우던 담배를 들고 태평에게 다가왔다.

담뱃불에 지져진 살에서 타는 냄새가 피어올랐다. 태평은 비명을 질렀지만 그 소리는 간병인이 그의 입에 욱여넣은 수건에 의해 바스러졌다. 살려 달라고 호소하는 몸부림은 간호사의 주먹질에 힘을 잃어 갔다.

태평에게 가해진 학대를 주목한 사람은 아무도 없었다. 돈에 눈이 멀어 모른 척하는 사람만 있었을 뿐. 줄어야 할 상처가 늘어 가고, 아물어야 할 흉터가 덧나고 있었음에도 태평의 주치의는 단순히 아이의 체력이 약해서 회복 속도가 느리다고 진단했다. 사리사욕을 채우려는 사람에게 '히포크라테스 선서'나 '나이팅게일 선서'는 없느니만 못한 맹세였다. 밤새 태평이 울부짖으며 흘린 눈물과 그의 몸에서 흐른 피는 간병인이 가져온 크레솔에 의해 깨끗하게 사라졌으니까.

'피 얼룩 닦아 내는 데는 역시 이게 최고야. 시체 냄새 지우는 데도 이것만 한 게 없다니까?'

크레솔 냄새에 취한 태평을 보며 간병인과 간호사는 킥킥댔다. 조만간 너를 병실에서 치울 때도 크레솔을 사용하겠다고 말하면서.

불에 타 죽는 부모를 지켜봐야 하는 것과 살기 위해 의지해야 했던 사람들에게 배신을 당한 것 중 어느 쪽이 아이에게 더 버거웠을까. 태평은 완전히 무너졌다. 그의 명치에는 피멍이 자리 잡기 시작했고, 그 피맺힌 한은 아이의 감정과 감각을 점점 무디게 만들었다.

그러던 어느 날, 올리버가 병원에 찾아왔다.

'태평아, 오늘은 형이 도넛 사 왔어. 많이 먹자. 그래야 형아하고 같이 집에 가지.'

올리버는 잘게 자른 도넛 한 조각을 손으로 집어 태평의 입으로 가져갔다. 입을 벌린 태평은 빵이 아닌 올리버의 검지를 꽉 물었다. 급히 잡아 뺐지만, 올리버의 손가락에서는 시뻘건 피가 뚝뚝 떨어졌다.

'어머, 애가 또 물었어요?'

때마침 병실에 들어오던 간병인이 소리쳤다. 올리버는 별일 아니라고 둘러댔지만 그녀의 얼굴엔 걱정 어린 기색이 가득했다.

'애가 정신에도 문제가 생긴 거 같아요. 살다 살다 이렇게 간호하기 어려운 애는 처음 봐서. 지난번엔 나도 죽이겠다고 갑자기 달려들었는데.'

올리버는 간병인에게 고개를 깊이 숙이며 동생을 잘 부탁한다고 말했다. 그녀는 아무 걱정 하지 말라며 올리버의 등을 토닥였다. 텅 비어 있는 눈으로 두 사람을 바라보던 태평이 천천히 입을 열었다. 그리고 제 목숨을 건 도박 같은 말을 뱉었다.

'살려 주세요. 형.'

그날, 태평은 태어나서 처음으로 목숨을 구걸했다.

끼이익―. 태평과 로지가 탄 오토바이는 한강 공원에 멈춰 섰다. 헬멧을 벗고 머리카락을 털어 흔드는 태평의 눈에 비틀거리는 로지가 보였다.

"왜 그래?"

제대로 서지 못하는 로지를 부축한 태평이 물었다. 헬멧을 벗은 로지의 얼굴은 새하얗게 질려 있었다.

"너무 빨라서…… 조금 놀랐. 우욱."

헛구역질하는 로지 때문에 혼비백산한 태평은 그녀의 등을 가볍게 두드렸다. 로지는 괜찮다며 손을 흔들었다.

"여기 앉아."

태평은 잔디밭 위에 교복 재킷을 벗어 깔고 그 위에 로지를 앉혔다. 주위를 둘러보니 카페가 하나 보였다.

"마실 것 좀 사 올게."

카페로 뛰어가는 태평의 마음은 그 어느 때보다 무거웠다.

뱁새를 태우고 과속을 한 것도, 뱁새의 그림을 찢어 버린 것도 모두 되돌릴 수 있다면 되돌리고 싶은 일들이었다.

"청포도 주스 하나하고, 아이스 아메리카노 한 잔 주세요. 샷 추가해서요."

계산을 마친 그는 주문한 음료가 나오자마자 그걸 들고 다시 뛰었다.

"고마워."

로지는 한결 편해진 얼굴로 태평을 맞았다. 주스를 건네면서 태평의 시선은 자연스레 로지의 손으로 향했다. 그녀의 왼손에는 휴대폰이 들려 있었다.

"민영이하고 방금 통화했어. 병원에 갔는데 다행히 큰 문제는 없대."

태평은 아무 말 없이 로지 옆에 털썩 앉았다. 머리가 찌릿할 만큼 차가운 아메리카노를 마시자 끓어올랐던 흥분이 가라앉는 게 느껴졌다. 로지도 그를 따라 묵묵히 주스를 마셨다.

그는 멍한 얼굴로 정면을 응시했다. 오늘만큼 자신에게 잔인하고 허무한 날이 또 있을까.

로지의 그림을 바라보며 느꼈던 감정들이 모두 추억으로 남았다는 게 미칠 만큼 괴로웠다. 자신의 눈앞에서 로지의 그림에 손을 댄 강유준을 죽이지 못한 게 한이 될 정도였다.

다시 솟으려는 분노를 간신히 누르고 로지를 힐끔 쳐다봤다. 멀미가 완전히 가셨는지 로지는 강물을 보며 빙그레 웃고 있었다.

"네 그림, 강유준이 따라 그렸어."

로지는 아무 말이 없었다.

"강유준이 학교에 걸려 있는 네 〈모성애〉를 영국 전시회에 내놨다고."

떨칠 수 없는 혐오감에 태평은 주먹을 그러쥐었다.

창수에게 처음으로 강유준이라는 이름을 들었던 날이었다. 무심결에 휴대폰으로 그의 이름을 검색하자 구글 이미지에 그의 작품 몇 점이 주르륵 떴다. 그 그림 중 하나가 묘하게 그의 시선을 사로잡았다. 바로 〈사계〉라는 제목을 가진 그림이었다.

"뻔뻔한 새끼가 네 그림 전부를 따라 그린 게 아니라 모티브가 될 만한 것들만 교묘하게 골라 그렸더라."

로지가 그린 그림처럼 강유준도 캔버스를 네 개의 면으로 나눠 그림을 그렸다. 사계절의 변화에 따라 달라지는 두 인물의 관계를 그린 그림이었다. 배경만 다를 뿐 인물들의 구도와 포즈가 로지의 그림 속 어머니와 딸을 떠올리게 했다.

허공을 힘주어 바라보던 태평은 흘낏 고개를 돌렸다. 로지는 흘러가는 강물만 바라보고 있을 뿐 입을 꼭 다물고 있었다.

"왜 아무 말도 안 해?"

로지의 어깨를 제 어깨로 툭 쳤다. 그제야 로지는 강가를 바라보던 시선을 돌려 태평을 바라보았다. 마주한 얼굴이 말갛고 태연했다. 그 초연한 표정에 화가 났다. 자신이 헛소리를 지껄이고 있다고 생각하는 게 분명했다.

"무시하지 마. 다른 사람들은 몰라도, 나는 알아."

영국에서 지내는 동안 태평은 수많은 그림을 자의 반, 타의 반으로 봐 왔다. 직접 보기 어려운 명화도 수없이 감상했다. 모두 학습과 치료를 위해서였다. 태평에게 예술이란 타인의 경험과 감각을 훔쳐서 제 것처럼 느껴 보는 게 다일 뿐이었다. 시간이 흐를수록 그림을 보는 안목이 까다로워지면서, 점점 더 많은 그림을 찾아다녔다. 하지만 그 어떤 그림도 태평의 마음을 움직이거나 관심을 끌지는 못했다. 그림을 보는 안목은 생겼지만, 그림을 느끼는 오감이 죽어 버린 탓이었다.

로지의 그림이 처음이었다. 누가 그렸는지도 몰랐던 그 그림에서 눈을 뗄 수가 없었다. 질척거리는 죄책감이 흘러넘치는 그림 때문에 신경질이 났고 흥분이 일었다. 그림을 그린 사람에 대한 생각이 시도 때도 없이 머릿속을 헤집어 놓았다. 죽어 있다고 생각했던 감정이 펄떡거리며 존재감을 드러냈다. 믿을 수가 없었다. 의사도 찾지 못했던, 본인조차 포기하고 말았던 감각을 끌어내는 그림을 만날 수 있을 거라고 상상도 못 했으니까. 그런 힘을 가진 그림을, 강유준이 몰라봤을 리가 없었다.

"네 그림은 진짜야."

침묵을 지키던 태평이 내뱉었다.

"……."

"강유준뿐 아니라 다른 누구라도 훔치고 싶을 만큼."

"……."

"그래서 그 새끼의 호의가 의심스러웠어. 네가 홍민영의 친구라는 이유 하나만으로 작업실을 내줬다는 게. 아름다운 예술을 추구하는 것들이 원래 제일 지저분해. 영국에도 너처럼 재능을 도둑맞는 사람들이 많아. 세 살짜리 어린애가 그린 그림을 자기가 그렸다고 발표한 미대 교수도 있었으니까."

긴 설명에도 로지는 여전히 아무 말이 없었다. 흔들림 없는 눈으로 정면만 응시할 뿐이었다. 태평의 입에서 한숨 비슷한 날숨이 흘러나왔다. 세상이 뒤집힐 일인데도 덤덤하기만 한 오로지가 답답해서였다. 연신 긴 숨을 토해 내던 태평의 얼굴이 일그러졌다. 덜컥 자신이 큰 착각에 빠졌던 게 아닐까 하는 의심이 일어서였다. 로지가 제 마음을 어느 정도는 눈치챘을 거라고, 그러니 다른 사람 말보다 제 말에 먼저 귀를 기울여 줄 거라고 믿었는데……. 그 기대가

서서히 꺼지는 느낌이었다.

"나를 또라이라고 하지 마. 내 앞에서 그 새끼 편도 들지 마. 욕하고 싶으면 집에 가서 너 혼자 있을 때 해. 강유준 편은 홍민영 앞에서나 들어. 그 개새끼가 네 그림을 훔쳤다는 걸 증명할 방법이 없어서 지금까지 참았지만. 오늘 네 그림에 손대는 건 내가 똑똑히 봤어. 그것까지 의심하면 너도, 가만 안 둘 거야."

말을 마친 태평은 다시 쓰디쓴 아메리카노를 들이켰다. 답답함으로 가득했던 속에 카페인을 들이붓자 심장이 쿵쿵 뛰었다. 얼음도 하나 입에 넣었다. 그걸 씹어 넘겼지만 타는 듯한 목마름이 가시지 않았다. 다시 얼음을 하나 더 먹으려던 순간이었다. 하염없이 강만 바라보던 로지가 입을 열었다.

"너, 의심 안 해."

태평은 미심쩍다는 표정으로 로지의 다음 말을 기다렸다.

"한 번도, 너를 의심한 적 없어."

"……."

"맞을 만한 짓을 했으니까 때렸겠지."

로지는 조금 복잡한 표정으로 말을 이었다.

"내 그림을 따라 그린 줄은 몰랐어. 선생님이 영국에서 그림 그린다고만 했지, 그걸 나한테 보여 준 적은 없었거든."

태평은 휴대폰을 꺼내 캡처해 둔 사진을 로지에게 보여 줬다. 그림을 본 로지는 한동안 말을 잇지 못했다.

"……표절이라고 주장하기 무서울 만큼, 다른 그림처럼 잘 베꼈네.

그린 사람이 아니라면 몰라보겠어."

"그 새끼, 고소할까? 변호사 선임하면 되는데."

로지는 고개를 가볍게 흔들었다.

"돈 때문에 그래? 내가 낼게. 그건 걱정하지 마."

"아니야. 돈 때문이 아니라……."

"돈이 아니면 뭐? 그래도 선생 대접은 해 줘야겠다, 그거야?"

점점 격해지는 태평의 태도에도 로지는 그들 앞을 유유히 흐르는 강처럼 차분했다.

"고소할 만한 가치가 없어서 그래."

"……."

"네가 없었다면. 그래, 나 혼자서라도 선생님, 아니, 강유준 씨를 고소하거나 최소한 따져 물었겠지. 그런데 지금은 정말 아무렇지 않아."

태평은 어이가 없다는 얼굴로 로지를 바라봤다. 그의 표정에 담긴 감정을 읽었는지 로지는 조금 더 작아진 목소리로 속삭였다.

"내가 뺏긴 그림이 내 인생에서 두 번은 못 그릴 그림이었다면 진짜 속상했을 거야. 오늘 네가 패 준 거로는 속이 시원하지 않을 만큼……. 그런데 나는 앞으로 더 좋은 그림을 그릴 수 있게 됐거든. 지금까지 그려 온 그림과는 비교도 할 수 없을 만큼 훨씬 더."

"……."

"그림이 살아 움직일 수도 있다는 걸, 너 때문에 알게 됐으니까."

태평을 보고 있는 로지의 얼굴에 감사한 미소가 번졌다.

"사실 오늘 너한테 보여 준 그림을 두 달 동안 붙잡고 있었어. 여러 번 다시 그려야 했거든. 그릴 때마다 아쉬움이 남아서 그랬어. 어제 그린 것보다 오늘 그린 게 더 좋고, 오늘보다는 내일 그린 그림이 더 좋아졌으니까. 그 이유를, 그림을 완성하던 날에 알게 됐고."

"……."

"너를 향한 내 감정이 깊어져서였어. 그래서 그림 속에 담은 너도 조금씩 달라졌던 거 같아. 나뭇잎의 결은 더 생생해지고, 하늘은 더 깊어지고, 태양은 더 고요해졌으니까."

로지의 목소리에 귀를 기울이고 있던 태평은 손등을 그의 뺨으로 가져갔다. 지금 듣고 있는 말들이 실감이 나지 않아서였다. 내리깐 눈으로 로지의 옆얼굴만 훑었다. 생각을 정리할 시간이 필요했는지 로지는 잠시 호흡을 모았다가 말을 이었다.

"그래서 누군가 내 그림을 베꼈건, 훔쳤건…… 하나도 아쉽지 않아. 그것들은 모두 내 최고의 그림이 아니었으니까. 앞으로 그릴 그림이 내 진짜 작품이 될 테니까. 그런 자신감을 얻고 나니까 마음이 편해졌어."

말을 맺은 로지는 옆에 놓여 있던 헬멧을 집어 들었다. 태평은 얼떨떨한 표정을 감추지 못하며 로지가 그의 헬멧에 머리를 집어넣는 걸 쳐다보았다.

시커먼 남성용 헬멧을 쓴 로지는 버라이어티 쇼에서 벌칙을 받는 사람처럼 우스꽝스러웠다. 웃음이 튀어나와야 했지만 그는 웃지 않았다. 헬멧 속에 숨은 로지의 진지한 얼굴을 비웃고 싶지 않아서였다.

"부끄러워서 이것 좀 쓰고 말할게."

"……."

"내가, 말을 잘 못해서 시작을 이상하게 했는데."

"……."

"오늘 너한테 그림을 준 건. 음, 그러니까 내가 너를……."

헬멧 안에서 웅얼거리던 목소리가 사라졌다. 태평은 로지를 있는 힘껏 끌어안았다. 떨리던 목소리처럼 로지의 몸도 떨리고 있었다. 그 떨림에 태평의 입에서 불안한 숨소리가 터져 나왔다.

"나는, 너한테 미쳐 있어."

이를 악물었다. 웅크리고 잠들었던 지난날이 떠올랐다. 죽으려면 언제든 죽을 수 있었다. 죽을 만큼 아프지 않아서, 죽기에는 고통이 모자라서 죽지 못한 게 아니었다. 이곳이 지옥이라 살았다. 부모를 살해한 자식이 살기에 적당한 지옥이라 버티고 버텼을 뿐이었다. 그 아픔을 고스란히 드러낸 얼굴로 태평이 속삭였다.

"미친 정도가 아니라, 돌아 버렸어."

로지의 살아 있는 그림은 역으로 그가 자살 시도를 했던 당시를 반추하게 했다. 죽음으로 그가 겪고 있는 아픔의 크기를 증명하려 했던 과거가 부끄러웠다. 해가 없이도 살 수 있는 강인한 나무가 태평이라던 로지의 말이, 그의 심장을 아프게 그러쥐었다.

"나는 이제, 널 알기 전으로는 돌아갈 수 없어."

준비되지 못한 고백들이, 비처럼 투두둑 떨어져 내렸다. 간헐적인 숨을 몰아쉬며 태평은 어지럽게 떠도는 생각을 추슬렀다. 로지를 알기 전 그의 삶이 주마등처럼 스치고 지나갔다. 화재 사고로 생긴 트라우마를 잊기 위해 애를 쓸수록, 태평은 트라우마에 더욱 중독되어 갔다. 밤마다 꾸는 악몽은 끊임없이 과거의 그를 현실로 소환했고, 태평을 현재가 아닌 과거에 머무르게 했으니까. 그런데 그 악몽…… 태평이 스스로에게 해 왔던 세뇌이자 거짓말이라는 걸 로지와 로지의 그림이 일깨웠다. 꿈에서 그가 죽여야 했던 아이는 다름 아닌 자신의 죄책감이었다는 것을. 그 죄책감을 죽여 없애면서까지 살아 내고 싶었던 게 자신의 숨겨진 본능이자 의지였다는 것도.

　붉은 노을이 내렸던 강가는 이제 캄캄한 어둠에 잠기고 있었다. 찬란한 색을 자랑했던 풍경들도 점차 그 색을 잃어 갔다. 그래서인지 태평에게는 이 모든 순간이 꿈결처럼 느껴졌다. 선선한 바람이 등허리에 감겨 오는 감각도, 로지의 작은 숨소리가 가깝게 들리는 것도, 안고 있는 몸에서 뿜어져 나오는 싱그러운 나무 향도.

　"……태평아."

　기분 좋은 잠에 취해 있던 태평의 귀에 간지러운 음성이 들렸다. 가슴이 터질 듯 부풀어 올라 태평은 대답 대신 짧은 신음만 뱉었다. 로지는 팔을 들어 태평의 허리를 감싸 안았다. 가느다란 팔이 전한 온기에 태평의 눈가가 붉어졌다.

　"그림, 다시 그려 줄게."

"……."

"오늘 준 것보다 더 좋은 그림으로."

"……."

"그러니까 속상해하지 마."

태평은 로지를 더욱 세게 끌어안았다. 로지의 그림을 찢어 버리던 순간이 떠올랐다. 나이프를 대는 순간 그림은 비명을 질렀다. 그 소리가 듣기 싫어 칼을 든 손에 더 힘을 줬다. 온전히 지켜 주지 못해서 미안한 마음을 그렇게밖에 표현하지 못했다.

"미안해."

버석하게 갈라진 목소리로 진심을 담아 사과했다. 로지는 가볍게 도리질을 쳤다.

"미안하기는, 너한테 보여 줬을 때부터 그건 이미 네 그림이었어."

괜찮다고 말한 로지는 태평의 등허리를 토닥였다. 그 작은 손이 전하는 울림이 태평의 가슴 밑바닥까지 전해졌다.

바보 같은 뱁새. 그래서 더 예쁜…… 오로지.

그림을 빼앗긴 사람은 태평이 아니었다. 로지였다. 그런데 정작 위로를 받는 사람은 자신이라니. 그게 너무 안타까워 미칠 것 같았다. 태평은 로지가 쓰고 있는 헬멧에 그의 뺨을 가져갔다. 로지의 뒤로 해가 완전히 져서 스산해진 강가가 보였다.

그 어둠 속에 서 있는 어린 시절의 태평이 보였다. 영국으로 떠나기 전이었다. 올리버는 한국과 작별 인사를 하라고 태평을 데리고 이곳에 왔었다.

태평을 업은 올리버는 나쁜 기억들은 모두 이 강에 던져 버리고 영국에서 새롭게 시작하자고 했다. 그의 노력이 무색하게, 태평은 대답 대신 발작을 일으키며 쓰러졌다. 강 건너 도로에 줄지어 서 있던 차들의 붉은 브레이크 등 때문이었다. 그 빨간 불빛들이 트리를 감쌌던 꼬마전구 같아서, 불에 휩싸여 피눈물을 흘리던 부모님의 눈처럼 보여서…… 태평은 정신을 잃어버리고 말았다.

　오늘도 차들은 새빨간 브레이크 등을 환히 밝힌 채 기다란 꼬리를 만들고 서 있었다. 태평은 어렸을 때와 달라진 것이 없는 똑같은 풍경을 두 눈에 똑똑히 담았다.

　"오로지."

　로지의 이름을 부른 순간, 로지가 쓰고 있던 헬멧 위로 뜨거운 눈물이 한 방울 떨어졌다. 태평은 그의 눈물이 떨어진 곳에 가만히 입을 맞췄다. 감사함을 담은 입맞춤이었다.

　악몽을 떨치지는 못했지만, 적어도 꿈과 현실을 구분할 수는 있게 되었으니까. 로지와 가까이 닿아 있는 만큼, 그의 마음도 로지의 마음에 마주 닿았으니까.

　"좋아해."

　머릿속을 꽉 채운 감정이 태평의 입술을 스치고 떠나갔다. 로지의 팔이 그의 허리를 느릿하게 당겨 안는 게 느껴졌다. 서로의 몸만 꼭 끌어안은 채 둘은 한동안 말이 없었다. 잠시 정적을 흘려보낸 뒤 로지가 속삭였다.

　"너만 돈 거 아니야."

"……."

"나도 완전히 돌아 버렸어."

"……."

"김태평한테."

감당할 수 없는 충만한 감정이 태평의 머릿속을 꽉 채웠다. 낮은 한숨을 몰아쉬며 로지를 더욱 강하게 끌어안았다. 터질 듯이 쿵쿵대는 심장과 달리 그의 얼굴은 잔잔한 평화로 깊게 물들고 있었다.

태평이 유준과 싸움을 벌인 날로부터 2주가 지나면서 계절은 어느새 한낮에는 땀이 나는 초여름으로 바뀌었다. 아침 일찍 등교한 민영은 로지가 오기만 애타게 기다리는 중이었다.

"로지야, 여기!"

민영은 긴장한 얼굴로 교실로 들어오는 로지를 반겼다.

"일찍 왔네?"

로지 역시 밝게 꾸며 낸 표정으로 민영에게 인사했다. 짤막한 인사를 끝으로 두 사람 사이의 분위기는 다시 어색해졌다. 반 친구들은 아무도 눈치채지 못했지만 민영과 로지는 화실에서 있었던 사건 이후로 조금 서먹하게 지내고 있었다.

"우리 오늘부터 옥상에 정원 만들기로 했잖아."

민영은 동아리 이야기로 어색함을 풀어 보려 했다.

"응."

"담쟁이 먼저 심자. 창수가 옥상에 플랜트 가져다 놨대."

"그래? 창수가 고생했겠다."

고개를 끄덕인 로지는 MP3를 꺼내 들었다. 태평에게 민영을 대신해 담쟁이를 심는다는 메시지를 보내는 것 같았다. 그 모습을 말끄러미 바라보던 민영이 로지의 팔을 건드렸다.

"오늘 점심에 급식 말고 다른 거 먹자. 내가 샌드위치랑 커피 싸 왔어. 옥상에서 먹을까?"

"정말? 나야 좋지."

방그레 웃는 로지 얼굴에 힘을 얻은 민영이 한마디 더 보탰다.

"김태평 것도 싸 왔으니까 와서 먹으라고 해. 창수랑 같이."

민영의 말이 끝나기가 무섭게 MP3를 들고 있던 로지의 손이 파르르 떨렸다.

"……태평이도? 그렇게 무리할 것까지는."

연한 커피색 같은 로지의 눈동자가 불안하게 흔들렸다. 겁을 잔뜩 먹은 그 눈은 '민영아, 설마 오늘 내 눈앞에서 우리 태평이 코피라도 터트리려는 건 아니지?'라고 묻는 것 같았다. 민영은 걱정하지 말라는 듯 싱긋 웃어 보였다.

"무리하기는, 동아리 부장이라면 이 정도는 해야지. 잘 먹여야 일도 더 열심히 할 테니까."

부드러운 민영의 목소리에 로지는 마지못해 대답했다.

"……알겠어."

민영과 로지는 그렇게 평소와 같으면서도 다른 하루를 시작했다.

"선배님!"

점심시간에 맞춰 옥상으로 올라간 민영과 로지를 창수가 반겼다. 그는 민영과 로지가 들고 있는 도시락 가방을 냉큼 받아 들고 물탱크 쪽으로 걸어갔다.

"여기밖에 그늘이 없더라고요."

어디에서 구해 왔는지 창수는 돗자리 하나를 그늘 위에 펼쳤다. 그 위에 옹기종기 모여 앉은 세 사람은 민영이 준비해 온 샌드위치와 커피를 하나씩 꺼내 들었다.

"김태평은 왜 안 와?"

민영이 창수에게 물었다. 창수는 민영의 입에서 태평의 이름을 듣게 될 줄 몰랐는지 조금 놀란 표정을 지었다.

"태평이는 교무실에 갔다가 온다고 했어요."

"교무실? 왜? 또 사고 쳤대?"

"아니요, 로지 선배님 일 도와드린다고요."

민영은 그게 무슨 말이냐는 눈빛으로 로지를 바라봤다.

"교무부장 선생님 화분에 갈색 깍지벌레가 생겨서."

"갈색 깍지벌레? 개각충 말이야?"

교무부장이 애지중지하는 천리향에 벌레가 생겼다는 말에 민영의 눈이 반짝였다.

"응, 그렇게 조심한다고 했는데 결국 생겨 버렸어."

시무룩해진 로지 앞에서 민영은 배를 잡고 웃으며 데굴거렸다.

"와, 나 살면서 개각충한테 고마운 건 처음이네. 개각충이 동족을 알아본 거 아닐까? 인간계의 해충을?"

민영의 농담에 창수마저 웃음을 터트렸다. 두 사람이 웃음을 멈추길 기다린 로지가 다시 태평이 교무실에 간 이유를 설명했다.

"오늘 내가 살충제 뿌리려고 했는데, 태평이가 대신해 주겠다고 해서."

"잘했어. 너 개각충 만지는 거 진짜 싫어하잖아. 그러면 일단 우리 먼저 먹자."

김태평 몫의 빵과 커피를 따로 챙겨 둔 민영은 들고 있던 빵을 크게 한 입 베어 물었다. 그리고 지난 2주 동안 있었던 일들을 하나씩 되새겼다.

유준이 병원에 실려 갔다는 소식에 민영의 집안도 발칵 뒤집혔다. 멀쩡했던 사람의 코뼈가 부러지고 갈비뼈에 금이 갔으니 당연한 일이었다.

민영은 초조한 마음을 숨길 수가 없었다. 아들 사랑이 끔찍한 큰어머니 성격이라면 태평은 물론 로지까지 고소하고 남을 것 같아서였다. 그런데 일은 민영의 예상과는 다른 방향으로 흘러갔다.

'유준이가 화실에서 넘어졌다며? 너 그때 오빠 옆에 없었어? 오빠 좀 잘 챙기지 않고 뭐 했어! 엄마가 앞으로 형님하고 유준이 얼굴을 어떻게 보니?'

병원에 다녀온 엄마의 말에 민영은 말문을 잃었다.

왜 혼자 넘어져서 다쳤다고 했을까. 오빠가 로지하고 태평을 생각해서 그렇게 말했을 리는 없는데…….

유준은 온화한 성격이지만 좋은 집안에서 나고 자란 사람답게 자존심이 셌다. 억울한 일을 당하고도 참을 사람은 아니었다.

'형님이 화실도 정리한다니까 너도 당분간 실기는 그만둬. 내신이나 신경 쓰자. 엄마가 과외 선생 구해 놨어. 앞으로 수업 끝나면 곧장 집으로 와.'

엄마는 기다렸다는 듯 민영을 집에 붙들어 놓을 계획을 줄줄이 늘어놨다. 평소 같으면 반항 비슷한 거라도 했겠지만 유준의 이상 행동에 놀란 민영은 잠자코 엄마의 잔소리를 흘려듣고 있었다.

'그 로지인가 뭔가 하는 애하고도 알아서 정리해. 이제 너도 급이 맞는 친구하고만 놀아. 걔도 참 가증스럽지. 너 때문에 유준이 화실에 다니면서 그림 배울 땐 언제고, 선생님이 다쳐서 입원했는데 병문안 한번 안 오니? 이래서 집안이 중요한 거야. 가난한 집에서 자란 애들이 더 이기적이고 예의도 없다니까?'

딴생각에 잠겨 있던 민영은 로지라는 이름에 참지 못하고 발끈했다.

'엄마가 뭘 안다고 그런 말을 해?'

'내가 틀린 말 했니? 유준이가 그러더라. 네 친구가 물감하고 붓도 살 여유가 안 돼서 자기가 사 줬다고, 그리고 매일 집에도 데려다줬다며? 그렇게 잘해 줬는데 연락 한번 없어서 서운하다고 했어. 아니, 생각할수록 기가 막히네! 걔네 아버지도 제정신은 아니야. 돈도 없으면서 딸한테 미술을 왜 시켜서 우리한테까지 민폐를 끼치는지.'

민영은 어금니만 꽉 깨물었다. 로지에 대해 함부로 말하는 엄마가 야속했지만 그 순간만큼은 로지의 험담을 한 유준이 더 미웠다.

로지가 뭘 해 달라고 한 적도 없는데 자기가 해 줘 놓고 왜 갑자기 생색이지? 오빠가 로지를 좋아한 게 아니었나? 그러면 그동안 왜 그렇게 잘해 준 건데?

한번 품기 시작한 의심은 줄줄이 따라붙는 기억들과 함께 눈덩이처럼 불어났다. 유준은 로지가 그린 그림이라면 그게 무엇이든 관심을 보였었다. 그뿐이 아니었다. 로지가 대충 끼적인 스케치들도 모두 꼼꼼히 살펴보고 코멘트하는 걸 잊지 않았었다. 그게 자꾸만 김태평이 했던 주장을 뒷받침하는 것처럼 느껴졌다.

'너도 내일 오빠 병문안 다녀와. 유준이가 이번에 한국에서 열기로 했던 개인전만 마무리하면 다시 영국으로 간대. 오빠 얼굴 볼 수 있을 때 자주 봐 둬.'

'오빠가 개인전을 한다고?'

'그래, 한국에서 그린 그림만 모아서 발표한대. 어휴, 몸도 안 좋은데 전시회 일정을 제대로 소화할 수나 있을지.'

거실을 둘러보던 민영의 눈에 유준의 개인전 팸플릿이 들어왔다. 그걸 펼쳐 유준의 그림을 하나씩 살펴봤다. 로지의 그림을 따라 그린 그림은 보이지 않았다.

정말 다행이야. 내가 생각한 최악의 시나리오는 아니라서.

민영은 당연한 결과라고 생각했다. 유준은 어렸을 때부터 신동이라 불리며 커 온 사람이었다. 남의 그림에 손을 댈 만큼 역겨운

짓을 할 이유가 없었다. 유준을 의심한 걸 미안해하며 팸플릿의 마지막 장을 덮었을 때였다. 민영의 시선이 낯익은 그림에 박혀 들었다.

이건…….

모작이라고 단정 지을 수는 없지만 유준의 그림을 보는 순간 민영은 로지의 그림 하나를 떠올렸다. 피아졸라의 〈아디오스 노니노〉를 감상했던 음악 시간에 로지가 그렸던 무희 그림이었다. 물속에서 춤을 추는 댄서들의 움직임이 인상 깊어 민영이 화실에서 다시 그려 달라고 했던 그림이기도 했다.

민영은 다시 유준의 그림을 바라봤다. 아름답게만 보였던 그림이 앙리 마티스의 〈댄스 Ⅰ〉과 로지의 그림을 더한 정체를 알 수 없는 그림처럼 보였다.

다음 날 민영은 유준이 입원해 있는 병실을 찾았다. 그는 부기가 많이 가라앉은 얼굴로 민영을 반갑게 맞았다. 가벼운 안부를 주고받은 뒤 민영이 대수롭지 않게 물었다.

'오빠, 왜 김태평 고소 안 해?'

유준은 묘한 한숨을 쉬며 대답했다.

'어린 애가 치기 어린 행동 좀 한 걸 가지고, 나까지 가세할 필요가 있나. 민영이 네 후배인데 내가 한번 참고 넘어가야지.'

다정하고 너그러운 대답이었지만 어딘지 모르게 미리 준비한 것 같은 느낌이었다. 민영은 시비를 거는 것처럼 다시 물었다.

'나는 상관없어. 잘못했으면 벌을 받아야지. 왜 피해자인 오빠가

그 일을 덮어? 그러면 오빠가 구린 데가 있는 사람 같잖아. 안 그래?'

잘잘못을 따지라는 조언에 유준의 표정이 싸늘하게 굳었다. 이런 유의 대화를 민영과 하는 게 내키지 않는 눈치였다.

'민영이 너도 김태평한테 메일 받았어?'

'무슨 메일?'

'내가 로지 그림 〈모성애〉를 베껴 그렸다고 따지는 메일.'

큰 충격을 받은 민영은 멍하니 오빠의 얼굴만 쳐다보았다. 유준은 놀라서 어쩔 줄 모르는 민영을 보며 고개를 빠르게 저었다.

'받았든, 안 받았든 그게 중요한 게 아니고, 걔한테 가서 웃기지 말라고 전해. 영국에 출품한 내 〈사계〉가 로지 그림보다 먼저 그린 그림이었어. 증빙하려면 얼마든지 할 수 있으니까.'

긴 해명 끝에 유준은 사촌 오빠가 아닌 친구 편을 드는 민영에게 서운하다는 말도 덧붙였다. 민영은 말없이 복사해 온 종이 한 장을 내밀었다. 종이를 훑어본 유준은 턱에 힘을 잔뜩 넣은 채 민영을 싸늘하게 쳐다보았다.

'오빠가 〈모성애〉 그림까지 손댄 줄은 몰랐어. 학교 선생님들이 그 그림을 보고 로지가 강유준의 제자답다고 말했던 게 이제 이해가 되네.'

'제자가 선생 그림에 영향을 받는 게 당연한 거 아닌가?'

뻔뻔한 유준의 대답에 민영의 온몸에는 소름이 돋았다. 의심이 확신으로 굳어지는 순간이었다.

'그래, 영국에 전시했을 정도면 오빠가 이미 손을 써도 여러 번

썼겠지. 그건 그렇고 지금 손에 들고 있는 그림은 어떻게 설명할 건데? 그것도 로지보다 먼저 그렸다고 주장할 생각이야?'

'내가 그런 주장을 왜 해? 사실을 사실이라고 주장하는 사람도 있어?'

아니라고 잡아떼는 유준 앞에서 민영은 비식 웃었다. 말이 통하지 않는 사람에게 더 따져 봐야 쓸데없는 시간 낭비였다.

'나는 오빠만큼 잘나지도 않았고, 로지만큼 그림을 잘 알지도 못해. 그래서 어디까지가 표절이고 오마주고 모작인지 잘 몰라. 그런데 한 가지 알려 주고 싶은 게 있어. 지금 오빠가 손에 들고 있는 그 그림, 작년에 우리 반 친구들하고 음악 선생님까지 전부 봤던 그림이야.'

'……'

'거기, 춤추는 여자 머리 위에 꽃 한 송이 꽂힌 거 보이지? 오빠 그림에도 머리에 꽃 꽂은 여자가 있던데.'

'……'

'그 꽃, 로지가 아니라 음악 선생님이 그렸어. 탱고 음악을 듣고 그린 그림이니까 탱고를 추는 여자도 한 명 있어야 하지 않겠냐면서. 그것마저 따라 그렸더라?'

유준은 민영의 말에 코웃음을 쳤지만, 그의 목소리는 조금 전보다 훨씬 굳떴다.

'어린 애들 장난에 놀아나는 건 여기까지 하자. 네 얼굴 봐서 불쌍한 애 하나 도와줬다가 이게 웬 망신인지.'

민영은 아랫입술을 깨물며 웃음 지었다.

'이 정도로 망신이라니. 곱게 자란 사람이라 뭘 몰라도 한참 모르네. 진짜 망신당하고 싶지 않으면 이번 전시회 취소해. 내가 오빠 그림에 똥이라도 뿌리는 걸 보고 싶지 않다면.'

'하, 네가 그럴 수 있다고? 작은아버지 호적에 오르려면 바짝 엎드려 있어도 모자랄 텐데, 감히 날 건드리시겠다?'

빈정거리며 쏘아붙이는 유준 앞에서 민영은 보란 듯 고개를 똑바로 들었다.

'내가 못 할 것 같아? 오빠 말대로 나, 강민영이 아니라, 홍민영이야. 강민영은 못 해도 홍민영은 할 수 있어. 아쉬울 게 없는 사람은 오빠가 아니라 나라고. 그러니까 잘 생각해.'

그날 이후 민영은 잠 한숨 제대로 자지 못했다. 로지에게 유준을 소개한 게 미안해 죽을 것 같았고, 유준을 친오빠처럼 믿고 따랐던 자신이 비참해 견딜 수 없었다. 화실을 빌려 쓰고 있는 것만으로도 고마워 어쩔 줄 모르던 로지 생각에 밤마다 울고 있을 때였다. 영원히 멈추지 않을 것 같았던 눈물은 유준이 개인전을 취소하기로 했다는 소식에 간신히 멎었다.

"저, 선배님!"

창수의 목소리에 침묵을 지키던 민영과 로지가 동시에 고개를 들었다.

"샌드위치 감사하게 잘 먹었습니다. 잠깐 화장실에 다녀올게요."

"그래."

민영의 허락을 받은 창수는 자리에서 일어났다. 속이 깊은 후배였다. 민영과 로지가 아무 말 없이 샌드위치만 먹는 걸 보고 편히 이야기하라고 자리를 비켜 준 것 같았다. 창수의 센스에 고마워하며 민영이 무거운 입을 열었다.

"로지야."

말간 로지의 눈동자가 민영의 얼굴을 비추었다.

"유준 오빠가 김태평한테 맞은 일은 문제 삼지 않을 거야. 집에 다가는 넘어져서 다쳤다고 했어. 혹시 걱정하고 있을까 봐."

얼굴이 많이 수척해진 로지는 가만히 고개만 끄덕였다.

"미안해, 로지야."

"응? 뭐가."

"네가 제일 잘 알 거야. 엄마 재혼으로 나 많이 힘들었어. 새아버지는 나한테 눈길도 안 주고 동생이라고 부르기도 싫은 놈하고 매일 싸우느라. 우리 엄마 욕심에 재능도 없는 그림까지 그려야 해서 너무 괴로웠는데, 유준 오빠가 날 많이 챙겨 줬어. 그래서 오빠한테 네 이야기를 정말 많이 했는데……."

민영의 두 뺨에 뜨거운 눈물이 흘렀다.

"오빠만큼 그림을 잘 그리는 애가 있다고, 그 친구가 오빠처럼 유학도 가고 전시회도 열었으면 한다고."

"민영아, 괜찮아. 네 맘 다 알아."

민영의 손을 잡은 로지의 눈에도 눈물이 그렁그렁 맺혔다.

"그동안 네 걱정 많이 했어. 나 잘되라고 도와준 건데…… 네가 중간에서 너무 힘들게 돼 버려서. 네가 내 눈치를 보는 게 더 미안해서 말을 못 했어."

"로지야아, 내가 진짜 미안해……."

민영은 로지의 어깨에 이마를 묻고 눈물을 쏟았다. 구구절절 말할 수 없는 것들이 모두 눈물로 바뀌어 흘러내렸다. 로지는 가만히 민영의 눈물을 닦아 줬다. 그 손길에 민영의 마음을 내리눌렀던 짙은 불안도 조금씩 사라졌다. 사촌을 잃는 것 따위는 무섭지 않았지만 하나밖에 없는 친구마저 잃을까 봐 괴로워했던 민영이었다.

"저기, 민영아."

실컷 울던 민영을 로지가 가만히 불렀다. 민영은 눈물이 가득한 얼굴을 뒤로 물리고 로지를 바라봤다.

"사람도, 그림이랑 같은가 봐."

"……."

"그림을 그릴 때 있지, 가끔 내가 모든 걸 완벽히 이해하고 그렸다고 생각할 때가 있거든? 그런데 그런 그림이 막상 다 그려 놓고 보면 너무 엉망인 거야. 다 안다고 생각했던 내 자만이 그림을 망친 거지."

"……."

"사람도, 다 알고 있다고 생각하면 안 되는 거 같아. 그냥 계속 알아 가야 하는 게 사람인가 봐. 배움에 끝이 없는 그림처럼. 우리 서로한테 미안해 말고, 많이 배웠다고 생각하자. 응?"

로지의 말을 가만히 듣던 민영은 샌드위치 통과 컵을 한쪽으로 치웠다. 그러고는 로지의 무릎을 베고 벌렁 누웠다. 긴장했던 마음이 스르륵 풀리면서 부족했던 잠이 쏟아졌다. 뜨거운 햇살마저도 노곤한 기분 탓인지 따뜻하게 느껴졌다.

"로지야."

"응?"

"우리 아빠가 내가 처음으로 화분을 샀던 날 그랬다? 민영이 너는 꽃을 키우는 사람이 아니라 꽃처럼 예쁘게 사는 사람이 되면 좋겠다고."

"너희 아빠 되게 로맨틱하셨구나."

로지의 얼굴에 미소가 번졌다. 그 미소에 민영의 얼굴도 오랜만에 밝아졌다.

"맞아, 우리 아빠가 완전 딸 바보였거든. 아무튼, 우리 아빠 말대로 너하고 나도 꽃처럼 살면 좋겠어. 사랑을 많이 받으면 받을수록 더 예쁜 꽃을 피우는 꽃!"

로지는 대답 대신 민영의 머리를 살살 쓸었다.

"오늘따라 아빠가 너무 보고 싶네."

천천히 깜빡이던 민영의 눈이 스르륵 감겼다. 지난 2주 동안 긴장했던 몸과 마음이 이완되면서 눈앞이 흐릿해졌다. 달콤한 낮잠을 즐기던 민영은 창수의 다급한 목소리에 몸을 일으켰다.

"선배님! 교무실에 지금 난리가 났어요. 태평이가 교무부장 선생님 화분을 깨서!"

늘 굼뜨게 움직이던 로지가 가장 먼저 옥상에서 뛰어나갔다.

"아유, 우리 최 선생님 오늘 또 뚜껑 열렸네."
"이사장님이 선물한 화분이 깨졌으니 그럴 만도 하죠."
"그래도 설마 학생이 일부러 깼으려고, 실수 아니겠어?"

교무실에 도착한 로지의 귀에 삼삼오오 모여 수다를 떠는 선생님들의 목소리가 들렸다. 로지의 눈은 빠르게 태평이 있는 쪽으로 향했다. 창수의 말대로 바닥에는 산산조각이 난 화분과 흙이 쌓여 있었다.

"김태평, 너 지금 나하고 뭐 하자는 거야? 감히 내가 아끼는 화분을 보란 듯이 깨?"

얼굴에 피가 몰린 교무부장이 소리쳤다. 태평은 말없이 살충제를 들어 보였다.

"하, 얘 봐라? 그거 뿌리는 척하면서 깬 거 내가 모를 줄 알아? 너, 안 그래도 내가 한번 부르려고 했어. 어떻게 수행 평가를 이딴 식으로 해서 내니?"

책상 위에 있던 종이를 집은 교무부장은 그걸 마구 흔들며 소리쳤다.

"얘가요, 수행 평가 답안지에 뭐라고 쓴 줄 아세요? 자기가 그린 그림의 특징 세 가지를 쓰라고 했더니, '마이 네임 이즈 태평 김, 아임 파인 땡큐, 나이스 투 밋츄 투.'라고 썼다니까요?"

교무실 곳곳에서 어이없는 웃음이 터졌다. 웃음소리가 가라앉자 태평이 나직한 목소리로 교무부장을 불렀다.

"선생님."

"왜!"

"내 힘으로 해 온 숙제를 왜 비웃어요?"

"뭐?"

"나는 적어도 내 할 일을 내가 했잖아요. 누구처럼 다른 사람한테 떠넘기지 않고."

혼잣말인 것처럼 중얼거리는 목소리에 교무실은 찬물을 끼얹은 듯 조용해졌다. 교무부장이 낮게 쉰 목소리로 소리쳤다.

"뭐라고? 너 그거 무슨 뜻으로 하는 말이야?"

"내로남불 하지 마시라고요. 선생이 해야 할 일을 학생한테 시킨 사람한테 그런 훈계 듣고 싶지 않으니까."

이죽거리는 태평을 보는 교무부장의 눈동자가 마구 흔들렸다.

"어디서 그런 근거 없는 소리를 지껄여? 내가 누구한테 뭘 시켰다고?"

"근거가 없긴요. 저 화분, 오로지 선배님한테 키우라고 했잖아요. 안 그래도 할 일이 많은 고 3 선배님이 화분에 생긴 진드기까지 잡아야 해요?"

"……얘가 보자 보자 하니까!"

태평에게 소리를 꽥 지른 교무부장은 핏발이 선 눈으로 교무실을 훑었다. 잔뜩 흥분한 그녀의 레이더망에 포착된 로지는 저도 모르게 숨을 참았다. 닥쳐올 일이 눈에 선해 심장이 거칠게 뛴 탓이었다.

"오로지! 너 잘 왔어. 내가 언제 너한테 화분 관리하라고 시켰니? 네가 네 입으로 직접 말해 봐!"

협박조로 말하는 교무부장의 목소리에 로지의 몸이 얼어붙었다. 고개를 돌린 태평은 입술에 검지를 갖다 댔다. 아무 말도 하지 말라는 것처럼. 로지는 긴장으로 팽팽해진 뺨 근육을 애써 움직였다. 자신의 문제라면 덮고 넘어갈 수 있어도, 태평의 문제라면 그럴 수가 없었다. 절박한 그 마음이 로지의 마른 입술을 열었다.

"선생님께서, 제게 키워 달라고 하신 것 맞는데요."

로지의 대답에 교무부장이 아닌 사회 선생님이 혀를 끌끌 찼다.

"허, 나 원 참. 그깟 화분에 물 한번 주라고 부탁한 게 무슨 큰일이라고. 요즘 학생들이 아주 상전이지, 상전이야. 이럴 거면 집에서 인터넷 강의나 듣지, 학교에는 뭐 하러 나오나."

태평이 사회 선생을 향해 길게 찢어진 두 눈을 부릅떴다. 그를 걱정 어린 얼굴로 살피던 로지는 목구멍까지 치민 말을 다시 토해 냈다.

"그것 말고도 교무부장 선생님이 제게 시키신 일이 더 있어요. 선생님 대학원 수업 과제도 했고, 연수받고 작성하는 보고서도 제가 대필했고요."

말이 끝나기가 무섭게 교무부장이 배신감에 치를 떠는 표정으로 로지를 노려봤다. 그 얼굴을 차마 마주 볼 수 없었던 로지는 눈길을 떨어트렸다. 교무부장은 큰 소리로 동료 교사를 불러 모았다.

"이 선생님, 제가 로지한테 뭐 시키는 거 보셨어요?"

교무부장과 가깝게 지내는 사회 선생님은 고개를 흔들었다.

"아니, 나는 일 시키는 건 한 번도 못 봤지. 로지한테 문제집하고 간식 챙겨 주는 것만 봤는데? 이거 참, 세상이 어떻게 돌아가려고 하나. 아끼는 학생한테 이런 식으로 뒤통수나 맞고."

적극적인 사회 선생님의 변호에 교무부장의 어깨에 힘이 들어갔다. 체육 선생님도 지지 않고 교무부장의 어깨에 힘을 실었다.

"저 순한 오로지가 선생한테 바락바락 대들다니, 이게 다 남자 잘못 만나 그런 거 아니겠어요? 김태평하고 어울려 다니더니, 쯧쯧."

태평과 민영이 동시에 고개를 번쩍 들었을 때였다.

댕그랑ㅡ. 빈 플라스틱 통이 바닥에 떨어지는 소리가 들렸다. 모두의 고개가 소리가 난 쪽으로 돌아갔다.

"아이고…… 허리야."

책상 밑에서 얼굴 하나가 쑥 올라왔다. 교무실을 청소하는 아주머니였다. 아주머니는 진절머리가 난다는 투로 말했다.

"거, 선생님들이 얼굴 하얀 여학생한테 잡일 시킨 거 맞잖아요. 체육 선생님은 자기 쓰레기통 비우라고 시켰고, 교무부장 선생님은 매일 불러서 일 다 끝냈느냐고 묻더구먼요."

"아줌마, 그 입 다물지 못해요?"

악에 받친 교무부장 목소리에 아주머니는 더 큰 소리로 맞받아 쳤다.

"착하디착한 학생을 잡는 게 하도 안쓰러워서 그래요. 다른 선생님들도 다 봐 놓고 왜 나 몰라라 하는지. 저 여학생이 고 3인데

고 1 교무실에 뻔질나게 들락거리는 거 다 봐 놓고선?"

"아, 아니! 이 아줌마가! 아줌마는 하던 일이나 똑바로 해요. 뭘 안다고!"

교무부장의 높아진 목소리에 아주머니는 들고 있던 은색 집게를 딱, 딱 소리가 나게 맞부딪쳤다.

"내가 언제 청소 허투루 하는 거 봤어요? 당신이 웬 참견이야? 애들이나 차별하지 말아요. 우리 딸도 지금 학교에서 공부하고 있을 텐데 이런 꼴 당할까 봐 무서울 정도네. 아! 억울하면 CCTV 돌려 봐요. 여기 카메라 많잖아요. 그 카메라들은 내가 비품 훔쳐 가나, 안 훔쳐 가나만 감시하는 카메란가?"

"뭐라고요? 저 아줌마가 진짜!"

입술을 앙다문 교무부장이 빠른 걸음으로 아주머니에게 다가갔다. 아주머니도 참을 수 없다는 듯 두 팔을 걷어붙였다. 선생님들은 모두 자리에서 일어나 두 사람을 말리기 위해 우르르 몰려갔다. 이 긴급한 상황에서도 여유를 잃지 않은 사람은 태평뿐이었다. 그는 고개를 삐딱하게 기울인 채 손목시계만 바라보고 있었다.

쟤는 도대체 무슨 생각으로. 혼돈에 빠진 로지는 발만 동동 굴렀는데, 누군가 때맞춰 교무실 문을 여는 소리가 들렸다.

"이게 다 무슨 소란입니까?"

문을 열고 들어온 사람의 얼굴에 교무실에 있던 사람들은 마비라도 된 것처럼 입을 크게 벌렸다.

"이, 이사장님!"

갑자기 등장한 이사장 때문에 놀란 선생님들과 학생들 모두 고개를 숙였다. 말싸움 중이던 교무부장과 아주머니도 몸가짐을 바로하며 입을 다물었다. 교무실을 채웠던 소음이 끊긴 순간, 그윽한 목소리가 이사장에게 인사를 건넸다.

"안녕하세요, 이사장님."

수십 개의 눈동자가 목소리 주인에게 날아들었다. 뜨악한 사람들의 시선이 닿은 곳은 입꼬리를 올려 웃고 있는 태평의 얼굴이었다. 이사장은 조금 놀란 얼굴로 태평의 인사를 받았다.

"어, 그래요. 그런데 학생은 누구?"

"1학년 김태평입니다. 괜찮으시다면 제가 지금 이 소란에 관해 설명해 드려도 될까요?"

공손한 태평의 요청에 이사장이 허락한다는 뜻으로 고개를 끄덕였다.

"제가 조금 전에 교무부장 선생님의 화분을 실수로 깼습니다. 선생님께 진심으로 사과를 드렸는데 용서를 못 하시겠다며 화를 크게 내셨어요. 이사장님께 선물 받은 귀중한 화분이라 속이 많이 상하셨나 봐요."

로지는 입을 크게 벌렸다. 그 옆에 서 있던 민영의 몸도 충격으로 휘청거렸다. 둘만 그런 것이 아니라 태평을 힐끔대던 사람들 모두 뒤로 넘어가기 직전처럼 보였다.

부드러운 목소리, 미안한 마음을 고스란히 담은 눈빛, 바른 자세에서 뿜어져 나오는 공손함, 겸손한 어휘만 골라 말하는 것까지.

주옥같은 연기라는 게 바로 이런 건가?

로지와 민영은 서로의 손을 찾아 꽉 쥐었다. 이게 꿈인지 생시인지를 확인하기 위해서였다. 놀랄 일은 거기에서 그치지 않았다. 태평은 이사장에게 따로 할 말이 있다고 했다. 태평의 돌발 행동에 놀란 교무부장은 자기도 할 말이 있다며 황급히 따라나섰다.

"민영아, 나도 다녀올게."

로지도 질 수 없다는 듯 그들의 뒤를 따랐다.

어수선한 교무실에 홀로 남겨진 민영은 이사장 뒤를 쫓아가는 세 사람을 보며 중얼거렸다.

"교무부장을 똥통에 처박다니, 샌드위치가 아니라 한우를 사 줘야겠네. 그나저나 내가 저런 인재를 지금까지 몰라보다니……. 홍민영, 반성하는 뜻에서 오늘 당장 '김'민영으로 개명하자."

"주문하신 딸기 빙수 나왔습니다."

태평은 냅킨과 물티슈를 챙겨 로지가 앉아 있는 테이블로 걸어 갔다.

"와, 사진이랑 똑같아!"

로지는 기다란 스푼으로 딸기 하나를 집어 입에 넣었다. 태평은 물끄러미 딸기를 집어 먹는 로지를 바라보았다. 작은 입술을 오물거릴 때마다 양 볼이 불룩해지는 게 너무 귀여웠다. 가만히 있어도 미소가 어려 있는 로지의 입술은 뭘 먹을 때 더 행복해 보였다. 흐뭇함을 감추지 못한 시선을 살짝 내렸을 때였다. 소름이 오소소 돋아 있는 로지의 팔이 눈에 띄었다. 자리에서 일어난 태평은 직원에게 에어컨 온도를 높여 달라고 말한 뒤 다시 테이블로 돌아왔다.

"여름도 안 왔는데 왜 빙수를 시켜서."

부러 퉁명스레 말했는데 로지는 동그란 눈을 크게 접으며 환히 웃었다.

"네가 차가운 거 좋아하잖아. 너 좋아하는 거, 나도 좋아하고 싶어서."

태평은 뺨을 가리고 있던 손바닥으로 입을 덮었다. 얼굴만 봐도 웃음이 나오는데 말까지 예쁘게 하니 표정 관리가 되지 않았다. 비어져 나오는 웃음을 손으로 가리고 담담한 척 대꾸했다.

"별걸 다 좋아하네. 다음부터 따뜻한 거 먹어. 손도 차면서."

자연스레 태평의 시선은 뼈마디가 도드라진 로지의 손으로 향했다. 못마땅함에 절로 입술이 꿈틀거렸다. 아침도 챙기고, 점심도 잘 먹이고 있는데 왜 살이 안 찔까. 케이크라도 하나 더 먹겠냐고 묻자 로지는 고개를 절레절레 흔들었다.

"저녁 먹은 지 얼마나 됐다고. 이것도 엄청 많아."

태평은 물을 들이켜며 바깥을 둘러봤다. 퇴근 시간이라 그런지 거리에는 사람들이 꽤 많았다. 2주 전만 해도 로지가 화실에 있어야 할 시간이었다.

'우리 오늘부터 도서관에 다닐까?'

화실 말고 갈 곳이 없었던 로지는 도서관에 가자고 말했다. 공부하고 담을 쌓은 태평에게는 내키지 않는 장소였지만 막상 가 보니 아주 마음에 들었다. 뱁새가 열심히 공부하는 동안 옆에서 푹 잘 수 있었으니까. 문제는 뱁새였다. 태평과 달리 공부를 해야 하는 뱁새는 그의 감시가 없으면 책을 펼 생각도 하지 않았다.

'태평아, 나 이런 쪽지 받았어.'

로지는 졸다가 일어난 태평에게 어떤 사람에게 받은 쪽지 한 장을 보여 줬다.

[저기요, 그림을 그리실 거면 다른 데 가서 그리시면 안 될까요? 연필 소리가 너무 커서 집중이 안 되네요.]

태평은 로지가 보물처럼 품고 다니던 노트를 휘리릭 넘겼다. 그 안에는 영어 단어나 수학 공식 대신 책상에 엎드려 자는 태평의 얼굴을 스케치한 그림만 가득했다. 전략을 바꾼 태평은 로지를 데리고 도서관이 아닌 카페로 갔다. 잠을 포기하고 뱁새의 공부를 돕기 위해서였다.

"다 먹었으면 빨리 공부해."

빙수 그릇을 치우는 태평을 로지는 원망스러운 눈길로 바라봤다.

"너 왜 자꾸 나한테 공부하라고 해?"

"그래야 좋은 대학에 가니까."

당연한 말을 했는데 로지가 입을 삐죽거렸다.

"난 좋은 대학에 별로 관심 없는데."

"왜 관심이 없어? 너 정도면 우리나라에서 제일 좋은 미대에 가는 게 당연하잖아."

로지는 웃긴 농담을 들은 사람처럼 쿡쿡 소리 내며 웃었다.

"나 그렇게 좋은 데 못 가. 우리 학교 애들이 공부를 얼마나 잘하는데. 내신이 바닥이라 힘들어."

"힘들어도 일단 해 봐. 좋은 대학을 가야 할 이유가 있으니까."

로지는 무슨 소리냐는 눈으로 태평을 바라봤다.

"명문대 교수나 학생들이 그린 그림하고 비교를 해 봐야 네 그림이 얼마나 좋은지 알게 되겠지. 넌 자신을 몰라도 너무 몰라. 그러니까 내 말 믿어. 앞으로 국내 미술품 경매 최고가를 갈아치우는 사람도 너, 우리나라를 넘어 전 세계에서 인정받는 화가가 될 사람도 너, 강유준 같은 게 감히 쳐다도 못 볼 그림을 그리는 것도 네가 될 테니까."

단호한 태평의 말에 로지의 얼굴이 발그레해졌다.

"에이, 말도 안 돼. 누가 내 그림을 돈 주고 산다고."

로지에게 이런 반응이 나올 줄 예상 못 한 건 아니었지만, 막상 자신 없는 목소리를 들으니 기분이 나빠졌다.

"내가 사. 네가 그린 그림은 내 전 재산을 걸고 다 살 거라고! 됐어?"

진지한 태평의 목소리에 로지의 얼굴에 떠 있던 장난기가 사라졌다. 잠시 머뭇거리던 로지는 동그란 눈을 깜빡이며 느릿하게 입술을 열었다.

"내 그림, 남들한테 인정받지 않아도 돼. 네가 좋아해 주잖아. 그러면 됐지. 나는 아무래도 상관없어. 먹고 사는 데 필요한 돈 벌면서 틈틈이 그림 그리는 게 내 꿈인데."

"그게 네 꿈이라고?"

소박하다 못해 궁상맞은 걸 꿈이라고 하는 뱁새가 한심해서 물었다.

"응, 더 큰 꿈은 나중에 나이 먹으면 정원이 있는 집에 살면서 그림 그리고 싶어. 모네처럼. 모네가 자기 손으로 가꾼 정원을 그림으로 그렸잖아. 나도 그렇게 살다가 죽고 싶어. 그래서 대학은 크게 상관없는데……."

"모네 같은 소리 하고 있네. 넌 오로지야. 그런 생각 집어치워. 내가 그렇게 안 만들어."

"……."

"영어가 제일 문제라며. 내가 알려 줄게. 듣기, 독해, 문법 중에 뭐가 문제야?"

로지는 깜짝 놀란 얼굴로 들고 있던 연필을 떨어트렸다.

"나, 영어 못하는 거 어떻게 알았어?"

"아까 이사장실에서 교무부장이 그랬잖아. 너 영어 점수가 바닥이라 그거 도와주려고 불렀다고."

"아, 맞다. 그랬었지."

잊고 있던 교무부장 얼굴이 떠올라 태평은 쓴웃음을 지었다.

젠장, 어디서 그런 말도 안 되는 구라를 치고 지랄인지. 오늘 이 사장한테 제대로 당했으니 오로지 졸업할 때까지는 잠잠하겠지. 속으로 교무부장 욕을 한바탕 쏟아 낸 태평은 인상을 구긴 채 입을 열었다.

　"그리고 앞으로 내 일에 나서지 마."

　"무슨 일?"

　"오늘 이사장실에 따라온 거. 선생들 앞에서 내 편 든 것도 그렇고."

　"왜? 난 되게 좋았는데."

　태평은 참고서에서 시선을 떼고 로지를 바라봤다. 강아지처럼 살짝 처진 눈꼬리를 깜빡거리는 얼굴을 마주한 그는 이상한 불안감에 휩싸였다. 어째 뱁새 입에서 또 말도 안 되는 소리가 튀어나올 것 같다는.

　"네 편을 내가 아니면 누가 들어. 혼나도 같이 혼나니까 좋더라. 나 이제 막 나갈 거야! 너랑 있으니까 눈에 뵈는 게 없어."

　말문을 잃은 태평은 입술만 꾹 깨물었다. 뽀얀 얼굴로 생글대는 로지 때문에 말 그대로 환장할 것 같아서였다.

　이 뱁새가, 진짜 누굴 말려 죽이려고 작정을 했나.

　로지를 집에 데려다주고 돌아온 태평은 곧장 그의 집이 아닌 올리버의 집으로 올라갔다. 집 안은 평소와 달리 깜깜하고 조용했다.

「올리!」

인기척을 내자 올리버의 침실에 불이 켜졌다. 태평은 불이 켜진 방으로 들어갔다.

「불도 안 켜고 뭐 했어?」

파자마 차림이 아닌 올리버를 보며 물었다. 올리버는 휴대폰을 들어 보였다.

「어머니하고 통화를 좀 하느라고.」

「왜, 무슨 일 있대?」

올리버는 그의 어머니 안부를 묻는 태평을 신기하다는 눈으로 훑었다. 이모와 이모부라면 대놓고 싫어하는 태평이 왜 이러나 싶어서였다.

「나한테 부탁할 거 있냐? 왜 갑자기 착한 척이야?」

신경질적인 올리버의 목소리가 거슬렸지만, 태평은 개의치 않고 오늘 학교에서 있었던 일을 요약해서 말했다. 올리버는 안 그래도 담임 선생님에게 문자를 받았다며 시간을 내서 학교에 가 보겠다고 말했다.

「가서 쓸데없는 소리 하지 말고.」

올리버에게 주의를 준 태평은 그의 방을 눈으로 뒤졌다. 뭔가를 찾는 듯한 태평의 행동에 올리버가 불안한 목소리로 물었다.

「뭐가 또 필요해서? 카드는 이미 가져갔잖아.」

「내 집 현관 열쇠.」

「그걸 왜 찾아?」

태평은 올리버와 눈도 마주치지 않고 무성의하게 대꾸했다.

「내일부터 집에 올 때, 따로 연락하고 약속 잡고 와.」

올리버의 얼굴에 '갑자기 왜?'라는 의문이 솟았다.

「로지, 집에 와서 그림 그릴 거야. 그러니까 열쇠 내놔. 갑자기 들이닥쳐서 그림 그리는 애 방해하지 말고.」

침대에 앉아 있던 올리버가 일어났다. 아까부터 심란한 표정이었던 그는 태평을 매섭게 바라봤다.

「화실 꾸민다고 인테리어 업자 부른 게 로지 때문이었어? 네 화실로 쓰려고 한 게 아니라?」

방을 둘러보고 있던 태평은 격해진 올리버의 목소리에 천천히 고개를 돌렸다.

「그렇다면?」

긴 한숨을 내쉬는 올리버의 미간에 주름이 잔뜩 잡혔다.

「연애 중인 건 이해하지만 작작 좀 해라. 너 지난 3개월 동안 천만 원을 넘게 썼어. 어떤 고등학생이 천만 원씩 쓰면서 연애를 해? 화실도 그래. 빈방에서 대충 그리면 되지 무슨 업자까지 불러 몇백만 원씩 주고 리모델링을 하냐고. 그것도 너 때문이 아니라 다른 사람 때문에!」

점점 높아지는 올리버의 언성이 태평의 신경을 긁어 내렸다. 태평은 눈도 깜빡이지 않고 올리버의 눈을 응시했다. 갑작스러운 고요함이 둘 사이에 찾아들었다. 오랜 정적이 지난 후 표정을 지운 태평이 말했다.

「내 돈, 내가 알아서 쓰겠다는데 무슨 상관이야. 가진 게 돈밖에 없어서 여자 친구한테 쓰겠다는데 웬 간섭이냐고.」

표정 없는 얼굴 뒤에 감춰진 분노를 감지했는지, 올리버는 조금 누그러진 태도로 대답했다.

「그런 게 아니라 내 말은 평범한 연애를 하란 거야. 서로 편지 주고받고 장미꽃 한 송이씩 선물하는 그런 연애. 너 지금 정상 아니야. 만난 지 얼마나 됐다고 돈을 그렇게 많이 쓰냐. 로지가 무슨 네 가족이라도 돼?」

간곡한 올리버의 부탁에 태평이 낮게 조소했다.

「그러니까 내 돈은 날 거둬 준 '맥어보이' 집안에만 써라, 그거야? 씨발, 부모 없는 새끼 서럽게 만드는 방법도 가지가지네. 나한테 가족이 어디 있다고.」

공격적인 태평의 태도에 올리버도 다시 거칠어졌다.

「야, 이 자식아! 너만 성질부릴 줄 아냐? 나도 오늘 기분 상당히 더럽거든? 좀 자제해 가면서 연애하라는 게 못 할 말이야? 형하고 동생 사이에?」

태평은 올리버에게 성큼 다가섰다. 부쩍 가까워진 거리가 부담스러웠는지 올리버는 반걸음 정도 뒤로 물러섰다. 뒤틀린 입매를 누른 태평이 또박또박 말했다.

「자제는, 지금 내가 하는 게 자제고. 한 대 치고 싶은 거 간신히 참고 있으니까.」

「……..」

「잘 들어. 로지 고등학교만 졸업하면 영국으로 데리고 갈 거야. 가서 내 돈으로 대학도 보내고 여행도 시켜 주고 정원 있는 집에서 살게 해 줄 거라고. 그러니까 우리한테 관심 꺼. 부모 없는 애들끼리 의지하며 잘살아 볼 테니까.」

싸늘하게 내뱉은 태평은 올리버의 지갑에서 열쇠를 찾아 집으로 돌아갔다.

쾅―, 하고 현관문이 닫히는 소리에 허공을 헤매던 올리버의 시선이 침대에 던져둔 휴대폰으로 향했다. 그걸 집어 들고 거실로 나갔다.

「그래, 너 돈 많은 거 나도 안다. 그 돈 때문에 내가 얼마나 힘든지 넌 아냐?」

올리버는 소파에 쓰러지듯 앉아 한숨을 길게 내쉬었다. 알고 있었다. 태평이 가진 것에 비하면 돈 천만 원은 푼돈이라는 걸. 태평 말대로 그가 자기 돈을 어떻게 쓰든 올리버가 참견할 일이 아니라는 것도. 그런데도 주제넘은 오지랖을 부린 건 사실 어머니와의 통화 때문이었다.

'아버지가 아무래도 미국에서 수술을 받아야 할 것 같아. 얼마 전에도 수술 날짜 다 잡아 놓고 취소됐어. 다른 위급 환자가 들어왔다고.'

영국의 공공 국가보건서비스(NHS)는 전 국민에게 무료로 제공됐다. 취지는 좋았지만 결과는 그리 좋지 못한 정책이었다. 재정은 물론 인력과 시설 부족에 시달리고 있었으니까. '영국에서 암 진단을 받으면 죽고 난 다음에 수술받을 순서가 온다'는 농담을 할 정도로 영국의 병원은 긴 대기 시간으로 악명이 높았다. 아버지의 수술이 계속 미뤄지는 것도 그 때문이었다.

'태평이 모르게 조금만 빌려 쓰자. 네 아버지는 살리고 봐야 하지 않겠니. 엄마가 어떻게든 꼭 갚을게.'

올리버는 어머니의 비밀스러운 제안을 단칼에 거절했다. 이미 태평에게 평생 갚아도 갚지 못할 큰 도움을 받았기 때문이었다. 얼마 전까지 그는 막대한 학자금 대출에 허덕이고 있었다. 어머니의 욕심으로 영국 명문 사립 학교와 대학을 졸업한 탓이었다. 그걸 태평이 부모님 모르게 모두 갚아 줬다.

「이걸로 내 목숨 구해 준 빚은 다 갚았어.」

학자금 대출을 갚던 날, 태평은 마치 점심 한 끼를 산 것처럼 대수롭지 않게 말했다. 하지만 올리버는 동생의 눈을 제대로 마주 볼 수 없었다. 돈 때문에 태평을 돌본 위선적인 사람이 된 것 같아 기분이 엉망이었다. 어떻게든 동생 앞에서 구긴 체면을 만회하고 싶어서 그는 변명하듯 입을 열었다.

「형이 부모님께 말씀드릴게. 부모님도 아셔야지. 내가 너한테 큰 빚을 졌다는 걸.」

동생은 차갑게 굳은 눈으로 그의 말끝을 잘라 냈다.

「충고하는데, 그 사람들한테는 절대로 말하지 마.」

「왜?」

「말하면 자기들 빚도 갚아 달라고 조를 테니까.」

부모를 향한 명백한 모욕이었지만 올리버는 동생의 말에 반박하지 못했다. 그의 아버지는 냉소적인 성격으로 가족보다는 본인의 명예와 부를 더 중요하게 생각하는 양반이었다. 어머니는 태평의 어머니였던 쌍둥이 자매에 대한 열등감을 극복하지 못해 안달이 나 있었다. 성격도 추구하는 가치도 다른 만큼 두 사람의 결혼 생활은 평행선을 달리고 있었다. 그 평행선은 오직 태평의 돈 앞에서만 합일되곤 했다. 올리버도 아는 이 사실을 눈치 빠른 태평이 모를 리 없었다.

「정신 차리자. 너까지 흔들리면 안 되잖아.」

한숨만 거듭 쉬던 올리버는 애써 웃음 지었다. 부모가 정해 놓은 삶의 궤적에 저항 없이 이끌려 가는 것도, 태평의 편에 서는 것도 전부 싫었다. 편이 정해지면 갈등이 일어나기 마련이고, 귀찮은 일에 휘말릴 일도 늘어 가기 마련이니까…… 지금까지 그래 왔듯 발끝만 걸치고 있는 게 가장 좋았다. 언제든 피할 일이 생기면 냉큼 발을 빼낼 수 있도록.

[형이 심했어. 미안하다.]

태평에게 미안하다는 문자를 보낸 올리버는 두 눈을 감았다.

수업이 끝나자마자 책가방 정리로 바쁜 로지를 민영이 불렀다.

"로지야!"

"응?"

"너 왜 이사장실에서 있었던 일 나한테 말 안 해?"

로지는 호기심이 가득한 민영의 눈을 피하며 계속 가방만 챙겼다.

"야아, 나한테까지 비밀로 할 거야? 나 진짜 삐지는 거 보고 싶어? 궁금해 죽겠단 말이야. 우리 엄마 말로는 교무부장이 감봉당할 것 같다고 하던데 그게 사실이야?"

잠시 침묵을 지키던 로지가 머뭇거리며 입을 열었다.

"이사장님이 교무부장한테 뭐라고 하긴 했는데. 직무 태만이라고."

민영이 이맛살을 잔뜩 찌푸렸다.

"아니, 그러니까 어떻게 이사장이 교무부장 월급을 깎게 만들었냐고."

로지는 손가락만 꼼지락대며 쉽게 입을 열지 못했다.

"태평이가 아무한테도 말하지 말라고 해서……."

말이 끝나기도 전에 민영의 손바닥이 로지의 등을 찰싹 때렸다. 넌 우정보다 사랑이 먼저냐고 고래고래 소리를 지르는 민영의 입을 손으로 틀어막은 로지는 다 포기했다는 얼굴로 속삭였다.

"그러니까, 태평이가…… 우, 울었어."

민영의 얼굴은 커다란 충격으로 얼어붙었다. 로지는 재빨리 덧붙였다.

"진짜 운 건 아니고, 눈물은 안 흘렸는데."

"우는 척을 했다고? 김태평이?"

로지는 고개를 끄덕이고는 민영에게 자신의 손가락을 활짝 펴 보였다.

"이 밴드들이 개각충한테 물려서 생긴 상처 때문이라고 하면서 내 손을 붙잡고 막 우는 척을 했어. 선배님의 노고를 덜어 드리려다가 화분을 깼다고. 자기가 죽을죄를 지었다고."

민영의 얼굴은 웃음을 참느라 시뻘게졌다.

"대박! 김태평이 이사장 앞에서 네가 개각충한테 물렸다고 생쇼를 했단 말이야? 아니, 그 말에 이사장이랑 교무부장이 속다?"

"응, 두 분 다 개각충이라고 하니까 무슨 손톱만 한 벌레라고 믿는 것 같더라고."

간신히 웃음을 참은 민영이 재촉하듯 물었다.

"너는? 너는 그래서 뭐라고 했는데?"

"태평이가 진짜 우는 줄 알고, 나도 막 눈물이 나려고 하는 거야. 그거 꾹 참으면서 잘못했다고 빌었어. 교무부장 선생님이 처음에 일 시켰을 때 거절해야 했는데 죄송하다고. 한 번 일을 시작하니까 두 번째부터는 거절할 용기가 나지 않아서 그랬다고. 그러다 보니 천리향 키우는 일도 맡게 돼서 동아리 후배 도움까지 받은 거라고. 다 내 잘못이라고 싹싹 빌었어."

민영은 로지를 와락 끌어안았다. 친구의 품에 안긴 로지는 태평이가 올리버 오빠의 명함을 내민 이야기까지는 하지 않기로 했다. 그 명함 덕분에 이사장이 이 일을 명명백백하게 밝히라고 지시했다는 건 모르는 게 나을 것 같았다.

"우리 로지가 교무부장한테 빅 엿도 이런 빅 엿을 날리고 올 줄은 몰랐네. 이야, 부창부수가 이런 건가?"

"부창부수가 뭐야?"

진지하게 물었는데, 민영은 뭐가 그리 웃긴지 한참을 웃기만 했다. 로지는 종례가 끝날 때가 돼서야 민영에게 답을 들을 수 있었다.

"뱁새도, 제 짝인 황새를 만나면 가랑이 안 찢어지고 잘 따라간단 뜻이야."

로지는 어깨를 들썩이며 웃었다. 자신과 태평을 뱁새와 황새로 비유한 민영의 말에 자꾸 웃음이 나왔다.

"민영아, 나 먼저 갈게."

'부창부수'라는 사자성어를 마음에 새긴 로지는 태평을 만나러 종 종종 계단을 뛰어 내려갔다.

"오늘은 집에서 공부하자고?"

오토바이에 앉아 태평의 허리에 팔을 두른 로지가 물었다.

"응."

"왜?"

"그동안 너 그림 못 그렸잖아. 오늘은 집에서 그림 그리라고."

고개를 돌린 태평은 로지가 잘 앉았는지 확인하고 시동을 걸었다. 한가롭게 흘러가는 강을 따라 두 사람을 태운 오토바이도 천천히 달렸다. 도로 너머로 빼곡하게 들어찬 아파트를 바라보며 태평은 비죽 웃었다.

뱁새 마음에 쏙 들어야 할 텐데.

지난 몇 주간 태평의 집에는 여러 사람이 드나들었다. 로지를 위해 홈 아틀리에를 만들었기 때문이었다. 강유준의 화실만큼 크고 좋지는 않지만 로지가 마음 편히 그림을 그릴 수 있는 공간을 만들기 위해 공을 들인 터였다. 기대 반, 걱정 반을 끌어안고 아파트 주차장에 오토바이를 세웠는데 마침 전화가 걸려 왔다.

"올리버 오빠야?"

통화를 끝내고 엘리베이터에 타는데 로지가 물어 왔다. 태평은 고개를 끄덕였다.

"형이 너 저녁으로 먹을 거 사 가지고 온대."

"그래? 잘됐다. 안 그래도 오빠한테 이거 주려고 했는데."

"뭘를?"

심기가 불편해진 시선이 로지의 손바닥 위로 옮겨졌다. 로지가 들고 있는 건 직접 조각해서 만든 작은 스탬프였다.

"그걸 왜 우리 형한테 줘?"

"지난번에 내 병원비도 내 주시고 저녁도 만들어 주셨잖아."

태평은 로지가 들고 있는 스탬프를 집어 그의 바지 주머니에 욱여넣었다.

"……야, 그걸 왜 가져가?"

"내 거야. 그날 내가 더 고생했으니까."

뭐라고 더 말하려던 로지는 엘리베이터가 멈춘 층을 보고 고개를 갸웃했다.

"오빠네 집 가는 거 아니야?"

"거길 왜 가. 우리 집으로 가야지."

"어? 나는 당연히 오빠네 집에 가서 그림 그리는 줄 알았는데."

태평은 말없이 로지를 데리고 엘리베이터에서 내렸다. 현관문 앞에서 걸음을 멈추고 열쇠로 문을 열었다. 자연스레 먼저 들어가라고 손짓했는데, 로지는 어떤 이유에서인지 그의 집에 들어가길 주저했다.

"뭐 해."

재촉하는 그의 말에 로지는 머뭇거리며 입을 열었다.

"저기, 올리버 오빠 올 때까지 기다렸다가 들어가면 안 돼?"

"왜?"

"그게 이 집에 지금 너랑 나 둘밖에 없잖아."

태평은 그래서 뭐, 라는 표정으로 로지를 바라봤다.

"집에 단둘이 있는 게 좀, 마음에 걸리는데."

뱁새답지 않게 빙빙 돌려 말하는 게 짜증이 난 태평은 인상을 팍 썼다.

"뭔 말을 하려……."

의식의 흐름대로 중얼거리던 태평이 말을 멈췄다. 그를 올려다보는 로지의 눈에 드러난 묘한 경계심 때문이었다. 잔뜩 겁먹은 강아지를 닮은 그 눈은, '내가 너를 믿어도 될까?'라고 묻고 있었다. 그 불신의 눈빛이 말로 바뀌려는 순간, 태평은 로지의 팔목을 잡아 집 안으로 밀어 넣었다. 쾅, 소리를 내며 현관문이 닫히자 손에 잡힌 팔도 흠칫 떨렸다. 조금 뜸을 들인 태평이 미지근한 목소리로 말했다.

"나, 영국에서 교육받은 매너 있는 남자야."

매너 따위 지킬 필요가 없는 부위까지 매너를 갖춘 고자라고.

로지는 호기심이 가득한 눈으로 태평을 빤히 바라봤다.

"남자라면, 좋아하는 여자를 지켜 줘야 한다고 배웠어."

"……."

"그래서 넘지 말아야 할 선은 절대 안 넘을 거라고."

세이프티 존이라고 아니? 우리 집이 이 세상에서 뱁새 너한테 제일 안전한 안전지대라고!

말을 마친 태평은 눈앞에 서 있는 로지를 쳐다봤다. 그를 보고 있지만 생각은 다른 곳에 닿아 있는 얼굴이 보였다. 마땅히 시선 둘 곳을 찾지 못한 태평의 눈은 로지를 훑었다. 긴 머리는 오토바이를 타고 오는 바람에 살짝 흐트러져 있었고 차림새는 늘 그렇듯 교복과 체육복 바지였다. 평소와 다름없는 뱁새는, 오늘도 어김없이 예뻤다. 옅은 갈색 눈동자도, 작고 귀여운 코도, 도톰하게 튀어나온 입술도.

이렇게 예쁜 애를 두고도 반응이 없으면 어쩌라는 건지.

속으로 헛소리를 지껄인 태평은 쓴웃음을 지었다. 마음은 지독한 열병을 앓고 있는데, 신체는 담백한 태도만 유지하고 있는 게 한심스러웠다. 한때는 들끓는 성욕을 해결하지 못해 쩔쩔매는 친구들처럼 살 바에야, 무성욕자로 사는 게 낫다고 생각한 적도 있었는데. 지금은 할 수만 있다면 로지를 성적으로 몰아붙여 보고 싶었다. 뱁새의 은밀한 걱정이 무색하지 않도록.

"……을까?"

뱁새를 위해 악몽이라도 꿔야 하나, 고민 중이던 태평은 로지의 말을 놓치고 말았다.

"뭐라고?"

되묻는 태평에게 로지는 가까이 다가오라고 손짓했다. 맑디맑은 로지의 눈빛에 홀려 얼굴을 내렸다. 귓가에 솜털보다 가벼운 숨결이 느껴졌다.

"뽀뽀 정도는, 괜찮지 않을까?"

"……."

태평은 제 귀를 의심하며 어금니를 꽉 깨물었다. 잘못 들은 게 분명하다고 생각하며 마른침만 넘기고 있었는데, 두 눈을 질끈 감은 채 다가오는 얼굴이 보였다. 숨을 참은 로지가 태평의 입술에 제 입술을 냅다 부딪쳐 왔다.

"……."

안타깝게도 서로의 입술에서 느껴져야 할 온기는 다른 곳에서 먼저 느껴졌다. 태평의 날카로운 콧날에 동그란 로지의 코가 눌렸다가 급히 떨어졌다. 감았던 눈을 뜬 로지는 상기된 얼굴로 어쩔 줄을 몰라 했다.

"네 코가, 너무 높……."

남은 로지의 말은 태평의 손이 그녀의 얼굴을 감싸는 순간 막혔다. 뱁새의 용감한 첫 시도에서 교훈을 얻은 태평은 고개를 비틀어 단번에 입술을 겹쳤다. 마침내 부드럽고 따뜻한 두 입술이 닿았다. 고작 입술만 대고 있을 뿐인데도 태평의 숨은 산소를 모두 빼앗긴 사람처럼 거칠어졌다. 숨을 고르기 위해 서둘러 입술을 떼어 냈다.

"……괜찮을 리가."

연한 갈색 눈동자와 눈을 맞추며 태평은 뒤늦게 로지의 질문에 답했다. 동시의 그의 엄지는 로지의 입술을 쓸었다. 차분하게 움직일 줄 알았던 손가락은 등신처럼 덜덜 떨렸다. 다행히도 로지는 그의 떨림을 눈치채지 못했다. 꼭 말아 쥐고 있는 로지의 주먹이 더 크게 떨렸기 때문이었다. 가만히 로지와 시선을 맞추고 있던 태평이 다시 몸을 기울였다. 코끝에서 느껴지는 숨결이 달았다.

"오로지."

"응?"

살짝 벌어진 로지의 입술에 태평의 검은 눈동자가 더욱 깊게 가라앉았다. '너무 예뻐'라는 말을 눌러 삼키고 다시 입을 맞췄다. 입술을 맞대는 것만으로도 몸이 녹아 버릴 것 같았는데, 잇새로 젖은 점막을 느낀 순간, 태평은 자신이 누구인지 여기가 어디인지를 모두 잊었다. 서툴지만 진심이 가득한 입맞춤은 오래도록 이어졌다. 어렵게 입술을 떼어 낸 태평은 로지의 귓가에 좋아한다는 말을 속삭였다. 로지는 그의 목에 매달리듯 그를 힘껏 끌어안았다. 두 사람 사이로 의심의 여지가 없는 행복이 넘쳐흘렀다.

9. 그림의 비밀

올리버는 떨리는 마음을 안고 태평의 학교를 찾았다.

"안녕하세요. 제가 태평이 형입니다."

태평의 담임은 그를 따뜻하게 맞았다.

"어서 오세요. 이쪽으로 오시죠."

두 사람은 학부모 상담실로 들어갔다. 자리에 앉자마자 올리버는
작은 선물을 담임에게 건넸다.

"태평이가 선생님께 이걸 꼭 드리라고 해서요."

담임은 흰색 뚜껑이 덮인 편의점 커피를 놀란 눈으로 바라보았다.

"이 커피를 태평이가 기억하고 있는 줄은 몰랐어요."

다정한 미소를 머금은 담임은 학기 초에 있었던 일을 떠올렸다. 영어 수업 시간에 쫓겨난 태평에게 교무부장 선생님께 까만색 뚜껑이 있는 커피를 드리며 사과하라고 한 적이 있었다. 그때 태평이 생각지도 못한 걸 물었다.

'선생님도 그 커피 좋아하세요?'

담임은 별생각 없이 자신은 달짝지근한 커피가 좋다고 답했다. 검은색 말고 흰색이 낫다고 덧붙이며.

"태평이 때문에 힘드시죠?"

빨대에서 입술을 뗀 담임은 고개를 흔들었다.

"아니에요. 힘든 일 없어요. 그저 교무실에서 난리가 났던 날, 제가 자리에 없어서 태평이한테 미안했죠. 그날 아이가 아파서 조퇴했었거든요. 저, 그리고 이미 알고 계시겠지만……."

담임은 미안한 얼굴로 태평이 교무부장 선생님과 다툰 이후 그녀의 수업을 듣고 있지 않다고 설명했다.

"태평이가 반성문만 써 오면 다시 수업을 들을 수 있을 거예요. 교무부장 선생님이 지금 그걸 가장 원하시거든요. 안 그래도 제가 여러 번 말을 해 봤는데 태평이가 잘못한 게 없는데 반성문을 왜 쓰냐고 해서요. 형님께서 설득을 해 주시면 어떨까요?"

태평에게 자초지종을 들었던 올리버는 가볍게 고개를 저었다.

"타일러 봤자 들을 애가 아니라서요. 다른 학생들에게 피해를 주는 게 아니라면 영어 수업을 듣지 않아도 괜찮습니다."

담임은 올리버의 입에서 그런 말이 나올 줄은 상상도 못 했다는 표정을 지었다.

"그래도 괜찮으실까요? 저도 사실 억지로 강요하고 싶지는 않았거든요. 교무부장 선생님도 많이 예민하신 상태라서요. 그리고 태평이가 영어 수업 시간에 노는 것도 아니에요. 그 시간에 옥상에서 정원을 가꾸고 있거든요."

면담이 진행될수록 올리버의 안도감은 더 커졌다. 태평이 영어 수업을 제외하면 학교생활에 충실한 편이고, 동아리 활동에도 열심히 참여하고 있다는 소식 때문이었다.

"오늘 학교에 와 보길 정말 잘했네요. 태평이가 좋은 분을 담임 선생님으로 맞게 된 것 같아요. 부족한 아이인데 따뜻하게 감싸 주셔서 고맙습니다."

올리버의 감사 인사에 담임은 손을 내저었다.

"제가 뭘 했다고요. 저도 오늘 태평이를 더 많이 이해하게 돼서 기쁘게 생각해요."

면담이 끝난 뒤 담임은 올리버를 직접 이사장실까지 안내했다. 그 덕에 올리버는 학교 내부를 둘러보며 여유롭게 이사장실에 도착할 수 있었다.

"이사장님께서 지난번 일로 심려가 크세요."

이사장실 문 앞에 선 올리버에게 담임이 작게 속삭였다. 올리버는 무슨 말인지 이해한다는 얼굴로 고개를 살짝 숙여 보인 뒤 문을 열었다.

"안녕하세요. 기다리고 있었습니다. 제가 다림예고 이사장입니다."

이미 비서에게 연락을 받은 이사장은 문 앞까지 나와 올리버를 반겼다.

"안녕하십니까. 김태평 학생의 보호자, 올리버 맥어보이입니다."

이사장은 부담스러울 만큼 호의적인 태도로 올리버를 대했다.

"어서 앉으시죠. 김태평 학생에게 이렇게 훌륭한 형님이 계신 줄은 몰랐습니다. 영국 신문사 기자로 일하고 계신다면서요?"

소파에 앉은 이사장은 장황한 이야기를 늘어놓았다. 다림예고가 영국 왕립 미술학교와 교류를 시작했다고 자랑한 그는 앞으로 교사가 학생들에게 학습 외의 업무를 지시하는 일은 없을 거라고 여러 번 강조했다. 올리버는 교육 환경 개선에 관심이 많은 이사장님을 만나 다행이라고 화답하며 장단을 맞춰 줬다. 하품이 나올 만큼 지루한 시간을 보내고 나서야 올리버는 이사장실을 떠날 수 있었다.

"태평이 형님!"

이사장실에서 나온 올리버를 담임이 다시 불렀다. 그녀는 손목시계를 확인하며 멋쩍은 미소를 흘렸다.

"고단하시죠? 이사장님께서 워낙 말씀하시는 걸 좋아하셔서요."

차마 그렇다고 대답할 수는 없었기에 올리버는 예의 바른 얼굴로 고개를 흔들었다.

"바쁘신 일 없으면 과일하고 떡 좀 드시고 가세요. 상담실에 준비해 놨어요. 마침 다른 학생 학부형도 와 계시거든요? 그분이 김태평 학생의 보호자를 꼭 만나 뵈었으면 하셔서요."

"학부형이요? 어떤 학생의……."

심란해진 올리버의 얼굴에 담임은 걱정할 일은 아니라며 미소 지었다. 올리버는 더 묻지 못하고 담임을 따라 다시 상담실로 향했다. 동생이 친구와 주먹다짐이라도 한 건 아닐까 짐작하며 상담실 문을 열었을 때였다. 나이가 꽤 지긋해 보이는 남자가 자리에서 일어나 올리버에게 머리를 숙였다.

"안녕하십니까. 오로지 아버지입니다."

자연스레 그를 따라 고개를 숙였던 올리버는 귀를 의심했다.

로지 아버지? 부모님이 안 계시다고 했는데.

바닥에 떨어트렸던 시선을 천천히 들어 올렸다. 로지의 아버지라고 소개한 남자가 기다렸다는 듯 올리버와 눈을 맞춰 왔다. 새카맣고 차갑게 굳어 있는 남자의 눈을 본 순간 몸이 긴장으로 뻣뻣해졌다. 두 사람의 어색한 분위기를 감지한 담임이 재빨리 입을 열었다.

"그러고 보니 두 분 다 오늘 학교에 처음 오신 거죠? 일단 이쪽에 좀 앉으세요."

담임의 목소리에 따라 두 남자는 테이블을 사이에 두고 마주 앉았다.

"오로지 학생하고 김태평 학생이 '꽃을 피우자'라는 동아리에서 활동하고 있거든요. 이사장실에 둘이 같이 찾아간 것도 그 이유 때문이었고요. 교무부장 선생님이 지시한 일을 두 학생이 같이하고 있었나 봐요."

긴 설명을 하면서도 담임은 테이블에 간식거리를 세팅하는 걸 잊지 않았다. 올리버는 테이블 위에서 분주히 움직이는 담임의 손에만 시선을 주고 있었다.

"오로지 학생이나 김태평 학생이나 다림예고에서 아주 유명한 학생들이에요. 학년은 다르지만 둘이 친하게 지내는 게 참 보기 좋더라고요. 이거 드시면서 편히 이야기 나누세요."

담임은 두 학부형 모두 만나서 반가웠다고 인사하며 상담실에서 나갔다.

올리버는 뜨거운 차를 한 모금 마시며 혼란스러운 감정을 추슬렀다. 로지의 아버지라는 남자는 별다른 움직임 없이 올리버를 주시하기만 했다. 그 눈빛이 부담스러워질 무렵, 그는 올리버가 쥐고 있는 찻잔에서 시선을 떼지 않고 말했다.

"다시 소개하겠습니다. 오제근이라고 합니다."

간결한 그의 소개에 올리버의 심장이 기분 나쁘게 뛰었다. 처음에는 로지의 아버지라는 말에 놀라 무심히 넘겼지만, 두 번째로 듣게 된 그의 목소리가 너무 기괴할 만큼 섬뜩했기 때문이었다.

"저는 올리버라고 합니다. 태평이 형입니다."

얼마나 긴장했는지 올리버는 성은 깜빡한 채 이름만 말했다. 자신이 영국인이라는 것도, 한국 이름이 없다는 말도 덧붙이지 못했다. 미처 하지 못한 말을 하려고 입을 열었던 올리버는 다시 입을 닫았다. 자신을 흥미로운 얼굴로 바라보는 오제근 때문이었다. 이마에 맺힌 땀을 닦으며 화두를 돌렸다.

"날이 조금 덥네요."

"그런가요? 저는 잘 모르겠습니다만."

비딱한 말투로 올리버의 말을 부정한 그는 나지막하게 웃었다. 올리버는 잠시 남자의 눈을 빤히 바라보았다. 동공과 홍채의 경계가 뚜렷하지 않은 눈이 본능적인 거북함을 자아냈다. 애써 꺼림칙한 마음을 누르고 말을 이었다.

"로지 아버님을 학교에서 만나게 될 줄은 몰랐어요. 얼마 전에 로지를 병원에서 만난 적이 있었거든요. 따님 몸이 약해서 걱정이 많으시겠어요. 고 3이면 체력이 많이 중요할 텐데."

"병원이라고 하셨습니까?"

고개를 번뜩 쳐든 오제근이 물었다.

"예. 로지가 쓰러졌던 날, 제 동생이 병원으로 데리고 갔었거든요."

올리버의 대답에 오제근은 별안간 얼굴에 떠 있던 웃음기를 지워 냈다. 웃음이 지워진 자리 위로 무표정한 얼굴이 기다렸다는 듯 덧씌워졌다. 소름이 끼칠 만큼 빠른 표정 변화였다. 놀란 마음을 진정할 새도 없이 그는 무감한 표정만큼 건조한 목소리로 읊조렸다.

"죽을 만큼은 아니었나 봅니다. 나한테 일언반구도 없었던 걸 보면."

"……."

"하긴 나한테 말해 봐야 뭐가 달라지겠어요. 내가 쓰러지라고 한 것도 아닌데. 제 몸 하나 제가 간수 못 한 제 탓인걸요."

"……."

"미련하기 짝이 없는 애죠. 그림에 대한 재능만 날 닮고, 나머지는 죽은 제 엄마를 닮아서."

오제근의 말이 끝날 때마다 올리버의 얼굴이 흔들렸다. 머릿속에 돋아나기 시작한 의문 때문이었다.

딸이 피로 누적으로 쓰러졌다는데, 이게 아버지란 사람이 할 말인가?

그만큼 오제근의 대답은 올리버의 예상을 훨씬 뛰어넘는 것이었다. 딸이 쓰러진 게 대수롭지 않다는 태도도 그랬지만, 그 일과 자신은 아무 상관이 없다는 주장이 더 기이하게 느껴졌다. 왜인지는 모르겠지만 굉장히 이기적인 사람처럼 보이기도 했다. 딸의 재능은 자기가 물려주었다면서, 딸이 겪고 있는 어려움은 모두 본인 탓으로 돌리고 있었으니까.

몰아치는 생각에 빠져 있던 올리버의 귓가에 다시 쇳소리를 닮은 음성이 들렸다.

"그렇지 않습니까?"

퍼뜩 정신을 차리고 고개를 들어 보니 묘한 눈빛으로 자신을 바라보고 있는 오제근이 보였다. 올리버는 애매하게 웃어 보이며 고개를 끄덕였다. 원하는 대답을 들은 게 만족스러웠는지 남자도 이를 드러내며 웃었다. 분위기를 환기하기에 적절한 타이밍이라는 걸 직감한 올리버가 화제를 바꿨다.

"그나저나 로지 같은 딸을 키우고 계신 게 부러울 따름입니다. 동생에게 듣기도 했지만 직접 로지를 만나 보니 얼굴만 예쁜 게 아니라 마음도 예쁘더라고요. 제 동생은 사고만 치고 다녀서요."

올리버는 굴러가지 않는 머리를 애써 굴려 오제근에게 듣기 좋은 소리만 골라 말했다. 자식 칭찬을 마다할 부모는 없었기에, 이번만큼은 평범한 대화를 나눌 수 있을 거라 확신했는데.

"훈육에 실패하셨군요. 모름지기 동물이란 새끼 시절에 버릇을 고쳐야 하는 것을."

"……."

"제게 가장 효과가 좋았던 방법은 울음을 틀어막는 거였습니다. 애가 하도 울어서 목을 몇 번 졸랐더니, 올리버 씨가 말한 대로 예의 바르고 착한 딸로 자라더군요. 김태평 군도 그런 훈육을 받으면 달라지지 않을까요?"

토악질이 날 만큼 무시무시한 말에 올리버의 사고 회로는 정지됐다. 귀가 있었지만 남자가 지금 무슨 말을 하는 건지 도통 알아들을 수 없었다. 얼굴이 하얗게 질린 올리버를 보며 남자는 입꼬리를 말아 올려 웃었다.

"농담, 입니다."

오제근은 농담이라고 했지만 올리버의 입 안은 바짝 말랐다. 남자가 하는 말이 거짓이 아니라고 말하는 자신의 직감 때문이었다.

"농담을 조금 특이하게 하시는군요."

더는 그와 말을 섞고 싶지 않았기에 부러 딱딱한 어투로 말했다. 그러나 오제근은 올리버의 거부감을 무시하며 신이 난 어조로 대화를 이어 갔다.

"김태평 군과 제 딸이 교제 중인 걸 알고 계십니까?"

"……예."

"피임은 제대로 하고 있겠지요?"

핏기가 가신 올리버를 바라보는 오제근의 검은색 눈동자에는 지금껏 보지 못했던 기대감이 물씬 차올랐다.

"법적으로는 19년째 내 딸이었지만, 사실 나는 꽤 오랫동안 로지가 내 딸이 아니라고 믿었어요. 애가 어쩌나 나약하고, 멍청하고, 겁도 많은지. 나를 닮은 구석이라곤 하나도 없었으니까. 그런데 몇 년 전부터 부쩍 정이 가기 시작했습니다. 그림을 제법 그리는 걸 보니 내 딸이라는 확신이 생겼지요. 그래서 그림에만 전념하며 살 수 있도록 훈육 방식을 바꾸었습니다. 억압된 자아를 그림으로만 표출할 수 있도록요. 앞으로도 그러려면 애가 생겨서는 안 되는데."

오제근의 뒷말은 휴대폰 진동 소리에 끊겼다. 가방에서 휴대폰을 꺼낸 그는 올리버 앞에서 전화를 받았다. 상담실이 워낙 조용한 탓에 올리버도 전화를 건 상대의 목소리를 들을 수 있었다.

―안녕하세요. 행복병원입니다. 오제근 선생님 맞으시죠?

"예, 제가 오제근입니다."

―병원 예약 시간이 지났는데 왜 안 오시나 해서요.

"예약이라니요?"

―수요일 오후 2시에 상담 예약하셨잖아요.

불쑥 고개를 돌린 오제근이 올리버에게 물었다.

"오늘이 화요일 아닙니까?"

"아니요, 수요일인데요."

단번에 전화를 끊은 그는 자리에서 벌떡 일어났다. 그리고 아무 인사도 없이 그대로 상담실에서 나가 버렸다. 귀신에 홀린 사람처럼 멍한 얼굴을 하고 있던 올리버가 중얼거리듯 내뱉었다.

"……뭐야, 무슨 예약이길래."

우두커니 자리에 앉아 있던 올리버는 한참 후에야 몸을 일으킬 수 있었다. 때마침 상담실로 찾아온 담임에게 고맙다고 말한 그는 학교에서 나와 주차장으로 걸어갔다. 운전대를 잡으려다가 잠시 손을 내려다봤다. 말라 있어야 할 손바닥이 땀으로 흥건했다. 손수건으로 땀을 닦아 낸 뒤, 그는 카페를 찾아 차를 움직였다.

"따뜻한 아메리카노 한 잔 주세요."

뜨거운 커피가 미지근해질 때까지 올리버는 깊은 생각에 잠겼다. 로지 아버지의 말을 곱씹을 때마다 두렵고 혼란스러웠다.

목을 조르는 게 훈육이라니, 피임을 하고 있냐고 묻다니. 상식에서 벗어나도 한참 벗어난 그 말들이 머리에서 지워지지 않았다. 농담이라기엔 너무 무거웠고, 진담이라기엔 믿고 싶지 않을 만큼 충격적이었으니까.

로지가 일부러 아버지의 존재를 숨긴 건지, 태평은 어디까지 알고 있는 건지 알 수가 없어 더욱 답답했다. 걱정에 빠져 있던 올리버가 정신을 차린 건 해가 질 무렵이었다. 무거운 몸을 일으키기 전에 그는 태평에게 전화를 걸었다.

「형이야.」

―어.

불퉁한 심기가 고스란히 담긴 목소리로 태평이 전화를 받았다.

「로지하고 같이 있어?」

―어.

「로지한테 어떤 케이크 좋아하냐고 물어봐. 형이 사 갈게.」

집에 도착하기까지 고작 30분밖에 걸리지 않았지만, 올리버에게
는 그 시간이 실제보다 더디게 흘렀다.

태평의 집 앞에 선 올리버는 습관처럼 열쇠를 찾다가 벨을 눌렀
다. 잠시 후 현관 쪽으로 다가오는 인기척이 들렸다. 당연히 동생이
나올 거라 짐작했는데, 문틈 사이로 내민 얼굴에 올리버의 눈이 조
금 커졌다.

"안녕하세요."

활짝 웃으며 반기는 로지 앞에서 올리버는 재빨리 진정성 없는
미소를 지어 보였다.

"잘 지냈어요? 디저트를 하나 사 왔는데 마음에 들지 모르겠네."

태평의 집으로 들어온 올리버는 거실 식탁 위에 케이크를 꺼내
올려놨다. 사각형 모양으로 된 케이크 위에는 생딸기가 촘촘하게
꽂혀 있었다.

"와, 저 이런 케이크, 실제로 보는 건 처음이에요."

로지는 딸기 케이크를 보자마자 물개 박수를 치며 좋아했다.

올리버는 집 안을 둘러봤다. 이쯤에서 볼멘소리를 해야 할 태평이 보이지 않았다.

"태평이는 어디 갔어요?"

"편의점에 갔어요. 우유 사러요."

"우유요?"

"네, 집에 마실 게 맥주밖에 없다고."

올리버는 멋쩍은 얼굴로 뒷목을 쓸었다. 태평이 로지가 마실 우유를 사러 간 걸 깨달아서였다. 살다 보니 이런 날도 오는구나 싶었다. 독하고 모진 놈인 줄만 알았던 김태평이 여자 때문에 편의점으로 달려가다니.

"저, 올리버 오빠한테 드릴 게 있는데."

올리버는 딱딱해진 얼굴을 풀고 소탈하게 웃었다.

로지는 등 뒤에 감추고 있던 종이를 올리버에게 건넸다. 올리버는 진지한 얼굴로 A4 용지보다 조금 더 큰 종이를 주시했다.

"지난번에 저 도와주신 게 너무 감사해서요. 드릴 게 마땅치 않아서."

로지가 태평의 화실에서 처음으로 그렸다는 그림에는 두 남자가 그려져 있었다.

짙은 어둠이 드리워진 밤하늘에는 별이 가득 떠 있었다. 그 별빛이 환히 밝히고 있는 길을 두 사람이 나란히 걷고 있었다. 그들의 맞은편으로는 생동감이 느껴지는 바다가 드넓게 펼쳐져 있었다.

얼굴을 자세히 그리지 않았지만 올리버는 그림 속의 두 남자가 누구인지 금방 알아볼 수 있었다. 애틋한 얼굴을 한 사람은 자신이었고, 무심하지만 따뜻한 눈매를 가진 사람은 누가 봐도 태평이었으니까.

눈부신 별빛, 금방이라도 철썩거리는 소리가 들릴 것 같은 바다, 두 남자의 서로를 향한 시선. 올리버는 그림에 담긴 모든 것에 속절없이 눈길을 빼앗겼다. 한참 동안 그림에 시선을 고정하고 있던 올리버가 고개를 들었다.

"정말 따뜻한 그림이네요. 고마워요. 우리 집에 당장 걸어야겠네."

얌전히 올리버의 감상을 기다리고 있던 로지는 꽃처럼 화사하게 웃었다.

"마음에 드신다니 다행이에요. 저도 그리면서 너무 좋았거든요."

"그랬어요? 그런데 그림이 너무 미화된 게 아닌가 싶네요. 태평이하고 내가 이렇게 다정하게 지낸 적이 별로 없는데."

가벼운 웃음을 흘리며 던진 올리버의 농담에 로지는 고개를 저었다.

"제 눈엔 오빠하고 태평이가 그림처럼 보이는데. 가슴이 좀 먹먹하거든요. 어두운 밤바다를 보고 있는 것처럼. 아! 실제로 바다를 본 적은 없지만요."

다음에는 더 멋진 그림을 그려 주겠다고 약속한 로지는 다시 식탁 앞으로 걸어갔다.

"오빠! 저 케이크 사진 한 장만 찍을게요. 친구한테도 보여 주고 싶어서요."

마음대로 하라고 대답한 올리버는 로지의 손에 들린 기계를 유심히 바라보았다.

"그 MP3 어디에서 샀어요?"

당황함에 얼굴을 빨갛게 물들인 로지는 MP3와 올리버를 차례대로 바라보았다.

"알고 계신 줄 알았는데, 태평이한테 잠깐 빌렸어요. 제가 가지고 다니던 시디플레이어가 망가져서요."

올리버는 빙그레 웃으며 어깨를 가볍게 올렸다가 내렸다.

"어디서 많이 보던 거라 한번 물어봤어요. 사실 영국에서 그거 사느라 새벽에 줄까지 섰거든요. 태평이가 색깔별로 사 오라고 하더니 하나는 로지 주려고 그랬나 봐요. 신경 쓰지 말고 잘 써요."

허물없는 올리버의 미소에 로지는 다시 사진을 찍는 데 열중했다. 하지만 올리버의 표정은 무겁게 가라앉았다. 응급실에 달려갔을 때 태평이 누군가의 시디플레이어를 밟아 부수고 있던 장면이 생생하게 떠오른 탓이었다.

"왔어?"

우유를 사러 갔던 태평이 돌아오자 올리버는 표정을 가다듬고 식탁 의자에 앉았다. 고작 한 사람이 늘었을 뿐인데, 적막했던 태평의 집에 처음으로 온기 비슷한 것이 피어올랐다. 올리버는 덤덤한 얼굴로 나란히 앉아 있는 태평과 로지를 살폈다.

"우유 마시면서 먹어. 체할라."

케이크를 먹는 내내 태평은 로지를 챙기느라 바빴다. 생경한 광경이었다. 사촌 형도 무시하고, 이모와 이모부도 등한시하는 김태평이 타인을 저토록 애틋하게 보살피다니.

"태평아, 나 이렇게 맛있는 케이크는 처음 먹어 봐. 딸기도 크림만큼 달아!"

태평을 바라보는 로지의 눈빛 역시 그림 속의 별처럼 반짝이고 있었다. 서로 좋아서 어쩔 줄 모르는 둘의 모습에 올리버는 보이지 않는 쓴웃음을 물었다.

"로지가 맛있게 먹는 거 보니까 내가 더 행복하네."

연신 고맙다고 말하는 로지 앞에서 올리버는 언제나처럼 부드럽고 사람 좋아 보이는 미소를 지었다. 로지가 그려 준 그림 속의 남자처럼.

봄비가 그치자 봄꽃이 졌고, 밤바람이 후덥지근하게 변하자 날벌레도 부쩍 많이 날아다녔다. 태평과 함께 하루를 시작하고 마무리하는 날이 익숙해질 무렵, 어느새 여름이 성큼 다가와 있었다.

"기말고사가 얼마 안 남은 거 알지? 3학년 내신 비중이 가장 크니까 알아서들 열심히 해. 반장은 청소 끝나면 나한테 확인받고."

종례가 끝나고 교실 청소를 시작하려던 참이었다. 청소 당번인 로지가 빗자루를 잡았는데 반장이 손에 들린 빗자루를 뺏어 들었다.

"오로지, 넌 청소하지 말고 집에 가래."

"왜? 오늘은 내가 청소하는 날이잖아."

의아함을 담은 대꾸에, 반장이 차갑게 쏘아붙였다.

"담임이 너는 청소시키지 말라고 했어."

고개를 떨군 로지는 씁쓸한 마음을 속으로 삼켰다. 다른 할 일이라도 해야 할 것 같아 창문이라도 닦으려 했지만, 친구들은 그것마저 거절했다.

이사장실을 찾아간 날 이후부터였다. 로지는 선생님들은 물론 친구들에게도 곱지 않은 시선을 받고 있었다. 로지가 가는 곳마다 냉소적인 시선이 따라왔고 수군대는 소리가 들렸다.

'쟤가 걔래. 교무부장 징계받게 한 애! 쟤 때문에 선생님들이 요즘 우리 미워하잖아. 수행 점수도 짜게 주고.'

'진짜? 얌전한 앤 줄 알았는데 웬일이래?'

'얌전하긴. 쟤 1학년 김태평이랑 사귄대. 둘이 오토바이까지 타고 다닌다던데? 대학은 아예 포기했나 봐. 고 3이 연애라니.'

무의식적으로 손끝에 난 상처를 꾹꾹 누르고 있는 로지를 민영이 불렀다.

"로지야!"

로지는 슬그머니 두 손을 등 뒤로 숨기며 고개를 들었다.

"거기에서 뭐 해?"

"잠깐 뭐 좀 생각하느라."

어설픈 변명에 속을 리 없는 민영이 도끼눈을 뜨고 주위를 살폈다.

"애들이 또 청소하지 말라고 그랬어? 내가 이것들을 진짜!"

"민영아, 참아. 나는 괜찮아."

친구들에게 소리를 지르려는 민영을 로지가 막았다. 소중한 친구까지 미운털이 박히게 할 수는 없었다.

"진짜 이해가 안 가. 아니, 선생들이야 그렇다 쳐도 왜 애들까지 저 지랄이야? 네가 뭘 잘못했다고?"

"그냥 그러려니 해야지."

굳어 있던 얼굴을 편 로지는 어깨도 활짝 폈다. 민영은 불쌍한 강아지를 보듬듯 로지의 어깨를 가볍게 토닥였다.

"다들 배가 아파서 그래. 남 잘되는 꼴은 못 보는 애들이잖아. 너 기억나지? 우리 엄마 재혼했을 때 나 따돌림당했던 거. 가난했던 애가 부잣집 딸 행세해서 재수 없다고."

로지는 전교생을 상대로 싸웠던 민영을 떠올리며 고개를 끄덕였다.

"이게 다 네가 잘돼서 그런 거야. 생각해 봐! 우리 학교 전교 1등이 네 베프잖아. 그뿐인가? 우리 학교에서 제일 잘생긴 애가 네 남자 친구고, 우리 학교에서 제일 착한 후배의 존경을 받는 사람도 너잖아."

민영의 위로에 로지는 작은 웃음을 터트렸다.

"그러게, 내가 다 가진 여자였네."

로지는 친구들 눈에 띄지 않는 곳을 열심히 청소한 뒤 교문 밖으로 나갔다. 언제나처럼 정문 앞에 서 있던 태평은 로지를 발견하자

마자 손을 흔들었다. 로지는 숨길 수 없는 환한 미소를 지으며 달려
갔다. 꿈으로만 꿔 왔던 것들이 현실이 되는 순간이었다. 태평과 함
께하는 시간이 로지에게는 그랬다.

"우리, 빨리 집에 가자."

헬멧을 쓰는 로지의 손길이 바빴다. 태평은 서두르지 않고 로지
가 헬멧을 제대로 썼는지 확인한 뒤 오토바이에 올랐다. 단단하고
날렵한 태평의 허리를 양팔로 끌어안고, 그의 등에 머리를 기댔다.
편안하게 오토바이를 스쳐 지나가는 풍경에 시선을 빼앗겼다. 민영
의 단골 분식집, 태평이 자주 찾는 빙수 전문점, 로지의 걸음을 멈
추게 하는 베이커리가 차례대로 지나갔다. 시야에서 쉼 없이 들어
왔다가 사라지는 건물을 따라 로지를 괴롭게 했던 감정들도 뒷전으
로 밀려갔다.

"씻고 나올게."

태평은 집에 오자마자 샤워를 하러 들어갔다. 로지도 화실로 쓰
고 있는 방에 딸린 작은 화장실로 향했다. 세수도 하고 팔다리에도
찬물을 끼얹은 다음 학교 체육복을 벗고 예쁜 분홍색 트레이닝복으
로 갈아입었다. 태평이 그림을 그릴 때 입으라고 사 준 옷이었다.

보들보들한 섬유의 촉감에 기분이 좋아진 로지는 재빨리 화장실
문을 열었다. 파란색의 패턴 타일이 깔린 화실이 로지를 반갑게 맞
았다. 블라인드를 반만 열어 은은한 조명을 확보한 다음, 화구를 보
관하는 서랍장을 열고 아크릴 물감과 붓을 꺼냈다.

이젤 앞에 앉은 로지는 두 눈을 꼭 감았다. 머릿속으로 그려야 할 것들을 하나씩 그려 봤다. 오늘은 빨리 마르는 아크릴 물감을 사용해 그림을 그릴 예정이었다. 작은 실수라도 하게 된다면 그림을 처음부터 다시 그려야 했기에, 세세하게 준비를 한 뒤에 붓을 들어야 했다.

반짝하고 눈을 뜬 로지는 커다란 붓으로 캔버스의 상단을 짙은 초록색으로 칠했다. 하단에는 푸른색 물감을 쓱쓱 칠했다.

순식간에 깊은 산속에 자리 잡은 투명한 호수가 나타났다. 로지는 그 숲으로 들어섰다. 저 멀리 날아가는 새 한 마리가 구슬프게 우는 소리가 들렸다. 호수에 발을 담그자 발목에 닿는 물이 시리도록 차가웠다. 조금 더 용기를 내서 발을 집어넣자 종아리를 톡톡 건드리고 지나가는 물고기가 느껴졌다.

그림으로 그린 것과 실재하는 감각이 연결되면서 짜릿한 전율이 온몸에 일었다. 황홀감이 만들어 낸 무아지경에 취하자 손이 저절로 움직였다. 바쁘게 움직이는 붓에 녹음이 짙어졌고, 호수를 채운 물은 더 맑고 투명해졌다. 힘찬 붓질이 멈춘 순간, 자신도 모르는 새에 그림은 완성되어 있었다.

붓을 내려놓고 나서야 로지의 귀에 에어컨이 돌아가는 소리가 들렸다. 서늘한 방 안의 온도도 그제야 느껴졌다. 고개를 돌린 로지는 태평을 보고 피식 웃었다. 그는 오늘도 작은 소파에 커다란 몸을 구겨 넣은 채 쿨쿨 자고 있었다. 벌써 한 달째 반복해서 보고 있는 장면이었다.

소파로 걸어간 로지는 무릎을 꿇고 앉아 곤히 잠든 태평의 얼굴을 바라봤다. 세밀한 붓으로 한 올씩 그린 것 같은 숱이 많은 눈썹, 두툼한 서예용 붓으로 단번에 내리그은 듯한 날카로운 콧날, 수채화용 붓보다 더 부드러운 입술을 차곡차곡 두 눈에 담았다.

로지는 소리 없는 한숨을 뱉었다. 정신없이 자는 얼굴이 오늘따라 더 애처롭게 느껴진 탓이었다. 그 애처로움은 태평이 편히 잠을 자지 못하는 이유를 알게 된 날부터 깊어졌다.

'왜 현관문에 도어 록을 안 달았어?'

최신식 아파트에 어울리지 않는 열쇠를 쓰는 태평이 궁금해서 물었다.

'도어 록이 불에 녹으면 문이 열리지 않으니까.'

태평은 화재 사건이 일어났을 때 도어 록 때문에 현관문이 열리지 않아 부모님이 돌아가셨다고 했다. 화재 감지 센서가 있는 도어 록이었지만 운이 나쁘게도 그가 사고를 당했을 때는 그 기능이 제대로 작동하지 않았다고.

'소방관이 현관문을 뜯어내는 데 시간이 오래 걸렸어. 실제로는 얼마 안 걸렸겠지만, 사람 둘을 태워 죽이기에는 충분했지. 부모님이 내 발목을 붙잡고 살려 달라고 애원했는데, 그걸 뿌리치고 기어 갔던 기억이 나. 죽음 앞에서 이성은 없었어. 그저 살아야겠다는 본능만 날 움직였으니까.'

도어 록 대신 열쇠를 사용하는 것도, 가스레인지 대신 인덕션을 설치한 것도, 방문을 활짝 열어 놓고 생활하는 것도 모두 그런 이유 때문이라고 했다.

멍하게 생각에 잠겨 있던 로지는 자신의 볼을 건드리는 손가락에 시선을 내렸다. 두 눈을 잔뜩 찡그린 태평이 로지를 올려다보고 있었다.

"……다 그렸어?"

"응."

고개를 끄덕이는 순간 로지의 등 뒤로 태평의 팔이 감겼다. 그의 품에 넘어지듯 안긴 로지의 입에서 싱그러운 웃음이 터졌다. 웃음기를 머금은 로지의 뺨에는 태평의 입술이 연신 닿았다가 떨어졌다.

"너도 잘 잤어?"

간신히 얼굴만 돌린 로지가 물었다. 태평은 대답 대신 로지의 입술에 입을 맞췄다. 몽글몽글한 서로의 입술이 떨어졌다가 겹칠 때마다 조금씩 더 열이 올랐다. 긴 입맞춤 끝에 태평은 로지의 붉은 아랫입술을 가볍게 물었다가 떼어 내며 픽, 작게 웃었다.

"치킨 시켜 놨어. 올 때 됐을 거야."

소파에서 몸을 일으킨 태평을 따라 로지도 거실로 나갔다. 태평은 앞접시 두 개를 꺼내 식탁 위에 올려놓고 냉장고 문을 열었다. 그의 뒷모습을 바라보던 로지가 입을 열었다.

"저기, 나 궁금한 거 있는데."

"뭐?"

"너, 저 화실에서 그림 그리는 거 맞아?"

"……."

"처음에 봤을 때도 좀 이상했는데, 어쩐지 네가 쓰는 화실 같지가 않아. 그림을 그린 흔적도 없고, 물감이랑 붓도 전부 새 거고, 이젤도 너무 깨끗하고. 왠지 나 혼자만 사용하는 거 같아서."

태평의 기다란 눈이 위로 슬쩍 뜨였다. 그걸 이제 알았냐는 표정이었다. 아연한 시선으로 태평을 쳐다보던 로지의 얼굴이 붉어졌다.

"정말로 나 때문에 집에 화실을 만들었다고? 타일도 깔았던데, 물감도 저게 다 얼마짜린데."

설마 했던 짐작이 사실이라니, 잘못한 게 없는데도 죄인이 된 기분이었다. 심각하게 입매를 굳힌 로지의 얼굴 위로 여러 감정이 나타났다가 사라졌다. 다채로운 로지의 표정을 감상하던 태평은 한쪽 입술만 끌어 올리며 웃었다.

"나 돈 많아."

"……."

"필요한 거 있으면 뭐든 말해."

"……."

"내 돈이, 네 돈이니까."

정지된 로지의 시선이 태평의 얼굴에 붙들렸다. 도대체 김태평 머리에는 뭐가 들었을까, 한참을 고민하던 로지는 키득키득 웃어 버렸다. 대놓고 부자라고 자랑하는 태평이 얄미워야 하지만, 전혀 밉지 않아서였다.

"너, 진짜 이상해."

"내가?"

웃음이 터진 로지를 이해할 수 없었는지 태평이 얼굴을 살짝 구겼다.

"응. 다른 사람이 돈 자랑하면 진짜 재수 없는데, 네가 돈 자랑하는 건 귀여워."

"귀엽다고? 누가, 내가?"

곁눈으로 태평을 훔쳐본 로지는 다시 웃음을 터트렸다. 귀엽다는 말에 연연하지 않으려 애를 쓰고 있는 태평이 더 귀여워 보여서였다.

"어. 너는 미운 말은 곱게 하고, 고운 말은 밉게 하잖아. 그래서 더 귀여워."

눈꼬리에 맺힌 눈물을 닦는 로지에게 태평이 달려들었다. 로지는 숨이 막히게 자신을 끌어안은 태평의 품에서 더 크게 웃었다.

"이래도 귀여워?"

으르렁대는 목소리와는 달리 로지를 감싼 태평의 팔은 따뜻하기만 했다. 웃을 때마다 흩어지는 로지의 숨결이 태평의 가슴을 간질였다. 고개를 내린 태평이 벌이라도 주듯 그의 이마로 로지의 동그란 이마를 꽈악 눌렀다.

"미안해."

미안하다고 말하면서도 로지의 표정에는 전혀 미안한 기색이 없었다. 더 열이 오른 태평이 상체를 확 숙였다. 탁한 숨을 머금은 입술이 로지의 입술을 스치려 할 때였다.

띵동—.

"……타이밍 진짜 뭐 같네."

입술을 지그시 물었다가 놓은 태평은 아쉬운 표정을 숨기지 못하며 로지를 놓아주었다. 터덜터덜 현관으로 걸어가는 태평을 바라보던 로지도 자리에서 일어났다. 냉장고에서 얼음을 꺼내 태평의 컵에 넣고 있을 때였다.

쾅, 하고 현관문이 열렸다가 닫히는 소리가 들렸다. 재빨리 의자에 앉은 로지는 경건한 마음으로 치느님을 영접할 준비를 했다. 그런데 거실로 돌아온 태평은 아무것도 들고 있지 않았다.

"어? 치킨은?"

태평의 빈손에 눈길을 둔 채로 물었다. 대답이 없어 시선을 올리니 싸늘한 냉기를 품은 눈이 보였다.

"누구야? 배달원 아니었어?"

다시 묻자 태평은 묘하게 날카로워진 얼굴로 현관 쪽을 힐끔 쳐다봤다. 두 사람을 둘러싼 공기가 갑자기 무겁게 느껴졌다. 무슨 일이 있었나 싶어 현관 쪽을 살펴보려는데 태평이 로지의 시야를 차단하듯 막아섰다.

"집을 잘못 찾은 사람이었어."

로지의 이마를 덮은 잔머리를 가볍게 쓸어 올리며 태평이 말했다. 별일 아니라는 듯 피식, 웃어 보이면서.

올리버 오빠하고 싸우기라도 한 걸까?

벨을 누른 사람이 올리버가 아니었을까, 생각하던 로지의 귀에 두 번째 벨 소리가 들렸다. 로지에게 식탁에 앉아 있으라고 말한 태평은 다시 현관문으로 향했다. 다행히도 이번에는 태평의 손에 치킨이 들려 있었다.

"와, 맛있겠다."

조금 어색해졌던 분위기는 치킨의 등장으로 금방 풀렸다. 태평은 부지런히 치킨이 담긴 종이상자를 열었다. 갓 튀긴 치킨 냄새가 저녁을 거른 두 사람의 침샘을 자극했다. 로지가 치킨 조각을 잡기 위해 손을 뻗었을 때였다. 태평이 로지의 손을 막았다.

"발라 줄게."

"진짜?"

로지는 얌전히 태평이 닭을 바르는 모습을 지켜봤다. 굳은살이 박여 있는 손으로 태평은 아주 섬세하게 닭 뼈를 발라냈다. 로지는 자신의 앞접시에 살코기가 쌓일 때마다 아이처럼 발을 구르며 좋아했다.

"너도 먹어 봐."

태평이 발라 준 고기 중에 가장 큰 걸 포크로 쿡 찍어 올렸다. 입을 크게 벌린 태평은 아기 새가 된 것처럼 맛있게 받아먹었다. 실컷 그림을 그린 뒤에 먹는 치킨은 꿀맛이었다.

치킨 한 마리를 깨끗하게 해치우고 물티슈로 손을 닦고 있을 때였다. 태평의 휴대폰에서 알림음이 들렸다. 힐끗 액정을 확인한 태평이 높낮이 없는 어조로 말했다.

"형이야. 저녁에 맥주 한잔하자고."

로지의 얼굴이 눈에 띄게 밝아졌다. 아까 집에 찾아왔던 사람이 올리버 오빠였다는 확신이 생긴 탓이었다.

"오빠랑 맥주도 마셔? 부럽다. 나도 치맥 해 보고 싶었는데."

"맥주는 무슨, 넌 우유나 마셔."

김빠지는 말을 내뱉은 태평은 식탁 위에 흩어져 있는 쓰레기를 정리했다. 태평을 따라 앞접시를 정리하던 로지는 작게 투덜거렸다.

"치, 나보다 두 살이나 어리면서 어른인 척하기는."

입을 비죽 내민 로지는 식탁만 바라보느라, 태평이 자신의 손가락을 주시하고 있다는 걸 눈치채지 못했다.

"깜짝이야."

식탁 위에 있던 제 손을 낚아채듯 움켜쥔 태평을 올려다봤다.

"너, 학교에서 뭔 일 있었어?"

"갑자기 그게 무슨……."

뜬금없는 소리냐고, 맺으려던 말이 입술 끝에서 멈췄다. 태평의 눈이 자신의 손끝에 걸려 있다는 걸 깨달았기 때문이었다. 자신 없는 말투로 변명부터 했다.

"……아무 일 없었는데."

태평은 잠시 말이 없었다. 대신 그의 손에 잡힌 로지의 손가락만 유심히 바라봤다. 오랜 정적 후 그는 가라앉은 목소리로 또렷하게 말했다.

"아무 일도 없는데, 어제는 한 개였던 밴드가 오늘은 왜 세 개로 늘었을까."

차분한 음성이었지만, 로지는 느낄 수 있었다. 태평이 화가 나 있다는 걸.

무거운 침묵이 맴돌면서, 쿵, 쿵 뛰는 심장 소리만 머릿속을 울렸다.

……알고 있었던 걸까.

평소 로지의 사소한 행동에도 기민하게 촉을 세우던 태평이었다. 손가락 끝에 붙은 밴드의 개수도 세고 있던 모양이었다.

"연필 깎다가 다친……."

말이 끝나기도 전에 태평이 소리를 질렀다.

"그따위 변명은 집어치워."

로지는 태평에게서 시선을 피했다. 이글이글 타는 눈빛을 계속 보고 있다가는, 숨이 막혀 질식할 것만 같았다.

"네가 나까지 속일 수 있을 것 같아?"

"……."

"지금까지는 모른 척했지만, 앞으로는 가만히 안 있어."

대답 없이 버티고 있는 로지의 얼굴을 태평이 잡아 올렸다. 애써 시선을 비켜 보았지만, 집요하게 얽혀 드는 눈빛을 피할 수 없었다. 로지의 눈에 비친 태평의 검은 눈동자가 잘게 흔들리고 있었다. 화가 나 있지만, 동시에 자신의 무력함을 자책하는 눈이었다. 그 눈빛에 로지의 가슴은 아리다 못해 쓰렸다. 숨기고 싶었던 치부를, 가장 들키고 싶지 않은 사람에게 내보인 게 말할 수 없이 부끄러웠다.

눈물이 날 것 같아 눈을 내리깔았을 때였다. 태평이 낮은 소리로 위협하듯 속삭였다.

"또 긋기만 해 봐. 그땐 내 손에도 똑같이 그어 줄 테니까."

로지를 집에 데려다주고 돌아온 태평의 기분은 말 그대로 최악이
었다. 이유는 치킨 배달원이 오기 전에 그의 집 벨을 누르고 간 남
자 때문이었다. 배달원인 줄 알고 무심결에 문을 열었는데, 태평의
눈앞에는 검은색 마스크를 쓴 남자가 서 있었다.

'……집을, 잘못 찾았네요.'

말 같지도 않은 변명을 한 남자는 태평의 어깨 너머를 흘깃거렸
다. 석연치 않은 그의 시선에 열었던 문을 거칠게 닫았다.

이 날씨에 긴팔 검은 옷이라니.

낮에는 한여름처럼 더운 6월이었다. 날씨와 어울리지 않는 검은
색 옷을 위아래로 갖춰 입은 남자가 수상하다 못해 기분이 나빴다.
묘한 기시감 때문이었다. 오늘뿐만이 아니라 예전에도 그 남자를
본 적이 있는 것 같았다.

혹시 스토커……?

불안감이 커지자 무심히 넘겼던 기억들도 증폭됐다. 로지를 데려
다줄 때 아파트 비상계단에서 느꼈던 두어 번의 인기척이 불쑥 떠
올랐다. 그것도 왠지 그 남자와 관련이 있는 것 같았다. 치킨을 먹
는 내내 태평의 머릿속은 검은색 옷을 입은 남자에 대한 생각으로

가득했다. 한껏 부풀어 오른 망상은 로지의 손가락에 난 상처를 본 순간 바늘에 찔린 풍선처럼 펑, 터져 버렸다.

오늘 집으로 찾아온 남자 때문에 로지가 자해를 한 거라면.

자해도 해 본 놈이 더 잘 아는 법이었다. 마음에 들러붙은 불안 감에서 눈을 돌리고 싶어 몸에 고통을 가하는 게 자해였다. 로지의 손가락에 감긴 밴드를 볼 때마다 태평의 손끝도 가시가 박힌 것처 럼 따끔거렸다. 진즉부터 로지가 제 손을 칼로 후비고 있다는 걸 알 았지만, 문제 삼지 않았던 건 상처가 점점 줄었기 때문이었다. 밴드 가 하나씩 사라질 때마다 로지가 자신에게 마음을 더 여는 것 같아 한없이 뿌듯했는데.

후우ㅡ. 태평은 가볍게 심호흡을 하며 기울어졌던 고개를 들어 올렸다. 무의식적으로 걸음을 옮기다 보니 어느새 올리버의 집 앞 이었다. 복잡한 마음을 다독이며 도어 록을 해제하고 문을 열었다. 현관에 들어서자마자 술 냄새와 담배 연기가 코를 찌르듯 파고들었 다. 그는 이마를 찌푸린 채 거실로 걸어갔다.

「어이, 김태평! 로지는 잘 데려다줬어?」

소파에 앉아 있던 올리버가 팔을 크게 흔들었다. 그의 얼굴은 알 코올의 힘으로 잔뜩 붉어져 있었다.

「어.」

태평은 건성으로 대답하곤 테이블을 흘낏 바라봤다. 절반 정도 남은 위스키병과 구겨진 맥주 캔이 여러 개 보였다.

「형이 먼저 시작했다. 좀 취하고 싶어서.」

태평은 말없이 캔 맥주의 뚜껑을 당겼다. 시원한 맥주를 들이켜 자 뜨거웠던 속이 조금 사그라들었다. 맥주를 비우는 동안 긴 정적 이 이어졌다. 미동 없이 로지가 그려 준 그림을 감상하던 올리버가 한참 만에 입을 열었다.

「로지한테 아버지가 있는 거 알고 있었어?」

태평의 대답을 기다리지 않고 올리버는 곧바로 말을 이었다.

「왜 나한테 안 계시다고 거짓말했냐?」

「없는 게 나은 인간이니까.」

태평이 차갑게 내뱉었다. 로지 몰래 아침 일찍 로지의 집에 간 적이 있었다. 오제근이라는 사람의 얼굴을 직접 보고 싶어서였다. 실제로 보니 싱거울 만큼 평범해 보이는 아저씨였다. 정해진 시간 에 나갔다가 정해진 시간에 들어오는, 시간에 강박증이 있어 보이 는 것만 제외하면.

콜록―, 콜록.

반쯤 남아 있던 맥주를 단숨에 비워 낸 올리버가 사레에 들렸는 지 콜록거렸다. 기침이 잦아들자 그가 천천히 입을 열었다.

「지난번에 학교에 갔을 때 로지 아버지를 만났어.」

「…….」

「너하고 로지가 만나는 걸 알고 있더라.」

「그 남자가?」

믿을 수 없다는 듯 태평이 되물었다. 올리버는 동생의 시선을 피 하며 덤덤히 말을 이었다.

「로지를 굉장히 아끼는 아버지 같았어.」

태평은 입 끝을 당기며 실소했다.

「어디서 그런 미친 소리를.」

「태평아.」

태평은 한숨을 쉬듯 자신의 이름을 부르는 올리버를 바라봤다.

「로지를, 얼마나 좋아해?」

입술을 일자로 굳게 다문 태평은 고개만 삐딱하게 젖혔다.

「형이 진지하게 묻잖아.」

올리버의 이마에 주름이 깊게 잡혔다. 미심쩍은 눈으로 그를 바라보던 태평이 천천히 입을 열었다.

「없으면, 나도 없을 만큼.」

로지가 없으면 저 자신도 없다는 태평의 고백에 올리버는 쉽게 말을 잇지 못했다. 고개를 숙인 그는 한숨만 여러 번 내쉬었다. 차마 태평의 얼굴을 마주 보고 이야기를 꺼낼 용기가 나지 않는 것처럼. 한참 동안 뜸만 들이던 그는 조심스럽게 운을 떼었다.

「로지 아버지 말이야. 느낌이 좋지 않아.」

「…….」

「딸에 대한 집착이 커 보였어. 어딘지 모르게 평범한 사람 같지도 않았고.」

「뭔 소리야. 알아듣게 말해」

「로지를, 아니, 로지의 그림을 굉장히 아끼는 눈치였어. 로지가 그림에만 집중할 수 있었으면 하더라.」

어렵게 말을 마친 올리버는 입술만 잘근잘근 씹었다. 뭔가 더 할 말이 남았다는 뜻이었다. 태평은 그가 남은 말을 삼키지 않도록 숨을 죽이고 기다렸다. 이윽고 올리버가 다시 입을 열었다.

「딸한테 남자 친구가 생긴 것도 못마땅했어. 너도 알다시피 로지한테는 지금이 아주 중요한 시기잖아. 너야 영국으로 갈 거니까 상관없지만, 로지는 한국에서 대학을 가야 하니까. 같은 학부형 입장에서 로지 아버지 마음이 나도 조금은 이해가 되고.」

「하고 싶은 말이 뭐야.」

질질 끄는 말 속에 숨어 있는 뜻을 간파한 태평이 단도직입적으로 물었다. 올리버는 체념한 얼굴로 고개를 절레절레 흔들었다.

「내가 말한다고 네가 듣겠냐.」

술에 취해 뭉개진 발음으로 중얼거리며 올리버가 소파에서 일어났다. 비틀비틀한 걸음으로 거실 서랍장으로 간 그는 상자 하나를 꺼내 가져왔다.

「이거나 가져가라.」

「이게 뭔데?」

「콘돔.」

엉겁결에 콘돔 상자를 받아 든 태평은 무언가에 얻어맞은 듯한 표정을 지었다. 올리버는 개의치 않고 할 말을 했다.

「아까도 말했지만 로지 아버지가 로지를 많이 아껴. 딸이 안전하게 사랑하면서 그림도 그렸으면 좋겠대. 나도 마찬가지야. 네 인생을 한순간의 충동으로 망치는 걸 두고 볼 수는 없으니까.」

잠시 넋이 나가 있던 태평은 뒤늦게 헛웃음을 터트렸다.

「지랄하고 있네. 내가 무슨 발정 난 개야?」

「인마, 너도나도 남잔데 솔직해지자. 남자의 하반신은 머리로 움직이는 기관이 아니야. 로지하고 매일 한 집에 붙어 있으면서 자제가 되겠어?」

맥주 한 캔에 취할 리가 없는데, 태평의 얼굴은 눈에 띄게 붉어졌다. 올리버는 무슨 마음인지 안다는 듯 동생의 어깨를 가볍게 두드렸다.

「성교육이야 영국에서 잘 받았을 테니까 내가 가르칠 건 없고. 그리고 피임은 원래 남자가 신경 쓰는…….」

말을 끝내기도 전에 올리버는 태평에게 떠밀려 휘청거렸다.

「씨발, 이딴 거 필요 없다니까!」

콘돔 상자를 집어 던진 태평은 뒤도 돌아보지 않고 올리버의 집에서 나갔다. 올리버는 센서등이 켜진 현관을 바라보며 쓰게 웃었다.

그래, 필요 없기를 바란다.

소파에 쓰러지듯 앉은 그가 맥주 캔을 집어 들었다.

「모르는 게 약이지.」

자조 섞인 말을 내뱉으며 올리버는 들고 있던 캔을 구겼다. 태평이 고분고분하게 굴었으면 말해 주려고 했었다. 로지 아버지가 정신과에 다니고 있다는 사실도, 그가 딸을 신체적으로 학대했다는 것도, 로지가 아버지에게 정상적인 딸이 아닌 소유물처럼 취급받고 있다는 것도. 로지를 죽을 만큼 좋아한다고 하지만 않았어도 알려 줄 생각이었는데.

「태평아, 널 살려 준 건 로지가 아니라 나야. 내가 아니었으면 넌 병원에서 뒈졌을 운명이라고.」

몸을 돌린 올리버는 로지가 그린 그림을 다시 바라봤다. 보면 볼수록 기분이 나쁜 그림이었다. 따뜻한 형제애를 그린 그림이 자신을 조롱하는 것처럼 보였다. 그림과 달리 현실에서는 태평이 자꾸만 그에게서 멀어지고 있었으니까.

「각자 짊어져야 할 삶의 무게는, 가지고 있는 돈과 비례하는 법이야.」

소파에 길게 누우며 올리버가 읊조렸다. 로지에게는 미안한 일이지만 그에게 가장 중요한 사람은 태평이었다. 정신병자 같은 아버지와 사는 소녀에게 어렸을 때부터 길러 온 소중한 동생을 빼앗길 수는 없었다.

떠밀려 오는 수마를 이기지 못하고 올리버는 두 눈을 감았다. 점점 멀어지는 의식 너머로 콘돔을 사 두길 잘했다는 생각을 했다. 콘돔 상자 덕에 태평에게 로지와 헤어지라는 말을 하려던 걸 간신히 참아 낼 수 있었으니까.

미술실 앞에 도착한 로지는 조심스럽게 문을 두드렸다. 방과

후 서양화 전공 실기를 지도하고 있는 선생님과 면담이 있는 날이었다.

"로지 왔니? 들어 와!"

문을 열고 들어서자 정민하 선생님이 두 팔을 벌려 로지를 환영했다. 로지의 얼굴에도 미소가 번졌다.

"참, 강유준 화가가 영국으로 돌아갔다는 소식을 들었는데. 지금은 어디에서 그림을 그리고 있니? 마땅한 곳은 찾았어?"

선생님의 목소리에는 로지를 향한 걱정이 고스란히 녹아 있었다. 로지는 이전 화실보다 훨씬 더 좋은 곳에서 그림을 그리고 있다고 대답했다.

"걱정했는데 다행이네. 영국에 보낼 그림은 뭘 그릴지 생각해 왔고?"

"네, 목탄으로 드로잉을 하나 해 보려고요."

"목탄? 주제는?"

"인물화요."

선생님은 조금 놀란 표정을 지었다.

"인물화? 모델은 섭외한 거야?"

괜한 쑥스러움에 로지는 엷게 웃으며 고개를 가로저었다.

"아직 못 물어봤는데, 오늘 말해 보려고요."

"그래? 만약 모델료가 너무 비싸면 나한테 말해. 내가 괜찮은 애로 추천해 줄 테니까."

"고맙습니다."

"고맙기는, 선생님이 너한테 해 줄 수 있는 게 너무 없어서……."

미안해하는 선생님에게 로지는 전혀 아니라며 허리를 숙여 인사했다.

"로지야."

미술실에서 나가려는 로지를 선생님이 불렀다.

"강유준 화가 말이야. 지금도 너한테 연락하니?"

로지는 말문이 막혀 잠시 선생님의 얼굴만 빤히 바라보았다. 선생님은 손사래를 치며 별 뜻이 있어서 물은 건 아니라고 덧붙였다.

"아니요. 화실에 다닐 때도 따로 연락을 주고받지 않았거든요."

"그래? 그랬구나. 잘된 일이네."

어떤 이유에서인지 선생님은 크게 안도한 얼굴로 고개를 끄덕였다. 아주 잠깐 '잘된 일'이라는 선생님의 말이 마음에 걸렸지만 로지는 더 묻지 않고 미술실 밖으로 나왔다. 태평이 기다리고 있다는 생각에 마음이 바빠서였다. 복도에 서서 MP3를 꺼내 태평에게 메시지를 보냈다.

[rosy : 어디에 있어?]

[peace : 정문]

[rosy : 5분만 기다려]

로지는 홀로 계단을 걸어 내려갔다. 민영이 먼저 집으로 돌아갔기 때문이었다.

'나 미쳐 버리겠어. 아무리 다음 주가 기말고사라고 해도 그렇지. 우리 엄마가 과외를 하루에 두 개씩 잡은 거 알아?'

투덜대던 민영을 떠올리며 웃던 로지는 주머니 속에 들어 있는 영화 표 두 장을 만져 보았다. 그간 태평에게 매일 신세를 진 게 미안해서 산 표였다.

[간부 수련회, 금요일과 토요일에 집을 비우게 되었다.]

오늘 아침 아빠의 쪽지를 읽자마자 로지도 냉큼 짐을 쌌다. 영화를 보고 태평이네 집으로 가서 다음 날까지 시험공부를 하고 오면 딱 좋을 것 같아서였다. 평소보다 묵직한 가방을 가볍게 들고 로지는 정문으로 빠르게 걸었다.

영화관으로 가기 전에 두 사람은 태평의 집에 먼저 들렀다. 태평이 샤워를 하는 동안 로지도 교복을 벗고 사복으로 갈아입었다. 흐트러진 머리를 다시 묶다가 파우치에서 틴트를 꺼냈다. 민영이 선물해 준 틴트였다. 거울 앞에 서서 크레용처럼 생긴 틴트를 입술 중앙을 중심으로 톡톡 두드렸다. 은은하게 붉어진 입술을 보며 만족하고 있는데 현관에서 벨 소리가 들렸다.

혹시 올리버 오빠인가 싶어 나가 보려는데, 거실 화장실 문이 벌컥 열리더니 태평이 뛰어나왔다.

"가만히 있어!"

샴푸 거품을 머리에 허옇게 묻힌 채 태평은 인터폰 화면을 노려 봤다.

"소독하러 왔습니다."

파란색 조끼를 입은 아주머니가 카메라에 대고 소리쳤다. 태평은 로지에게 조용히 하라는 눈짓을 보내며 아무 대답도 하지 않았다. 아주머니는 벨을 한 번 더 누르고 화면에서 사라졌다. 로지의 얼굴 을 뚫어져라 바라보던 태평이 힘줘 말했다.

"앞으로, 그 누가 와도 네가 직접 문 열어 주지 마. 알았어?"

"……."

"올리버가 벨을 눌러도 모른 척하라고."

로지는 고개만 작게 끄덕였다. 진지한 태평의 목소리에 알 수 없 는 불안감이 느껴졌기 때문이었다. 떨리는 시선을 천천히 내렸을 때였다. 허리춤에 수건만 두른 태평의 하체가 눈에 들어왔다. 민망 한 마음에 급히 고개를 들었더니 이번에는 물에 젖은 상체가 보였 다. 로지는 저도 모르게 중요 부위만 가리고 있는 태평의 나신을 위 아래로 훑었다. 넓고 각이 진 어깨를 쳐다보던 눈길이 보기 좋게 갈 라져 있는 가슴 근육으로 옮겨갔다가 다시 어깨로 돌아왔다. 태평 의 오른쪽 어깨에 남아 있는 크고 작은 흉터를 유심히 보기 위해서 였는데,

"야, 고개 안 돌려?"

꽥 내지른 소리에 놀라 로지는 서둘러 등을 돌렸다. 곧이어 쿵쿵 대고 걸어가는 소리가 들렸다. 다시 고개만 앞으로 가져온 로지의

눈에 목덜미를 붉힌 태평이 화장실로 들어가는 게 보였다. 로지는 조그마한 입술을 끌어 올리며 방긋 웃었다. 초상화면 충분할 줄 알았는데, 생각이 바뀌었다. 이왕이면 흉상화 아니, 반신상화 정도는 그리고 싶었다. 혼자 보기에는 너무 아까운 몸이었으니까.

"무슨 영화라고?"

영화관에 도착해서야 태평은 제목을 물어 왔다. 로지는 팝콘을 들고 있는 태평에게 표를 들어 보여 줬다.

"〈향수〉, 재개봉한 영화야. 혹시 전에 봤어?"

"아니."

"다행이다. 나도 책으로만 읽었는데."

티켓 확인을 시작한다는 직원의 목소리에 두 사람은 상영관 안으로 들어갔다. 맨 뒷좌석에 앉은 태평은 캔 음료를 하나 꺼내 빨대를 꽂았다. 팝콘을 먹느라 목이 막혔던 로지는 그가 건넨 음료수를 냉큼 마셨다.

"어?"

씁쓸한 맛에 놀란 로지는 들고 있던 캔을 바라봤다.

"오리지널 비어……?"

다시 빨대를 빨았다. 쌉쌀한 맛 뒤로 은은한 꿀 향이 느껴졌다.

"꿀맛이 나. 달지는 않은데."

"그 맥주만 그래."

무심하게 툭 던진 말에 배시시 웃었다. 맥주를 마셔 보고 싶다고 했던 그녀의 말을 잊지 않고 기억해 준 태평이 고마워서였다. 욕쟁이 할머니처럼 말은 툭툭거리지만, 행동은 따뜻한 태평이 오늘따라 더 좋았다.

"태평아. 나, 부탁이 하나 있는데."

"뭔데?"

"만져 봐도 돼?"

"어딜?"

손을 들어 태평의 얼굴을 가리켰다. 놀라서 피할 줄 알았더니 태평은 눈만 가늘게 떴다. 마음대로 하란 뜻이었다. 로지는 장난감을 가지고 노는 아이처럼 태평의 얼굴을 만지작거렸다. 만져 보니 눈으로 보는 것보다 훨씬 더 입체적인 마스크였다. 적당히 튀어나온 미릉골 때문에 음영이 진 눈매는 그윽했고, 콧대는 굴곡진 부분 없이 매끄러웠다. 손끝에 닿은 입술 선은 또렷하게 솟아 있었고 입술은 부드럽고 연약했다.

"너, 되게 잘생긴 거 알지."

태평의 얼굴에서 손을 떼며 말했다. 입에 발린 칭찬이라고 받아들였는지 태평은 아무 말도 하지 않았다. 무안해진 로지는 맥주만 열심히 마셨다. 취기라도 빌려야 입이 떨어질 것 같아서였다. 물었던 빨대를 놓고 다시 태평 쪽으로 고개를 돌렸다.

"그래서 말인데……. 너, 내 그림 모델 안 할래?"

짧은 침묵 뒤에 태평은 뚱한 얼굴로 물었다.

"언제부터 물어보고 그랬다고? 지금까지 네가 그린 건 뭔데?"

태평의 말이 끝나기가 무섭게 상영관의 불이 모두 꺼졌다. 어두워진 틈을 타서 로지는 태평 쪽으로 상체를 기울였다.

"얼굴 말고, 몸을 그리고 싶어서. 벗어 주면 더 좋고."

태평은 묵묵히 스크린에 떠오른 〈향수, 어느 살인자의 이야기〉라는 타이틀만 보고 있었다. 그의 옆얼굴을 응시하던 로지는 상체를 다시 태평 쪽으로 붙였다. 깜빡한 이야기가 생각나서였다.

"그리고 나, 오늘 너네 집에서 자고 가도 되지?"

영화는 최고의 향수를 만들어 세상을 지배하고자 했던 남자의 광기 어린 욕망을 다루고 있었다. 같은 영화를 감상했지만 엔딩 크레디트를 바라보는 두 사람의 표정은 극명하게 달랐다. 주인공의 마음에 완전히 이입한 로지의 얼굴에는 주체할 수 없는 흥분이 가득했지만, 태평의 안색은 어떤 영문에서인지 극도로 초췌해져 있었다.

"들어가."

로지에게 현관문을 열어 준 태평은 입술을 꽉 깨물었다. 하루만 재워 달라는 로지의 부탁을 거절하지 못한 자신이 한심해서였다. 어쩔 수 없는 일이기도 했다. 모든 부탁에는 '승낙'과 '거절'이라는 옵션이 있지만, 태평에게 로지의 부탁이란 부루마블 '우대권'과 같았으니까.

"나는 방에 있는 화장실 쓸게."

하품을 길게 한 로지는 가방에서 세면도구를 꺼내 화장실로 들어갔다. 보이지 않는 한숨을 내쉰 태평은 거실에 있는 화장실로 향했다.

"겁도 없는 뱁새, 혼자 사는 남자 집에서 자고 가겠다니."

원망 섞인 말을 읊조리며 태평은 샤워기의 물을 틀었다. 차가운 물이 머리 위로 사정없이 쏟아졌다. 영화를 보는 내내 가출했던 정신이 그제야 조금 돌아왔다.

"뱁새가 혹시 나한테 문제가 있다는 걸 알고 저러나."

초조함에 마른침이 꿀꺽 넘어갔다. 그러면서도 그의 손은 온몸을 깨끗하게 씻기 위해 부지런히 움직이고 있었다. 샴푸를 헹구던 그가 머리를 좌우로 심하게 흔들었다.

"알긴 뭘 알아. 나한테 수면 장애 있는 거 아니까, 수면 메이트를 해 준다는 거겠지."

침착하게 물을 잠그고 커다란 수건으로 몸에 묻은 물기를 닦았다. 거울에 비친 알몸을 바라보던 태평은 평소보다 보디로션을 듬뿍 바르고 옷을 주워 입었다.

"태평아! 나, 드라이어!"

화장실 밖으로 나가자마자 로지가 외쳤다. 태평은 난감한 눈으로 소파에 앉아 있는 로지를 보았다.

뱁새는, 한결같이 예뻤다. 맥주 한 캔을 다 마신 탓에 발그레 상기된 얼굴도, 물기 어린 갈색 눈동자도, 웃을 때마다 드러나는 하얀 이도. 짜증이 날 만큼 예쁜 로지에게서 겨우 시선을 떼어 낸 그는 방에서 드라이어를 들고 나왔다.

"소파에서 써도 돼? 머리카락 떨어질 텐데."

소파 근처에 있는 콘센트에 드라이어 플러그를 꽂는 태평에게 로지가 물었다. 태평은 말없이 로지 옆에 앉았다.

"내가 할게."

드라이어를 달라는 말을 무시하고 로지의 어깨를 잡아 앞을 보게 돌렸다. 부오옹, 하는 소리가 나면서 드라이어에서 뜨끈한 공기가 흘러나왔다. 젖은 머리카락에 손가락을 집어넣었다. 바람이 날릴 때마다 로지의 머리카락에서 태평이 쓰는 것과 같은 샴푸 향이 풍겼다. 기분 탓인지 그 냄새가 머리가 어지러울 만큼 달았다.

"다 됐어."

보송해진 머리카락을 확인한 태평이 드라이어 전원을 껐다. 다 쓴 드라이어를 정리하려고 상체를 틀었을 때였다. 그는 전기에 감전된 사람처럼 제자리에서 펄쩍 뛰었다. 허벅지에서 느껴진 낯선 무게감 때문이었다.

"……뭐야."

태평은 허락도 없이 제 다리를 베고 누운 로지를 어이없는 눈으로 내려다봤다.

"놀랐어?"

태연하게 묻는 로지 앞에서 그럴 리가 있냐는 듯 입을 꾹 다물었다. 돌아가신 어머니를 찾을 만큼 놀랐다는 말은 죽어도 할 수 없었으니까. 천천히 눈꺼풀만 깜빡이던 로지가 다정히 속삭였다.

"오늘 너무너무 즐거웠어. 영화를 본 것도, 맥주를 마신 것도."

"……"

"나, 사실은 집 말고 다른 데서 자는 것도 처음이야."

로지는 학교 수련회나 수학여행도 가 본 적이 없다고 했다. 이유를 묻자 어머니가 로지를 멀리 보내는 걸 싫어했다고 했다. 태평은 더 묻지 않고 로지의 보드라운 앞머리만 살살 어루만졌다. 기분이 좋았는지 헤헤, 하고 해맑게 웃던 로지가 눈을 동그랗게 뜨고 물었다.

"너는? 영화 어땠어? 좋았지!"

"볼만했어."

건성으로 답했다. 영화 같은 게 눈에 들어왔겠냐, 라고 말하고 싶은 걸 간신히 눌러 참으며.

"남자 주인공이 진짜 잘생겼더라. 내가 찾아봤는데 이름이 '벤 위쇼'래. 영국 배우라던데 유명한 배우야?"

로지를 지그시 내려다보던 태평의 눈매가 가늘어졌다. 자신의 다리를 베고 누워서 한다는 소리가 다른 남자 얼굴 칭찬이라니, 믿고 싶지 않은 현실이었다. 한 손으로 로지의 작은 머리를 꽉 쥐었다. 그러고는 두피를 마사지하는 사람처럼 손가락에 힘을 꾹꾹 줬다. 로지가 까르르 웃음을 터트렸다.

"넌 영국에 있었을 때 영어 이름이 뭐였어?"

"없었어."

"정말? 그러면 벤 어때? 너하고 잘 어울리는데."

태평은 어이가 없어서 잠시 침묵했다. 제 사심을 채우겠다고 감히 개명까지 부추기다니.

"……오로지."

"응?"

"벤 위쇼, 남자하고 결혼했어."

"……."

"꿈 깨고, 가서 잠이나 자."

태평은 로지의 어깨에 팔을 넣어 단번에 일으켰다. 상체가 세워진 로지는 입을 크게 벌렸다.

"정말이야? 거짓말 아니고?"

허망한 표정으로 묻는 로지를 내버려 두고 침실로 들어갔다. 침대가 하나밖에 없었기에 로지를 여기에서 재우고 자신은 거실 소파에서 잘 생각이었다. 새 이불과 베개를 꺼내 침대에 올려놓고 있는데 로지가 쪼르르 방으로 따라 들어왔다.

"와, 침대 진짜 크다. 내 침대보다 두 배, 아니, 세 배는 더 큰 거 같아."

"뭐 더 필요한 거 있어?"

베개와 담요 한 장을 챙긴 뒤 물었다. 로지는 두 눈을 크게 뜨고 태평을 위아래로 훑었다.

"필요한 건 없는데, 넌 여기에서 안 자?"

따로 자는 게 편하다고 둘러댔는데, 로지가 태평의 팔을 잡았다.

"같이 자. 나쁜 꿈 꾸면 깨워 주려고 온 건데."

베개를 쥐고 있던 손등에 퍼런 힘줄이 돋았다. 순진한 건지, 엉큼한 건지 그 경계가 불분명한 뱁새 때문에 태평의 머리 역시 하얘졌다.

"야! 나, 잘 때 벗고 자거든?"

한층 가라앉은 목소리로 경고하듯 말했다. 이 정도면 포기할 줄 알았는데 로지는 눈도 깜빡이지 않고 대답했다.

"아래만 입고 자. 위에는 아까 다 봐서 상관없어."

태평은 말이 안 나와 헛웃음을 터트렸다. 웃고는 있었지만 그의 손바닥에는 식은땀이 배어 나왔다. 기필코 나가서 자야 했다. 좋아하는 여자하고 한 침대에 누워 잠만 처잔 등신 새끼가 되고 싶지는 않으니까. 신사답게 나가서 자는 것만이 남자의 자존심도 지키고 로지의 신뢰도 얻을 수 있는 유일한 방법이었다. 굳은 의지를 다지고 로지를 응시했다. 짙어진 그의 눈빛에는 무언의 경고가 담겨 있었다.

'너, 내가 침대에서도 건전할 것 같냐?'

후ㅡ. 로지와의 실랑이로 몹시 피곤해진 태평은 턱 끝까지 올라온 한숨을 길게 뱉었다. 죽은 듯이 엎드려 누워 있는 그의 맨 등을 차가운 에어컨 바람이 훑고 지나갔다. 베개에 코를 깊숙이 묻었다.

향긋한 섬유유연제 향이 느껴졌다. 평화로운 밤이었다. 좋은 꿈은 꾸지 않더라도, 악몽은 피할 수 있을 것 같은.

"태평아, 자?"

그의 옆에 누워 있는 게 로지만 아니었다면.

이 자존심도 없는 새끼. 뒤늦게 자책해 보았지만, 달라질 건 아무것도 없었다. 태평은 막 나가기로 작정한 뱁새 앞에서 한없이 무력했고, 그의 마음을 쥐락펴락하는 오로지 앞에서 내세울 자존심 같은 건, 버린 지 오래였으니까.

"아니."

태평은 침대의 바깥쪽으로 고개를 돌리며 짧게 대답했다.

"나, 네 등 좀 자세히 봐도 돼?"

"······맘대로."

누워 있던 로지가 몸을 일으켜 스탠드의 불을 켰다. 태평은 자포자기하는 심정으로 가만히 엎드려 있었다. 로지의 손바닥이 태평의 오른쪽 어깨에 닿았다. 화상 자국을 만져 보는 듯한 손짓에 태평은 짙은 한숨만 토해 냈다.

"징그럽게 그걸 뭐 하러 만져."

"안 징그러워. 하나도."

로지는 자신의 말을 증명하듯 작은 손으로 그의 등을 빠짐없이 매만졌다. 깃털처럼 부드러운 손길이 닿을 때마다 그는 저도 모르게 몸을 움찔거렸다. 성적 긴장감 때문이 아니었다. 로지가 자신의 민낯을 낱낱이 보고 있는 것 같은 느낌 때문이었다. 로지의 손이 닿았다가 떨어질 때마다 덮어 두었던 기억들도 하나, 둘 떠올랐다.

뜨거운 불길에 타들어 가는 부모를 바라만 보았던 무력감도, 혼자 살아남았다는 수치심도, 제대로 저항 한번 하지 못하고 학대당했던 어린 시절의 나약함까지도. 온갖 회한이 불길이 되어 전신을 뒤덮으려 할 때였다. 먼 바다에서 들려오는 파도 소리 같은 로지의 목소리가 들렸다.

"남자의 몸이, 이렇게 아름다울 수도 있구나."

감고 있던 눈을 뜨자, 벽에 비친 그림자가 보였다. 태평의 눈은 움직이는 그림자를 더듬듯 바라봤다. 부스럭대는 소리와 함께 옷을 한 겹 벗어 낸 그림자가 태평의 허리를 타고 앉아 천천히 상체를 숙였다. 그림자가 포개진 순간 태평도 숨을 참았다. 등에서 부드럽고 말랑말랑한 맨살의 감촉이 느껴진 탓이었다.

"이렇게 안아 보고 싶었어."

태평의 어깻죽지에 뺨을 부비며 로지가 속삭였다. 눈을 감은 태평은 마른 입술만 달싹였다. 맨살끼리 만나 빚어낸 미지근함이 온몸의 구석구석으로 퍼져 나가는 게 느껴졌다. 차갑게 얼어붙은 마음 한 조각까지 찾아내 스며든 온기는, 꺼지지 않는 화로처럼 뜨거워진 몸의 열기도 서서히 내렸다. 몸에 새겨져 있던 극단적인 온도가 뒤섞이면서 태평은 난생처음 아늑함에 빠졌다.

"태평아."

로지의 부름에 태평의 눈꺼풀이 반쯤 들렸다.

"나는, 사람의 몸이 마음보다 더 대단하다고 생각해."

"……."

"몸은 전부 기억하잖아. 마음이 잊어버린 것들도."

"……."

"그래서 내 눈에는 네 몸이 너무 아름다워. 네 지난 삶을 하나도 빠짐없이 기록하고 있어서 그런가 봐."

태평은 말없이 그의 어깨를 타고 내려온 로지의 손에 입술을 눌렀다. 문득 정신과에서 상담 치료를 받았던 날들이 떠올랐다. 의사들은 하나같이 입을 모아 말했다. 네 잘못은 아무것도 없으니 그 어떤 죄책감도 느낄 필요가 없다고. 그때마다 가슴을 죄던 통증이 줄어들기는커녕 사정없이 부풀어 올랐다. 그들의 조언이 이미 지옥 불구덩이에 빠진 그에게, 왜 네 스스로 지옥에 들어간 거냐고 묻는 것과 다를 게 없었기 때문이었다.

"있잖아, 태평아."

떨리는 숨을 몰아쉬고 있는 태평을 로지가 더욱 다정히 감싸 안았다.

"네가 허락해 준다면, 널 그리고 싶어. 네가 얼마나 멋진 사람인지 내 그림을 보면 누구나 다 알 수 있도록."

로지는 여름 방학에 영국으로 보낼 그림을 하나 그려야 한다고 했다.

"런던에 있는 갤러리에 내 그림이 걸린대. 그거 보러 너랑 같이 영국에 가면 좋겠다. 내 그림도 보고, 영국 여행도 하고, 내가 그래서 돈을 엄청 아끼고 있거든. 영국으로 가는 비행기 표 사려고."

가만히 로지의 목소리에 귀를 기울이고 있던 태평이 상체를 비틀어 누웠다. 자연스럽게 그의 등에서 떨어진 로지도 태평 옆에 누웠다. 마주 보는 두 사람의 시선이 맞물렸다. 태평은 한 손을 뻗어 흐리게 웃고 있는 로지의 눈가를 어루만졌다. 파르르 떨리는 속눈썹이 그의 손끝을 간질였다.

"오로지를, 알다가도 모르겠네."

태평은 가지런한 속눈썹이 드리워진 로지의 눈을 지그시 응시했다. 무수히 많은 감정이 일렁이고 있는 눈동자에서 수줍어하는 기색만 읽히지 않았다. 태평도, 그녀도 반라로 누워 있다는 걸 까맣게 잊은 것처럼.

"겁이 많은 줄 알았는데, 이럴 때 보면 용감한 것 같기도 하고."

그 말을 끝으로 두 사람은 말없이 서로의 얼굴만 보았다. 갑작스러운 고요가 찾아들었다. 숨소리조차 들리지 않는 정적을 메우고 있는 건 로지의 입가에 맺힌 작은 미소뿐이었다.

"너 때문에 그래."

한참을 침묵하고 있던 로지가 먼저 입을 열었다.

"태평아, 하고 부르면 네가 날 봐 주잖아."

"……."

"그래서 겁이 안 나. 없던 용기도 생기고."

"……."

"혼자가 아니라는 걸, 네 이름을 부를 때마다 확인할 수 있으니까."

말문을 잃은 태평은 빤히, 로지의 눈만 들여다보았다. 붙어 버린 입술은 힘겹게 침을 삼키고 나서야 간신히 열렸다.

"너를…… 아니, 나를, 어쩌면 좋지."

허기진 얼굴로 중얼거린 태평은 두 팔로 로지를 끌어안았다. 애틋함보다는 절박함이 묻어 있는 포옹이었다. 아늑함이 무엇인지 처음으로 느낀 날, 태평은 기쁨에 취하기보다는 막연한 두려움에 빠져 있었다. 몸에 남은 흉터가 그의 과거를 기록한 것이라면, 로지는 그의 가슴에 새겨진 미래였다. 그런 소중한 뱁새가 어디론가 날아가 버릴까 봐 두려웠다. 로지를 잃은 상실감을 상상하는 것만으로도 머리가 터져 버릴 것 같았다.

"너, 내년에 졸업하면 나하고 같이 살자."

태평의 품에 안겨 있던 로지가 싱거운 농담을 들은 사람처럼 맥없이 웃었다.

"한국 말고, 영국에서."

이번에도 웃으라고 한 말이 아니었는데, 로지는 어깨까지 떨며 후후 웃었다. 뱁새의 비웃음에도 아랑곳하지 않고 태평의 입에서는 진지한 고백이 계속 흘러나왔다.

"나는 너를 몰랐던 때로는 돌아갈 수 없어. 너도 마찬가지야. 날 모르던 시절은 그만 잊어. 네 어머니는 돌아가셨고, 아버지는 없는 사람이나 마찬가지잖아. 그런 사람들 다 잊고 나하고 살아."

태평은 천천히 팔에서 힘을 풀었다. 살며시 고개를 들어 올린 로지는 그의 얼굴에 시선을 고정했다.

"지금처럼 그렇게 나만 보고 살란 말이야. 네가 그리고 싶다면 정원이든 뭐든, 내가 다 만들어 줄 테니까."

잠자코 태평의 말을 듣던 로지는 배시시 웃으며 그의 입술 위에 어설프게 입을 맞췄다. 어렴풋한 응석이 어린 입맞춤에 태평은 살짝 인상을 썼다. 뽀뽀 한 번에 이성이 날아가는 머저리가 되고 싶지 않았다.

"충동적으로 하는 말 아니야. 대답해, 나하고 같이 살겠다고."

나, 버리지 마. 버려도 버려지지 않겠지만, 그래도 버리지 마.

뒷말을 삼키고 태평은 로지의 작은 어깨에 얼굴을 묻었다. 애정 따위에 굶주렸다고 생각해 본 적이 없었는데, 정신을 차려 보니 어느새 그는 로지에게 미친 듯이 집착하고 있었다. 죽고 싶은 이유가 셀 수 없이 많았던 자신에게, 살고 싶은 단 하나의 이유가 되어 준 게 바로 로지였으니까. 그래서 모든 것이 불안했다.

열일곱이라는 그의 나이도, 정체를 알 수 없는 로지의 아버지도, 은근히 로지를 마음에 들어 하지 않는 올리버도, 로지를 따라다니는 검은 옷을 입은 남자도, 살기 위해서 그림을 그려 온 로지마저도.

"태평아."

로지는 태평의 뒷머리 속에 손가락을 집어넣었다. 손가락이 건드리는 곳마다 간지럽고 따뜻한 열기가 고였다.

"나도, 너처럼 불안해. 이상하게도 좋아하는 마음이 커지면 커질수록 더 그래."

"……."

"얼마나 불안했는지 며칠 전에는 그런 꿈도 꿨어. 그림하고 너 중에 하나만 골라야 하는 꿈을."

태평은 천천히 고개를 들었다. 로지는 다시 한번 그의 입술에 가볍게 입을 맞추며 말을 이었다.

"그림을 안 그릴 테니까 너를 달라고 했어. 너만 있으면 된다고. 진짜 말도 안 되는 꿈이지?"

작은 웃음소리에 귀를 기울이고 있던 태평은 잠깐 숨을 참았다. 발끝에서 올라온 열기가 삽시간에 그의 귀 끝까지 번졌다. 엄지로 로지의 고개를 들어 올린 그는 고개를 틀어 입술을 포갰다.

"흐읍."

로지의 작은 입술 사이로 숨이 풀어진 순간, 태평의 고개는 빈틈없이 입술을 맞물리기 위한 각도로 기울어졌다. 약한 숨을 토하는 갈라진 틈새로 혀를 들이밀었다. 그동안 해 왔던 가벼운 입맞춤이 아니라는 걸 깨달은 로지가 뒤늦게 그를 밀어 냈지만, 이미 태평의 손바닥은 로지의 작은 뒤통수를 단단히 고정한 뒤였다.

"……하……."

뜨거운 숨결을 흩뿌리며 로지의 입 안을 비집고 들어갔다. 놀랄 만큼 부드럽고 자극적인 공간이 혀끝에서 느껴졌다. 입천장을 핥아 올리다가 이도 핥았다. 차츰 로지의 숨이 가빠지면서 목구멍 안쪽에 숨어 있던 혀가 스르르 밀려 나왔다. 촉촉한 혀끝에 모인 타액을 맹렬하게 빨아들였다. 로지의 숨만큼 달콤한 맛이 느껴졌다.

"부드러워 씹어 삼키고 싶을 만큼."

간신히 떨어진 입술 사이로 태평이 중얼거렸다. 밭은 숨을 고르던 로지는 떨리는 손으로 그녀의 입술을 가렸다. 마치 더는 키스를 허락하지 않겠다는 것처럼.

"싫어?"

어질어질한 흥분을 누르며 물었다. 얼굴을 붉게 물들인 로지는 천천히 고개를 저었다.

"너무 세게 하니까, 이가 자꾸 부딪쳐서."

태평이 제 얼굴을 로지 쪽으로 바짝 들이밀었다. 긴장으로 인해 고르지 못한 음성이 그의 목에서 흘러나왔다.

"처음이라 어쩔 수 없어. 하나씩 해 보는 수밖에."

태평은 로지의 대답을 기다리지 않고 다시 입술을 부딪쳤다. 그리고 부드러운 아이스크림을 녹여 먹는 것처럼 로지의 아랫입술부터 혀끝으로 핥아 올렸다.

"핥는 건 어때?"

로지의 시선이 이리저리 흔들렸다. 나쁘지 않다는 걸 확인한 그는 다시 입술을 겹쳤다. 짧게 닿았다가 떨어지는 입맞춤을 반복한 후 각도를 바꿔 입술을 갈랐다. 이번에도 서두르지 않고 부드럽게 입술만 머금었다. 힘이 들어가 있던 로지의 입술이 조금씩 부드러워지는 게 느껴졌다.

"입술로, 깨무는 건?"

로지는 그만 좀 물으라는 듯 양손으로 귀를 막았다. 피식, 웃음을 흘린 태평은 로지의 입술을 부드럽게 빨았다. 탐하고 탐해도 부족한 감촉에, 절로 안달이 났다. 로지의 뺨이 조금 뜨거워진 순간, 질척한 태평의 혀가 단번에 로지의 입 안으로 밀려 들어갔다. 혀가 얽힐 때마다 온몸이 녹아내리는 기분이었다. 서로 바삐 내뱉는 숨결에서 지금까지와는 다른 숨이 느껴졌다. 그 숨에 마음껏 휘둘린 둘은 혀끝이 부풀고 입술이 아릿해진 뒤에야 입술을 떼어 낼 수 있었다.

"또 마음에 안 드는 거 있어?"

태평이 의미심장한 눈길로 로지를 바라보며 물었다.

"……어, 없어."

급작스럽게 달아오른 분위기를 식히고 싶었는지 로지는 부자연스럽게 도리질까지 치며 답했다. 나직한 웃음을 터트린 태평은 로지를 끌어안고 눈을 감았다. 잔잔한 심장의 두근거림을 따라 의식이 멀어졌다, 가까워지길 반복했다. 쉬이 잠들 수 없는 밤인 줄 알았는데, 그는 금방 잠에 빠져들었다. 꿈같은 밤이었다. 몸에 닿아 있는 온기에 취해 그 어떤 꿈도 꿀 여유가 없었기에.

다음 날 아침, 태평은 낯선 알람에 눈을 떴다. 로지의 MP3에서 나는 소리였다. 서둘러 알람을 끄고 옆을 바라봤다. 시험공부를 하겠다고 알람을 맞춰 둔 로지는 색색 소리를 내며 깊이 자고 있었다.

영어 공부는 무슨, 내가 따라다니면 되지.

로지의 이마에 입술을 눌렀다가 떼고 상체만 일으켰다. 이어서 침대 밖으로 다리를 내리려 할 때였다. 그의 눈이 얇은 이불을 덮고 있는 가랑이 사이로 향했다.

뭐야, 저건.

미간을 한껏 좁힌 태평은 이불을 걷어 냈다. 다리 사이에 무언가 불쑥 솟아 있었다. 아무 생각 없이 우뚝 기립해 있는 물건을 손으로 툭 건드렸다. 두툼한 살덩이가 옆으로 누웠다가 오뚝이처럼 제자리로 돌아왔다. 손과 사타구니에서 동시에 느껴진 생경한 감각에 태평은 입만 떡 벌렸다.

설마, 오로지 때문인가?

잽싸게 욕실로 달려간 그는 문부터 걸어 잠갔다.

"환장하겠네."

태평은 눈으로 보면서도 믿을 수가 없었다. 시커먼 욕망을 품고 있는 그의 하체를.

"야, 진정 좀 해 봐."

부드럽게 타일렀지만, 음심을 품은 그 물건은 반항이라도 하듯 머리를 더 꼿꼿이 쳐들었다.

"너만 화난 거 아니라니까? 나도 짜증 나 뒤지겠거든?"

태평의 윽박에도 그놈은 절대 풀이 죽지 않았다. 오히려 보란 듯 부피를 더욱 키웠다. 지금껏 그를 고자라고 괄시한 주인 놈을 절대로 용서치 않겠다는 것처럼.

"그래, 너 죽고 나 죽자."

샤워 부스로 들어가 옷을 벗어 던진 뒤 찬물을 틀었다. 샤워기에서 떨어지는 물소리에 친구들이 떠들던 목소리가 떠올랐다. 어떻게 하면 비자발적인 발기를 해결할 수 있냐는 누군가의 하소연 때문에 시작된 이야기였다.

'나는 우리 외할머니 생각하면 바로 죽어.'

'동요 부르면 끝나지 않냐?'

'정 급하면 화장실로 달려가서 손으로 빼야지.'

태평은 세 가지 방법 중 어떤 게 최선일지 고민했다. 외할머니 얼굴은 기억에 없고, 동요라고는 애초에 들어 본 적이 없었고, 자위는…… 자존심이 허락하지 않았다. 생긴 것도 징그럽게 생긴 놈을, 뭐가 예쁘다고 손으로 만져 주기까지 해야 하나.

답답함을 해결할 길이 없어 태평은 주먹을 쥔 손으로 애꿎은 타일 벽만 쾅쾅 쳤다.

아주 오랜 샤워를 끝내고 욕실에서 나왔을 때였다.

"태평아, 일어났어?"

침실에서 들려온 목소리에 태평의 얼굴이 하얗게 질렸다. 찬물로 간신히 진정시켜 놓은 게 무색할 만큼 온몸의 피가 순식간에 아래로 쏠렸다. 팽팽하게 당기기 시작한 아랫배에서 뭉근한 충동이 피어올랐다. 자칫 정신을 놓았다가는 이성과 관련된 감각을 모두 베어 버릴 만큼 강력한 충동이었다. 끈적거리는 침을 삼키고 무심하게 소리쳤다.

"나갔다가 올게. 샌드위치 사러!"

로지가 뭐라고 하는 소리가 들렸지만 태평은 지갑만 주워 들고 집 밖으로 뛰쳐나갔다. 고조된 흥분을 가라앉히며 현관문을 닫았을 때였다. 어떤 남자 하나가 태평 쪽을 바라보고 있다가 황급히 몸을 돌렸다.

태평은 구겨 신었던 운동화를 제대로 신으며 남자를 주시했다. 검은색 운동복에 검은 모자를 쓰고 있는 남자는 엉거주춤한 걸음으로 엘리베이터 앞에 섰다. 남자를 위아래로 훑던 태평의 눈은 그가 쓰고 있는 검은색 마스크에서 멈췄다. 그리고 마스크에 시선을 고정한 채 엘리베이터 앞까지 천천히 걸었다. 마스크 밖으로 보이는 남자의 눈이 태평이 가까워질 때마다 볼썽사납게 흔들렸다.

"안녕하세요."

노골적인 태평의 눈빛을 느꼈는지 남자가 어색하게 인사를 건넸다. 잠시 뜸을 들인 뒤, 태평은 그를 도발했다.

"당신, 나 알아?"

얼빠진 얼굴로 태평을 보던 남자는 비상계단 쪽을 힐끔거리며 성의 없이 사과했다.

"아, 제가 착각을 했네요. 아는 사람인 줄……."

뒷걸음질을 치며 계단 쪽으로 도망가는 남자의 멱살을 태평이 단숨에 움켜쥐었다.

"악! 이거 안 놔?"

비명을 지르는 남자의 옷을 단단히 틀어쥔 태평은 때마침 도착한 엘리베이터에 그를 밀어 넣었다.

"왜 이래! 내가 뭘 어쨌다고!"

남자는 발버둥을 쳐 봤지만 태평은 꿈쩍도 하지 않았다. 잡고 있던 남자의 팔목을 힘 있게 꺾으며 물었다.

"너, 누구야! 누군데 오로지 뒤를 따라다녀?"

겁을 잔뜩 집어먹은 남자는 고개를 숙인 채 몸만 덜덜 떨었다. 태평은 남자의 마스크를 잡아 뜯으며 소리쳤다.

"말 안 해?"

남자는 황망한 눈으로 태평을 보고 있을 뿐 입을 열지 않았다.

"그럼, 경찰서로 가서 말해. 가기 전에 일단 나한테 처맞아야겠지만."

태평이 무릎으로 남자의 아랫배를 찍어 올리려는 순간, 그가 두 손을 모아 빌었다.

"그런 게 아닙니다. 내가 나쁜 마음을 먹고 로지를 따라다닌 게 아니라고요."

당황한 남자의 목소리에 태평의 입술이 딱딱하게 굳었다. 로지의 이름을 친근하게 구르는 그가 마음에 들지 않아서였다.

"로지라니, 어디서 함부로 그 이름을 불러?"

꺼칠해진 목소리로 중얼거리며 태평은 손아귀에 힘을 주었다. 숨이 막혔는지 상체를 비틀던 남자가 다시 소리쳤다.

"미안합니다. 내가, 우리 딸이 걱정돼서. 로지가 납골당에서 쓰러진 걸 봐서."

남자의 목덜미를 강하게 움켜쥐었던 태평의 손이 멈칫, 떨렸다.

딸……?

태평은 표정 없는 얼굴로 남자를 노려보았다. 로지를 딸이라고
말하는 눈앞의 남자는, 오제근이 아니었다.

〈2권에 계속〉

비를 닮은 여름이었다
임이현 지음

"우하야."

겨우 이름 하나. 네 이름 하나를 뱉어내고 입이 다시 닫혔다.
나는 참담해, 도저히 너와 눈을 맞추고 있기가 어려워 고개를 숙였다.

"민욱 씨는 내가 죽으면 슬플 거 같아요?"
소중한 사람을 잃어가는 삶에 지쳐 떠나 버린 여자, 장우하.

"장우하 네가. 우산 하나 없는 몸으로 그 날 비를 다 맞고 있잖아, 네가."
너를 잃었지만 잊는 건 못 하겠어. 다시 네 곁에 머무르고 싶다.

떠난 사랑이 마음속의 그리움이었음을 알아 버린 남자, 권민욱.

네 이름을 닮은 계절에 너를 잃었고
네 미소를 닮은 시간에 너를 다시 만났다.

나와 너는, 우리는, 아팠던 이 계절을 넘어 다시 사랑할 수 있을까.

동아

유리구두가 깨지면

이혜위 지음

데뷔와 동시에 스타덤에 오른 연예인 배수아.
그녀의 또 다른 이름은 '국민 신데렐라'다.

사람들은 그녀의 동화 같은 삶에 열광하며,
그녀를 사랑하고 갈망하지만 그녀에게 있어
신데렐라의 마법은 저주이고 빌어먹을 속박일 뿐.

어느 날, 그런 그녀의 앞에 나타난 검사, 이청신.
기 대표에게 속은 수아는 그의 앞에 초라한 꼴로 서게 되고.

"기정균은 날 성상납 받은 검사로 만들 계획입니다."
위기의 순간, 청신은 수아에게 한 가지 제안을 하는데.

"그래서요?"
"연애하자고요."

이제, 그녀의 유리구두가 깨지기 시작한다.

동아

평일의 악당들

고은재 지음

세상살이는 마피아 게임과 같다.
선량한 시민들 틈에 악당이 도사리고 있다는 점에서 말이다.

스물아홉 평범한 직장인 서송하에게는 질겨서 끊어지지 않는 인연, 우제현이 있다.

"저번에 입고 온 공작새 같은 맨투맨은 뭐야."
그가 한심한 눈길로 나를 내려다보았다.
"그거 엄마가 사 줬어요."
"……어쩐지 예쁘더라."

결코 평범하지 않은 우제현과 평범한 하루를 보내던 어느 날.
얼결에 사내 폭력 사건에 휘말려 좌천되고…….
끝 간 데 없는 사고 연발의 하루하루. 송하 곁에는 여전히 제현이 있었다.
그런 그가 별안간 제안을 해 왔다.

"앞으로 카풀해."
"갑자기 카풀에는 왜 그렇게 집착하는 거예요?"
"한번 해 보니까 좋더라."
"뭐가 좋아요?"
"기분이."

송하는 점점 그에게 이상한 감정을 느낀다.
설마 이거…… 사랑은 아니겠지?

동아